Mila Beaufort

PANDORA

Tear into my heart

Mila Beaufort

PANDORA

Tear into my heart

Weitere Bände
Pandora – Monster in my head (Band 1)

Bibliografische Information der Deutschen Nationalbibliothek:
Die Deutsche Nationalbibliothek verzeichnet diese Publikation in der
Deutschen Nationalbibliografie; detaillierte bibliografische Daten sind im
Internet über http://dnb.dnb.de abrufbar.

Cover: Nina Hirschlehner (nh Buchdesign)
Schriftart: Alex Brush von TypeSETit (www.1001freefonts.com)
Illustration: inspiritedpictures.com (inspirited books Grafikdesign)

Verlag: BoD · Books on Demand GmbH, In de Tarpen 42, 22848 Norderstedt
Druck: Libri Plureos GmbH, Friedensallee 273, 22763 Hamburg

ISBN: 978-3-7693-0164-9

Für alle,
die nie aufhören zu lieben.

TRIGGERWARNUNG
(Spoilerwarnung!)

Dieses Buch enthält triggernde Inhalte.

Diese sind:

Rohe Gewalt, Waffengewalt, körperliche und physische Folter, Mord, Tod, Verlust, Trauer und Substanzmissbrauch. Außerdem dreht sich die Handlung um verschiedene gesellschaftlich verwerfliche Themen, die nicht für jeden geeignet sind.

Dieses Buch dient nicht als Beispiel für irgendwelche Handlungen. Es ist reine Fiktion – bitte vergiss das nicht, während du in diese dunkle Welt eintauchst.

Bitte lese dieses Buch nur, wenn du dich momentan emotional dazu in der Lage fühlst. Falls es dir mit diesen (oder anderen Themen) nicht gut geht, findest du unter der Nummer der Telefonseelsorge rund um die Uhr kostenlose und anonyme Hilfe:

0800-1 100 111 // 0800-1 110 222
https://www.telefonseelsorge.de/

Wenn du dich nun noch immer bereit dazu fühlst, in die Welt des Untergrundes und die schwarzen Seelen der Charaktere einzutauchen, wünsche ich dir dabei viel Freude und das bestmögliche Leseerlebnis.

Mila

Playlist

Natural – Imagine Dragons
I'm Dangerous – The EverLove
Home (with Machine Gun Kelly, XAmbassadors, Bebe Rexha)
- mgk, X Ambassadors, Bebe Rexha
Believer – No Resolve, State of Mine
Hey Hey Hey – Rea Garvey
Eye Of The Storm – Watt White
Victim – Halflive
Eye for an Eye – Jennings Couch
Run Boy Run - Woodkid
Warriors – Imagine Dragons
Enemy – Tommee Profitt, Beacon Light, Sam Tinnesz
Hope – NF
In My Bones – The Score
Break Down - Radio Edit – Kase & Wrethov

Die gesamte Playlist findet ihr auch auf Spotify unter dem Namen:

Pandora by Mila Beaufort

PROLOG

Livana

ZWEI MONATE ZUVOR

An der Fensterscheibe konnte ich Eisblumen zählen, während sich immer mehr weiße Schneeflocken auf das Anwesen senkten. Seit wir das fünf Hektar große Gelände vor rund sieben Wochen erreicht hatten, hielten wir uns hinter den schützenden Mauern auf. Draußen waren es bis zu minus zwanzig Grad und auf meinem Körper breitete sich bereits eine Gänsehaut aus, wenn ich nur daran dachte, mich in den Schneesturm zu begeben. Obwohl es erst später Nachmittag war, legte sich die Dämmerung bereits über die Welt und es fiel mir schwer, den Horizont zu erkennen.

Ich wandte mich von dem bodentiefen Fenster ab. Das Zimmer, welches mir nach unserer Ankunft zugewiesen wurde, war in warmes Licht gehüllt und stand im starken Kontrast zum Rest des Geländes. Das Anwesen der Familie Sorokin lag etwa dreißig Minuten von Omsk, Sibirien, entfernt und war nicht nur beängstigend groß, sondern auch von einer eisigen Kälte der Bewohner beherrscht.

Meine vom Duschen noch feuchten Haare durchnässten den schwarzen Kaschmirpullover am Rücken, doch ich fror nicht. Die Fußbodenheizung in sämtlichen Räumen tat ihren Dienst täglich mehr als zuverlässig.

Ein Klopfen durchdrang die Stille, in der ich mich befand. Mein Blick schweifte zu der schwarzen Zimmertür, während sich mein Körper versteifte. Mit meiner Schwester und Jess hatte ich ein kurzes Klopfzeichen vereinbart, sodass wir immer wussten, wann eine der anderen vor der Tür stand. Einmal lang, zweimal kurz.

Es blieb stumm und ich sog tief die Luft ein. »Ja.«

Mein Herz klopfte etwas schneller in meiner Brust, während ich beobachtete, wie sich die Türe öffnete und ein Mädchen zum Vorschein kam. Sie war nur etwas älter als ich, dezent geschminkt und steckte in der für das Personal typisch schwarzen Dienstmädchenuniform. Ihre blonden Haare waren streng zurückgebunden und so wurden die scharfen Züge ihres Gesichts hervorgehoben.

»Mister Sorokin Senior erwartet Sie in der Bibliothek.« Ihr Englisch war brüchig und sie rollte das R wie jeder andere hier im Anwesen mehr als erlaubt sein sollte.

Meine Nackenhärchen stellten sich bei ihren Worten auf und ich presste den Kiefer aufeinander, um ein Schütteln zu unterdrücken. Ein Ruck ging durch meinen Körper und ich setzte mich wie ferngesteuert in Bewegung. Auch wenn ich mit dem etwas zu großen Pullover und der schwarzen Sportleggings nicht gerade passend für ein Treffen mit dem Hausherrn gekleidet war, konnte ich nicht zögern.

In meinem Kopf herrschte gähnende Leere, während wir durch die schier endlosen Marmorflure des Anwesens liefen. Ich folgte der Angestellten wie ein hilfloser Welpe, denn genau das war ich.

Wir waren seit beinahe zwei Monaten hier und ich fand gerade einmal den Weg zum Speisesaal, ins hauseigene Fitnessstudio und in den Kinoraum. Ohne Jess wären meine Schwester und ich wirklich verloren. Öfter als einmal hatte es mir nachts in den Fingern gejuckt und ich hatte mehrfach darüber nachgedacht, auf Erkundungstour zu gehen. Meine beste Freundin konnte ich unmöglich nach den Geheimnissen ihrer Familie fragen, denn seit wir hier waren, war sie wie ausgewechselt. Sie war steif und spannte sich an, sobald man sie auch nur schief ansah. Es war eine vollkommen andere Jess, die ich hier kennenlernte.

Wir passierten zwei schwarz gekleidete Männer. Sie beachteten uns kaum und nickten uns deshalb nur kurz zu, ehe sie schweigend weitergingen. In den Fluren des Anwesens war es meist totenstill und man konnte trotz des schwarzen Marmorbodens nicht einmal die Schritte der Patrouillen hören. Es war, als würden die mit teuren Kunstwerken geschmückten Wände jegliche Geräusche aufsaugen.

Ich hatte Mister Sorokin Senior bereits einige Male beim Abendessen gesehen, doch wir hatten nie viel gesprochen. Zu Beginn unseres Aufenthaltes hier hatte er versucht uns auszuhorchen und ich war meiner Schwester unter dem Tisch öfter auf den Fuß getreten, um sie zum Schweigen zu bringen. Der Vater meiner besten Freundin hatte etwas Einschüchterndes und Dunkles an sich. Zwar hatte er uns mit offenen Armen empfangen und uns Asyl in seinem Haus gewährt, doch etwas an dieser ganzen Sache stank förmlich zum Himmel und ich würde mich nicht hintergehen lassen.

Das Anwesen verfügte über eine Zimmeranzahl, bei der sich so manches Hotel hinten anstellen konnte. Außerdem gab es mehrere Nebengebäude, die ebenfalls über ganze Apartments verfügten. Laut Jess lebte hier nicht nur die Familie, sondern auch Freunde und Verwandte sowie die Angestellten. Von den Reinigungskräften über die Köche bis hin zu den Wachmännern am eisernen Eingangstor.

»Mister Sorokin Senior erwartet Sie drinnen.« Das Mädchen hielt inne und deutete auf eine ebenholzschwarze Flügeltür, die meiner Zimmertür ähnelte. Sie war mit Schnitzereien verziert und reichte bis nach oben zur Decke.

Leise bedankte ich mich bei ihr auf Russisch und ging weiter. Seit wir hier waren, hatte ich viel Zeit und auf meine Bitte hin hatte meine beste Freundin mir ein Wörterbuch besorgt. Unsere Smartphones hatten Holly und ich in England zurückgelassen. Mein Notebook hatte ich seit unserer Ankunft noch nicht benutzt. Wofür auch? Alle Zimmer hatten einen Zugang zu sämtlichen Streamingdiensten und vom Internet wollte ich mich in Zukunft etwas fernhalten.

Die heilende Wunde zwischen meinem Schlüsselbein und meiner linken Schulter kribbelte unangenehm. Ich hatte großes Glück, dass die Kugel von Walentin keine Muskeln oder Nerven getroffen hatte und ich mich noch immer überwiegend normal bewegen konnte. Die bläulich und violett verfärbten Hautstellen verblassten allmählich, doch es würde noch etwas Zeit brauchen, bis ich wieder vollständig genesen war. Der Physio-Therapeut des Hauses war sich nicht sicher, ob meine Schulter wieder zu ihrer alten Form zurückfinden würde, aber ich wollte positiv denken.

Tief atmete ich durch und griff nach der schlichten Türklinke. Sie bestand aus poliertem Eisen, lag jedoch überraschend warm in meiner Hand. Ich drückte sie nach unten und schob die Tür auf. Mein Herz klopfte wild in meiner Brust und ich konnte nicht leugnen, dass ich nervös war.

Holly und ich hatten uns in den letzten Wochen so unsichtbar wie möglich gemacht. Wir hatten keine besonderen Wünsche geäußert und uns niemandem aufgedrängt. Wir wollten niemandem zur Last fallen und entsprechend benahmen wir uns auch. Ich hatte also keine Ahnung, was Mister Sorokin Senior von mir wollte und warum er mich zu sich rief.

Die Bibliothek des Anwesens erstreckte sich über zwei Stockwerke, besaß eine Galerie und unzählige dunkelbraune Holzregale, die vor Büchern nur so überzuquellen schienen. Die Raumdecke war zu einer leichten Kuppel geformt und mit einem Fresko verziert. Meine Schritte führten mich über den weichen Teppich in die Mitte des Raumes, doch ich konnte den Blick nicht von dem ›Kunstwerk‹ abwenden. Zwei überkreuzte Handfeuerwaffen. Revolver, wenn ich mich nicht täuschte. Aus ihren Mündungen stiegen sanfte Rauchschwaden empor und darunter befand sich ein kunstvoll geschwungenes S.

»Beeindruckend, nicht wahr?«

Die Stimme des Hauseigentümers brachte mich dazu, den Blick abzuwenden und den Raum zu überblicken. In der Mitte der Bibliothek gab es einen großen Schreibtisch aus dunklem Eichenholz, der mit dem Kamin im Rücken deutlich als Hauptmöbelstück fungierte. Mehrere dunkle Ledersessel und schmale Beistelltischchen für Kaffeetassen oder Keksteller waren vor dem Tisch zu kleinen Grüppchen zusammengestellt.

Hinter dem Schreibtisch saß ein Mann, der bereits die Fünfzig überschritten hatte. Sein dunkles Haar war an den Schläfen von grauen Strähnen durchzogen und um seine Augen sowie Mundwinkel waren deutliche Falten zu erkennen. Seine große Nase erinnerte mich immer an einen Gnom.

Mister Sorokin Senior blickte mich aus denselben blauen Augen an, die ich von meiner besten Freundin kannte. Doch während ich bei ihr immer die Wärme darin sah, erblickte ich hier nur eisige Kälte, die mit den Minusgraden außerhalb des Gebäudes mithalten konnte. Der Mann war von einer ruhigen Aura umgeben, doch ich konnte das Wölfische in seinen zusammengepressten Lippen und dem wachsamen Blick erkennen.

Er wusste etwas. Er hatte irgendetwas herausgefunden, das ihm das Gefühl von Überlegenheit gab. Doch was war es?

»Hat es denn eine Bedeutung?«, erkundigte ich mich höflich nach dem außergewöhnlichen Deckenfresko und nickte leicht nach oben.

Aus den Kirchen, die ich mit meinen Eltern in Deutschland manchmal als Touristen besichtigt hatte, kannte ich verschiedene Kunstwerke aus der Bibel. Doch das hier konnte man damit nicht ansatzweise vergleichen.

»Tatsächlich ja.« Beinahe anerkennend neigte der Vater meiner besten Freundin den Kopf. »Es ist eine Art Familienwappen.«

Meine Muskeln verkrampften sich und ich wagte es nicht, den Blick nochmal zur Decke zu heben. Es war ein seltsames Familienwappen und ließ die Alarmglocken in meinem Kopf schrillen. Ich spitzte die Ohren, doch außer dem knisternden Feuer im Kamin hinter dem Schreibtisch hörte ich nichts. Wenn noch jemand außer uns hier im Raum war, dann verhielt er sich ruhig.

»Die Freunde meiner Tochter sind auch meine Freunde, Livana.«

Das hatte er mir bereits bei unserer ersten Begegnung in der Eingangshalle des Anwesens gesagt. Ich wusste nur nicht, inwieweit das auch für Mörderinnen wie mich galt. Nur schwer konnte ich mich zurückhalten, nicht unruhig von einem Fuß auf den anderen zu treten. Meine Nerven waren zum Zerreisen gespannt und ich versuchte, seine Worte bis in den letzten Buchstaben zu analysieren.

»Ich habe meine Quellen angezapft«, führte sich der Hausherr fort und musterte mich mit leicht schiefgelegtem Kopf. Er trug ein schwarzes Hemd mit dunkelroten Nähten, welches ihm eine erhabene Eleganz verlieh, und ich fühlte mich augenblicklich unwohl in meiner Haut. Meine Kleidung war absolut nicht passend für dieses

Gespräch, das spürte ich mit jeder verstreichenden Sekunde deutlicher. »Man findet nicht viel über dich. Über deine Schwester noch weniger.«

Mein Herz schlug mir bis zum Hals und ich biss mir auf die Zunge, um meine Gesichtszüge unter Kontrolle zu halten. Ich durfte mich nicht verraten. Er durfte nicht sehen, dass mich seine Nachforschungen überraschten.

Bei unserer ersten Begegnung hatte mir Jess erzählt, ihr Vater wäre Anwalt im Gesellschaftsrecht. Ich glaubte ihr mittlerweile kein Wort mehr, auch wenn ich sie noch nicht darauf angesprochen hatte. Es war mein Bauchgefühl, das mir sagte, dass mehr hinter Mister Sorokin Senior steckte.

»Was wollen Sie damit sagen?«, fragte ich und stieg damit in seine offene Unterhaltung ein. Ich wusste, dass er mich mit diesen wenigen und scheinbar unbedeutenden Worten aus der Reserve locken wollte. Und das hatte er geschafft. Ich konnte nicht stumm vor ihm stehen und darauf warten, dass die Klinge über meinem Kopf herabsauste und mich in zwei Hälften teilte. »Ist das ein Verbrechen?«

Blinzelnd blickte ich den Mann an und musterte seine Gesichtszüge. Sie waren hart und auf der Haut, die sich über seinen markanten Knochen spannte, konnte ich Altersflecken erkennen.

»Natürlich nicht«, gestand Mister Sorokin Senior und ein kaltes Lächeln umspielte seine Lippen. »Ich frage mich nur, ob das auch für das Fälschen einer Identität gilt.«

Mir blieb die Luft weg und ich konnte das Blut in meinen Ohren rauschen hören. Unfähig etwas zu erwidern, starrte ich den Mann an und bemühte mich verzweifelt darum, meine unschuldige Miene nicht zu verlieren. Es hatte sieben Wochen gedauert und er hatte uns enttarnt.

Irgendwie war mir klar, dass der Vater meiner besten Freundin ebenfalls sein Quellen hatte. Ich wusste nur nicht, dass er tatsächlich hinter mein Lügengerüst blicken würde. Ich hatte die Maske der Livana Price nach unserer Flucht aus London nicht abgelegt. Da Jess mich genauso kannte, erschien es mir am besten, erst nach einer weiteren Flucht die Identität zu wechseln. Taurus konnte mich hier in der Einöde nicht finden, also hatte ich nichts zu befürchten. Das glaubte ich jedenfalls bis zum jetzigen Zeitpunkt.

»Oder gar für einen Mord«, setzte er dem Törtchen die Sahnehaube auf.

Gänsehaut überzog meinen Körper und ich ballte die Hände zu Fäusten. Die Maske von Pandora sorgte zwar dafür, dass ich meine Mimik unter Kontrolle halten konnte, doch die lähmende Angst in meinem Körper konnte ich damit nicht vertreiben. Ganz im Gegenteil.

Jess' Vater erhob sich hinter seinem Schreibtisch. Er war ein großer Mann und sein starker Körper zusammen mit der harten Ausstrahlung ließen ihn einschüchternd wirken. Mit langsamen Schritten umrundete er den Tisch und sah mir dabei unverwandt in die Augen.

Mir wurde schummrig und wenn ich könnte, würde ich mich kraftlos auf eine der Sitzgelegenheiten fallen lassen. Mein Kopf pochte laut und übertönte meine Gedanken. Vor meinen Augen sah ich die letzten Monate, in denen ich mich in Großbritannien vor meiner Vergangenheit versteckt hatte, vorbeiziehen. Ich sah, wie ich scheiterte und die Dunkelheit mich umhüllte. Jetzt stand ich wieder an diesem Punkt. Wie eine schwere Samtdecke hüllte mich die Wahrheit ein und versuchte, mich zu erdrücken. Sie nahm mir die Luft zum Atmen.

Der Hausherr lehnte sich scheinbar entspannt gegen die massive Schreibtischplatte und verschränkte die Arme vor der Brust. Ein kleines grausames Lächeln umspielte seine Lippen. »Du kannst dich vielleicht vor meiner Tochter verstecken, aber nicht vor mir oder meinen Quellen.«

Fest biss ich mir auf die Unterlippe. Eisenhaltiges Blut durchströmte meinen Mund und vermischte sich mit meinem Speichel. Ich würde mich nicht von ihm herunterdrücken lassen. Ich würde nicht zulassen, dass er mich mit der Wahrheit erpresste. Mit meiner Vergangenheit.

Entschlossen reckte ich das Kinn nach oben und sah dem Mann fest in die stahlblauen Augen. »Was wissen Sie?«

»Alles und nichts«, antwortete der Russe postwendend und das Lächeln verschwand von seinen Lippen. Seine Augen nahmen einen stumpfen Glanz an und er ließ den Blick über mich wandern.

Auch wenn ich nicht gerade die passende Kleidung trug, hatte er es nicht geschafft mich zu verunsichern. Zumindest nicht in seinen Augen. Innerlich zitterte ich wie Espenlaub und dachte bereits darüber nach, wie ich am schnellsten mit meiner Schwester von hier verschwinden konnte.

»Meine Quellen haben mir Verschiedenes berichtet. Du hast deine Spuren gut verwischt, doch ich war schon als kleiner Junge herausragend in Mathematik und habe eins und eins zusammengezählt.« Wie alle Bewohner des Hauses rollte auch er das R auffallend stark. Sein Englisch übertraf jedoch das der meisten anderen um mindestens zwei Schulnoten. »Bisher konnte ich meinem Verdacht noch nicht nachgehen, aber ich habe da so meine Vermutungen, welche Rätsel sich um dich ranken, Livana.«

Vielleicht sollte ich ihm dafür danken, doch ich hasste haltlose Anschuldigungen. Nur zu gut konnte ich mich daran erinnern, wie ich das auch Tyler bei unserer ersten Begegnung an den Kopf geworfen hatte. Wenn man jemanden beschuldigte, sollte man zuerst eine wasserdichte Beweiskette vorführen können.

»Es ist mir egal, was Ihre Quellen sagen.« Ich ließ ihn gerade so viel in meinen Augen erkennen, wie ich wollte. Doch er musste sehen, dass ich absolut hinter meiner Aussage stand. Ich musste ihm gegenüber Stärke demonstrieren oder er würde, wie alle anderen Männer auch, mich für einen schwachen Gegner halten. »Sie wissen nichts über mich. Also, was wollen Sie von mir?«

Das Lächeln erschien wieder auf seinen Lippen und ich realisierte, dass es wirklich nur darum ging. Er wollte etwas von mir und ich sollte ihm helfen. Seine Behauptungen über mich waren nur Mittel zum Zweck, um mich an diesen Punkt zu schieben. Jeder war ab einem gewissen Punkt käuflich und wenn ich mir sein Schweigen erarbeiten musste, dann würde ich das tun.

»Ich will nicht wissen, was du getan hast oder warum. Deine Streitigkeiten sind nicht meine.«

Ich wusste nicht, ob ich seinen Worten Glauben schenken konnte. Dazu kannte ich den Mann nicht gut genug. Doch da er der

Vater meiner besten Freundin war, gab ich ihm einen Vertrauens-
vorschuss. Abwartend zog ich also die linke Augenbraue nach oben.

»Mein Unternehmen und ich stecken in Schwierigkeiten und es
gibt niemanden, den ich damit betrauen kann. Ich habe einen Auftrag für dich. Mein Schweigen gegen deine Leistung. Dein Schweigen gegen meine Leistung.« Mister Sorokin Senior streckte mir
seine kräftige Hand entgegen. »Haben wir einen Deal?«

KAPITEL 1

Livana

Ein chemischer Geruch stieg mir in die Nase und meine Lungenflügel zogen sich protestierend zusammen. Zeitgleich sträubten sich die Wirbel in meinem Rücken gegen die unbequeme Sitzposition und ich versuchte, die Hüfte ein bisschen zu kippen, ohne dabei meine Hände zu bewegen.

»Fertig«, verkündete das Mädchen mit dem durchschlagend russischen Akzent und schraubte das Nagellackfläschchen zu. Mit einem tiefen Seufzen ließ sie sich nur Sekunden später neben mir auf das deutlich zu weiche Bett fallen und hielt sich selbst ihre mit babyblauer Farbe lackierten Fingernägel vor die Augen.

Vom Schminktisch am anderen Ende des Zimmers pilgerte Holly heran und schnappte sich mit spitzen Fingern eines der fragilen Sektgläser von dem zierlichen Beistelltischchen, ehe sie sich auf einen der schwarzen Sessel sinken ließ. Sie schwang die Beine über die Armlehne und pustete sich eine hellblonde Haarsträhne aus dem Gesicht. »Du hattest Recht, Jess. Die Farbe steht mir wirklich.«

Demonstrativ klopfte sich meine beste Freundin selbst auf die Schulter und zwinkerte mir sowie auch Holly aus strahlend blauen Augen zu. »Ich habe dir doch gesagt, *Red Baron* ist die richtige Wahl.«

Meine Schwester nippte an der schmalen Sektflöte und grinste anschließend breit in unsere Richtung. Ihre grünen Augen blitzten erwartungsvoll. »Und, was treiben wir nun mit dem angebrochenen Abend?«

Instinktiv wanderte mein Blick zu der für meinen Geschmack zu protzigen Rolex an meinem linken Handgelenk. Sie bestand aus Everrose-Gold und Diamanten, wodurch sie zu dem teuersten Schmuckstück in meinem Leben gehörte. Ich hatte sie vor vier Wochen von Mister Sorokin Senior, dem Vater meiner besten Freundin, für meine ausgezeichneten Dienste geschenkt bekommen.

Es war gerade erst 22:23 Uhr. Bereits seit dem Abendessen im großen Salon mit den restlichen Familienmitgliedern trugen wir bequeme Leggings, weite Pullover und unsere Haare zu unordentlichen Knoten auf dem Kopf zusammengebunden. Den Tag hatten wir in der Stadt verbracht und uns von einem Laden zum nächsten geschoben. Es war genau das, was gute Freundinnen eben taten. Gleichzeitig waren es auch die spannendsten Stunden der letzten beiden Wochen. Seit wir Anfang Dezember vergangenen Jahres aus London hierhergekommen waren, waren wir mehr oder weniger auf dem Anwesen der Familie Sorokin eingesperrt. Ich wusste bereits nach weniger als fünf Minuten in diesem Haus, dass der Schein trügerisch war. Hinter dem dunklen und hellen Marmor, den massiven Säulen und den hohen Türen verbargen sich nicht nur moderne Zimmer und teure Kunstwerke, sondern auch Geheimnisse und Lügen.

»Also ich für meinen Teil bin fix und fertig«, grummelte ich gähnend, ließ mich rückwärts in die weichen Kissen des Bettes sinken und rieb mir über die Augen. Dabei fiel mein Blick auf den mitternachtsschwarzen UV-Lack, der im Licht gefährlich auf meinen Nägeln glänzte. Meine beste Freundin hatte die größte Nagellacksammlung, die ich jemals in einem Privatbesitz gesehen hatte. »Seit wir hier sind werde ich immer träger.«

Es war nicht einmal gelogen. Obwohl ich das herausragend gut ausgestattete Fitnessstudio auf dem Anwesen nutzte und mit Physio-Übungen meine linke Schulter trainierte, fehlte mir die Auslastung der Großstadt. Hier in Omsk war es ruhig. Wir konnten jeden Morgen ausschlafen und bekamen selbst um 10:00 Uhr noch etwas vom reichhaltigen Frühstücksbuffet ab. Es umfasste alles von Zerealien in allen Formen und Farben über Rührei und saftig gebratenen Bacon bis hin zu fünf verschiedenen Brötchensorten, die man mit einer von zehn verschiedenen Marmeladen bestreichen oder mit Wurst und Käse belegen konnte. Am Nachmittag gab es dann Snacks und kleine Speisen wie heiße Suppen oder frische Grillspieße, während am Abend ein regelrecht königliches Mahl aus mehreren Gängen von der Küche zubereitet wurde. Ich musste wirklich zugeben, dass sich die Familie meiner besten Freundin beim Essen nicht knauserig gab.

Wir befanden uns nun bereits knapp vier Monate hier in Russland und mir fehlte nicht nur der Fotografiekurs, den ich an der Universität in London besucht hatte, sondern auch mein Job im ›Hendrix‹, dem kleinen Café in Campusnähe, wo ich mir meinen Lebensunterhalt verdient hatte. Ich vermisste die Hektik der Stadt, in deren Strudel ich geflüchtet war.

Seltsamerweise vermisste ich jedoch nicht nur den Stress und das wilde Durcheinander. Ich vermisste auch meine Freunde. Ja, Jess war hier und ihre Familie gab uns einen Zufluchtsort, aber ich vermisste auch Audrey, eine Studentin, die ich über meine beste Freundin kennengelernt und die einen Platz in meinem Herzen gewonnen hatte. Ihre Lebensfreude zusammen mit der unendlichen Energie, die sie ständig umgab, fehlte mir.

Aber da gab es auch noch diesen blonden Kerl. Er wollte ein Badboy sein, wie seine Freunde. Und irgendwie war er auch einer. Aber vor allem war er eines: Liebenswert. Er hatte es mit seiner unschuldigen, witzigen Art geschafft, meine Abwehrmauer zu unterwandern und sich kaum merklich in mein Herz geschlichen. Lian sorgte zwar immer dafür, dass meine Augenmuskeln vom vielen Verdrehen eine perfekte Ausdauer hatten, aber gleichzeitig konnte ich mit ihm am lautesten und heftigsten lachen. Das mit uns war wirklich seltsam gewesen.

Mein Herz wurde schwer und ich spürte Tränen hinter meinen Augen brennen. Nein, ich durfte nicht an früher denken. Ich durfte nicht um London trauern. Das stand mir nicht zu. Ich hatte in dieser Metropole großes Leid zurückgelassen, hatte Menschen große Schmerzen zugefügt und ich hatte kein Recht, meinen eigenen Gefühlen mehr Beachtung zu schenken. Ich hatte mich entschieden, diesen Schritt zu gehen. Es war mein Wille, die Stadt und das Land zu verlassen, um mich selbst vor den Konsequenzen meines eigenen verdorbenen Handelns zu schützen und meine Schwester nicht weiter in Gefahr zu bringen.

Holly sollte überhaupt nicht hier sein. Und doch war sie es. Weil sie sich entschieden hatte, an meiner Seite zu bleiben und nicht zurück nach Deutschland zu fliegen und bei unseren Eltern zu bleiben. Meine jüngere Schwester hatte sogar ihr Medizinstudium für mich hingeschmissen.

»Wir könnten noch eine Folge unserer Serie schauen«, schlug Jess vor und griff nach der Fernbedienung auf ihrem Nachtkästchen. Sie schaltete das große Gerät an der Wand gegenüber an und während sie einen der Streamingdienste öffnete, ließ sich meine Schwester auf das Fußende des großen Bettes sinken.

Mein Handy vibrierte auf der Tagesdecke neben mir und ich griff vorsichtig nach dem kleinen Gerät. Auch das war ein Geschenk von Jess' Vater, das er meiner Schwester und mir vor Monaten bereits gemacht hatte. Er hatte darauf russische Übersetzungsapps installiert und die Schenkung mit dem Kommunikationsproblem begründet. Ich wusste es besser. Er hatte uns die Geräte nur geschenkt, um uns überwachen zu können. Den integrierten Peilsender hatte ich nach weniger als zwei Minuten gefunden. Ich hatte keine Ahnung von Technik, zumindest nicht wie Blondie, aber Mister Sorokin Senior hatte sich auch keine Mühe gegeben, den kleinen Zusatz zu verstecken.

Von: MSS
Empfangen: 22:24
Waffenraum in 10.

Es waren nur zwei Worte und eine Zahl, doch mir stockte das Blut in den Adern. Außer den beiden anderen Frauen im Raum schrieb mir nur eine weitere Person auf diesem Smartphone und mit dieser hatte ich seit zwei Monaten einen überaus perfiden Deal am Laufen.

»Ich fürchte, ihr müsst Cillian Murphy ohne mich anschmachten.« Demonstrativ gähnte ich nochmal. »Wenn ich jetzt nicht ins Bett gehe, schlafe ich während der ersten zehn Minuten ein. Und ihr wisst genau, wenn ich einmal schlafe, bekommt ihr mich nicht mehr wach.«

Es brauchte noch ein paar Entschuldigungen und blinzelnde Blicke, ehe sie mich tatsächlich gehen ließen. Nebeneinander mummelten sich die wichtigsten Menschen in meinem Leben in die Kissen, gossen sich teuren Sekt nach und öffneten eine große Tüte Paprika-Chips.

Das hier war der Grund, warum ich dem Deal mit Mister Sorokin Senior überhaupt zugestimmt hatte. Meine Schwester, für die ich absolut alles tun würde, und meine beste Freundin, für die ich genauso durchs Feuer gehen würde.

Leise schloss ich die Zimmertür und beeilte mich, über den dunklen Marmorboden zu meinem eigenen Quartier zu gelangen. Es lag nur einen Flur entfernt und kaum war die schwarze Tür hinter mir ins Schloss gefallen, zog ich mir den Pullover über den Kopf. Ich tauschte meine bequeme Kleidung gegen Jeans, Longsleeve-Shirt und Boots. Meine Wahl fiel auf Schwarz, um perfekt mit den Schatten zu verschwimmen. Beim Verlassen des Zimmers schlüpfte ich in meine Lederjacke und begab mich dann auf direktem Weg in den Keller, wo sich nicht nur das Heim-Kino und das Fitnessstudio befanden, sondern auch ein gut gefüllter Raum mit allen möglichen Waffen. Maschinengewehre, Handfeuerwaffen, Messer, Macheten, Granaten. Alles, was das Herz begehrte und womit man eine Menge Schaden anrichten konnte.

Im Raum selbst summte es bereits wie in einem Bienenstock und mit meiner Farbwahl fügte ich mich perfekt in das Bild aus kräftigen Kämpfern ein. Handlanger mit bereits ergrauten Bärten griffen nach Messern und Revolvern, um sie an ihren Gürteln zu befestigen. Rekruten, die noch ganz unten in der Nahrungskette des Unternehmens standen und darüber hinaus noch grün hinter den Ohren waren, befestigten mit zitternden Händen verschiedene Handfeuerwaffen an ihren Lenden.

Am anderen Ende des Raums entdeckte ich den Kopf der Organisation. Sein kühler und stets distanzierter Blick wanderte über das Geschehen, während seine Lippen zu einem kaum merklichen Lächeln verzogen waren. Er liebte diesen Moment, wenn vor einem Job das Chaos auszubrechen drohte. Wenn die Nervosität und

Vorfreude seine Mitarbeiter zu überwältigen drohten. Er saugte seine Energie daraus. Es war sein Lebenselixier.

Mister Sorokin Senior hatte mir nicht viel über sein Familienunternehmen erzählt, aber ich war nicht dumm. Ich hatte genügend Filme und Serien gesehen. Außerdem hatte ich in der Vergangenheit meine eigenen Erfahrungen mit der dunklen Seite der Menschheit gemacht. Ich wusste genau, was hier gespielt wurde.

Legale Geschäfte waren es nicht, die der Vater meiner besten Freundin betreute. Drogen- und Waffenhandel im großen Stil traf den Nagel schon eher auf den Kopf. Mister Sorokin Senior war gewiss kein guter Mensch, doch das war ich auch nicht. Ich hatte in der Vergangenheit bereits meine Seele an den Teufel verkauft und der Russe hatte es herausgefunden. Er mochte vielleicht nicht jedes grausame Detail ausgegraben haben, doch einer der schwärzesten Momente meines Lebens genügte vollkommen aus. Er hatte mich damit nicht nur in der Hand, sondern wusste auch genau, wie weit ich bereit war zu gehen. Und das hatte er sich zu Nutzen gemacht. Ich hätte es nicht anders getan.

Ich durchquerte den Raum und schob mich neben den Anführer. Eine ruhige Aura umgab ihn und damit war er förmlich ein Fels in der Brandung. Auf der anderen Seite des großen Mannes entdeckte ich Dimitri, seinen Neffen. Unter den anderen Mitgliedern des Clans wurde er auch Mister Sorokin Junior genannt. Auch wenn Jessica seine Tochter war, würde sie niemals die Geschäfte übernehmen. In diesem Business hatten nur Männer etwas zu sagen und da Jess ein Einzelkind war, fiel der Posten des Bosses eines Tages an ihren ältesten Cousin. Mir hatte zwar bisher niemand die Details erklärt, doch das war auch nicht nötig. Ich wusste, wie die Bratva funktionierte.

Jess war freundlich, liebenswürdig, etwas schüchtern und weich. Sie war keine Anführerin. Sie war jemand, der sich im Hintergrund wohler fühlte, die mit verschiedenen Ängsten zu kämpfen hatte und ständig fürchtete, jemanden gegen sich aufzubringen. Genau das sollte niemals in der Natur eines Anführers liegen. Ich liebte Jess fast genauso sehr wie meine eigene Schwester, aber auch ich sah sie nicht an der Spitze dieses speziellen Familienunternehmens. Und das galt für ihren Vater ebenso. Er liebte seine Tochter und sie liebte ihn, doch in ihrem Umgang miteinander lag stetig eine gewisse Vorsicht ihm gegenüber. Er hatte Anforderungen an sie und wenn Jess diese nicht erfüllte, standen diverse unerfreuliche Konsequenzen im Raum. Außerdem hatte sie am Ende des Tages das falsche Geschlecht.

Meine Beziehung zu meinen eigenen Eltern war noch nie besonders gut. Deshalb wusste ich, wie schwierig es sein konnte, den Ansprüchen genügen zu wollen und es doch nie zu schaffen. Der Unterschied von meiner Familie zu den Sorokins war jedoch, dass meine Eltern als Ärzte Leben retteten, während Mister Sorokin Senior als Anführer seines Unternehmens die Leben lieber auslöschte.

»Was haben wir?«, wollte ich wissen und musterte dabei den Boss von Kopf bis Fuß. Wie immer trug er einen schwarzen Anzug und heute zur Abwechslung ein hellgraues Hemd. Die Farbe passte zu den ergrauten Strähnen an seiner Schläfe.

Er richtete seine kalten blauen Augen auf mich. Nur an den Falten um seine Augen und den Mund konnte man erkennen, dass der Mann bereits die fünfzig überschritten hatte. Seine Haltung war aufrecht, wie die eines zwanzigjährigen Rekruten, und der Stand fest, wie der eines vierzigjährigen Handlangers.

»Eine Lieferung aus Italien. Meine Posten melden einen Lastwagen und zwei Begleitfahrzeuge. Gut möglich, dass sich im Verkehrsfluss noch weitere daruntergemischt haben.« Der Anführer musterte mein Gesicht und die Flügel seiner knolligen Nase zuckten. Ich wartete geduldig, bis er weitersprach. »Ein paar italienische Handfeuerwaffen, ein bisschen Kokain und ein paar Pillen.«

Seine Definition von ›einem bisschen‹ unterschied sich grundlegend von der meinen, doch ich würde mich hüten, auch nur mit der Wimper zu zucken. In der Vergangenheit hatte ich oft mit schrecklichen Menschen zusammengearbeitet und diese Menschen mochten es überhaupt nicht, wenn man überheblich wurde. Dasselbe dürfte für den Mann mir gegenüber gelten.

Ich nickte also nur. Ich hatte früh gelernt, dass man immer wissen sollte, was transportiert wurde. Obwohl ich dem Vater meiner besten Freundin nur etwas zuarbeitete und mir egal sein konnte, was er für Lieferungen tätigte, machte ich dennoch keine Jubelsprünge. Ich wurde für meine Arbeit hier nicht entlohnt, wie alle anderen in diesem Raum. Ich tat es, um das Überleben meiner Schwester und mir zu sichern. Auch wenn Jess mittlerweile vieles über meine Vergangenheit wusste, hatte ich ihr die grausamsten Punkte verschwiegen. Es waren Dinge, an die ich nicht einmal selbst denken wollte. Sie machten mich zu einem Monster und ich wollte nicht, dass sie mich als genau das sah. Um zu verhindern, dass ihr Vater meine Taten an sie verriet oder meine Schwester und mich den korrupten Behörden auslieferte, arbeitete ich für ihn. Es garantierte mir sein Schweigen. Seine Geschenke, wie zum Beispiel die Rolex, welche nun auf meinem Nachtisch auf mich wartete, waren ein netter Bonus.

»Es ist unsere erste Zusammenarbeit und die Geschäftsbeziehung mit den Marchettis steckt noch in den Kinderschuhen. Also sorgt dafür, dass alles glatt geht.« Der Vater meiner besten Freundin sah bedeutungsschwer von mir zu seinem Neffen und wieder zurück.

Mein Herz geriet aus dem Takt, als der Name einer der mächtigsten italienischen Mafia-Familien fiel. Die Marchettis waren mir durchaus ein Begriff. Während meiner Zeit in der sprichwörtlichen Gosse der Menschheit hatte ich das ein oder anderen über die Geschäfte der Untergrundorganisation, für die ich gearbeitet hatte, mitbekommen. Und der Marchetti-Clan fand die Aktivitäten von Taurus in ihrem Gebiet nicht gerade lustig.

»Ich erwarte nichts anderes als Perfektion«, grummelte Mister Sorokin Senior und warf Dimitri einen bedeutungsschwangeren Blick zu. Als seine rechte Hand hatte dieser bisher jeden Deal begleitet, in den ich auch nur annähernd verwickelt war. Er hatte dabei das Sagen und führte die Kommunikation mit den Geschäftspartnern. Er leitete Verhandlungen und gab die Befehle.

Früher, bevor ich vor meinen eigenen Dämonen fortgelaufen und nach London geflüchtet war, war ich selbst nur einmal für einen solchen Deal verantwortlich gewesen. Und bei diesem einen Mal hatte ich bereits bemerkt, dass diese Art von Anführer nicht die Richtige für mich war. Drogen und Waffen waren schlecht und ich unterstützte ihren Konsum und ihren Vertrieb unter keinen Umständen. Dennoch hatte ich in der Vergangenheit bereits mehrmals als Begleiter bei verschiedenen Deals fungiert.

Ich war damals mit denselben Aufgaben wie heute betraut. Die Schatten beobachten, Gefahren erkennen, noch bevor sie da waren, die Ladung sichern und aufpassen, dass uns niemand über den Tisch zog. Dimitri führte zwar die Verhandlungen und prüfte mit den Handlangern die Ware, doch auch ihm konnte einmal etwas durchgehen. Die Rekruten waren im Grunde nichts anderes als Bodyguards, die mit ihren sichtbaren Waffen daneben standen und grimmig dreinblickten. Sie waren meist nicht besonders aufmerksam und konzentrierten sich hauptsächlich darauf, nicht im falschen Moment die Nerven zu verlieren und die Waffen zu ziehen. Es war mein Job, auf die Regungen der Geschäftspartner zu achten. Wurden wir in einen Hinterhalt gelockt und ein Spezialkommando der Polizei würde gleich um die Ecke biegen? Bröckelte ein Pokerface, weil wir betrogen wurden und sie sich ihrer Sache sicher waren? Oder roch das Geld nach falschen Scheinen? Ich war das Auge, das schweigend im Hintergrund alles aufsaugte und wie ein Server verarbeitete. Ich prüfte die Reaktionen der Geschäftspartner und die von Sorokins Männern.

Mein Herz klopfte kräftig gegen meine Brust, als ich mich gemeinsam mit Dimitri den Waffenregalen zuwandte. Ich beanspruchte zwei Glock 17, die sich bereits vor Jahren als meine Lieblingswaffe herausgestellt hatte. Außerdem rüstete ich mich mit verschiedenen Messern und Ersatzmagazinen aus. Nichts war schlimmer, als in eine Schießerei zu geraten und keine Munition mehr zu haben.

»Livana, auf ein Wort.«

Ich spürte die Präsenz von Mister Sorokin Senior an meinem Rücken und roch den herben Duft seines Parfüms so intensiv, dass meine Nase zu kitzeln begann. Ruhig schob ich das Messer in das Holster an meinem rechten Oberschenkel und wandte mich dann dem Vater meiner besten Freundin zu. Er nickte in Richtung der Tür und ich folgte ihm wortlos nach draußen. Erst als sich die Tür schloss, verklang auch das stetige Summen der Stimmen. Wir überquerten den Flur und betraten durch die gegenüberliegende Tür ein kleines Büro. Das Anwesen verfügte über mehr Zimmer als ein Hilton Hotel und so hatte ich schon länger aufgehört, die Räume zu hinterfragen.

»Was gibt es? Irgendwelche besonderen Vorkommnisse?«, erkundigte ich mich und spielte dabei auf meine eigentliche Aufgabe an. Er hatte mich nicht angeheuert, um seinen Neffen zu überwachen oder seinen Männern eine Unterstützung inklusive Brüste an der Seite zu sein - das lenkte die Herren nur von der Arbeit ab. Nein, meine eigentliche Aufgabe bestand darin, einen Maulwurf in den Reihen der Bratva zu finden. Jeder einzelne Deal, den ich in den letzten zwei Monaten begleitet hatte, sollte nur auf diese eine Sache herauslaufen. Ich sollte diesen Maulwurf finden und bisher hatte ich damit absolut keinen Erfolg.

»Von der Lieferung wissen nur die Männer in diesem Raum. Die Buchmacher denken, der Deal würde erst übermorgen zu Stande kommen. Und trotzdem hat mir vor einer Stunde eine meiner Quellen bei der Polizei eine deutliche Warnung zukommen lassen.« Unmut schwang in der Tenorstimme mit und seine buschigen Augenbrauen hoben sich bedeutungsvoll.

Meine Atmung versiegte für mehrere Sekunden und ich starrte dem Mann stumm in die hellen Augen. Sie hatten nichts Freundliches an sich, doch von der üblichen Kälte war darin jetzt nichts zu sehen. Ganz im Gegenteil, in ihnen brannte ein heißes und wütendes Feuer.

Es war nichts Neues, dass eine seiner Quellen ihn gewarnt hatte. In den letzten Wochen hatte Mister Sorokin Senior mehrfach in letzter Minute ein paar Übergabeorte verlegt, um die Sicherheit seines Unternehmens zu gewährleisten. Doch bei diesem Deal heute ging es um mehr. Es ging um die frische Geschäftsbeziehung mit den Marchettis, mit einer großen Mafia aus Italien. Er hatte bei unserem Treffen in der letzten Woche bereits gesagt, wie wichtig dieser Deal für die Zukunft war und wie viel davon abhing.

»Finde ihn. Finde den Maulwurf heute«, wies der Russe mich an und sah mir fest in die Augen.

Ich erwiderte seinen Blick und nickte knapp. Sollte ich herausfinden, wer der Maulwurf war, würde dieser seinen Verrat bitter bereuen. Auch wenn ich mich in die Geschäfte der Sorokins nicht mehr als nötig einmischte, hatte ich ein gutes Bild ihrer Foltermethoden vor Augen.

»Oh, und Livana«, fügte er mit einem wölfischen Lächeln hinzu, »wenn er sich dumm stellt, dann töte ihn. Ich kann Menschen nicht gebrauchen die glauben, sie kämen damit im Leben weiter und würden vor einer Strafe geschützt werden.«

KAPITEL 2

Livana

Der Rover rumpelte über unebenen Boden und nur die Scheinwerfer erleuchteten den Schotterweg vor uns. Um nicht durch Omsk fahren zu müssen und eventuell von einer der Straßenkameras aufgezeichnet zu werden, nahmen wir einmal mehr die Landstraßen um die Großstadt herum. Dimitri führte die Kolonne aus insgesamt sieben Fahrzeugen an, während ich auf dem Beifahrersitz saß und über mein Leben nachdachte.

Der Cousin meiner besten Freundin und ich sprachen nie viel miteinander. Sein Englisch war zwar gut und mein russisch reichte mittlerweile über ›Hallo‹ und ›Auf Wiedersehen‹ hinaus, aber wir hatten uns einfach nichts zu sagen. Wir waren beide auch nicht auf eine Freundschaft oder Ähnliches aus. Ich würde nicht für immer hier in Russland bleiben. Das hier war nur eine Zwischenstation. Sobald ich einen Plan für die Zukunft ausgearbeitet hatte, verschwanden wir von hier. Das lag klar auf der Hand.

Zum wiederholten Mal an diesem Tag schweiften meine Gedanken zurück nach London, wo alles sein Ende, aber auch seinen Anfang gefunden hatte. Ich wusste nicht, wie es mit der Freundschaft zu Jessica weitergehen würde, wenn Holly und ich von hier fortgingen. Die Freundschaft mit Lian und Audrey gehörte der Vergangenheit an, daran konnte nichts mehr gerettet werden.

Mein Blick glitt aus dem Seitenfenster und ich musterte meine eigene Spiegelung. Braunes Haar, blaue Augen und immer noch zu kantige Gesichtszüge für die Menge, die ich jeden Tag an Essen in mich hineinschaufelte. Vor meinen Augen, in der Spiegelung, verschwamm mein Gesicht und das Bild veränderte sich. Schwarzes und wildes Haar, dunkle Augen und weichere Gesichtszüge. Wenn ich die Augen zusammenkniff, konnte ich sogar den dunklen Bartschatten auf seinen Wangen und die vollen Lippen erkennen.

Mein Herz zog sich schmerzhaft zusammen und mir blieb die Luft weg. Ich ballte die Hände zu Fäusten, während ich den Blick nicht von seinen Augen abwenden konnte.

»Bist du jetzt zufrieden?« Seine Stimme war tief und gleichzeitig so rau, dass sie mir eine Gänsehaut über den Rücken jagte. Und sie war nicht real. Sie war nur in meinem Kopf, obwohl sich seine Lippen in der Spiegelung bewegten. »Du bist gegangen, ohne mit mir zu reden.«

Es war nicht das erste Mal, dass ich ihn hören konnte. In meinen Träumen hatte ich seine Stimme bereits unzählige Male im Ohr gehabt. Tausende Male habe ich in meinem Kopf durchgespielt, was er zu mir sagen würde. Bevor wir London so fluchtartig verlassen hatten, wollten wir reden. Ich wollte reden. Über ... uns. Oder zumindest das, was einem *uns* am nächsten kam. Wir hatten uns geküsst und meine chaotischen Hormone brachten mich deshalb heute noch genauso durcheinander, wie vor einigen Monaten. Ich wollte Klarheit in die verwirrende Dunkelheit in meinem Kopf bringen und hatte ihm sogar eine Nachricht geschickt, in der ich um ein Gespräch gebeten hatte. Doch stattdessen war ich verschwunden, hatte das Land verlassen und mich seither nicht mehr bei ihm gemeldet.

»Wir hätten darüber reden können. Wir hätten über alles reden können. Aber du bist fortgelaufen. Das kannst du ja am besten, habe ich recht?«

Ich musste die Lippen aufeinanderpressen, um keinen Ton von mir zu geben. Das, was der Schwarzhaarige in meinem Kopf sagte, war reine Fiktion. Ich hatte keine Ahnung, ob er diese Worte tatsächlich aussprechen würde, wenn wir einander gegenüberstehen würden. Er sagte nur das, was mein Unterbewusstsein mich wissen lassen wollte. Und es hatte verdammt nochmal recht damit. Und das zu akzeptieren war nicht einfach. Vielleicht stellte ich mir deshalb immer wieder vor, wie er diese Worte zu mir sagte. Sie von jemand anderem zu hören war nicht so schmerzhaft, wie sie selbst zu erkennen.

Mit den Fingerspitzen fuhr ich über die Waffen, die sich an meine Oberschenkel schmiegten. Ich wusste, wozu ich sie benutzen konnte und was von mir erwartet wurde. Es war nicht mein erster Begleitdienst für die Mafia, die der Vater meiner besten Freundin leitete. Doch bisher waren wir noch nie tatsächlich in Schwierigkeiten gekommen. Egal, wie oft der Maulwurf auch die Behörden informiert hatte, wir waren durch unsere Geschwindigkeit oder einen Ortswechsel immer davongekommen. Mister Sorokin Senior lag viel am Schutz seiner Mitarbeiter, aber vor allem lag ihm viel am Schutz seiner Ware und seines Geldes. Wir hatten in den letzten Wochen einige Gespräche bezüglich seines Verdachtes eines Verräters, doch meine Beobachtungen bestätigten keinen von diesen. Ich wusste, dass die Zeit drängte und der Mann wollte, dass ich das Problem löste.

Ich konnte tun, was von mir verlangt wurde. Ich war ein Monster, dazu hatte mich Taurus gemacht. Die größte Untergrundorganisation Europas hatte dafür gesorgt, dass ich zur schlechtesten Version meiner selbst wurde. Erkannt hatte ich es zu spät, als hätte man mir eine Gehirnwäsche verpasst. Ich war bereit zu tun, was getan werden musste. Ich war bereit, alles für mein Überleben und den Schutz meiner Schwester zu tun. Das hatte ich spätestens in London bewiesen. Und genau deshalb konnte ich mich nirgendwo auf dem Kontinent mehr schutzlos blicken lassen, denn wenn sie mich nächstes Mal fanden, würden sie mich sofort töten. Und sie würden mich vorher dabei zu sehen lassen, wie sie mir jeden auf qualvollste Weise nahmen, der mir wichtig war.

»Ich weiß wirklich nicht, warum Vanya dich seit Wochen mit uns schickt«, grummelte Dimitri und warf mir aus den Augenwinkeln einen prüfenden Blick zu. »Das ist wirklich nichts Persönliches, aber Frauen gehören nicht hierher. Sie gehören in die Küche oder das Kinderzimmer.«

Ich warf einen Blick auf die leuchtenden Ziffern in der Mitte des Armaturenbrettes, während sich meine Spiegelung zurück zu meinem Abbild formte. Heute hatte es sogar ganze dreiundzwanzig Minuten gebraucht, bis er unsere einzige Unterhaltung startete. Wir waren allein im Fahrzeug und so konnte keiner seine Zweifel an meinem Hiersein hören. Gegenüber den Mitgliedern der Mafia tat er zwar immer so, als wäre er derselben Meinung wie sein Onkel. Doch ich wusste, wie grundlegend sich ihre Ansichten tatsächlich unterschieden.

»Ist das der Grund, warum du Jess immer so von oben herab behandelst?«, schoss ich zurück und wandte den Blick von dem dunklen Feldweg vor uns ab. Ich musterte den Kerl neben mir eingehend. Er war ein paar Jahre älter, vielleicht siebenundzwanzig Jahre alt. Seine dunklen Haare waren militärisch kurzgeschoren, wodurch die markanten Augenbrauen deutlich betont wurden. Er hatte die Zähne zusammengepresst, was seine scharfe Kieferpartie stark hervorhob. Dunkle Tattoos hoben sich von der hellen Haut an seinem Hals ab. Seine blauen Augen waren konzentriert auf die Straße vor uns gerichtet und ließen mich in der Dunkelheit nicht erkennen, was er dachte. Seine bebenden Nasenflügel sagten jedoch absolut alles. Meine Anwesenheit wühlte ihn auf, aber ihm waren die Hände gebunden.

»Jessica«, er betonte den Namen grundlegend anders als ich, die ihn durch meine Herkunft amerikanisch aussprach, »ist nicht für diese Welt gemacht. Statt dass verschreckte Mädchen zu sein, das sie ist, könnte sie genauso eine Kriegerin sein und sie wäre dennoch fehl am Platz.«

Aus unseren wenigen Gesprächen in der Vergangenheit wusste ich, dass er eine strikte ›Keine Frauen‹-Politik verfolgte. Es störte mich nicht, denn vermutlich schwieg er mich deshalb lieber an und solange er das tat, stellte er schon keine unangenehmen Fragen. Ich war mir sicher, dass er nichts über meine Vergangenheit wusste. Der Vater meiner besten Freundin hatte ihm nicht gesagt, wozu ich fähig war. Denn hätte er das getan, würde Dimitri mich mit anderen Augen betrachten und mich nicht für ein kleines Kind halten.

»Eine Frau die weiß, wie man ein Messer benutzt, ist gefährlicher als ein Mann, der seine Pistole nicht kontrollieren kann«, erwiderte ich kühl und zog herausfordernd eine Augenbraue nach oben. Er wusste, dass ich recht hatte. Nicht umsonst gab es eine Schießhalle auf dem Gelände seines Onkels. Dort hatte auch ich mich profilieren müssen, nachdem Mister Sorokin Senior mich für diesen speziellen Job rekrutiert hatte.

Die Männer der Mafia hatten es wirklich nicht mit Frauen in ihrem Job. Ich hatte mehr als nur ein Trainingsduell hinter mich bringen müssen, um mir zumindest einen winzigen Funken Respekt zu verdienen.

Ich werde niemals vergessen, wie sich die Glock 17 vor acht Wochen in meinen Händen angefühlt hatte. Das kühle Material auf meiner warmen Haut zusammen mit den vertrauten Ecken und Kanten hatte mir sofort Sicherheit gegeben. Gleichzeitig jedoch musste ich gegen einen Strom grausamer Erinnerungen ankämpfen, die sich ihren Weg durch mein Bewusstsein bahnen wollten.

Es war noch keine vier Monate her, als ich mit demselben Modell einer Waffe ein Leben beendet hatte. Es war noch keine vier Monate her, seit ich erkannt hatte, dass das Monster nicht nur in meinem Kopf existierte, sondern bereits meine Seele vergiftet und von meinem Körper Besitz ergriffen hatte. Ich hätte sterben sollen. Walentin war entschlossen gewesen mich zu töten. Es war der Auftrag unseres alten Bosses, der vermutlich immer noch in Deutschland saß und genüsslich seine Lines zog. Hätte ich Walentin nicht getötet, hätte er mich erledigt. Die Wunde an meinem Oberkörper zeigte es mir nur zu deutlich.

Wochenlang hatte ich mich sportlich einem Rehabilitationsplan angepasst, den mir einer der Ärzte von Mister Sorokin Senior aufgeschwatzt hatte. Ich war vorsichtig und hatte meine linke Schulter nicht zu sehr beansprucht. Alles nur, um eventuellen Folgeschäden der Kugel aus Walentins Walther PPK vorzubeugen. Holly hatte mir die Kugel noch in derselben Nacht im Badezimmer entfernt, ehe wir die wichtigsten Dinge gepackt und aus meinem Apartment verschwunden waren. Es kam mir noch immer surreal vor, dass wir London tatsächlich hinter uns gelassen hatten und zusammen mit Jess' Hilfe nach Russland geflohen waren.

»Mag sein, dass du gut bist. Aber du gehörst nicht hierher«, murrte Dimitri mit kehliger Stimme, die zu tief für sein Alter war.

Er hatte recht und das wiederum wusste ich genau. Auch wenn ich meine Aufgabe noch nicht erfüllt hatte, hatte ich vor eineinhalb Wochen das erste Mal seit unserer Flucht mein Notebook angeschaltet und mich über unsere weiteren Möglichkeiten informiert. Sie waren nicht besonders groß, denn auch wenn wir vor allem das

Bargeld aus London mitgenommen hatten, hatte ich hier in Russland keinen Kontaktmann. Das war in England zwar nicht anders gewesen, aber dort war ich unter dem Radar geflogen und vorerst nicht mit Menschen in Kontakt getreten. Hier war es anders. Hier waren wir gelandet und direkt in die Arme von Mister Sorokin Senior gestolpert. Vor allem jedoch war ich hier nicht allein.

Als ich nach London geflohen war, hatte ich Holly bei unseren Eltern in Süddeutschland zurückgelassen. Doch meine Schwester war schon immer schlau wie ein Fuchs - nicht umsonst hatte sie einen der wenigen, aber heiß begehrten Medizinstudienplätze ergattert. Sie hatte mich nach Wochen aufgespürt und als sich bei ihrem zweiten Besuch die Ereignisse förmlich überschlagen hatten, war sie geblieben. Jetzt hielt sie sich an meiner Seite und ich musste jederzeit ihre Sicherheit gewährleisten können.

Ich ließ Dimitri das letzte Wort in unserer Unterhaltung haben und lehnte schweigend den Hinterkopf gegen die Kopfstütze. Es gab viel, über das ich nachdenken musste. Nicht nur darüber, wie es mit uns weiterging, sondern auch über die Vergangenheit. Über das, was ich getan und noch niemandem gegenüber ausgesprochen hatte. Nachdem Taurus mich rekrutiert hatte, war mir nicht bewusst, wie tief die Abwärtsspirale führte. Bei allem, was ich jedoch getan hatte, musste ich wohl das Ende erreicht haben.

Der Cousin meiner besten Freundin setzte den Blinker und wir bogen endlich von der holprigen Landstraße ab. Zwar hatte ich seit unserem Aufenthalt in Russland wieder zugenommen und ich sah nicht mehr so mager aus wie zuletzt in England, doch mein Hintern bestand immer noch hauptsächlich aus Haut, Knochen und Muskeln. Ein Nachteil, wenn man viel trainierte. In diesen Momenten wünschte ich wirklich, ich könnte mit Jess tauschen. Ihr Körper war weich, während meiner hart und sehnig war. Und ich war mir sicher, dass ihr Hintern nicht nach einer solchen Fahrt unangenehm schmerzte.

Ich richtete meine Aufmerksamkeit wieder auf die Straße vor uns und verdrängte meine Gedanken. Dimitri neben mir spannte die Muskeln an und ich wusste, dass wir unseren Zielort in den nächsten Minuten erreichen würden. Um mich von meiner eigenen Anspannung abzulenken, schnappte ich mir einen Kaugummi aus dem

Getränkehalter in der Mitte des Fahrzeugs und schob ihn mir in den Mund. Energisch kaute ich auf dem fingernagelgroßen Stück herum und ein angenehmes Kribbeln meldete sich in meiner Nase. Pfefferminz, lecker.

Tatsächlich bogen wir schließlich auf das Gelände eines heruntergekommenen Rastplatzes ab. Er befand sich direkt an einer Autobahn und ich konnte hinter Leitplanken die Scheinwerfer von Autos und Lastwagen vorbeiflitzen sehen. Ein strategisch guter Ort für eine Übergabe, denn eine Flucht war über mehrere Straßen möglich. Außerdem waren einige der schwachen Lampen kaputt, weshalb sich lange Schatten über das Gelände zogen. Nur zwei Lastwagen schienen hier die Nacht zu verbringen, denn ansonsten war der Parkplatz wie leergefegt.

»Da mein Onkel dich als Späher mitgeschickt hat, habe ich noch einen weiteren Auftrag für dich«, sagte Dimitri, als er den Motor ausschaltete. Die Lichter des Rovers erleuchteten die freie Betonfläche vor uns. »Unsere Geschäftspartner müssen diesen Parkplatz lebend verlassen. Sollte etwas schiefgehen, dann sorg dafür, dass keiner von ihnen stirbt.«

Mein Blick wanderte zu Dimitri, der mich durch die Dunkelheit mit ausdrucksloser Miene ansah. Ich war überrascht von seiner Aufforderung und zog eine Augenbraue nach oben. Für gewöhnlich war sich bei solchen Deals jeder selbst der Nächste. Die eine Seite übernahm niemals die Verantwortung für die andere. Es wunderte mich, dass es heute anders laufen sollte.

»Hast du jemand Bestimmten im Kopf?«, fragte ich. Es stand mir nicht zu, die Anweisungen von Mister Sorokin Senior oder Dimitri, als seinem Stellvertreter, zu hinterfragen. Also konzentrierte ich mich auf das, was er mir aufgetragen hatte. Er würde kaum von mir verlangen, jeden Handlanger zu retten. Das wäre im schlimmsten Fall reiner Selbstmord. Und das wiederum stand nicht auf meiner Liste für den heutigen Tag.

»Elio Marchetti. Er ist der Sohn des Anführers und wird den Clan eines Tages übernehmen. Er darf unter keinen Umständen sterben.« Bedeutungsvoll sah Dimitri mich an und ich fragte mich, warum dieser Kerl überhaupt mitkam. Einen solchen Deal konnten für gewöhnlich auch andere wichtige Leute des Clans erledigen. Aber vielleicht lag es auch daran, dass es der erste Deal war und darauf die zukünftige Geschäftsbeziehung basieren würde.

Ich nickte knapp. »Sonst noch jemand?«

»Er wird ein weiteres hohes Tier des Clans dabei haben. Danilo Kovač. Wenn er stirbt, ist es nicht gerade vorteilhaft, aber er ist nicht der Sohn des Anführers. Konzentriere dich auf den jungen Marchetti, wenn etwas schiefgeht.«

Wieder nickte ich nur und sah mich anschließend um. Ich versuchte, in den schwarzen Schatten der hohen Bäume etwas zu erkennen, doch es war mir unmöglich. Der Vollmond war in dieser Nacht hinter dicken Wolken verborgen und die Welt lag in reinen Grautönen vor uns.

Mehrere Minuten saßen wir in absolutem Schweigen und ich ließ unaufhörlich den Blick über unsere Umgebung wandern. Auf dem Rastplatz war es ruhig, die Welt schlief. Drei weitere Autos hatten sich neben uns aufgestellt, die anderen vier waren hinter uns geblieben und deckten uns den Rücken.

Ich sah zu der Einfahrt, von der aus wir gekommen waren. Sie war unscheinbar und vermutlich nicht offiziell. Scheinwerfer trafen auf mein Gesicht und ich kniff geblendet die Augen zusammen. Mein Kopf ruckte herum und ich musterte den weißen Lastwagen, der auf das Gelände rumpelte. Angeführt und verfolgt wurde er von jeweils einem massiven Jeep. Dahinter konnte ich noch drei weitere schwarze Rover erkennen.

Die Marchettis waren da.

Dimitri schnallte sich ab und öffnete die Fahrertür. Ich tat es ihm gleich und glitt aus dem Wagen. Autotüren wurden zugeworfen, wobei lautes Knallen die Stille der Nacht durchdrang. Die Italiener waren eindeutig in der Unterzahl, obwohl auch ihre Autos jeweils voll besetzt waren.

Meine Kleidung schmiegte sich an meine Haut und die Waffen rieben vertraut über den Stoff. Die Luft war noch immer kalt, obwohl wir bereits März hatten. Im Winter hatte ich gelernt, dass das Klima sich hier deutlich zu allem, was ich kannte, unterschied.

Ich hielt mich an Dimitri, der in die Lichtkegel unserer Autos trat. Die Marchettis hatten sich uns gegenüber positioniert. Den Lastwagen in ihrer Mitte. Gesichert von italienischen Männern mit gezogenen Waffen. Doch die Sorokin-Anhänger waren nicht weniger vorsichtig. Bei einem Deal konnte immer etwas schief gehen. Man konnte immer über den Tisch gezogen werden. Also hatten auch die Männer auf unserer Seite ihre Waffen in den ruhigen Händen. Die Rekruten überblickten die kleine Versammlung, während die Handlanger sich noch etwas im Hintergrund hielten. Sie waren gemeinsam mit Dimitri für die Warenkontrolle zuständig und würden sich erst nach einem ersten Gespräch dem Lastwagen nähern.

Einen Schritt hinter dem Cousin meiner besten Freundin blieb ich stehen und musterte die Männer, die uns aus der Dunkelheit gegenüber traten. Es waren zwei, die mit dominantem Gang durch die Lichtkegel der geparkten Autos schritten. Ihre großen, trainierten Körper warfen lange Schatten auf den Asphalt und je näher sie kamen, desto deutlicher wurde die kühle, aber erhabene Ausstrahlung der beiden. Sie wussten genau, wo ihr Platz in der Gesellschaft war, und sie würden sich garantiert nicht übers Ohr hauen lassen.

Totenstille lag über dem Rastplatz. Die einzigen Geräusche waren das Rauschen der vorbeifahrenden Autos und das Trappeln von schweren Stiefeln auf dem Boden. Mein Blick schweifte über die beiden Männer. Sie waren etwas älter als ich, beide etwa Mitte zwanzig. Sie trugen dunkle Jeans und schwarze Lederjacken. Sie waren nicht so offensichtlich bewaffnet wie Dimitri und ich, doch mein Blick verweilte etwas länger als nötig in der Körpermitte der beiden Männer. Dort trugen sie, von Hosenbund und Gürtel gehalten, jeder eine Handfeuerwaffe, mit denen sie jederzeit auf uns schießen konnten.

Kräftig schlug das Herz in meiner Brust und meine Muskeln spannten sich erwartungsvoll an. In der Luft lag nicht nur der Geruch von Abgasen, sondern auch von Alphatierchen. Die drei Männer in meiner Nähe waren alle von sich selbst eingenommen und genau das strahlten sie auch in ihren aufrechten Haltungen aus.

Mein Blick flitzte über die Szenerie und ich erfasste die Männer hinter den beiden Italienern. Es waren sechzehn, allesamt für einen Kampf ausgerüstet. Sie waren unwichtig, weshalb ich mich wieder auf die beiden Kerle direkt vor uns konzentrierte.

Einer von ihnen trat einen Schritt nach vorn und blieb breitbeinig zwei Meter vor Dimitri stehen. Er hatte schwarze Locken, die an den Seiten kürzer geschnitten waren. Dunkle Augen, die in der Nacht pechschwarz wirkten, schweiften von dem Sorokin-Nachkommen zu mir. Sein abschätzender Blick flog über mich, wobei er sich über die vollen Lippen leckte. Das musste der Marchetti sein.

Ich erwiderte seinen Blickkontakt ausdruckslos und saugte jedes Detail seines Körpers in mein Bewusstsein auf. Das Tattoo direkt auf seiner Kehle und die Bauchmuskeln, die das eng anliegende Shirt nur zu gut betonte. Oh ja, dieser Kerl hatte einen wahnsinnig guten Körperbau. Stark, sehnig, trainiert. Die Lederjacke betonte seinen muskulösen Schultern und ich versuchte, sein Gewicht abzuschätzen. Sicherlich brachte er über 90 Kilogramm auf die Waage. Zusammen mit seiner Größe würde es schwierig werden, ihn bei einem Angriff umzutackeln. Aber ich würde ihn schützen können, wenn ich musste.

Ein belustigtes Funkeln mischte sich in den kühlen Blick des Italieners, ehe er zurück zu Dimitri sah.

»Elio Marchetti«, sprach der Cousin meiner besten Freundin den Kerl an.

Ich lag richtig mit meiner Vermutung und scannte erneut den Körper des Mannes. Sein breitbeiniger Stand sorgte dafür, dass er ebenso stark wirkte wie Dimitri, der einen halben Kopf größer war als der andere Mafia-Sprössling.

»Dimitri Sorokin.« Die Stimme des Italieners war dunkel, jedoch nicht so tief wie erwartet. Seine Worte waren leise, kaum laut genug, um sie zu verstehen. Doch es verlieh ihm eine geradezu unheimliche Eleganz. Er hatte es nicht nötig, laut zu sprechen, denn ihm hörte auch so jeder zu.

Der Russe auf unserer Seite nickte und sagte: »Willkommen in unserem Gebiet.«

KAPITEL 3

Livana

Stumm wartete ich ab, bis die beiden zukünftigen Clan-Anführer damit fertig waren, sich gegenseitig abschätzend anzustarren. Spannung lag in der Luft und wenn ich die Hände ausstrecken würde, könnte ich sicherlich die Elektrizität auf meiner Haut kribbeln spüren. Ich nutzte den Moment der Stille, um mich dem Begleiter von Elio Marchetti zuzuwenden.

Danilo Kovač hatte brünettes und überaus fluffiges Haar, das mich durch ihr Volumen an das von Williams erinnerte. Mein Herz wurde bei dem Gedanken an den ruhigen Briten schwer und ich musste mir schmerzhaft auf die Unterlippe beißen, um mich nicht von ihm ablenken zu lassen. Ich hatte mir im Auto erlaubt, an ihn zu denken. Ich hatte es mir erlaubt, seine Stimme in meinem Kopf zu hören. Jetzt jedoch war es nicht der richtige Zeitpunkt.

Der zweite Italiener hatte eine glimmende Zigarette zwischen den schmalen Lippen stecken und fuhr sich mit den langen Fingern über den sexy Drei-Tage-Bart an seinem Kinn. Der Blick aus seinen zusammengekniffenen Augen ruhte auf mir und zwischen seinen geraden Augenbrauen hatten sich zwei tiefe Furchen gebildet. Ein Septum glitzerte an seiner Nase und an seinen Ohren konnte ich mehrere Piercings im Licht funkeln sehen. Er trug eine goldene Kette mit Kreuzanhänger, die sich deutlich von seinem schwarzen Shirt abhob und in der Mitte auf seiner Brust ruhte.

Mein Blick glitt tiefer und ich entdeckte dunkle Tattoomuster auf seinen Handrücken. Sie bahnten sich ihren Weg unter den Ärmeln seiner Lederjacke hervor und kringelten sich teilweise bis zu seinen

Fingerspitzen. Mit seinen hohen, markanten Augenbrauen war Danilo definitiv ein Hingucker.

»Ich hoffe, ihr hattet eine gute Reise.« Dimitri tauschte die üblichen Höflichkeiten mit dem Anführer der Italiener aus, nachdem sie ihre Alpha-Gene in den Hintergrund gedrängt hatten.

Es waren nur wenig Sätze, ehe das Gespräch bereits zum geschäftlichen Teil überging und Elio mit ruhiger Stimme sagte: »Ich möchte das Geld sehen, bevor die Ware begutachtet wird.«

»Selbstverständlich.« Dimitri sah über die Schulter und winkte den beiden Handlangern zu, die uns am nächsten standen. Einen von ihnen kannte ich. Er hatte ergrautes, kurzgeschorenes Haar und helle Augen. Sein Körperbau war irgendetwas zwischen bullig und muskulös. Es war Kostja, einer der engsten Freunde von Mister Sorokin Senior.

Mein Blick folgte den beiden Männern, die direkt auf unseren Wagen zusteuerten und sich am Kofferraum zu schaffen machten. Ich wandte mich wieder ab und musterte die beiden Italiener. Danilo verfolgte das Geschehen in meinem Rücken aufmerksam, während Elio weiterhin Dimitri ansah.

In einvernehmlichem Schweigen warteten wir, bis Kostja und der andere Handlanger an uns vorbei traten und auf den italienischen Anführer zuhielten. Meine Aufmerksamkeit galt gleichermaßen unserer ruhigen Umgebung, als auch der dunklen Metallkiste. Die beiden zukünftigen Mafiabosse näherten sich ihr, während sich Kostja am Schloss zu schaffen machte. Ein leises Klicken ertönte, dann wurde der Deckel aufgeklappt.

Elio beugte sich nach vorn und griff nach einem der Geldbündel. Lässig warf er es seinem Begleiter zu. Sie blätterten hindurch, prüften das Material und hielten einzelne Scheine in die Scheinwerferlichter der Autos. Saubere, reine Euros.

Bis vor sechs Jahren hatte ich zwar mit meiner Familie in den Vereinigten Staaten gelebt, doch dann waren wir nach Deutschland gezogen und so waren mir die grünen 100-Euro-Scheine trotz meiner eigentlichen Herkunft mehr als vertraut. Die beiden Handlanger des Sorokin-Clans standen neben der Metallkiste und beobachteten die Szene stumm, wie jeder andere auf dem Rastplatz.

Hinter mir hörte ich das Knirschen von Schuhsohlen auf dem Asphalt und warf deshalb einen prüfenden Blick über die Schulter. Ich trug meine Haare zu einem hohen Pferdeschwanz gebunden, um jederzeit freie Sicht zu haben, und als ein Windstoß über den Rastplatz fegte, löste er eine Gänsehaut in meinem Nacken aus. Im Licht der Scheinwerfer konnte ich erkennen, wie ein paar der Rekruten ungeduldig von einem Fuß auf den anderen wippten. Ihre Gesichter hatte ich mir bereits im Waffenraum eingeprägt. Jeden von ihnen hatte ich bei meinen letzten Einsätzen bereits gesehen. Sie waren keine Neulinge mehr, aber noch immer nervöser als die Handlanger, welche der Mafia bereits mehrere Jahre angehörten.

Meine Augen hefteten sich wieder auf die beiden Italiener. Sie prüften mehrere Bündel, die Elio nach wenigen Sekunden zurück in die große Kiste legte. Sein Begleiter stand nun neben ihm und nickte zustimmend. Die beiden kommunizierten ohne ein einziges Wort miteinander, was darauf deuten ließ, dass sie entweder bereits öfter miteinander gearbeitet hatten oder sogar befreundet waren.

»Wo ist der Rest der vereinbarten Summe?«, wollte Elio Marchetti mit vollkommen ruhiger Stimme wissen. Man merkte ihm an, dass er eine solche Übergabe nicht zum ersten Mal leitete. Er war entspannt und all seine Bewegungen wirkten absolut routiniert.

Dimitri nickte als Antwort in Richtung des Wagens. »Im Auto. Nach der Warenkontrolle bekommt ihr ihn.«

Elio drehte sich herum und winkte seinen Männern zu. Ich konnte hören, wie sich zwei von ihnen in Bewegung setzten. Sehen konnte ich sie nicht, denn das Scheinwerferlicht der Autos blendete mich. Der Italiener sah von dem Sorokin zu mir und zurück. »Wem gebührt die Ehre?«

Es überraschte mich ein kleines bisschen, dass er mich dafür überhaupt in Betracht zog. Die letzten Geschäftspartner der Mafia hatten mich zwar zur Kenntnis genommen, aber nicht weiter beachtet. Abgesehen davon hatten sie es sich nicht nehmen lassen, sich in wenigen Sätzen über mich lustig zu machen. Die Italiener dagegen hatten noch nicht ein Wort über meine Anwesenheit verloren und das ließ sie in meinem Ansehen steigen.

»Sie ist nur zu eurem Schutz hier. Ich werde die Ware selbst kontrollieren«, kommentierte Dimitri, ohne mich auch nur eines

Blickes zu würdigen. Der Marchetti zog eine Augenbraue nach oben und musterte mich stumm, während Danilo keine Miene verzog und lediglich den russischen Anführer beobachtete.

Elio zuckte mit den Schultern und drehte uns den Rücken zu. Gemeinsam mit Dimitri und zwei weiteren Handlangern verschwand er im gleisendhellen Scheinwerferlicht und ich konnte hören, wie die schweren Türen des Lastwagens klappernd geöffnet wurden.

Der Blick des italienischen Begleiters richtete sich auf mich. Er musterte mich nochmals, doch dieses Mal erkannte ich einen kleinen Hauch Interesse in seinen dunklen Augen. »Bist du seine Schwester? Ihr seht euch nicht gerade ähnlich.«

»Nein. Wir sind nicht verwandt.«

Zum Glück nicht. Denn im Gegensatz zu Jess hätte ich ihrem Cousin schon längst eine reingehauen, um sein Gehirn an eine normale Stelle zu rücken. *Küche und Kinderzimmer*, dass ich nicht lache.

Ein knappes Nicken war die einzige Reaktion. Man hörte bereits an meinen Worten, dass ich nicht einmal Russin war. Was er darüber dachte und womit er sich meine Anwesenheit erklärte, wusste ich nicht. Aber war auch nicht von Belang. Ich war an Dimitris Seite und aus welchen Gründen war irrelevant.

Mein Blick wanderte wieder über die Anwesenden. Kostja sah sich nervös um, während sein Kumpel nur teilnahmslos auf die wieder geschlossene Geldkiste starrte. Ich wollte mir gar nicht ausmalen, wie viel die Lieferung aus Kokain, Amphetaminen, Ecstasy und kleineren Waffen kostete.

Es dauerte mehrere Minuten, bis die beiden zukünftigen Bosse in den Lichtkreis zurücktraten und sich feierlich die Hand gaben. Der Deal war besiegelt und abgeschlossen. Knallend wurden die Türen des Lastwagens geschlossen. Das Geräusch zerriss die Stille der Nacht und mein Herz beschleunigte seinen Schlag. Gleich war es vorbei. Sobald wir wieder in den Autos saßen, ging es zurück zum Anwesen und der Abend war gelaufen. Gleichzeitig bedeutete das nämlich auch, dass wir nicht von der Polizei hochgenommen wurden.

Ich wusste zwar noch immer nicht, wer der Verräter war, aber auf dem Anwesen war ich wieder in Sicherheit. Russland war nicht mein Territorium und so standen mein Körper und Geist immer unter Strom, wenn ich im Dienst der Mafia unterwegs war.

Dimitri klatschte in die Hände und zog damit die Aufmerksamkeit aller Anwesenden auf sich. »Ausladen und dann zusammenpacken. Sofort.«

Seinen Männern gegenüber hielt er sich immer knapp, doch die Anweisungen genügten. Jeder wusste, was er zu tun hatte. Drei weitere Kisten mit Geldscheinen wurden ausgeladen und in der Mitte unseres kleinen Lichtplatzes an die Italiener übergeben. Die beiden Handlanger, welche mit dem Anführer die Waren kontrolliert hatten, kletterten ins Führerhaus des Lastwagens. Jede Kiste, die an die Italiener übergeben wurde, wurde von Elio und Danilo kurz auf ihren Inhalt überprüft. Kontrolle war bekanntlich besser als Vertrauen. Da es sich hierbei um den ersten Deal und damit auch die Grundlage jeder weiteren Geschäftsbeziehung handelte, konnte man jedoch davon ausgehen, nicht betrogen zu werden. Das hier war kein Kinderspiel oder ein lächerlicher Film. Das hier was das echte Leben und dort hielten die Mafiaclans durchaus große Stücke auf Ehre und Stolz. Und was wäre ehrenloser, als jemanden direkt beim ersten Deal zu betrügen?

Es dauerte weniger als fünf Minuten, bis alles verladen war und der Lastwagen begleitet von fünf russischen Rovern vom Rastplatz fuhr. Sie nahmen die Autobahn, um bei der nächsten Abfahrt Omsk auf der anderen Stadtseite zu umrunden. Die ersten Italiener stiegen ebenfalls wieder in ihre Autos.

»Beim nächsten Mal sehen wir uns in Italien«, meinte Dimitri an den Marchetti gewandt und hielt diesem erneut die Hand entgegen. »Auf eine lange und gute Geschäftsbeziehung.«

»Auf eine lange und gute Geschäftsbeziehung.« Elio schlug ein und die beiden nickten sich ein letztes Mal zu. Dann wandte er sich mit Danilo ab und Dimitri trat neben mich. »Verschwinden wir von hier.«

Ich sah den beiden jungen Männern für einen kurzen Augenblick nach, während die Körperwärme von Dimitri verschwand und er mit lauten Schritten zurück zum Rover stiefelte.

Es war vorbei. Gleich war es vorbei.

Mein Blick schweifte zu Kostja, der wenige Meter neben mir stand und ebenfalls den Italienern nachsah. Aus den belauschten Gesprächen im Speisesaal hatte ich entnommen, dass er zusammen mit Mister Sorokin Senior aufgewachsen war. Sie lachten gelegentlich über Geschichten aus der Jugend und unterhielten sich mit einigen anderen Kerlen in ihrem Alter.

Ich wandte mich gerade ab, da hörte ich das Quietschen von Reifen auf Asphalt und grelles Licht durchflutete die grauschwarze Dunkelheit. Sofort fuhr ich herum und griff nach der Glock an meinem rechten Oberschenkel. Es war ein natürlicher Reflex, welchen ich den prägenden Erlebnissen in meiner Vergangenheit zu verdanken hatte.

Die Welt war in gleißend helles Licht getaucht, sodass ich kaum die Hand vor Augen erkennen konnte. Dennoch konnte ich lokalisieren, woher es kam. Die Quelle waren die beiden Lastwagen, die bereits vor unserer Ankunft hier geparkt hatten. Etwas stimmte nicht, das wusste ich sofort.

Elio Marchetti. Er ist der Sohn des Anführers und wird den Clan eines Tages übernehmen. Er darf unter keinen Umständen sterben.

Dimitris Worte hallten in meinem Kopf wie ein Echo nach und obwohl ich wusste es wäre sinnvoller, zum Wagen zu laufen und von hier zu verschwinden, stürzte ich nach vorn. Direkt auf die beiden Italiener zu, die desorientiert die Köpfe herumrissen.

Mein Kopf schaltete sich vollständig ab und ich reagierte nur noch auf die Geräusche um mich herum. Reifenquietschen, Sirenen, Schüsse. Alles mischte sich zu einem großen Batzen zusammen und ich warf mich rittlings auf Elio, um ihn zu Boden zu stoßen. Mit dem Arm riss ich seinen Begleiter Danilo mit und drückte die Italiener auf den Boden.

Ich rollte mich auf den Rücken und schoss blind in alle Richtungen, in denen ich Angreifer vermutete. Kugeln trafen auf Autos, Alarmanlagen schrillten durch die Nacht und blau-rotes Blitzlicht durchriss die verbliebene Dunkelheit des Himmels über uns. Ich war nicht die Einzige, die das Feuer erwiderte, und so befanden wir uns mitten in einem Kugelhagel. Meine Augen suchten Kostja, der bei mir in der Mitte der Scheinwerfer Oase gestanden hatte. Soweit ich spürte, war ich nicht verletzt, doch das musste nicht für ihn gelten.

Er lag auf dem Boden und unter seinem Bein sammelte sich eine Blutlache. Er hatte die Arme ergeben über den Kopf geschlagen und machte sich so klein wie möglich. Er sah nicht überrascht oder schockiert aus, wie ich mich fühlte. Mein Herz pumpte panisch in meiner Brust und ich versuchte, die sich drehenden Puzzleteile in meinem Kopf zusammenzusetzen.

Mister Sorokin Senior hatte mich gewarnt. Er hatte mir gesagt, dass die Behörden über diese Übergabe Bescheid wussten. Er hatte mir gesagt, dass der Verräter heute unter uns sein musste. Warum also war sein alter Kumpel so wenig überrascht über das Auftauchen der Polizei?

»Merda!« Es war Elios Stimme, die mich aus meinem blinden Wahn riss und den Film, in dem ich gefangen war, durchdrang.

Eine Kugel schlug kaum zehn Zentimeter neben mir in den Boden ein und ich musste mir auf die Lippen beißen, um keinen erschrockenen Schrei auszustoßen. Panisch pochte das Herz in meiner Brust und für einen kurzen Moment vergaß ich zu atmen.

»Geht in Deckung!«, brüllte ich den Italienern zu und nickte in Richtung des Jeeps, der weniger als drei Meter von uns entfernt stand. Das war eine machbare Entfernung und die beiden konnten von hier verschwinden, wenn sie schnell genug waren.

Statt meiner Anweisung zu folgen, zogen die beiden jedoch ihre Waffen und schoben sich in meine Richtung. Sie mussten vollkommen lebensmüde sein, denn anders konnte ich mir diese Tat nicht erklären.

Schmerzensschreie hallten durch die Nacht und mein Blick ruckte zurück zu Kostja, der sich ebenfalls aus der Mitte des Geschehens entfernte. Seine Waffen lagen auf dem Boden und er machte nicht den Anschein, sich verteidigen zu wollen. Eine dunkle Blutspur zeichnete sich auf dem Asphalt von seiner Waffe bis zu seinem Körper ab.

Verdammt nochmal, er wird doch nicht der Verräter sein. Das konnte ich Mister Sorokin Senior niemals erklären. Ich würde damit jegliches Vertrauen zwischen den Männern zerstören. Und ich wollte mir gar nicht ausmalen, was dieser Verrat für ihn bedeutete. Nein, das konnte nicht sein. Das würde Kostja nicht tun.

Als ich in Deutschland noch für Taurus gearbeitet hatte, wurde die Untergrundorganisation von niemand Geringerem als meinem Freund betrogen. Juls hatte sie eine Menge Geld gekostet. Ich selbst hatte damals vollkommen unter dem Einfluss des Netzwerks gestand und musste ihn dafür zur Rechenschaft ziehen. In den letzten Jahren konnte ich mich nicht an meine Tat erinnern. In der Medizin nannte man das eine durch ein Trauma ausgelöste Amnesie. Aufgeschwemmt wurde die grausame Erinnerung durch meine Taten in London und nun konnte ich kaum an etwas anderes denken. Ein Verrat zerstörte die Menschen, das wusste ich selbst.

»Verschwindet von hier!«, brüllte ich dem Marchetti und seinem Begleiter über das Geräusch von knallenden Schüssen hinweg zu. »Sofort!«

Ich wollte nicht dafür verantwortlich sein, wenn einer von ihnen starb. Ganz besonders nicht, wenn dieser jemand Elio war.

»Du schaffst das nicht allein!«, erwiderte Elio ebenso laut brüllend.

Es war rührend, dass er mich nicht meinem Schicksal überlassen wollte. Doch das konnte ich nicht verantworten. Bei jedem meiner Einsätze für die Mafia war ich mir bewusst, dass ich dabei sterben konnte. Ich riskierte mein Leben jedes Mal für eine Sache, an die ich nicht glaubte. Und warum? Um mir das Schweigen des Vaters meiner besten Freundin zu erkaufen. Meine Schwester Holly war es jedoch wert, deshalb würde ich die Folgen meiner Entscheidung auch würdevoll tragen.

Wenn ich von der Polizei geschnappt wurde, dann war es so. Wenn ich dabei durch eine Kugel starb, dann sollte es so sein. Jetzt war es zu spät, um etwas zu bereuen. Vielleicht war es auch besser, wenn es dieses Ende mit mir fand. Ich würde nirgendwo in Europa mehr sicher sein. Taurus würde mich überall aufspüren.

Erneut schlug eine Kugel nur wenige Zentimeter neben meinem Oberschenkel ein und ich zog mich etwas weiter hinter den Wagen zurück. Praktischerweise drängte ich dabei die Italiener ebenfalls weiter zurück, direkt in Richtung ihres Jeeps.

»Verschwindet von hier!«, giftete ich sie an und warf ihnen erboste Blicke zu. In ihren Augen sah ich gleichermaßen Kälte als auch ... War dieses dunkle Funkeln tatsächlich Sorge? Ich war mir nicht zu hundert Prozent sicher. In jedem Fall sahen sie nicht so aus, als würden sie mich zurücklassen wollen und ich fragte mich, warum sie mich nicht meinem Schicksal überließen. Es wäre einfacher für sie, die Flucht zu ergreifen.

Ich wechselte das Magazin meiner Glock und schob das Verbrauchte in meine Jackentasche. Von mir würde nichts zurückbleiben, auf dem meine Fingerabdrücke zu finden waren.

Gemeinsam kauerten wir hinter dem Rover und erwiderten das offene Feuer. Ich sah Menschen fallen. Russen und Italiener. Es würde auf beiden Seiten Verluste geben. Die Frage war nur, wie hoch diese sein würden, bis die Schießerei beendet war.

Ich stemmte mich nach oben und schielte über die Motorhaube in Richtung Kostja. Er war der Einzige, den ich in dem Chaos und blendenden Licht erkennen konnte. Dimitri hatte ich sofort aus den Augen verloren. Der Mann mit dem lichten, hellgrauen Haar schob sich noch immer über den Boden in Richtung eines Streifenwagens. Keiner der Polizisten machte Anstalten auf ihn zu schießen und damit wusste ich, dass ich mit meiner ersten dunklen Vermutung Recht hatte.

Kostja war der Verräter.

Und er war gerade auf dem besten Weg, sich bei der Polizei in Sicherheit zu bringen. Und das wiederum bedeutete, dass er mit ihnen reden würde. Er würde alles erzählen, was er wusste. Er könnte in einem Prozess aussagen. Als Kronzeuge. Er könnte die Sorokins vernichten. Den Vater meiner besten Freundin. Vielleicht sogar sie selbst. Er könnte alles zerstören. Mir war durchaus bewusst, welche Macht dieser Mann hatte, wenn er mit den Behörden sprach.

Ich sollte ihn am Leben lassen, das hatte Mister Sorokin Senior in jedem unserer Gespräche gesagt. Doch ich hatte keine Möglichkeit dafür zu sorgen, dass er zurück zum Anwesen gelangte. Nicht, wenn er sich selbst in Richtung des Streifenwagens rettete. Denn das bedeutete, dass er bereits einen Deal mit den Behörden hatte. Wie genau dieser aussah, war nicht von Belang.

Eine Glock 17 war zwar kein Scharfschützengewehr, aber sie konnte einen ähnlichen Dienst tun, wenn man zielen konnte. Und das war etwas, das ich beherrschte.

Mein Herz pumpte kräftig in meiner Brust und ich wusste, wie falsch mein Handeln war. Aber ich würde es tun müssen, um die Sorokins zu schützen. Um Jess, die so unschuldig und liebevoll war, vor den Folgen zu schützen. Ich wollte nicht, dass meine Freundin miterleben musste, wie ihre Familie zerstört wurde. Das konnte ich ihr nicht antun. Nicht, nachdem sie mich in London vor der Hölle gerettet hatte.

Also tat ich das dritte Mal in meinem Leben, was getan werden musste. Ich drückte ab. Einmal. Zweimal. Dreimal. Wieder und wieder drückte ich ab. Ich wusste nicht, welche meiner Kugeln Kostja traf, doch er schrie und schrie so laut, dass ich ihn über das Zischen und Knallen der Kugeln hinweg hören konnte. Er schrie und schrie so lange, bis er plötzlich aufhörte und zusammensackte.

Ich war mir nicht sicher, ob er tot oder einfach vor Schmerz in Ohnmacht gefallen war. Doch das war nicht wichtig. Denn ich hatte gesehen, wie meine Kugeln ihn im Oberkörper getroffen hatten, und ich war mir sicher, dass sie ihn töten würden. Egal ob sofort oder in ein paar Minuten.

Das Blut rauschte in meinen Ohren, als ich hinter dem Rover in Deckung ging und Elio am Saum seiner Lederjacke nach unten zog. Ich hatte auf Autopilot geschaltet und handelte, weil ich es musste. Die aufkeimenden Schuldgefühle drängte ich zurück und versuchte die Erinnerungsblitze vor meinen Augen fortzublinzeln. Es gelang mir nicht und so wurde das Gesicht des Marchetti abwechselnd von Walentin und Juls überschrieben, bevor ich Kostja klar und deutlich vor mir sah. Drei Menschen hatte ich das Leben gekostet. Drei Menschenleben hatte ich beendet.

»Verschwindet von hier! Sofort!« Ich blinzelte die beiden Italiener an und versuchte, nur ihre Gesichter zu sehen. Die Gesichter von Menschen, die real waren und nicht ... tot.

Danilo packte seinen Kumpel und zerrte ihn rückwärts in Richtung des Jeeps. Ich wusste nicht, was Elio davon abhielt, endlich diesem Ort den Rücken zu kehren. Doch nun war ich nicht mehr dafür verantwortlich. Solange einer von ihnen tat, was ich sagte, genügte es mir. Ich wandte mich von den beiden ab und deckte ihre Rücken, um die bestmögliche Sicherheit zu garantieren.

Adrenalin wurde durch meine Adern gepumpt, während ich noch immer mehr blind als zielsicher das Feuer erwiderte. Ich hörte Motoren heulen und Reifen quietschen. Der Geruch von verbranntem Gummi traf meine Nase. Ohrenbetäubende Sirenen heulten und lautes Geschrei erfüllte die Nacht.

Ich wusste nicht genau, was passiert war oder woher die unzähligen Polizeiwagen kamen. Doch es war nicht von Belang. Mein Blick schweifte zurück zu den beiden Italienern. Sie hatten den Jeep erreicht, doch bevor sie die Türen öffnen konnten, wurde erneut in ihre Richtung gefeuert.

Der Jeep musste gepanzert sein, denn die Kugeln prallten knallend von dem Material ab. Dennoch konnten die beiden nicht ins Innere gelangen, solange sie unter Beschuss standen.

Elio Marchetti musste das hier um jeden Preis überleben. Wenn er starb, würde das eine Fehde über die Landesgrenzen hinweg auslösen.

Halb geschützt von dem Rover versuchte ich den Schützen, der den beiden Italienern die Flucht schwer machte, ausfindig zu machen. Ich schaffte es nicht, also erwiderte ich erneut blind das Feuer. Es war meine erste große Schießerei und ich wusste, dass ich auf diese Erfahrung hätte verzichten können. Meine Muskeln waren zum Zerreißen angespannt und pochende Kopfschmerzen hämmerten hinter meiner Stirn, als ich mich langsam in Richtung der beiden Männer bewegte.

Ich schaffte es, sie mit meiner Verteidigung lange genug zu schützen, sodass sie die Türen öffnen und sich ins Innere retten konnten. Elio hinten, Danilo vorn.

Es fühlte sich an. Als würden Minuten vergehen, bis Danilo es geschafft hatte, sich über die Mittelkonsole auf den Fahrersitz zu schieben. Minuten, die in Wirklichkeit nur Sekunden waren.

Dann startete der Motor und ich vernahm über das tinnitusähnliche Fiepen in meinem Ohr das zugehörige Aufheulen. Der Wagen schoss vorwärts und brachte sich in die Schusslinie zwischen mich und die Angreifer.

Die Tür hinter dem Fahrer wurde aufgerissen und Elio streckte mir eine Hand entgegen. »Steig ein!«

Ich wollte nicht sterben, das war der einzige Gedanke, der in diesem Moment in meinem Kopf präsent war. Also ergriff ich seine Hand und sprang auf die Rückbank. Ich landete halb auf dem schwarzhaarigen Kerl und als er die Tür schloss, schob er mich noch weiter auf sich. Gleichzeitig setzte sich der Wagen in Bewegung und während ich mich von der schwarzen Lederrückbank nach oben stemmte, suchte ich meine Orientierung. Tief sog ich die Luft ein. Der Italiener roch nach scharfer Tomate und gleichzeitig süßem Karamell.

Die Waffe in meinen Händen fühlte sich heiß an und ich brauchte mehrere Sekunden, bis ich die Geschehnisse realisiert hatte. Der Wagen flitzte schnell durch die Nacht, sodass ich nichts außerhalb der getönten Scheiben erkennen konnte. Die Anspannung aus meinen Muskeln verflüchtigte sich, als die Geräusche leiser wurden und nicht länger Kugeln auf uns niederprasselten. Ich sackte auf dem Rücksitz nach hinten, zog mühsam meine Beine von Elios Schoß und funkelte ihn durch die plötzliche Dunkelheit an. Die Nacht wirkte nicht länger dunkelgrau, sondern jetzt, wo wir uns von den grellen Lichtern entfernt hatten, war sie gänzlich schwarz.

Es war still im Wagen und das einzige Geräusch war das heftige Atmen von uns dreien. Danilo manövrierte das Auto über die nächste Abfahrt der Autobahn, während Elio mich ebenfalls stumm anblickte.

»Seid ihr wahnsinnig? Warum riskiert ihr euer Leben für mich?«, fragte ich zischend und kramte mit der linken Hand in der Tasche meiner Lederjacke nach dem Handy, das ich hier nutzte. Ich musste den Vater meiner besten Freundin warnen. »Ich habe gesagt, ihr sollt verschwinden.«

»Danke, dass du uns das Leben gerettet hast«, erwiderte der Marchetti, ohne auf meine Aussage einzugehen. »Hättest du uns nicht zu Boden gerissen, wären wir vermutlich tot. Ich stehe in deiner Schuld.«

Zwei Stunden später befand ich mich im Büro des Clananführers und mein Adrenalin war gänzlich verpufft, sodass ich erschöpft auf einem der Ledersessel fläzte. Dimitri hatte unsere traute Dreierversammlung vor etwa zwei Minuten verlassen, um sich den Schmutz und das Blut vom Körper zu waschen. Er hatte einen Streifschuss erlitten, war jedoch vor Schlimmerem verschont geblieben. Ich selbst war nicht minder dreckig, doch einer weiteren Schussverletzung war ich entgangen.

Die Italiener hatten mich am Stadtrand von Omsk abgesetzt und waren nach einer überraschend ausführlichen Dankesrede verschwunden. Elio hatte mir für die Zukunft seine Telefonnummer hinterlassen. Ich würde sie zwar vermutlich nie benutzen, aber das konnte ich ihm nicht sagen. Kaum aus dem Jeep der beiden jungen Männer heraus, hatte ich Mister Sorokin Senior kontaktiert und ihm von dem Vorfall berichtet. Er hatte auch dafür gesorgt, dass mich einer seiner Männer abholte und zum Anwesen zurückbrachte.

In den vergangenen fünfzehn Minuten hatten wir den Verlauf der Übergabe diskutiert. Der Marchetti waren mit seinem Geld davongekommen und der Lastwagen mit der Lieferung hatte eines der unzähligen Lagerhäuser außerhalb der Stadt erreicht. Über die verlorenen Männer hatten die beiden Sorokins gerade gesprochen, als ich im Büro hinzugestoßen war. Die Zahl drehte mir den Magen herum und ich musste die Zähne zusammenbeißen, um nicht zu würgen.

»Ich hoffe, du hast Neuigkeiten für mich«, begann Mister Sorokin Senior wie so oft das Gespräch. »Dieser Zugriff der Polizei war groß geplant. Wir können von Glück sagen, dass eine unserer Straßensperren ein früheres Eintreffen verhindert hat. Also bitte, sag mir wer der Verräter ist. Ich werde dieses Problem umgehend aus dem Weg räumen müssen.«

Ich sah dem Vater meiner besten Freundin ins Gesicht. Er trug noch immer denselben schwarzen Anzug wie zuvor, doch die Falten um seine Augen und den Mund waren tiefer geworden. Er hatte Sorgen und nun musste ich ihm die grausame Wahrheit unterbreiten. Während der Rückfahrt hatte ich darüber nachgedacht, ob es eine andere Möglichkeit gab, doch es ging nicht. Ich musste ehrlich sein.

Tief holte ich Luft und dann begann ich zu sprechen, erzählte von meinen Beobachtungen und berichtete von meinen

Gedankengängen. Ich sah, wie dabei in den kalten Augen des starken Mannes etwas brach, das ich nicht beschreiben konnte. Seine Schultern sackten nach unten und er ließ sich gegen die Lehne des dunklen Ledersessels sinken. Er gewährte es mir, diesen einen Moment der Schwäche mit eigenen Augen zu bezeugen.

Im Hintergrund knisterte das Feuer im Kamin hinter dem Schreibtisch und ich hörte, wie die Holzscheite knarrend brachen. Es war ein beruhigendes Geräusch, doch es half mir heute nicht im Geringsten, die Panik in meinem Inneren zu unterbinden. Ich versteifte mich, als ich ihm berichtete, wie ich auf Kostja, seinen Vertrauten, geschossen hatte. Ich war noch immer vollkommen erschlagen von Ereignissen und meine Stimme war so matt und leise, dass ich mich selbst kaum hörte.

Mister Sorokin Senior schwieg mehrere Minuten, ehe er sich ruckartig erhob und zu seinem Schreibtisch ging. Auf der Arbeitsplatte stand ein gefülltes Scotchglas. Er stürzte den Inhalt in einem Schluck herunter, dann warf er das Glas gegen den massiven Kamin. Es zerbarst in tausend Stücke, die sich über dem Teppich vor dem prasselnden Feuer ausbreiteten und teilweise in den Fasern versanken. Mein Herz stolperte mitten im Schlag und ich wandte den Blick von dem Mafiaboss, dessen schöne Erinnerungen ich mich meiner grausamen Erzählung zerstört hatte, ab.

Ohne sich zu mir umzudrehen, sagte er: »Kostja kann froh sein, dass du ihn schnell getötet hast. Ich hätte ihn für diese Taten leiden lassen.«

Eine Gänsehaut breitete sich auf meinen gesamten Körper aus. Es war seltsam, dafür Anerkennung zu bekommen und ich würde am liebsten den aufgestauten Tränen hinter meinen Augen nachgeben. Das was ich getan hatte, war nicht lobenswert oder gar zu entschuldigen. Ich hatte erneut ein Leben beendet. Dieses Mal nicht einmal, um mich selbst zu retten, sondern meine Freundin, aber das rechtfertigte diese Tat unter keinen Umständen. Ich fühlte mich schmutzig und war froh, dass ich mein eigenes Spiegelbild gerade nicht ansehen musste.

Die Welt des Untergrundes, in die ich vor ein paar Jahren hineingestolpert war, war vollkommen krank. Doch ich bemerkte immer mehr, dass sie sich nicht von der Welt der Mafia unterschied. Nicht wesentlich zumindest.

»Du hast deinen Teil des Deals erfüllt. Mein Schweigen wird dir Gewiss sein.« Nun drehte sich Jess' Vater zu mir herum und sah mich aus kleinen Augen an. Ich bildete mir ein, dass es in seinem rechten Augenwinkel verdächtig schimmerte. Nicht einmal eine Sekunde später blinzelte er und vorbei war der Anschein einer Träne. »Während deiner Abwesenheit hat sich hier auf dem Anwesen auch etwas getan. Bitte folge mir.«

Ohne auf mich zu warten oder mir seine Worte zu erklären, setzte der Mann sich in Bewegung und schritt an mir vorbei. Mit schwerem Herzen folgte ich ihm aus der Bibliothek des Anwesens hinaus und nach unten in den Keller. Mit Stahl verstärkte Türen trennten die verschiedenen Abschnitte des Kellers voneinander ab und wir passierten einige von ihnen.

»Hier haben wir einige Räume für ... sagen wir für ungebeten Gäste«, erklärte der Russe nach fünf dieser Türen. »Während eurer Abwesenheit haben zwei Männer versucht, sich Zutritt zum Gelände zu verschaffen. Das Sicherheitssystem hier gehört zu den besten des Landes. Es ist unmöglich, auch nur einen kleinen Finger über die Grenze zu strecken, ohne das Alarm geschlagen wird. Wir haben sie innerhalb von wenigen Minuten erwischt.«

Ich hatte keine Ahnung, warum er mir das erzählte. Noch viel weniger wusste ich jedoch, was ich hier sollte. Meinen Deal hatte ich erfüllt, wie er bereits bemerkt hatte. Ich war nicht Teil seines *Unternehmens*, wie er es immer nannte. Alle weiteren Angelegenheiten der Bratva würde er ohne mich regeln.

»Die beiden sind nicht besonders gesprächig. Dennoch würde ich dich bitte, dein Glück zu versuchen«, beendete Mister Sorokin Senior und blieb vor einer der unzähligen Türen stehen. Sie war aus massivem Metall und glänzte im Licht der LED-Lampen wie frisch poliert.

Eigentlich war ich müde und wollte mich endlich in meinem Bett verkriechen. Der Blick des Mannes duldete jedoch keinen Widerspruch und weil ich noch immer Gast in seinem Hause war, biss ich mir auf die Zunge. Ich schluckte meinen Widerspruch herunter und nickte, wenn auch widerwillig.

Der Mann schloss die Tür mit einem Schlüssel als auch seinem Fingerabdruck, den er sich an einem kleinen Gerät neben der Wand abnehmen ließ, auf. »Du kannst jederzeit rauskommen. Ich werde hier warten.«

Damit stieß er die Tür auf und ließ mich den Raum dahinter betreten. Das Deckenlicht war angeschaltet. Es war gedimmt und damit nicht annähernd so grell wie im Flur. Der Raum war nicht groß und bis auf zwei Stühle und zwei graue Rucksäcke an der Wand neben der Tür leer.

Als hätte mich ein Blitz getroffen, blieb ich direkt hinter der Tür, die krachend ins Schloss fiel, stehen. Mein Blick haftete auf den beiden ... Jungs ... die mit dicken Seilen an die Stühle gefesselt waren und mir mit großen Augen entgegensahen. Ich blinzelte, traute meinen eigenen Augen nicht. Doch sie betrogen mich nicht. Das wurde mir klar, als der Rechte von ihnen den Mund öffnete und sagte: »Gott sei Dank, Shorty! Ich dachte schon, der gruselige Alte käme wieder!«

KAPITEL 4

Livana

Ich konnte mich nicht bewegen, nicht atmen, nicht blinzeln. Ich stand wie vom Blitz getroffen da und starrte die beiden Jungs an. Auf den schmalen Lippen des Blonden lag ein schiefes Grinsen, während mich der Schwarzhaarige nur grimmig musterte. Seine dunkle Cap lag auf dem kalten Fliesenboden neben ihm und so konnte ich das krause Haar erkennen.

Mein Gehirn schaffte es nicht, das Bild vor mir zu verarbeiten und mir klappte der Mund auf, ohne das auch nur ein Ton herauskam. Alles an diesem Anblick war falsch. Die Stühle, die dicken Seile um ihre Arme und Beine, die Anwesenheit der beiden. Nichts davon passte zu dem, was ich sehen sollte und ... wollte. Ich konnte nicht sagen was ich erwartet hatte. Mister Sorokin Senior hatte mir nicht die Chance gegeben, darüber nachzudenken. Doch das hier, das hatte ich absolut nicht kommen sehen.

»Lian! Ich freue mich auch, euch zu sehen. Wie sehr habe ich euch vermisst!« Der Blonde versuchte, meine Stimme in viel zu hoher Tonlage nachzuahmen, und krächzte dabei wie ein Rabe.

Eine eiskalte Gänsehaut lief über meinen gesamten Körper und die feinen Härchen an meinem Nacken stellten sich auf. Dieses Bild vor mir war so falsch, dass mein Verstand sich zu verabschieden drohte und ein verzweifeltes Lachen tief in meiner Kehle kitzelte. Ich schluckte es herunter und blinzelte mehrmals. Dann kniff ich mir selbst mit den von Jess perfekt manikürten Fingernägeln meiner rechten Hand in die zarte Haut zwischen Daumen und Zeigefinger.

Schmerz. Ich war wach. Ich träumte nicht. Das hier war real. Das war nicht gut.

»Du weißt genau, dass ich so nicht klinge.« Die Worte verließen meinen Mund mit weniger Nachdruck als gewünscht. »Blondie.«

Nochmal musste ich blinzeln und versuchte zu realisieren, was sich mir für ein Bild bot. Das hier war falsch und obwohl Mister Sorokin Senior außerhalb des Raumes in einem Flur stand, konnte ich seinen Atem förmlich in meinem ungeschützten Nacken spüren.

Erneut ließ ich den Blick über die beiden Jungs wandern. Sie trugen schwarze Cargohosen und winddichte Jacken. Schwere Stiefel waren fest zusammengeschnürt und ließen sie wie amateurhafte Assassinen wirken. Mit den dunklen Streifen auf seinen Wangen und dem schwarzen Bandana, das Lian um seinen Kopf geschlungen hatte, sah er aus wie eine Ninja-Turtle.

Der Blonde grinste noch immer so charmant wie möglich zu mir herüber, während der andere von ihnen mit zusammengepressten Lippen und deutlich angefressenem Blick an seinen Fesseln zerrte. Er hatte keinen Erfolg, denn die Männer der Sorokin-Bratva hatten die beiden überaus stramm an die Stühle gebunden. Mit seiner zartbitterbraunen Haut und der eher pessimistischen Ausstrahlung hob sich Lennox Chapman deutlich von seinem Freund ab. Er hatte eindeutig keine Lust auf diesen Aufenthalt.

Ich erinnerte mich an die Worte von Mister Sorokin Senior, dass die beiden versucht hatten, sich auf das Gelände zu schleichen und ... was zu tun? Was wollten diese Knallköpfe hier? Eigentlich sollten sie in London sein. Sie sollten studieren, irgendwelche Studentinnen auf Partys abschleppen oder ihrer Arbeit für Taurus nachgehen.

Mir wurde schlecht und ich spürte, wie sich brennende Galle ihren Weg durch meine Speiseröhre nach oben bahnte. In meinem Brustkorb baute sich Druck auf und mir fiel das Atmen schwer.

»Seid ihr wahnsinnig?« Ich funkelte die beiden mit zusammengekniffenen Augen an. Heiße Wut kroch von meinem Herzen aus durch meine Adern und verteilte sich in meinem Körper bis in die Haarspitzen. »Was tut ihr hier?! Wollt ihr sterben?!«

Wenn Lennox hier von der Mafia dahingemetzelt worden wäre, wenn sie hier in die falschen Hände geraten wären und Mister Sorokin Senior nicht ein besonnener Mann wäre, dann könnte das hier einen Krieg auslösen! Ich hatte zwar keine große Ahnung von der britischen Politik und kannte gerade einmal die königliche Familie sowie die Premierministerin, aber wenn der Sohn eines anderen Ministers hier gefoltert und getötet wurde, dann war ich mir sicher: Das würde größere Wellen schlagen.

Ich stemmte beide Hände in die Hüfte und marschierte auf die beiden Kerle zu. Direkt vor ihnen richtete ich mich zu meiner vollen Größe auf und pikte beide mit spitzen Zeigefingern in die Brust. »So eine Aktion kann euch das Leben kosten! Habt ihr eigentlich eine Sekunde über die Konsequenzen nachgedacht?!«

Meine Entscheidungen waren für viel Leid verantwortlich und ich hatte durchaus einige Fehler in der Vergangenheit gemacht, aber für einen politischen Krieg wollte ich nicht verantwortlich sein. Das war etwas, das ich mir nicht aufbürden wollte. Unter keinen Umständen.

Lian öffnete den Mund, doch ich sah den Blonden warnend an. So war er schon immer. Seit ich ihn im vergangenen Herbst kennengelernt hatte, war er vorlaut und übermütig. Er hatte immer die Klappe offen und war tatsächlich die Person mit dem größten Mitteilungsbedürfnis, die ich je kennengelernt hatte. Zu Beginn war ich davon genervt. Ich empfand Lian Thompson als aufdringlich und lästig. Er war zwar nicht unhöflich, aber er rückte mir zu sehr auf die Pelle. Am Ende meiner Zeit in der großen Metropole hatte ich ihn jedoch in mein Herz geschlossen und schätzte seine Filmkritiken genauso sehr wie die gute Laune, die ihn immer zu umgeben schien. Bei ihm fiel es mir leicht zu ignorieren, welch dunkles Geheimnis er hinter dieser hellen Fassade verbarg.

»Ich bin noch nicht fertig«, zischte ich und schloss für einen Moment die Augen. Blut rauschte in meinen Ohren und meine Lungen krampften sich bei jedem Atemzug zusammen.

Nein, das hier war nicht gut. Lian und Lennox sollten nicht hier sein. Ich zweifelte zwar nicht daran, dass Mister Sorokin Senior meine Schwester und mich schützen würde, solange wir uns auf dem Anwesen befanden, aber das würden wir nicht immer sein. Und sobald ich einen Fuß außerhalb der hohen Mauern auf den Boden setzte, würde Taurus mich holen kommen.

In meinem Kopf ballten sich wirre Gedanken zusammen und es fiel mir schwer, mich zu konzentrieren. Dennoch öffnete ich die Augen und sah die beiden Vollidioten vor mir an. »Wo ist Alex Huston?«

Angst sammelte sich in meinem Magen und sorgte dafür, dass er sich zu einem großen Knoten zusammenzog. Schwer schluckte ich und atmete zitternd durch. Ich musste ruhig bleiben, doch das fiel mir nicht gerade leicht.

Der Mittdreißiger war in London einer der obersten Posten, die es innerhalb der Strukturen von Taurus gab. Die Untergrundorganisation hatte ihren Hauptsitz in Großbritannien, funktionierte in jedem Land jedoch gleich und hatte ihre Tentakel über fast ganz Europa ausgebreitet. Sein Posten verschaffte Alex Huston dieselbe Macht, die auch Walentin Petrow innehatte, ehe ich ihn erschossen hatte. Auch wenn dieser Tod nicht das Problem des Dunkelblonden war, da Walentin nicht in seinen Arbeitsbereich fiel, hatte ich mit meiner Tat dennoch die gesamte Organisation angegriffen. Außerdem war ich vor einem Deal mit Huston selbst geflohen, als ich in den Jet nach Russland gestiegen war. Ich hatte ihn damit eine Stange Geld gekostet und es gab kaum etwas Schlimmeres, das ich hätte tun können. Denn Geld stand bei Taurus über allem.

»In London?«, gab Lian zurück und das Grinsen verschwand von seinem Gesicht. Fragend sah er mich an und zog nachdenklich die Augenbrauen zusammen. »Wo soll er denn sonst sein?«

»Woher soll ich das denn wissen?«, fauchte ich und versuchte, die pochenden Kopfschmerzen zurückzudrängen. Die Ränder meines Sichtfeldes verschwommen und ich konnte die blanke Panik kaum mehr im Zaum halten. Ich hatte unglaubliche Angst und mit jeder Sekunde die verging, schwoll meine Kehle weiter zu.

Ich war im September letzten Jahres aus Deutschland abgehauen, um meine Schwester zu schützen. Ich hatte sie in Gefahr gebracht, als ich mich Taurus angeschlossen hatte und als ich die Untergrundorganisation verlassen wollte, hatten sie Holly als Druckmittel gegen mich eingesetzt. Mein Plan hatte gut funktioniert, bis ich in London den vier jungen Männern begegnet war, mit denen ich mich zuletzt angefreundet hatte. Zu ihnen gehörten auch Blondie und das Ministersöhnchen Lennox. Vielleicht hätte ich eine

Chance gehabt, weiter unter dem Radar zu fliegen, wenn die vier mich nicht an ihren Vorgesetzten – besagten Alex Huston – verraten hätten. Das Ende meiner Flucht war nach dem ersten Aufeinandertreffen besiegelt gewesen, doch ich hatte es nicht erkannt. Erst, als Walentin gemeinsam mit dem Huston aufgetaucht war, konnte ich meine Niederlage eingestehen. Walentin in Süddeutschland und Huston in Großbritannien waren das, was Dimitri hier für Mister Sorokin Senior war. Die rechte Hand des Bosses.

Meine alten und neuen Feinde hatten mich nur aus einem einzigen Grund bei diesem Aufeinandertreffen am Leben gelassen. Ich sollte wieder einsteigen und schließlich unter Hustons Kontrolle arbeiten. Sie hätten mich wieder zu einer willenlosen Marionette gemacht. Mit meinem Verschwinden aus London war ich erneut davongelaufen und nachdem ich Walentin den Gar ausgemacht hatte, würde Huston mich nun unter keinen Umständen am Leben lassen. Vollkommen egal, wie viel Geld ich ihm einbringen konnte. Ich hatte bewiesen, dass er mich nicht kontrollieren und mir erst recht nicht vertrauen konnte. Ich hatte ihm gezeigt, dass ich mich nicht beherrschen ließ. Und das war gefährlich. Denn das machte mich unberechenbar und zu einem hohen Risiko. Ein Risiko, dass sich eine Untergrundorganisation genauso wenig wie eine Mafia leisten konnte. Und das hieß, ich musste sterben.

»Wo sind die anderen von Taurus?«, fragte ich weiter und konzentrierte mich dabei auf Lian. Er war der Gesprächige und im Gegensatz zu seinem besten Freund Lennox dachte er erst hinterher über seine Worte nach. Das musste ich mir zunutze machen, denn ich war für weitere Überraschungen absolut nicht bereit. Nicht, nachdem diese Nacht so anders verlaufen war als geplant. Nicht, nachdem ich schon das Monster in meinem Inneren herausgelassen hatte. »Wo haben sie sich versteckt? Sind sie um das Gelände herum verteilt? Oder sitzen sie in einer Halle und warten auf euren Lagebericht? Ich schwöre euch, wenn einer von ihnen einen Fuß auf dieses Gelände setzt, ist er tot. Wenn der *gruselige Alte* diesen Befehl nicht von selbst gibt, werde ich ihn darum bitten. Du machst jetzt also besser sofort den Mund auf, Blondie.«

Ein Blinzeln war die Antwort auf meine Worte. Seine sturmblauen Augen zuckten suchend herum, als würde er nach dem Ernst in meinem Gesicht suchen. Davon fand er eine Menge, denn hinter meiner Stirn war ich gerade dabei, die Beherrschung zu verlieren und in absolute Panik zu verfallen.

Lian öffnete den Mund. »Ich ...«

»Taurus ist nicht hier.«

Mein Kopf ruckte zu Lennox herum und ich starrte den dunkelhäutigen Ministersohn an. Tief in mir keimte ein überraschtes Gefühl auf und ich musste mich einfach versichern, dass ich mir diese erlösenden Worte nicht nur eingebildet hatte: »Wie bitte?«

»Wir sind *nicht* im Namen von Taurus hier. Das hier ist eine private Angelegenheit.« Lennox sah mir mit festem Blick in die Augen. Durch die schlechte Belichtung wirkten seine wie zwei schwarze Löcher und ich suchte vergeblich nach etwas, das seine Worte als Lüge enttarnte. »Verdammt, Livana. Du hast dich echt in Schwierigkeiten gebracht.«

Ich schwieg und biss mir auf die Unterlippe. Das musste man mir nicht sagen, denn ich konnte selbst auf die nicht gerade glorreichen Entscheidungen meiner Vergangenheit zurückblicken. Stolz war ich darauf nicht und ich versuchte mit aller Macht, es nun besser zu machen. Wie gut mir das gelang, wollte ich selbst zwar nicht bewerten, doch ich tat alles für meine Schwester und ihr ging es gut. Also war nicht alles falsch, was ich tat.

»Hast du wirklich geglaubt, wir würden im Auftrag von Alex hier sein?« Lians Stimme war dünn und in seinen Augen erkannte ich einen verletzten Ausdruck.

Wohl wissend, dass ich ihn damit treffen würde, zuckte ich halb entschuldigend mit den Schultern. Was sollte ich auch sonst annehmen?

Unser letztes Treffen war nicht besonders gut verlaufen. Nachdem sie mein schwärzestes Geheimnis bei einem von Taurus illegalen Boxkämpfen enttarnt hatten, war ich vor einer Begegnung fortgelaufen. Sie waren daraufhin in meine Wohnung eingebrochen und hatten dort auf mich gewartet, während ich die Nacht bei Jess verbracht hatte. Natürlich hatten wir uns gestritten, weil ich ihnen nichts davon erzählt hatte. Vor allem, weil ich ihr damit verbundenes Geheimnis zumindest bereits Wochen vorher erahnen konnte. Ich war fies gewesen und hatte vor allem Lian mit meinen Worten

verletzt. In der darauffolgenden Nacht war ich bei einem Spazier-
gang in mich gegangen und hatte mich entschieden, alles auf eine
Karte zu setzen und mich zu entschuldigen. Ich wollte mich am
nächsten Tag mit ihm treffen und versuchen, an der beginnenden
zarten Freundschaft etwas zu retten. Wäre Walentin nicht aufgetaucht, um mich in der schmalen Gasse zu töten, wären wir heute
nicht hier.

»Ich gehe gern vom Schlimmsten aus«, meinte ich. Mein Herz
hämmerte noch immer unaufhörlich in meiner Brust und wollte
sich noch nicht beruhigen. Adrenalin rauschte noch durch meine
Adern und sorgte dafür, dass von der Müdigkeit in meinen Knochen
nichts mehr zu spüren war. »Wie habt ihr mich gefunden?«

In meinem Kopf waren so viel Fragen, doch ich konnte kaum eine
davon greifen, um sie wörtlich zu formulieren.

»Ich habe dein Notebook gehackt. Der Alarm hat angeschlagen,
als du es vor ein paar Tagen endlich wieder benutzt hast.« Ein hoch-
mütiger Ausdruck trat in Lians Augen und an dem kaum merklich
freudigen Zug um seinen Mund erkannte ich, dass er überaus zufrieden mit seiner Arbeit war. Dem leisen Vorwurf in seinen Worten
jedoch konnte ich keine Beachtung schenken.

Zwar hatte ich in London bemerkt, dass er meistens eine Lap-
toptasche mit sich herumtrug, doch ich ging davon aus, es wäre wegen der Uni oder irgendeinem Computerspiel. Niemals hatte ich Er-
wägung gezogen, dass Blondie tatsächlich zu mehr fähig war, als zu
reden. Das überraschte mich doch mehr als ich zugeben würde.

»Das heißt, ihr hättet mich die ganze Zeit schon finden können?«

Ein entschuldigendes Lächeln schob sich auf Lians Lippen und
ich rollte mit den Augen. Ich hätte das verdammte Gerät doch in
London vernichten sollen. Vielleicht wäre es ratsam gewesen, eine
Underground darüber rollen zu lassen. Die Untergrundorganisation Taurus versteckte sich hinter einem gleichnamigen Computer-
unternehmen. Ich war mir ziemlich sicher, dass sich irgendeiner
der Verantwortlichen gerade wortwörtlich in den Hintern biss, weil
er nicht auf die Idee mit dem Peilsender gekommen war. Oder hatte
ich es nur einfach nicht bemerkt, wie bei Blondie?

»Weiß Huston davon? Oder sonst irgendjemand? Gibt es noch
mehr Peilsender, von denen ich wissen sollte?« Ich klang bissig wie

ein tollwütiger Hund und es wunderte mich, dass mir noch kein Schaum vor dem Mund stand.

Blondie sah zu seinem Kumpel, den ich unhöflicherweise schon wieder ignorierte. Dieser antwortete mit rauer Stimme: »Natürlich weiß Alex nichts von unserem Besuch. Denkst du wirklich, er hätte auf der Suche nach dir keine Armee geschickt? Er fand es nicht besonders lustig, dass du verschwunden bist. Und als dann auch noch rauskam, dass du seinen Kollegen aus Deutschland umgebracht hast, war er sowieso blind vor Wut. Wie gesagt, das hier ist eine private Angelegenheit. Ich hatte nur nicht erwartet, hier von ein paar Waffen empfangen zu werden.«

Tja, ich oder meine Umfeld war immer für eine Überraschung gut. Und deshalb observierte man sein Ziel erst einmal, um nicht versehentlich in ein Messer zu laufen. Die beiden konnten froh sein, dass die Sorokin-Mitglieder sie nicht sofort getötet hatten.

»Und nein, es gibt keinen Peilsender mehr. Zumindest nicht von mir.« Lians blasses Gesicht wurde wieder von einem Grinsen erhellt und ich schenkte ihm einen vernichtenden Blick. Das war nicht die Antwort, auf die ich angespielt hatte. Seine Peilsender waren mir ziemlich egal, immerhin hatten die beiden mich bereits aufgespürt. Etwas kleinlaut setzte er hinterher: »Soweit ich weiß, gibt es auch keinen von Alex. Der ist gar nicht schlau genug für sowas.«

Das hatte ich von Walentin ebenfalls gedacht. Und was hatte er getan? Während meines Kampfes in London mein Handy gechippt und mich darüber geortet, um mich hinterrücks umzulegen. Manchmal wuchsen die Gegner über sich hinaus und deshalb würde ich mich nicht mehr auf deren Intelligenz verlassen.

»Was wollt ihr überhaupt hier?«, fragte ich weiter und musterte die beiden mit gerunzelter Stirn. Lennox war nur ein Monat älter als ich, während Lian beinahe ein ganzes Jahr älter war. Ich konnte manchmal nicht wirklich glauben, dass er nicht erst fünfzehn, sondern bereits zweiundzwanzig war.

Als müsste ich die Antwort kennen, schnaufte Blondie empört: »Dich suchen! Was denkst du denn?«

Hm, was ich wohl dachte? Vielleicht, dass sie vorhatten mich zu töten. Oder dass Alex Huston sie geschickt hatte und sie im Namen von Taurus hier waren. Vielleicht dachte ich auch, dass sie mich an den Haaren zurückschleifen würden, um mich der Untergrundorganisation zum Fraß vorzuwerfen. Alles wäre möglich und logisch.

Sie mussten an meinem Blick gesehen haben, welche Gedanken bei dieser Frage durch meinen Kopf gehuscht waren. Lian schob eingeschnappt die Unterlippe nach vorn und drehte den Kopf zur Seite, um mich nicht weiter ansehen zu müssen. Lennox dagegen blickte mich aus feurigen Augen an. »Wir haben uns Sorgen gemacht. *Wir alle.*«

Es war nett, wie sehr er die letzten beiden Worte betonte. Dennoch glaubte ich kaum, dass Tyler sich für mich überhaupt in irgendeiner Weise interessierte. Er war derjenige von ihnen, mit dem ich bisher nicht warm geworden war. Wir konnten zwar miteinander sprechen, aber eine tiefere Bindung hatten wir nicht zueinander. Bei Lian trafen seine Worte jedoch sicherlich den Nagel auf den Kopf, denn so wie ich den Blonden kennengelernt hatte, war er nicht nur vorlaut, sondern hatte auch ein äußerst großes Herz. Und wenn ich das dunkle Funkeln in seinen hellen Augen betrachtete, bedeutete ich ihm wohl tatsächlich mehr als nur eine beliebige Bekannte.

»Mir geht es gut«, tat ich seine Worte jedoch ab und machte eine wegwerfende Handbewegung. »Ich bin ziemlich lebendig, wie ihr seht. Also, kein Grund zur Panik.«

Höhnisch schnaufte Lennox auf und sein Blick glitt an meiner Gestalt nach unten, bis er auf meinen Knien verharrte: »Natürlich geht es dir gut. Deshalb hast du auch ein Loch in der Hose und ein blutiges Knie.«

Es waren diese kleinen Momente, in denen er aus der Haut fuhr. In denen er nicht so glatt und kühl wirkte wie sonst. In diesen Momenten hatte ich den Eindruck, dass ich ihm nicht gänzlich egal war. Und vielleicht waren genau das auch die Momente, wegen derer er mir ebenfalls ans Herz gewachsen war.

Ich schielte nach unten zu meinen Knien. Tatsächlich war der Stoff der Jeans gerissen und ich konnte bereits getrocknetes Blut auf meiner hellen Haut erkennen. Ich musste mich beim Sturz mit Elio und Danilo doch verletzt haben, das Adrenalin hatte mich bisher jedoch keinen Schmerz verspüren lassen und auch jetzt bemerkte ich nur ein leichtes Brennen. Also zuckte ich lässig mit den

Schultern und grinste den Briten an: »Was soll ich sagen ... War meine erste richtige Schießerei.«

Für einen kurzen Augenblick war es still zwischen uns. Lian drehte den Kopf und sah mich mit nach oben gezogenen Augenbrauen schockiert an.

Lennox verzog das Gesicht zu einer schiefen Grimasse. »Und du kommst nur mit ein paar Schürfwunden raus? Lächerlich.«

Das Grinsen auf meinen Lippen verbreiterte sich und ich zuckte erneut mit den Schultern: »Man tut, was man kann.«

Schweigen senkte sich über uns und ich sah zwischen den beiden vermeintlichen Eindringlingen hin und her. Sie hatten die Augen erwartungsvoll auf mich gerichtet, wussten offensichtlich auch nicht, wie es nun weiterging. Hierbleiben konnten sie auf keinen Fall. Aber dieses Gespräch war noch nicht beendet. Heute Nacht jedoch war nicht der richtige Zeitpunkt, um alles bis ins kleinste Detail auszudiskutieren. Dazu hatte ich zu viel erlebt in den letzten Stunden.

»Ich werde mit dem *gruseligen Alten*«, ich setzte die beiden Worte mit den Fingern in Gänsefüßchen, »sprechen und versuchen, naja, euch hier herauszuhandeln. Warum konntet ihr auch nicht einfach die Türklingel benutzen?« Diesen einen Vorwurf konnte ich mir nicht sparen, doch keiner der beiden ging auf meinen kleinen Seitenhieb ein. »Ich für meinen Teil möchte nur noch ins Bett und jetzt wo ich weiß, dass Alex Huston mich nicht gleich von unten nach oben aufschlitzen wird, muss jedes weitere Gespräch bis morgen warten.«

Damit wandte ich mich ab und ging zurück zur Tür. Meine Füße fühlten sich urplötzlich tonnenschwer an und ich spürte, wie mein Herz seinen Schlag allmählich wieder beruhigte und sich pure Erschöpfung in meinem Körper ausbreitete. Die Kopfschmerzen wurden schlimmer, meine Glieder fühlten sich wie gelähmt an und ich hatte große Mühe, ein Gähnen zu unterdrücken. Es war Zeit für ein Bett und einen langen Schlaf.

»Um ehrlich zu sein, schlitzt Alex bevorzugt von oben nach unten auf. Er fängt mit dem Gesicht an und arbeitet sich ... Was denn?! Schau nicht so böse!«

Ich fuhr zu Lian herum, der verständnislos seinen Freund ansah. Lennox hatte den grimmigsten Blick aufgesetzt, den ich jemals gesehen hatte, und irgendwie war ich ihm mehr als dankbar, dass er Blondie zum Schweigen gebracht hatte. Ich wollte absolut nicht hören, wie Huston seine Opfer quälte.

KAPITEL 5

Livana

Mein Smartphone vibrierte auf der Matratze neben mir und ich drehte mich grummelnd zur Seite, um auf dem weichen Laken nach dem kleinen Gerät zu suchen. Der Stoff war kalt und ich wollte mich unter meiner warmen Decke zusammenrollen, doch ich musste zuerst das nervige Ding ausschalten. Es war viel zu früh, dazu musste ich nicht auf die Uhr sehen.

Ich ertastete das Gerät und tippte blind auf dem glatten Display herum. Meine trockenen Finger rutschten über das Glas und das Vibrieren versiegte endlich.

Ein tiefes Grummeln erklang unweit meines Ohres und ich blinzelte desorientiert in die Dunkelheit des Zimmers hinein. In der Nacht hatte ich noch die blickdichten Vorhänge zugezogen, um jetzt jeden einzelnen Sonnenstrahl auszusperren, der durch die Ostlage des Zimmers an beinahe jedem Morgen meine Nase kitzelte.

Wieder grummelte es neben mir und ich tastete über das Laken. Normalerweise war es außer meinen eigenen Atemgeräuschen totenstill im Zimmer. Holly hatte nur die ersten Nächte bei mir verbracht, bis sie sich in ihrem eigenen Zimmer wohl und sicher gefühlt hatte. Seither war ich allein.

Meine Fingerspitzen trafen unter der großen Decke auf Widerstand. Warme Haut, feine Härchen, harte Muskeln. Kurz gesagt: Der Widerstand fühlte sich sehr menschlich an.

»Shorty, lass mich schlafen«, grummelte es neben mir und der Widerstand entzog sich meiner Berührung.

Nach diesen Worten fühlte ich mich plötzlich gar nicht mehr so verschlafen. Das war doch ein schlechter Scherz. Es musste einfach einer sein. Nachdem ich die beiden Idioten aus dem Keller befreit hatte, hatte ich sie auf die Couch in meinem Zimmer verfrachtet und ganz gewiss nicht in mein Bett.

Die Muskeln unter meiner Haut spannten sich an und ich fragte mit kratziger Stimme: »Was tust du in meinem Bett, Blondie?«

Wenige Zentimeter neben mir bewegte sich die Matratze und ich fühlte mich wie in einem Schiff auf hoher See. Jemand ... Nein, Lian ... zerrte an der Decke und ich umklammerte mein Ende, so fest ich konnte. Ich würde diese Wärme auf keinen Fall aufgeben. Um keinen Preis der Welt.

»Bis dein Wecker geklingelt hat, habe ich ziemlich gut geschlafen«, brummelte er und rollte sich in meine Richtung. Der Gegenzug an der Decke versiegte und ich gewann etwas mehr von dem weichen Material. Lians Arm landete auf meiner Taille und seine große Hand legte sich auf meinen flachen Bauch.

Ich schob seinen Arm zurück und seufzte: »Wieso bist du nicht auf dem Sofa?«

Eigentlich wollte ich mich nicht unterhalten. Meine Augen waren verklebt von letzter Nacht, meine Muskeln schmerzten und die aufgeschürften Stellen an meinen Knien brannten, als würde jemand eine heiße Flamme dagegen halten. Jeder Zentimeter meines Körpers fühlte sich erschöpft an, doch ich würde nicht jammern. In Großbritannien hatte ich die schlimmsten Nächte meines Lebens ausgehalten. Ich wurde von Walentin aufs Übelste zusammengeschlagen. Nur wenige Tage später musste ich mich in einem Kampf Taurus' bestem Kämpfer stellen. Deutlich konnte ich mich noch erinnern, wie ich weder sitzen noch liegen konnte, ohne vor Schmerzen kaum atmen zu können.

»Nox braucht das ganze Sofa für sich allein. Also sei jetzt still und lass mich noch etwas schlafen«, murrte Blondie und drehte sich wieder auf die andere Seite. Weg von mir. Er drehte sich tatsächlich von mir weg! Was fiel ihm ein?

Ich versuchte dennoch nicht, ihn davon abzuhalten. Ich wollte mich nicht schon wieder mit ihm streiten. Ich wollte nicht schon wieder hart sein müssen. Ich wollte einfach nur ich selbst sein, wie es in London auch gewesen war, wann immer wir uns getroffen hatten.

Während die Atemzüge neben mir wieder gleichmäßig wurden und sich denen von Lennox auf der Couch anglichen, wurde mein Geist erst richtig wach. Meine Gedanken drifteten ab und ich gab mich einem Strom aus Erinnerungen hin. Ich sah mich selbst mit der Männergruppe und meinen Freundinnen Jess und Audrey auf einer großen Wohnlandschaft lachen. Wir bewarfen uns gegenseitig mit Kissen und Popcorn, machten schlechte Witze und versuchten, uns gegenseitig damit zu übertrumpfen. Ich sah uns zusammen bei einem Mexikaner essen und mit geröteten Gesichtern gaben wir uns einem Salsa-Contest hin. Ich hatte unzählige schöne Erinnerungen mit diesen Menschen gesammelt.

Seit ich hier in Russland war, befand sich mein Leben in einem merkwürdigen Grauton. Ich war am Leben und meine Schwester war in Sicherheit. Hier konnte man uns für diesen Moment nichts anhaben. Doch ich vermisste die Menschen, mit denen ich befreit lachen konnte. In deren Mitte ich mich nach ersten Widrigkeiten wohlgefühlt hatte. Jeder Tag hier auf dem Anwesen war von kaum spürbarer Anspannung begleitet. Jetzt, wo ich neben Blondie aufwachte, fühlte ich mich das erste Mal seit Monaten innerlich ruhig und entspannt. Als sollte gerade alles genau so sein.

Nein, das war nicht ganz richtig. Denn wenn ich ehrlich war, dann wollte ich nicht neben Lian aufwachen. Er war nicht die Person, die ich mir heimlich in all den einsamen Nächten in mein Bett gewünscht hatte. Das war jemand anderes. Doch ich hatte mir selbst nach unserer Flucht aus London verboten, auch nur seinen Namen zu denken. Dass er im Auto in der gestrigen Nacht schon wieder mit mir gesprochen hatte, war bereits genug.

Ich war kein guter Mensch, deshalb erwartete ich es von ihm auch nicht. Obwohl ich im Untergrund meine Taten hinter dem Decknamen *Pandora* versteckt hatte, gehörten sie dennoch zu mir. Wie es bei ihm war, wusste ich nicht. Doch egal, was er für Taurus getan hatte, er hatte nicht seinen Freund oder seine Freundin getötet, um seinen Pflichten nachzukommen. Er war nicht so grausam wie ich. Dazu musste ich nicht jedes einzelne Detail von ihm kennen.

Mehrere Minuten trieben meine Gedanken noch zwischen den Erinnerungsfetzen an eine glücklichere Zeit in meinem Leben, ehe meine Augenlider wieder schwer wurden und ich in einen unerholsamen Schlaf driftete.

Stunden später saß ich mit den beiden Idioten in meinem Zimmer zusammen und redete über die Dinge, über die ich in der letzten Nacht nicht sprechen konnte. Wir hatten das Frühstück verschlafen und für das Mittagessen war es noch etwas zu früh. Deshalb hatte ich uns in der Küche ein paar Reste besorgt. Nicht jeder mochte unsere Anwesenheit hier zu schätzen wissen, aber da Mister Sorokin Senior uns hier Unterschlupf gewährte, wurden wir zumindest akzeptiert. Anscheinend war es ebenfalls hilfreich, wenn man mit der Tochter des Anführers befreundet war und man konnte auch während der Vorbereitungen für den Nachmittagssnack noch etwas zu Essen abgreifen. Ich dankte Jess im Stillen, dass sie vor Monaten bereits einen Kontakt zum Küchenpersonal hergestellt hatte.

»Ihr seid euch doch wohl im Klaren darüber, dass euer Auftauchen hier absolut idiotisch ist. Oder?« Ich musste diese Frage einfach irgendwann stellen. Sie brannte mir bereits seit gestern unter den Nägeln, denn ich konnte einfach nicht glauben, dass die beiden wirklich so unglaublich dämlich waren. Ich wollte mir lieber gar nicht ausmalen, was alles hätte passieren können.

Blondie und Lennox lümmelten nebeneinander auf dem Sofa, während ich es mir auf meinem Bett bequem gemacht hatte und die Tagesdecke mit dem Schokohörnchen in meiner Hand voll krümelte. Die beiden Jungs trugen nur ihre Boxershorts und einfache dunkle T-Shirts von der gestrigen Nacht. Lian hatte sich zum Glück in der Nacht noch die lächerlichen Tarnstreifen aus dem Gesicht gewaschen, während Lennox schon völlig erledigt ins Land der Träume abgedriftet war.

»Also, naja«, brabbelte Lian, doch ehe er sich um Kopf und Kragen reden konnte, fiel ihm das Ministersöhnchen ins Wort: »Wir hatten nicht damit gerechnet, in einem schicken Sicherheitsgefängnis zu landen. Also nein, wir waren uns nicht wirklich im Klaren darüber.«

So konnte man das Anwesen natürlich auch bezeichnen. Allerdings hatte er nicht ganz Unrecht, denn mit den regelmäßigen

Patrouillen und den unzähligen Kameras stand das Gelände in Sachen Sicherheit einem Gefängnis in absolut nichts nach.

Ich schüttelte nur seufzend den Kopf und wandte mich meiner nächsten Frage zu: »Was wollt ihr überhaupt hier? Warum seid ihr dem Peilsender gefolgt?«

Es gab viele Fragen, die ich am liebsten alle gleichzeitig gestellt hätte. Doch ich musste meine eigene kribbelnde Neugierde zügeln und mich konzentrieren. Eins nach dem anderen.

Tageslicht fiel durch die bodentiefen Fenster in den Raum und erhellten ihn bis in den letzten Winkel. Auf dem Weg in die Küche hatte ich heute Morgen einen Stopp bei einem der beiden Ärzte im Anwesen gemacht. Er hatte mir eine Salbe für die Schürfwunden mitgegeben und das unerträgliche Jucken an meinen Knien kündigte bereits jetzt den Heilungsprozess an.

Nachdem ich heute Morgen aus meinem Dornröschenschlaf erwacht war, hatte ich auch endlich wieder einen klaren Kopf. Die pochenden Schmerzen hatten sich verzogen und ich fühlte mich nicht länger gehetzt. Die Panik in meinem Körper, dass Taurus hinter jeder Ecke lauerte, hatte sich verzogen. Vielleicht war es dumm, den beiden einfach so aufs Wort zu glauben, doch ich tat es. Lian war kein besonders guter Lügner und Lennox ... Naja, er war mir gegenüber in so gut wie allen Punkten ehrlich gewesen. Außerdem hatten wir am Ende eine gute Beziehung zueinander gehabt. Mein Bauchgefühl sagte mir einfach, dass ich ihnen in dieser Hinsicht trauen konnte.

»Wir haben uns Sorgen gemacht. Haben wir gestern doch schon erklärt«, meinte Lennox und biss in sein Schinkenbrötchen. Seine Haut glänzte noch immer feucht und als ich den beiden vor wenigen Minuten ihre Teller überreicht hatte, hatte ich belustigt einen vertrauten und intensiven Pfirsichgeruch wahrgenommen. Es war zwar nicht mein liebstes Duschgel, aber eben das, was mir hier zur Verfügung gestellt wurde. Also beschwerte ich mich nicht und die beiden Möchtegern-Einbrecher offenbar genauso wenig.

»Du kannst mir nicht erst eine Nachricht schreiben, dass es dir leid tut und du reden willst, nur um dann einfach so abzuhauen und dich nicht mehr zu melden«, warf Blondie mir vor und fuhr sich durch die von der Feuchtigkeit verdunkelten Haare. Wasser tropfte ihm auf die Schultern, was meine Aufmerksamkeit von seinem Gesicht ablenkte. »Hast du eine Ahnung, wo wir dich überall gesucht haben? Wir haben jeden einzelnen Stein herumgedreht. Wenn Alex dich vor uns gefunden hätte, hätte er dich getötet. Das konnten wir nicht zulassen.«

Der Blick aus seinen blauen Augen war fest und ich zweifelte nicht an seinen Worten. Wie könnte ich auch, wo ich Huston doch selbst kennengelernt hatte, und mir ausmalen konnte, dass auch er vor nichts zurückschrecken würde. Er war ein Mann, der seine Macht gern ausspielte. Er hatte danebengestanden, während Walentin mich zu Brei verarbeitet hatte, nur um mich dann mit einem miesen Deal zurück in das gefährliche Netz von Taurus zu ziehen.

Mein Herz wärmte sich bei Lians Worten und seinem treuen Blick, der mich an einen Hund erinnerte. Gleichzeitig jedoch lief mir eine Gänsehaut wegen meiner eigenen Gedanken über den Rücken.

»Ihr hättet nicht herkommen sollen. Das war dumm von euch.«

Blondie hob eine Augenbraue. »Sind wir aber. Und wir werden erst verschwinden, wenn wir dich von einer Rückkehr überzeugt haben.«

Fünf Sekunden. Das war die Zeit, die mein Verstand brauchte, um diese Worte zu begreifen. Dann brach ich jedoch in schallendes Gelächter aus. Er konnte das unmöglich ernst meinen. Himmel, die beiden waren nicht dumm, aber die Aussage ließ zumindest Lian sehr stark danach klingen. Ich würde keinen Selbstmord begehen und zurück nach London kehren. Ganz sicher nicht.

»Vergesst es. London ist für mich Vergangenheit.« Ich winkte mit der Hand ab, um meine Aussage zu unterstreichen. »Huston wird mich zerquetschen wie eine Ameise unter der Schuhsohle. Du hast gerade eben selbst gesagt, dass er mich töten wird, wenn er mich in die Finger bekommt. Und falls euch das nicht aufgefallen ist: Genau dem versuche ich gerade auch zu entgehen.«

Aus Deutschland war ich geflohen, um meine Schwester nicht weiter in Gefahr zu bringen. Aus London war ich geflohen, um zu überleben. Anscheinend war ich gut darin, fortzulaufen. Das Problem war nur, dass meine Feinde auch gut darin waren, mich zu finden.

»Und was willst du stattdessen tun? Wo willst du hin? Willst du hier bleiben? Was machst du eigentlich hier?«, wollte Lennox wissen. Sein plötzliches Interesse an mir überraschte mich. Ja, wir hatten uns zuletzt in London gut verstanden, aber es war nicht wie mit Lian. Es war nicht so, als würden wir jedes Detail aus dem Leben des anderen wissen wollen.

Ich zuckte mit den Schultern. »Keine Ahnung. Ich habe noch keinen Plan für die Zukunft. Deshalb habe ich dieses verdammte Notebook schließlich angemacht. Aber ich werde nicht zurückkommen. Ich hänge zu sehr an meinem Leben. Tut mir leid.«

Es lag nicht in meiner Absicht, ihm auf seine weiteren Fragen zu antworten. Ich konnte ihnen nicht sagen, dass sie sich mitten in einem Bratva-Hauptquartier befanden und wenn sie erst erfuhren, was ich hier getan hatte, was ich letzte Nacht wirklich getan hatte, dann würden sie garantiert sofort das Weite suchen. Ich konnte nicht zulassen, dass sie Hals über Kopf davonliefen und vielleicht eine Dummheit begingen. Bei den beiden war das leider naheliegend.

Ein Klopfen an der Tür beendete die Unterhaltung, ehe einer der beiden auf meine Absage reagieren konnte. Einmal lang, zweimal kurz.

Ich legte das Schoko-Hörnchen auf meinem Teller ab und sprang vom Bett. Normalerweise schloss ich die Tür nicht ab, um immer einen Fluchtweg zu haben, doch die beiden Briten hier zu beherbergen fühlte sich seltsam verboten an und ich wollte sicherstellen, dass wir nicht gestört wurden. Durch das Klopfzeichen wusste ich jedoch, dass entweder Jess oder Holly vor der Tür standen und vor den beiden brauchte ich keine Geheimnisse zu haben. Also drehte ich den Schlüssel im Schloss und öffnete die Zimmertür.

Meine beste Freundin drückte mich wenig behutsam zur Seite und schob sich in mein Zimmer. Ihr hellbrauner Bob war vollkommen durcheinander, als wäre sie gerade erst aus dem Bett gekommen. Da sie jedoch bereits schlicht geschminkt war und eine graue Jogginghose trug, konnte dieser Eindruck nicht der Wahrheit entsprechen. Jess hing grundsätzlich mindestens eine halbe Stunde am Handy, bevor sie aufstand und direkt ins Bad marschierte, um zu duschen und sich anschließend für den Tag fertig zu machen.

»Livi, du musst mir helfen!« Jess packte mich mit beiden Händen an den Schultern und sah mir mit einem gehetzten Ausdruck in die Augen. Wir trugen beide keine Schuhe und sie überragte mich um beinahe einen halben Kopf. »Die Uni hat sich gemeldet. Ich muss mich bis Ende dieser Woche entscheiden, ob ich im nächsten Semester zurückkomme. Und ich habe keine Ahnung, was ich tun soll.«

Die Worte sprudelten so schnell aus ihrem Mund, dass ich vergaß zu atmen, während ich sie erfasste. Jess schüttelte mich leicht und ihre Augen glänzten verdächtig. »Was machen wir denn jetzt? Ich kann doch nicht zurückgehen und euch hier allein lassen. Livi, das ist eine Katastrophe!«

Zu Beginn unserer Freundschaft hatte ich es gehasst, wenn sie mich so nannte. Es hatte mich so sehr an meine kleine Schwester erinnert, dass mein Herz jedes Mal gebrochen war. Irgendwann, als die Sehnsucht nach Holly zu groß wurde, hatte ich mich jedoch darüber gefreut und mittlerweile liebte ich es, wenn sie mich mit diesem vertrauten Spitznamen ansprach.

»Atme, Jess.« Meine Finger schlossen sich um die weichen Unterarme meiner besten Freundin und ich grub die Nägel vorsichtig in ihr Fleisch. Sie musste sich beruhigen, denn sonst würde sie jede Sekunde abheben. Von ihrer sonst so ruhigen Ausstrahlung war nichts zu spüren. Ganz im Gegenteil, sie wirkte regelrecht panisch. »Es ist alles okay. Wir finden eine Lösung.«

Ich wusste, dass sie gern zurück nach London gehen würde. Sie wollte wieder mit Audrey Zeit verbringen, immerhin schrieb sie auch täglich mit ihr. Gleichzeitig vermisste sie auch die Kurse, die zu ihrem Biologiestudium gehörten. Ich sah es an den vielen Fachbüchern, die sich in ihrem Zimmer mittlerweile sogar auf dem Boden stapelten. Jess lernte in jeder freien Minute, um sich den verpassten Stoff anzueignen und die Jahresprüfungen zu schaffen. Sie hatte ihr Studium für den Rest des Semesters pausiert, nur um mit Holly und mir hierzubleiben. Um uns nicht allein zu lassen. Es war nicht fair, dass ich sie von dem, was sie liebte, fernhielt. Ganz besonders war es nicht fair, dass ich sie an einem Ort festhielt, an dem sie nicht sein wollte. Seit wir hier waren, war kaum mehr etwas von ihrer sonst so entspannten und ruhigen Art übriggeblieben. Meist war ihr Körper von einer unnatürlichen Anspannung verkrampft und ihr Blick zuckte ständig unsicher umher, wenn wir nicht nur unter uns waren. Ich war mir sicher, dass sie über die Machenschaften ihres Vaters Bescheid wusste. Darauf angesprochen hatte ich sie nicht, denn ich ging davon aus, dass sie nicht darüber reden wollte.

»Ihr könntet auch einfach beide zurück nach London kommen«, platzte es aus Blondie heraus und wie so oft meldete er sich genau zum falschen Zeitpunkt zu Wort.

Jess ließ die Arme sinken und drehte mit einem Augenrollen den Kopf zu ihm herum. »Dein Typ ist gerade nicht gefragt, Lian.«

Ich hätte mich deutlich anders formuliert und die Abfuhr wesentlich unschöner ausgedrückt, doch sie wäre auf dasselbe herausgelaufen. Entsprechend empört schnaubte der Brite auch. Die Russin wandte sich wieder von den beiden Besuchern ab, um sich auf mich zu fokussieren. Als der Blick aus ihren strahlend blauen Augen auf meine traf, konnte ich die sich drehenden Zahnrädchen hinter ihrer Stirn erkennen.

Sie drehten und drehten sich, bis sie einrasteten. Und dann begriff Jess, dass hier etwas oder eher jemand so gar nicht ins Bild passte. Mein eigener Gesichtsausdruck von letzter Nacht spiegelte sich auf ihrem wider und wäre dieser Moment nicht so seltsam, würde ich vermutlich in Gelächter ausbrechen. Doch das konnte ich nicht. Jeder Laut blieb mir in der Kehle stecken und ich biss mir auf die Unterlippe, während ich nach den richtigen Worten suchte.

»Moment mal.« Jess drehte den Kopf ruckartig wieder in Richtung des Sofas und ich folgte ihrem Blick. Blondie und Lennox sahen zu uns herüber.

Lian grinste breit und winkte freudig wie ein kleines Kind, während der Ministersöhnchen gerade von seinem Brötchen abbiss und mitten in der Bewegung zu Stein erstarrte. Mein Herz pochte mir vor Nervosität bis zum Hals, während mein Körper bei diesem seltsamen Anblick unangenehm zu kribbeln begann.

Das war dann wohl der Moment der Wahrheit.

Meine beste Freundin räusperte sich, dann wanderte ihr Blick zu mir. Sie blinzelte, sah zurück und fragte mit hoher Stimme: »Was tut ihr denn hier?«

Das zu erklären konnte durchaus schwierig werden, doch mir blieb keine andere Wahl. Also räusperte ich mich, ehe Lian wieder etwas Unpassendes sagen konnte und sagte stockend: »Ich kann das erklären. Denke ich.«

KAPITEL 6

Livana

Zwei Tage waren vergangen, seit Lennox und Lian unangekündigt in Russland aufgetaucht waren und versucht hatten, auf das Gelände der Sorokin-Mafia zu gelangen. Ich fand immer noch dumm, was sie getan hatten. Doch ich konnte es nicht ändern. Am Dienstagabend waren sie von zwei Rekruten vom Gelände eskortiert worden und zurück in ihr Hotel gefahren. Am nächsten Morgen hatten sie nicht einmal gewartet, bis wir unser Frühstück beendet hatten, sondern waren bereits vor 09:00 Uhr am Haupttor aufgetaucht und hatten um Zutritt gebeten. Mit einem Mietwagen waren sie die lange Auffahrt entlang gerumpelt und hatten vor dem Eingang gehalten. Dasselbe Spiel hatten sie am gestrigen Donnerstag wiederholt.

Zwei Tage hatten sie also Jess, Holly und mich mit ihrer Anwesenheit beehrt und Blondie hatte es sich nicht nehmen lassen, sämtliche verpassten Erlebnisse bis ins kleinste Detail wiederzugeben. Heute hatte ich das Gefühl, auf jeder Party dabei gewesen zu sein und in jeder Vorlesung gesessen zu haben. Vorlesungen, die mich nicht einmal interessierten.

Zwei Tage hatten sie damit verbracht, mich in jeder möglichen Sekunde zu überreden, nach London zurückzukehren. Und ich hatte in jeder möglichen Sekunde abgelehnt. Zuerst noch höflich dankend, dann nur noch mit einem Augenrollen. Lian legte diesbezüglich eine überraschend hohe Ausdauer an den Tag, sodass ich es mittlerweile nur noch leid war, die beiden von ihren Fesseln befreit zu haben. Ich hätte sie in diesem Keller verrotten lassen sollen.

Heute waren wir endlich wieder allein und ich genoss es, mich von einem Masseur durchkneten zu lassen, während ich mit meiner besten Freundin über die Fügungen des Lebens sprach.

»Du gehst natürlich zurück nach London«, wiederholte ich mich zum hundertsten Mal an diesem Tag. Ich hatte in den letzten Tagen öfter versucht, auf den Grund ihres etwas panischen Anfalls zurückzukommen. Nachdem sie allerdings Anfang der Woche so unverhofft den beiden Briten gegenüberstand und diese auch noch jeden Tag hier aufgekreuzt waren, hatte sie das Problem über ihre Rückkehr an die Uni einfach verdrängt. Sie war auf keinen meiner Versuche eingegangen und hatte sich lieber den Geschichten aus Blondies Mund hingegeben.

Damit war sie nicht allein, denn meine Schwester hing ihm ebenso gebannt an den Lippen. Sie war ihnen zuvor nur einmal begegnet. Damals hatte ich sie nicht miteinander bekannt gemacht, da wir damit beschäftigt waren uns zu streiten. Jetzt jedoch konnte ich eine Vorstellung nicht mehr vermeiden und auch wenn Holly noch zurückhaltender als Jess war, kommunizierte sie von Beginn an sogar relativ offen mit unseren Besuchern.

»Nein, das geht nicht.« Die Stimme der Russin klang gequält und ihr Akzent trat deutlicher hervor als gewöhnlich. Sie wollte diese Unterhaltung nicht führen, das hörte ich an dem unterdrückten Widerwillen in ihrer hellen Stimme. Dennoch mussten wir darüber sprechen. Die Woche war beinahe um und wenn das Sekretariat der Universität am Montagmorgen keine entsprechende Rückmeldung erhalten hatte, würde sie vielleicht das Auslandsjahr dort nicht beenden können. Ich wollte nicht dafür verantwortlich sein, dass sie ihr Studium vernachlässigte und dadurch vielleicht sogar in den Sand setzte. Außerdem wollte ich nicht dafür verantwortlich sein, dass sie ihren Traum von Freiheit aufgab. »Ich kann euch hier nicht allein lassen.«

Mein Herz wurde schwer und ich schloss genüsslich die Augen, während der Masseur sich von meinen Schultern bis zu meinem unteren Rücken hinab arbeitete. Diese Massagen würde ich in jedem Fall vermissen, denn der Aufenthalt hier war beinahe mit einem Fünf-Sterne-Urlaub zu vergleichen.

»Wir sind schon große Mädchen, Jess. Wir können auf uns selbst aufpassen. Außerdem wollen wir nicht für immer hier bleiben. Wir wollen die Großzügigkeit deiner Familie nicht überstrapazieren. Ich arbeite bereits an einem Plan, wie es für uns weitergeht«, sagte ich und meinte meine Worte mehr als ernst.

Seit wir hier angekommen waren, hatten wir für rein gar nichts bezahlen müssen. Die Ausflüge in die Stadt hatte Mister Sorokin Senior uns mit seiner Kreditkarte spendiert und auch auf dem Gelände mussten wir für keine Leistungen aufkommen. Es war wie ein Lottogewinn und damit so überhaupt nicht das, was ich erwartet hatte. Als ich mit meiner Schwester und Jess in den Privatjet gestiegen war, ging ich davon aus, nach einer Nacht bei Jess' Familie in eine unbekannte Zukunft zu starten. Wir befanden uns schon viel länger hier, als eigentlich geplant war.

Meine beste Freundin schwieg und so verbrachten wir die letzten Minuten der Massage in einvernehmlicher Stille. Nur die sanften Klänge der Entspannungsmusik waren zu hören.

Schließlich verließen die beiden Masseure den Raum und wir setzten uns auf den Liegen auf. Wir schlüpften in unsere Unterwäsche und hüllten unsere Körper in den weichen Bademänteln ein.

»Ich kann nicht gehen, Livi.«

Überrascht sah ich meine Freundin an. Ich hatte nicht erwartet, dass sie nochmal etwas zu diesem Thema sagen würde, aber sie hatte sich wohl umentschieden. »Warum?«

»Ich kann euch auf keinen Fall hier allein lassen. Nicht, wenn ihr meiner Familie so nah seid.« Kummer trat in ihre Augen und die ruhige Musik aus den Deckenlautsprechern fühlte sich plötzlich unpassend an. Jess trat einen Schritt auf mich zu und senkte die Stimme so weit, dass sie nur noch flüsterte. »Ich liebe meine Eltern. Meinen Vater und auch den Rest der Familie. Aber sie sind keine guten Menschen. Wir haben ein Familiengeheimnis, das ich noch nie in meinem Leben jemandem anvertraut habe. Ich wollte es dir schon so lange sagen. Schon bevor wir nach Russland gereist sind. Aber ich konnte nicht. Wenn sie herausfinden, dass du Bescheid weißt, dann wäre dein Leben in Gefahr.«

Wir hatten nie über die Geheimnisse ihrer Familie gesprochen. Nachdem ich den Kampf gegen die Nummer 1 Londons überlebt hatte und vor den Jungs geflohen war, war ich zu ihr gekommen. In den dunklen Stunden der Nacht hatte ich ihr erzählt, was ich seither vor ihr versteckt hatte. Während Jess mich gepflegt und meine Wunden versorgt hatte, habe ich ihr grob von meiner Vergangenheit berichtet. Ich hätte ihr gern mehr erzählt als ich konnte, aber die Untergrundorganisation schätzte es nicht, wenn Dritten etwas über ihre Machenschaften erzählt wurde. Menschen wie Alex Huston wussten deshalb auch ganz genau, wie sie mit solchen Problemen ... solchen Menschen ... umgehen mussten. Meistens fand man von ihnen nicht einmal mehr einen Fingernagel.

Es hatte mich damals gewundert, warum Jess meine Vergangenheit so gut geschluckt hatte. Sie hatte mich nicht für einen Augenblick verurteilt. Auch nicht, als ich sie mitten in der Nacht anrief und ihr sagte, dass ich in Schwierigkeiten steckte und verschwinden musste. Sie hatte nie genauer nachgefragt oder versucht, etwas aus mir herauszubekommen. Alles, was ich ihr erzählt hatte, hatte sie aufgenommen und mir versprochen, immer hinter mir zu stehen. Heute verstand ich, warum sie vor meiner Erzählung nicht zurückgeschreckt war.

Auch wenn Dimitri der Ansicht war, sie gehörte in die Küche oder ein Kinderzimmer, wusste sie doch über die Taten ihrer Familie Bescheid. Sie wusste, was ihr Vater tat. Sie wusste von der Mafia, die ihren Namen trug. Sie war wie ich. Sie hatte dasselbe dunkle Geheimnis, das sie niemals jemandem anvertrauen konnte. Und deshalb hatte sie mich für keine einzige Sekunde verurteilt. Nicht dafür, dass ich mich als eine andere Person ausgegeben hatte. Nicht dafür, dass ich ihr nichts über meine wahre Herkunft erzählt hatte. Nicht für die Taten, zu denen mich Taurus getrieben hatte.

»Es ist okay.« Ich zog meine Freundin in die Arme und drückte ihren weichen Körper an meinen. Das Kinn auf ihrer Schulter abgelegt vergrub ich das Gesicht in ihren Haaren. Ich hatte keine Ahnung, ob es hier weitere Kameras gab oder ob man eine Abhöranlage in den Lampen integriert hatte. Alles schien mir in diesem Anwesen möglich. Deshalb wollte ich vermeiden, dass jemand anderes außer Jess meine Worte hörte: »Ich weiß Bescheid. Ich hatte einen Deal mit deinem Vater und habe ihn erfüllt. Wir kommen also klar.«

Sekunden lang war es still im Raum und ich spürte, wie meine beste Freundin die Luft anhielt.

»Wie konntest du so dumm sein? Man lässt sich nicht mit der Mafia ein. Niemals.« Jess' Stimme klang belegt und ihre Arme zitterten, als sie sie um meinen Körper legte und mich fest an sich drückte. »Warum, Livi?«

Der Damm war gebrochen. Sie hatte ausgesprochen, was sie seit Beginn unserer Freundschaft vor mir verheimlicht hatte und sie konnte ebenso wie ich endlich damit aufhören, die Familie schönzureden. Ich spürte ihr kräftig pochendes Herz durch die kuschligen Schichten Stoff zwischen uns hindurch.

»Ob nun Taurus und der Untergrund oder die Mafia. Das macht keinen Unterschied. Sie alle tun dieselben oder zumindest ähnliche Dinge«, seufzte ich mit einem dicken Kloß im Hals und schloss die Augen. Auch für mich war es eine Art Erkenntnis. Man hörte so viel in den Nachrichten und man sah so viel in Filmen, doch im realen Leben war es gruselig, wie klein die Unterschiede zwischen den unterschiedlichen Organisationen waren. »Dein Vater und ich haben einen Deal. Es ist also okay. Wir werden bald von hier verschwinden. Vielleicht sogar schon bevor du nach London aufbrichst.«

Nachdrücklich löste ich mich von meiner Freundin und hielt sie an den Oberarmen fest. Tief sah ich ihr in die von Tränen feuchten Augen und zwang ein Lächeln auf meine Lippen. »Sag der Uni zu. Geh zurück nach London. Das Leben geht weiter. Für uns alle. Also geh diesen Weg, denn du willst es. Und es ist okay.«

Jess sah vollkommen überfordert aus und ich wusste nicht, ob es an meiner Offenbarung oder meinen Worten lag. Dennoch öffnete sie den Mund und stammelte etwas zeitverzögert: »D ... Danke.«

Nur eine Stunde später war es vorbei mit der friedlichen Ruhe. Gemeinsam mit Holly hatte ich Jess gedrängt, endlich die Zusage für die Rückkehr an die Uni abzuschicken und sie hatte gerade auf den Senden-Button gedrückt, als es an der Tür klopfte und eines der Hausmädchen unseren ›täglichen Besuch‹ ankündigte.

Blondie betrat von Lennox gefolgt das Zimmer. Sie hatten zwei herrlich duftende Tüten unter den Armen und gleichzeitig mit dem fettigen Geruch von Pommes erkannte ich das Logo eines Burgerladens in Omsk.

»Wir haben Mittagessen mitgebracht.« Es war Lians Art uns zu begrüßen und die beiden stellten die Tüten auf dem Couchtisch ab, ehe sie ihre Jacken auszogen und diese achtlos über einen der Sessel warfen. »Ich hoffe, ihr habt Hunger.«

Ich sah von Holly zu Jess und zuckte mit den Schultern. Das Frühstück lag tatsächlich bereits ein paar Stunden zurück und nach der Massage sowie dem doch sehr berührenden kurzen Gespräch mit meiner Freundin meldete sich mein Magen mit einem tiefen Grummeln. Der Geruch nach kalorienhaltigen Burgern verstärkte dies noch um ein Vielfaches.

»Bei Burgern lehne ich nie ab.« Holly war die Erste von uns, die sich in Bewegung setzte und ihren Platz neben mir am Schreibtisch aufgab. Sie ließ sich neben Blondie auf das Sofa fallen und griff mit erwartungsvollem Blick nach der ersten braunen Tüte. Die Liebe zum Essen hatten wir beide gemeinsam und mein Herz ging auf, als ich das Funkeln in ihren Augen sah. Für sie hatten sich alle Strapazen gelohnt und ich würde alles in meiner Macht Stehende tun, um sie zu beschützen und dieses aufgeweckte Strahlen auf ihrem Gesicht zu erhalten.

Kaum hatten wir das Essen verdrückt, schaltete Jess die Spielekonsole ein, die mit ihrem Fernseher verbunden war. Da sie nur vier Controller besaß, setzte ich direkt zu Beginn aus und verabschiedete mich in mein Zimmer. Ich wollte mein Notebook holen und mich um unsere weitere Reise kümmern.

Auf dem Flur war es wie immer totenstill. Wir befanden uns in einem der oberen Stockwerke des Anwesens. Hier befanden sich nur die Schlafzimmer der Bewohner, somit war tagsüber selten etwas los. Die Adiletten an meinen Füßen gaben nur leise Geräusche auf dem Marmorboden von sich und ich beeilte mich, die Wände mit ihren teuren, modernen Kunstwerken zu passieren.

Ich hatte es immer geliebt, allein zu Hause zu sein. Egal, ob in Austin, ich die ersten fünfzehn Jahre aufgewachsen war, oder dann in den letzten Jahren im Großraum von Stuttgart. Es gab nur Holly, mich und das große Haus. Die Medizinkarrieren unserer Eltern ermöglichten es mir, oft in diesen Genuss zu kommen. Ich mochte die

Stille, die immer über dem Haus lag, wenn unsere Eltern im Klinikum oder bei einer Tagung waren. Hier jedoch empfand ich die gespenstische Ruhe als drückend und wollte nichts lieber als ihr zu entfliehen. Alles im Anwesen erinnerte mich an ein Museum und ich traute mich nicht einmal, die Blumen oder Zierkommoden im Flur zu berühren. In meinem Zimmer fühlte ich mich um einiges wohler. Es war zwar sehr unpersönlich und erinnerte mich mehr an ein Hotelzimmer, aber es genügte.

Ich stieß die Tür hinter mir mit dem Fuß ins Schloss und kramte aus der Nachttischschublade eine Tafel Schokolade hervor, ehe ich mir vom Schreibtisch mein Notebook schnappte.

Es klopfte an der Zimmertür und ich fuhr herum. Es war kein Klopfzeichen, also musste jemand vom Personal vor der Tür stehen. Seit ich in der Nacht zum Dienstag den Verräter entlarvt hatte, wurde ich nur noch einmal zu Mister Sorokin Senior gerufen. Dort hatte er mir verkündet, dass sein langjähriger Freund Kostja den Schussverletzungen erlegen war und noch vor einer umfassenden Aussage auf dem Weg in eine Klinik verstorben war. Seither hatte ich nichts mehr von dem Mafiaboss gehört und ich wollte an diesem Zustand ungern etwas ändern.

Dennoch rief ich: »Herein.«

Erneut wurde die Zimmertür geöffnet und Lennox Chapman schob sich in den Raum. Er schloss die Tür hinter sich und sah sich in meinem Reich um. Außer dem großen Bett, einem Schreibtisch und einer ähnlichen Sitzgruppe wie sie in Jess' Zimmer existierte, gab es kaum etwas zu sehen. Der Raum war nicht groß, verfügte jedoch trotzdem über einen kleinen begehbaren Kleiderschrank und ein eigenes Badezimmer. Außerdem bot es trotz der wenigen Quadratmeter mehr Platz, als ich mit meinen eigenen Besitztümern ausfüllen konnte.

»Kann ich dir helfen?«, fragte ich den Briten überrascht und stellte das Notebook samt der Schokolade auf dem Tisch ab.

Es war nicht schlimm, dass er mir zu meinem Zimmer gefolgt war. Aber ich wunderte mich darüber mehr, als über Jess' Zweifel, zurück zur Uni zu kehren.

»Du musst uns nach London begleiten.« Lennox sprach die Worte aus, als seien sie bereits entschieden. Er kam durch den

Raum auf mich zu. Langsam, als wollte er mich nicht erschrecken. »Alex weiß nicht, wo du bist. Er wird dich überall suchen, aber nicht direkt vor seiner Nase. Ganz besonders nicht, weil er dort bereits alles nach dir abgesucht hat. Du bist hier nicht sicher, aber bei uns wärst du es.«

Seine Worte waren eindringlich und mein Herz wurde schwer. Im Sonnenlicht, das durch die großen Fenster schien, waren seine Augen nicht länger nur schwarz, sondern hatten die Farbe von Ebenholz. Es war das erste Mal, dass mir diese besondere Färbung auffiel und das lag nicht daran, dass ich Lennox zuvor noch nie in die Augen gesehen hatte. Es lag daran, dass ich ihn zum ersten Mal wirklich ansah.

»Ich bin nirgendwo sicher.« Meine Stimme war leise und die Anspannung zwischen uns kletterte innerhalb von Sekunden ins Unermessliche. Meine Muskeln spannten sich an und ich biss mir auf die Unterlippe. »Aber zurückzugehen bedeutet zu sterben. Sobald ich auch nur in Hustons Reichweite komme, wird er mich töten. Und das kann ich nicht zulassen. Ich muss meine Schwester beschützen, Lennox. Ich muss an Holly denken.«

Der Ministersohn blieb direkt vor mir stehen und sah zu mir herunter. Er war größer als ich und ich musste den Kopf in den Nacken legen, um seinen dunklen Blick zu erwidern. Die Luft um uns herum vibrierte vor Elektrizität förmlich.

»Und was ist mit Levin? Denkst du auch an ihn?«

Sein Blick traf mich so unvorbereitet, dass ich bei der Erwähnung seines Namens zusammenzuckte. Mein Herz krampfte sich schmerzhaft zusammen und ich presste mir instinktiv die Hand auf die Brust. Sein Name presste mir die Luft aus den Lungen, pochende Kopfschmerzen meldeten sich hinter meiner Stirn und die Farben vor meinen Augen begannen zu verschwimmen. Meine Welt stand für den Bruchteil einer Sekunde still, ehe sie sich viel zu schnell weiterdrehte.

Levin Williams war die Person, an die ich nicht denken wollte. Ich hatte es mir selbst verboten. In der Sekunde, in der wir in den Jet nach Omsk gestiegen waren und ich mir geschworen hatte, nicht auf die Wochen in London zurückzublicken, hatte ich auch beschlossen, ihn zu vergessen.

Was genau das mit Levin und mir eigentlich war, konnte ich nicht sagen. Zuerst hatte ich ihn als meinen Feind angesehen und irgendwie hatte sich das auch nicht geändert, nachdem ich mich mit Lian angefreundet hatte. Dennoch konnte ich immer diese unnatürliche Spannung zwischen uns spüren, die sich bevorzugt in meiner Körpermitte gesammelt hatte. Rein äußerlich war Levin Williams äußerst anziehend und unterbewusst hatte ich meine verwirrten Hormone zuerst auf diesen Fakt geschoben. Als er mich jedoch stürmisch und vor allem so verdammt heiß mitten in einem Club geküsst hatte, wusste ich, dass da mehr war. Mehr in mir. Gleichzeitig wusste ich jedoch auch, dass genau das nicht sein durfte. Es hatte keine Zukunft für uns und genau das fügte mir unbeschreibliche Schmerzen zu.

Manchmal, wenn ich in der Nacht von einem meiner unzähligen Albträume aufwachte, ertappte ich mich dabei, wie ich mir vorstellte, er würde neben mir liegen und mich in den Armen halten. Ich versuchte, mir seinen Duft nach Holz und Minze in Erinnerung zu rufen. Es beruhigte mich, sodass ich wieder einschlafen konnte. Gleichzeitig kämpfte ich jedoch gegen das Aufblitzen seines Bildes vor meinen Augen an.

Ich atmete tief ein. Ein herber und zugleich frischer Geruch füllte meine Lungen. Es war Levins Geruch. Und jetzt, wo ich seinen Namen gehört hatte, bildete sich vor meinen Augen auch sein Gesicht. Es schob sich über das Gesicht des Ministersöhnchens. Die markanten Augenbrauen, die gerade Nase, die vollen Lippen. Die weichen Gesichtszüge und der charakteristische Bartschatten auf seinen Wangen.

»Na, hat es dir die Sprache verschlagen?« Provokant zog Lennox eine Augenbraue nach oben und zog mich aus meinen Wahnvorstellungen.

Mein Körper kribbelte und meine Fingerspitzen begannen zu pochen. Die Worte aus meinem Mund waren so leise, sodass ich sie selbst kaum hören konnte: »Mach das nicht.« Ich schüttelte meinen Kopf und versuchte, meinen lächerlich bittenden Blick zu unterdrücken.

»Doch, Livana.« Herausfordernd reckte Lennox das Kinn nach oben. Sein Bart war in den letzten Tagen gewachsen und bedeckte seine zartbitterbraue Haut. »Denkst du an ihn? Nein? Dann lass mich dir eines sagen: Er denkt ständig an dich. Jeden Tag. Er hat keine ruhige Nacht, seit du verschwunden bist. Er ist krank vor Sorge. Er hat Lian beinahe den Laptop über den Kopf gezogen, weil sich der Peilsender in deinem Notebook nicht gemeldet hat. Er ist ausgeflippt. Er hat bei seinem letzten Kampf beinahe jemanden umgebracht, weil er mit seinen Gefühlen nicht klar kommt und ein Ventil braucht. Also, denkst du an ihn? Hast du eine Ahnung, was du meinem besten Freund mit deinem Verschwinden antust?«

Ich schluckte schwer und wandte den Blick ab. Um etwas Abstand zwischen uns zu bringen, trat ich einen Schritt zurück und stieß mit dem Hintern gegen den Schreibtisch. Es war nicht genug Raum und das heftig pochende Herz in meiner Brust ließ die Gedanken zu schnell durch meinen Kopf wirbeln. Meine Sicht verschwamm wieder und ich sah Levins Gesicht vor mir.

Er hatte Recht. Ich hatte keine Sekunde darüber nachgedacht, was ich jemand anderem mit meiner Flucht antat. Ich hatte es mir nicht erlaubt, darüber nachzudenken. Es ging nur darum, nach vorne zu blicken. *Niemals zurück, nur nach vorn.* Jetzt, wo er mir diese Worte an den Kopf warf, kam ich mir dumm vor. All meine Handlungen hatten Auswirkungen auf die Menschen in meinem Umfeld und ich musste endlich anfangen, diese nicht wie Dreck zu behandeln. Gegenüber Jess und Holly war ich aufopferungsvoll und versuchte, nur das Beste für sie zu tun, doch Audrey und auch die vier Jungs hatte ich wie das Letzte behandelt.

In London wusste ich nicht so recht, wie ich Levins Umgang mit mir einordnen sollte. Wir hatten den Kuss im Club nicht mehr thematisiert. Es war unser stilles Geheimnis. Ich hatte ihn immer mit seinem Nachnamen angesprochen, um meine Gefühle einfacher unterdrücken zu können. Das erkannte ich jetzt. Es hatte verhindert, eine tiefere Bindung aufzubauen. Aber es hatte auch verhindert, ihm eine echte Chance zu geben. Eine Chance, die ich Lian und auch Lennox eingeräumt hatte. Selbst Tyler, der mich meistens ignorierte, hatte ich eine zweite Chance gegeben.

»Es tut mir leid.« Ich schlug die Augen nieder und starrte auf das Eichenholzparkett zwischen uns. Diese vier Worte sagten mehr aus, als ich jemals hätte artikulieren können.

Wir hatten uns niemals gegenüber den anderen etwas von dem Kuss anmerken lassen. Ich hatte immer darauf geachtet, meine Gefühle bestens geheim zu halten. Aber Lennox schien ein aufmerksamer Beobachter zu sein oder Williams ... Levin ... hatte mittlerweile geplaudert. Beides konnte ich mir gut vorstellen. Der Ministersohn war ruhiger als seine Freunde und wesentlich passiver. Er war der Beobachter.

Jetzt schluckte er geräuschvoll und schnaubte nur. Er versuchte, die Wut in seinem Herzen zu besiegen, doch er schaffte es nicht.

»Du bist egoistisch, Livana Price! Oder Livana Benett. Wie auch immer«, explodierte er und erhob seine Stimme, sodass ich erneut zusammenzuckte. Ich hob den Blick und sah Lennox ins Gesicht. Seine Züge waren wutverzerrt und seine Nasenflügel bebten bei jedem Atemzug. »Du hast Levin nicht verdient. Und trotzdem hast du ihn! Du hast ihn zerstört, ohne dass es einer bemerkt hat! Du bist wirklich der Teufel in Person. Die Büchse der Pandora.«

Die deutliche Anspielung auf meinen Decknamen, unter dem ich für Taurus gearbeitet und im Ring gekämpft hatte, ließ mich ein drittes Mal zusammenzucken. Ich fühlte mich, als würde er mich ohrfeigen und das erste Mal in meinem Leben hatte ich den Eindruck, dass ich es verdient hatte. Seine Worte entsprachen der Wahrheit und diesen Spiegel so vorgehalten zu bekommen, ließ mich tatsächlich verstummen.

»Du bist grausam. Du hast Levin nicht verdient und dennoch würde er für dich alles zurücklassen. Ich verstehe nicht, was verdammt nochmal an dir so besonders sein soll. Denn so nett du auch sein kannst, so grässlich ist das Gesicht, das du hinter deiner Maske des unschuldigen Mädchens versteckst.« Er versuchte nicht, die noch unausgesprochenen Vorwürfe in einer Stimme zu verbergen. Ganz im Gegenteil. Er ließ mich mit aller Schärfe genau spüren, was er von mir hielt. Nicht besonders viel, war die deutliche Antwort.

Ich würde gern etwas darauf erwidern oder mich verteidigen, wie ich es sonst tat. Ich ließ mich grundsätzlich von niemandem herunterputzen, dennoch blieb ich stumm. Mein innerer Kampfgeist war verborgen hinter dem Bild von Levin Williams in meinem Kopf und dem schmerzlichen Brennen in meiner Brust.

Ich war ein Miststück.

»Mach, was du willst. Verschwinde von hier. Verlasse Russland. Lauf Taurus an einem anderen Ort in die Arme. Tu alles in deiner Macht Stehende, um deine Schwester zu beschützen. Aber beschwere dich nicht, wenn du am Ende alleine gegen die Welt kämpfst. Beschwere dich nicht, wenn du am Ende bist.« Mit dunklem Blick sah Lennox mich an und beugte sich zu mir herunter, bis sein Gesicht direkt vor meinem schwebte. Fest sah er mich ohne zu blinzeln an. »Lian und Levin würden niemals von deiner Seite weichen. Sie würden immer hinter dir stehen und dich als auch Holly schützen. Denn sie beiden haben auf seltsame Art und Weise einen Narren an dir gefressen. Und wenn Lian und Levin auf deiner Seite stehen, dann gilt das auch für Tyler und mich.«

Tief holte der Kerl Luft und ließ für eine Sekunde diese Worte in meinem Bewusstsein sacken. Dann sprach er auch schon weiter: »Aber natürlich, geh. Verschwinde wieder. Lauf, soweit du kannst. Flieh, denn das kannst du offensichtlich am besten. Aber beschwere dich nachher nicht. Und verdammt, komm nicht angelaufen, wenn Levin jemand besseren als dich gefunden hat. Denn wenn das der Fall ist, dann wirst du dich an diese Unterhaltung erinnern und an das, was ich dir sage. Du bist selbst schuld und das wird sich auch in Zukunft nicht ändern, wenn du dich weiter so verhältst. Wenn du weiter wild und gleichzeitig blind um dich schlägst. Wenn du weiter davonläufst.«

Damit drehte sich Lennox auf dem Absatz herum und stürmte aus meinem Zimmer. Er schlug die Tür so heftig hinter sich zu, dass die Wände wackeln mussten, doch dieses Mal zuckte ich nicht zusammen.

Ich blieb zurück. An Ort und Stelle festgefroren. Unfähig, zu atmen.

KAPITEL 7

Livana

Mit einem mulmigen Gefühl im Bauch sah ich aus dem Fenster direkt auf die grauen Gebäude hinaus. Es war ein regnerischer Tag und auf den Gehsteigen reihten sich die Pfützen aneinander. Angeblich hatten wir etwas mehr als zehn Grad, doch ich fühlte mich genauso durchgefroren, wie in den kältesten Nächten in Omsk.

Die Passanten auf den Straßen zogen wie bunte Farbkleckse vor den trostlosen Fassaden der Gebäude an uns vorbei. Das schwarze Taxi bewegte sich so schnell wie möglich durch den dichten Verkehr, wobei die Klänge aufgeweckter Bollywood-Musik aus dem Radio drangen.

»Letztes Mal fand ich die Stadt schöner.« Holly beugte sich an mir vorbei und lugte ebenfalls aus dem Fenster. Ein intensiver Pfirsichgeruch kitzelte in meiner Nase und erinnerte mich an den Ort, von dem wir kamen. »Hier regnet es ja Bindfäden.«

Ich schmunzelte und sah meine Schwester von der Seite an. Ihre goldgrünen Augen hatten einen matten Glanz und ihre Haut war fahl. Sie sah müde aus, was an dem langen Flug liegen konnte, den wir gerade hinter uns gebracht hatten.

»Ich werde mit dir trotzdem das volle Programm an Sightseeing machen«, versprach ich ihr und wandte mich vollständig von dem trostlosen Wetter ab.

Mein Magen fuhr noch immer Achterbahn und meinem Herz fiel es schwer, seinen Takt zu halten. Wir waren zurück in London und damit würde ich Huston direkt vor der Nase herumtanzen. Vielleicht war es die zweitdümmste Entscheidung meines Lebens. Direkt nach der, überhaupt für Taurus zu arbeiten.

Lennox' Worte, die er mir bei unserem kleinen Streit vor vier Tagen an den Kopf geworfen hatte, hatten etwas in mir wachgerüttelt. Mein Versuch, allein gegen den Untergrund zu bestehen war erfolglos gewesen. Er war im Grunde sogar grandios gescheitert, denn ich hatte am Ende nicht nur Walentin als alten Feind an der Backe gehabt, sondern auch noch Alex Huston als neuen Gegner. Allein hatte ich keine Chance gegen Taurus.

Auch wenn ich weiterhin fortlaufen konnte, müsste ich immer mit einem Blick über die Schulter leben. Ich könnte niemals ruhig schlafen oder mich vollkommen entspannen. Ich wäre mein Leben lang auf der Flucht und sofern Holly mich nicht irgendwann verließ, war sie an mich gebunden. Das war kein gutes Leben für uns. Wir konnten nicht ohne Plan von einem Ort zum nächsten ziehen. Rastlos und ohne feste Heimat, in die wir zurückkehren konnten.

Das war der Hauptgrund, warum ich Holly am Wochenende gebeichtet hatte, dass wir zurück an den Ort kehren würden, an dem sie mir eine Kugel entfernen musste. Zurück an den Ort, an dem es für mich so gefährlich war, weil jeder in dieser Stadt ein Verräter sein konnte. Tief in mir jedoch wusste ich, dass auch die qualvolle Sehnsucht nach Levin, die vor allem durch Lennox' Worte ausgelöst wurde, dafür verantwortlich war. Ich war machtlos dagegen.

Im letzten Jahr hatte ich nicht verstanden, warum mich mein Körper diese starke Anziehung zu Levin Williams spüren ließ. Heute wusste ich, dass uns irgendetwas verband, das ich nicht weiter benennen konnte. Irgendetwas war zwischen uns, das diese Gefühle in mir auslöste und das ich unbedingt besser greifen wollte. Bisher hatte ich den Drang danach unterdrückt und ignoriert, doch das Gespräch mit Lennox hatte mir gezeigt, dass ich so nicht sein wollte. Ich wollte nicht die Person sein, für die er mich hielt. Kalt, egoistisch, unnahbar, grausam. All das wollte ich nicht sein.

Ich hatte versucht, meine Identität vor ihnen zu verbergen. Hatte mich von Beginn an distanziert und so getan, als wäre mir alles egal. Doch ich war nicht so teilnahmslos, wie ich mich gegeben hatte. Ich war neugierig und wollte immer wissen, was um mich herum geschah. Ich hatte vorgegeben, ein anderer Mensch zu sein. Livana Price und nicht Livana Benett. Ich hatte die Maske von *Pandora* erweitert und mir für den normalen Alltag ebenfalls eine zugelegt. Doch damit musste ich aufhören. Die Menschen in meinem Umfeld hatten es nicht verdient, belogen zu werden. Nicht, wenn sie mir etwas bedeuteten.

Das Taxi hielt am Straßenrand und Lennox bezahlte den Fahrer, während Holly und ich uns bereits auf den Bürgersteig hinausschoben. Es regnete noch immer Bindfäden und ich zog mir die Kapuze meiner wasserdichten Windjacke über den Kopf. Wir trugen bequeme Kleidung, die wir für den Flug angezogen hatten, doch die Hoodies und Leggings hielten die Tropfen nicht ausreichend ab.

In Rekordgeschwindigkeit luden wir unsere Taschen aus dem Kofferraum des Autos aus und folgten Lian anschließend die Straße entlang. Wir befanden uns im Stadtteil Soho, das hatte ich bereits aus dem Wagen heraus erkannt. Hier reihten sich Restaurants und Kneipen aneinander. Es gab kleine Klitschen, die aus dem Fenster heraus einen Straßenverkauf bedienten, aber auch großräumige Lokale mit Sprossenfenstern und Außenbestuhlung.

Wir wichen Passanten mit Schirmen und Hunden aus, ehe wir vor einem beinahe unscheinbaren Hauseingang zwischen einem italienischen Restaurant und einer schottischen Bar hielten. Lian kramte in den Taschen seines braunen Mantels. Das Modestück biss sich mit der schwarzen Jogginghose, auf dessen Bein in Fettdruck ein Markenname gestickt war. Trotzdem ließ der Anblick dieses vertrauten Kleidungsstücks mein Herz beflügelt höher schlagen.

Lennox schob meine Schwester und mich nachdrücklich in den Hausflur, ehe er die massive Holztür lautstark ins Schloss fallen ließ. Das Geräusch hallte in dem kalten Korridor wider. Der Boden war mit alten Steinfliesen, die an manchen Stellen bereits rissig wurden, ausgelegt. Ich streifte mir die Kapuze vom Kopf und gemeinsam machten wir uns auf den Weg, die hölzernen Treppenstufen nach oben in den ersten Stock.

Dort schloss Lian eine weißlackierte Apartmenttür auf und wir betraten die gemeinsame Wohnung der vier Jungs. Wir befanden uns in einem schmalen Eingangsbereich, wo die rechtmäßigen Bewohner ihre Reisetaschen neben mehrere Schuhe fallen ließen. Es gab einen Wandschrank, aus dessen Türenschlitz der Ärmel einer Jacke ragte.

»Wohnzimmer, Esszimmer und Küche, Badezimmer.« Blondie deutete auf die drei Türen, während Lennox bereits ins Wohnzimmer verschwand. Holly und ich stellten unsere Taschen ebenfalls auf dem Boden ab. »Unsere Schlafzimmer sind oben.«

Unisono nickten Holly und ich. Meine Schwester folgte Lian in das Wohnzimmer, dessen große Fenster sogar in dem kleinen Flur Tageslicht spendeten. Mein Blick wanderte die Treppe nach oben und ich folgte den Stufen bis zum oberen Absatz. Es juckte mir in den Fingern nach oben zu gehen und das ganze Apartment auf den Kopf zu stellen. Da das jedoch ziemlich unverschämt war und wir bis auf weiteres nur als Gäste geduldet waren, hielt ich mich zurück.

»Ey, Shorty!« Lian tauchte in der Tür zum Wohnzimmer zu meiner rechten Seite auf, während gleichzeitig im Hintergrund ein Fernseher angeschaltet wurde und ich Holly fragen hörte: »Ihr habt einen Tischkicker? Warum habt ihr einen Tischkicker?«

Ich sah den Blonden an und zog bei dem Spitznamen die Nase kraus. Zuerst hatte er mich *Liv* genannt, was ich mehr als entschieden abgewürgt hatte. Doch sein neuer Spitzname gefiel mir genauso wenig. Allerdings hörte er nicht damit auf, ihn zu verwenden. Egal, wie oft ich es ihm auch sagte. Er konnte es einfach nicht sein lassen.

»Frag Lev mal, ob wir heute Abend Pizza bestellen wollen«, trug er mir auf, als wäre ich sein persönlicher Postbote. »Er müsste oben in seinem Zimmer sein. Zweite Tür rechts.«

Damit verschwand der Brite wieder im Wohnzimmer und wandte sich meiner Schwester zu. »Warum sollten wir keinen Tischkicker haben? Außerdem kann man ihn zum Billardtisch umfunktionieren. Allein das war *das* Kaufargument«

Meine Schwester hatte sich in Russland gut mit den beiden verstanden, also überließ ich sie ihrem Schicksal und mich meinem Schicksal. Ich stieg die schmale Treppe in den oberen Stock des Apartments nach oben. Die Stufen knarrten leise unter meinem Gewicht und das Geländer zitterte unter meiner Hand wie Espenlaub. Mit jedem Schritt klopfte mein Herz ein bisschen schneller und Nervosität breitete sich in meinem Körper aus.

Auch der Flur im oberen Stock war blitzblank. Es gab keine Fotos oder Möbelstücke. Dafür jedoch fünf Türen. Die Tür direkt gegenüber stand offen und ich erkannte die Schemen eine Badewanne.

Die anderen vier waren geschlossen und da es kein Tageslicht im Flur gab, tastete ich an der Wand nach dem Lichtschalter.

Warmes Deckenlicht erhellte wenige Sekunden später den kleinen Raum und ich marschierte zur zweiten Tür auf der rechten Seite, wie Blondie mir gesagt hatte. Dort hob ich die Hand, um gegen das weiße Holz zu klopfen, hielt jedoch in letzter Sekunde inne. Ein heißes Kribbeln durchzuckte meinen Körper und ich spürte, wie sich all meine Härchen elektrisiert aufstellten.

War ich bereit? War ich schon so weit, Levin gegenüberzustehen?

Es war dumm, sich diese Fragen zu stellen. Ich befand mich immerhin bereits in seinem Haus und uns trennten vermutlich nur noch wenige Zentimeter. Dennoch bildeten sich genau diese Fragen in meinem Kopf und ich ließ die Hand langsam wieder sinken.

Wir hatten uns monatelang nicht gesehen. Zuletzt hatte ich ihn Williams genannt, um meine eigenen Gefühle zu leugnen. Er hatte mir bei unserer letzten Begegnung einen federleichten Kuss geschenkt. Ich hasste mich selbst dafür, dass ich verschwunden war, bevor ich das mit uns klären konnte. Bevor ich mich für meine Lügen entschuldigen konnte und das wieder gerade gebogen hatte, was ich selbst verbockt hatte Ich war vor Taurus und dem Gesetz fortgelaufen. Heute fühlte ich mich deshalb dumm. Hätte ich damals anders gehandelt, müsste ich jetzt nicht stehen und mir über all das Gedanken machen.

Lian und Lennox hatten mir in unserem ersten Gespräch im Keller des Anwesens erzählt, dass man die Leiche von Walentin am nächsten Morgen gefunden hatte. Es musste nur wenige Stunden nach meiner Flucht gewesen sein. Die Behörden hatten mit Hochdruck nach dem Täter gesucht, ihn jedoch bisher nicht geschnappt. Der Regen der Nacht hatte es schwer gemacht, Spuren zu finden. Der Presse gegenüber hatte die Polizei von einem misslungenen Drogendeal gesprochen. Den Schluss daraus hatten die Ermittler aus den mit Marihuana und Heroin gefüllten Päckchen in Walentins Wagen gezogen.

In der Stadt gab es jeden Tag unzählige Straftaten und ich hatte keine Ahnung, ob die Ermittler noch immer versuchten, den Mörder von Walentin Petrow ausfindig zu machen. Vermutlich taten sie das nicht. Es war einfach, die Akte unter diesen Bedingungen zu schließen.

Dennoch war es riskant, hierher zurückzukommen. Ich war trotzdem in den Privatjet gestiegen und nun stand ich vor Levins Tür. Ich sollte mich nicht um Walentin kümmern. Doch sein Tod war in meinem Kopf so präsent, dass ich nahezu ständig daran dachte. Die Erinnerungen überrollten mich in den überraschendsten Momenten. Genau, wie es bei Juls der Fall war. Seit sich meine Kugel in Walentins Herz gebohrt und die Blockade vor meinen Erinnerungen sich gelöst hatte, war mir mein Ex-Freund so präsent wie noch nie im Kopf. Ich hatte auch ihm das Leben genommen und das würde ich mir niemals verziehen können. Walentins Tod löste kaum Schuldgefühle in mir aus, doch bei Juls sah das anders aus.

Ich versuchte immer noch, meine Traumata zu verarbeiten und einen neuen Fixpunkt im Leben zu finden. Einen Punkt, der nicht mit meiner Schwester zusammenhing. Etwas, worauf ich vielleicht sogar hinarbeiten konnte.

Derzeit wusste ich nicht, wo mein Platz in dieser Welt war. Ich stand zwischen den Stühlen, hing lose in der Luft und fühlte mich so verloren, wie noch nie zuvor. War ich unter diesen Umständen also bereit, Levin gegenüberzutreten. Ich war ein Schatten meiner selbst war, also war die Antwort darauf vermutlich: Wohl kaum.

Stolpernd trat ich einen Schritt zurück und biss mir auf die Unterlippe. Ich sollte nicht hier sein. *Wir* sollten nicht hier sein.

Plötzlich wurde die Zimmertür aufgerissen und eine wohlbekannte Person erschien in der Öffnung. Er trug eine graue Jogginghose und ein schwarzes T-Shirt, das seinen muskulösen Körper betonte. Seine schwarzen Haare standen wild in alle Richtungen und der Blick aus seinen mahagonifarbenen Augen war so glühend heiß, dass mein Körper innerhalb einer Sekunde in Flammen stand. Daran konnten auch die dunklen Schatten darunter nichts ändern.

»Wie lange willst du noch vor meiner Tür stehen, bevor du klopfst, Königin?«

Sprachlos starrte ich den Schwarzhaarigen an. Er hatte während meines Aufenthalts in Russland Geburtstag und vielleicht lag es auch daran, aber er wirkte auf mich plötzlich so anders. Seine ruhige Ausstrahlung hatte er sich erhalten, doch trotz des brennenden

Funkelns in seinen Augen, wirkten diese gleichermaßen matt. Außerdem bemerkte ich eine Dunkelheit, die tief aus seinem Inneren kam. Die Anspannung in mir zerriss mich, zusammen mit dem Herz, das viel zu schnell in meiner Brust schlug. Jeder Quadratzentimeter meines Körpers kribbelte und ich begann unruhig auf meinen Füßen zu wippen. Meine nassen Schuhsohlen quietschten auf dem Boden leise und unterbrachen die Stille zwischen uns.

Nein, ich war definitiv nicht bereit, ihm gegenüberzustehen. Ich wusste nicht, was ich sagen oder wie ich reagieren sollte. Mein Kopf war wie leergefegt und ich suchte krampfhaft nach den Worten, von denen ich sonst zu viel hatte. In der Vergangenheit war ich ihm und den anderen drei gegenüber immer äußerst schlagfertig gewesen, doch davon war nichts mehr übriggeblieben. Nicht, nachdem ich ihn nun ansah und ihm direkt gegenüberstand. Nicht, nachdem mein Herz so aufgeregt schlug und ich nicht mehr wusste, wo oben und unten war.

»Nenn mich nicht so. Es reicht, dass Lian immer *Shorty* sagt.« Die Worte verließen meinen Mund wie ein Reflex und ich war dankbar, dass ich nicht länger wie ein stummer Fisch mein Gegenüber angaffte.

In meinem Kopf suchte ich nach einer Erklärung für das, was ich gerade tat. Warum war ich nochmal zurückgekommen? Während der Zeit in Omsk hatte ich zwar nicht vergessen, was Levins Nähe in mir auslöste, aber ich hatte erfolgreich verdrängt, wie genau es sich anfühlte. Wie durcheinander er mich brachte und wie machtlos ich dagegen war. Nein, ich war absolut nicht bereit, mich diesem Durcheinander hinzugeben.

Levins Mundwinkel zuckten nach oben und ein verschmitztes Grinsen zierte seine vollen Lippen. »Schön, dass du zurück bist.«

Ich hatte keine Ahnung, was er von mir dachte oder was er von meinem Auftritt hier hielt. Aber ich wollte es gar nicht erfahren und war deshalb froh, dass er es mir nicht zeigte. Das hier war eine Art Freundschaft, wenn auch keine so feste wie mit Jessica. Aber es war gut, so wie es war. Ich würde mir das nicht von dem unbändigen Kribbeln und Explodieren in meinem Körper zu kaputt machen lassen. Das durfte ich nicht.

»Sag bloß, du hast mich vermisst«, neckte ich ihn und zwinkerte ihm ebenso grinsend zu. Woher ich die Kraft nahm, all die verschiedenen Gefühle in mir zurückzudrängen und diese Reaktion auf mein Gesicht zu zwingen, wusste ich nicht.

Seine Haare sahen so unglaublich weich aus, dass ich mich beherrschen musste, nicht die Hand nach ihnen auszustrecken. Alles in meinem Körper verzehrte sich danach, ihn zu berühren. Ihm nahe zu sein. Mein Blick haftete auf seinen vollen Lippen und ich konnte sie wieder auf meinen fühlen. Einmal hart und unnachgiebig. Heiß und hungrig. Ein anderes Mal sanft und weich. Kaum spürbar und mehr wie ein seichter Lufthauch.

Der Brite legte den Kopf leicht schief und verzog das Gesicht zu einer nachdenklichen Grimasse. Dann löste das Grinsen den Gesichtsausdruck wieder ab und mein Herz öffnete sich erwartungsvoll. Ich wollte mehr davon sehen.

»Weißt du, es war ziemlich langweilig ohne dich. Es gab da niemanden, der uns das Leben schwer gemacht hat.«

Erleichterung breitete sich in meinem Körper aus. Unsere Unterhaltung war locker und entspannt. Keinerlei Anzeichen von Peinlichkeit oder Ähnliches. Da fiel es mir leicht, diesen lächerlichen Spitznamen sofort wieder zu verdrängen. *Königin*. Ich war vieles, aber garantiert nicht das.

Belustigt deutete ich eine Verbeugung an. »Ich nehme das als Kompliment entgegen.«

Schweigen legte sich über uns und ich ertappte mich dabei, wie ich versuchte, an ihm vorbei in sein Zimmer zu schielen. Es gelang mir nicht, da er den Großteil der Türöffnung mit seinem breiten Körper einnahm. Schnell wandte ich den Blick ab und sah in Richtung der Treppe, die ich so eben nach oben gestampft war. Plötzlich fühlte ich mich unwohl mit der Situation und kam mir wie ein Eindringling vor.

Als ich noch in der Stadt gelebt hatte, hatten wir uns nie bei ihnen getroffen. Wir waren meistens außerhalb unterwegs oder waren im Wohnheim von Jess und Audrey zusammen gewesen. Außerdem war es eine gefühlte Ewigkeit her, seit wir das letzte Mal allein waren. Es waren beim letzten Mal nur wenige Sekunde, gerade ausreichend für einen hauchzarten Kuss.

Warum konnte ich bloß an kaum etwas anderes denken als an seine Lippen auf meinen? Warum nahm alles an ihm so viel von meinem Bewusstsein ein und überlagerte sogar die schlechten Erinnerungen an die Vergangenheit?

»Blondie schickt mich«, presste ich nach mehreren Sekunden hervor und sah vorsichtig wieder zu Levin. »Er lässt fragen, ob wir heute Abend Pizza bestellen wollen.«

Ich wiederholte die Worte des Blonden und äffte ihn dabei nach. Als gebürtige Amerikanerin lag mir der britische Akzent jedoch genauso gut, wie Schach - nämlich überhaupt nicht. Entsprechend lächerlich klang ich dabei auch.

»Blondie? Wirklich?«

Levin ... Williams ... Ich musste aufhören, ihn beim Vornamen zu nennen. Denn das würde meine Schutzmauern eher früher als später zerstören und ich war noch nicht bereit, mich mit den kribbeligen Gefühlen in mir auseinanderzusetzen.

Ich zuckte nur mit den Schultern. Ich hatte mit diesem albernen Spitznamen genauso wenig aufgehört wie Lian selbst. »Zur Auswahl stand noch ›Barbie‹. Aber so sehr entmannen wollte ich ihn dann doch nicht. Lässt sich aber leicht ändern, wenn du der Meinung bist.«

Williams schüttelte mit ungläubigem Gesichtsausdruck den Kopf. »Warum Barbie und nicht wenigstens Ken?«

Es war eine berechtigte Frage und ich war mir sicher, dass ihm die Antwort darauf nicht einleuchtete. Dennoch war ich bereit, sie ihm zu geben. Dabei versuchte ich krampfhaft mir nicht anmerken zu lassen, wie unangenehm mir dieser Teil der Unterhaltung war. »Keine Ahnung. Für mich war Ken schon immer brünett und nicht blond.«

Holly und ich hatten öfter eine Meinungsverschiedenheit deshalb. Spätestens als ich meinem Ken mit Moms Haarfarbe den ganzen Kopf gewaschen und dabei fast sein Gesicht zerstört hatte, hatte mich meine Schwester für verrückt erklärt.

»Weißt du was, bleib einfach bei Blondie.« In Levins Augen erkannte ich einen verstörten Ausdruck und ich wusste, dass auch er mich von nun an mit anderen Augen betrachten würde. Dabei war das doch vollkommen logisch. Barbie war blond. Ken konnte es nicht auch sein. Das war einfach nicht fair. »Du kannst Lian ausrichten, dass Pizza total klargeht. Oder soll ich gleich mit runterkommen und es ihm selbst sagen?«

Seine Frage brachte mich aus dem Konzept und ich suchte in seinem Gesicht nach einem verschmitzten Grinsen oder einem belustigten Funkeln. Seine Miene war jedoch vollkommen ernst und ich war nicht sicher, was genau das bedeutete. Seine Frage war allerdings mehr als eindeutig. Er stellte mich vor die Wahl, ob ich Zeit mit ihm oder lieber ohne ihn verbringen wollte.

Mein Verstand sagte mir, dass Abstand zu Levin das Beste war, was mir passieren konnte. Das Kribbeln in meinem Körper und mein heftig pochendes Herz sagten mir jedoch, dass ich nichts lieber wollte als in seiner Nähe zu sein.

»Du kannst es ihm selbst sagen.«

KAPITEL 8

Livana

»Ich mache dich fertig!« Die hitzige Stimme meiner Schwester schallte durch das chaotische Wohnzimmer und ihren Worten folgte das bereits jetzt vertraute Klackern der Tischkickerstangen.

Als Antwort darauf lachte Blondie nur hämisch, ehe er auch schon laut »Tor!« jubelte. Die beiden spielten bereits seit über einer halben Stunde wie zwei wilde Kinder mit der tischtennisballgroßen Kugel und Holly versuchte um jeden Preis, den Briten zu besiegen. Bisher war es ihr nicht gelungen, doch das weckte nur noch mehr Ehrgeiz bei ihr.

Lennox saß auf einem der beiden Sessel und scrollte durch sein Handy, während er mit dem Schild seiner schwarzen Snapback herumspielte. Wir trugen noch immer die bequeme Kleidung unseres Fluges und hatten das Apartment seit unserer Ankunft auch nicht mehr verlassen. Regen pladderte gegen die weißen schmalen Sprossenfenster und lud auch nicht gerade dazu ein, den Kopf aus der Tür zu stecken.

Auf dem Fernseher flimmerte irgendeine Sitcom, deren Witze ich trotz des eingeschalteten Tons nicht verstand. Ich konnte dieser Art TV-Programm noch nie etwas abgewinnen und so kaute ich gelangweilt auf der Innenseite meiner Wange, während mein Blick immer wieder durch den Raum schweifte.

Man sah auf den ersten Blick, dass hier keine Frau lebte. In einer Ecke des Raumes entdeckte ich mehrere Hanteln und eine zusammengerollte Fitnessmatte. Außerdem baumelte an einer stabilen Metallkette ein Boxsack von der Decke. Das Bücherregal in der Ecke hinter dem Tischkicker quoll nicht gerade vor Literatur, sondern eher vor DVDs und Blue-rays, gerade zu über. An der Wand direkt neben der Tür hing ein Playboy-Kalender, von dessen aktuellem Monat mir eine zierliche Asiatin mit elfenbeinglatter Haut, vollen Brüsten und heißem Blick entgegensah. Sie trug einen schwarzen Stringtanga und präsentierte ihren Körper vor einer atemberaubend schönen Urlaubskulisse, direkt an einem weißen Karibikstrand mit türkisfarbenem Wasser. Auf dem Sideboard, über dem der Fernseher an der Wand hing, stand neben einer Switch noch eine weitere Konsole. Außerdem entdeckte ich darauf einen vertrockneten Kaktus und eine längst verwelkte Zimmerpflanze, die beide auf direktem Wege entsorgt werden sollten. Neben dem Sideboard stapelten sich Pizzakartons und der Wohnzimmertisch war übersät mit Chipstüten, halbleeren Flaschen und Dosen. Zusammen mit den Klamotten, die wirklich überall herumlagen, sah das Zimmer aus, als hätte eine Bombe eingeschlagen. Und trotzdem fühlte ich mich sofort wohl. Während der letzten Monate hatte ich hauptsächlich in unpersönlichen Motels, Hostels oder, naja, eben im Anwesen der Sorokins gelebt. Es war schön, von Leben und Persönlichkeit umgeben zu sein.

»Tor!«, jubelte meine Schwester und ich warf einen Blick über die Schulter zu ihr. Sie hatte die Arme siegessicher in die Luft gerissen und drehte sich um die eigene Achse. »Ha, ich hab dir doch gesagt, ich mache dich fertig!«

Schmunzelnd wandte ich mich wieder dem Fernseher zu. Es machte mich glücklich, sie so entspannt und ausgelassen zu erleben. Seit wir das Anwesen in Russland verlassen hatten, wurde wieder etwas lockerer. Außerdem freute ich mich, dass sie sich mit Lian so gut verstand. Normalerweise war Holly etwas zurückhaltender, das merkte man ihr gegenüber Lennox und Levin deutlich an. Allerdings musste man Blondie mit seiner etwas überdrehten, aber dennoch liebenswerten Art einfach mögen. Das hatte ich selbst feststellen müssen.

»Hier.«

Williams warf mir eine Wasserflasche zu und sprang dann über die Sofalehne. Das Material unter meinem Hintern bewegte sich unruhig und Lennox brummte: »Solange, bis es unter dir zusammenbricht.«

»So schwer bin ich dann auch wieder nicht«, erwiderte Levin und öffnete die Dose Energydrink, für die er extra aufgestanden und in die Küche gelaufen war. Er nahm mehrere Schlucke, wobei er den Kopf in den Nacken legte.

Mein Blick saugte sich an seinem hüpfenden Adamsapfel fest. Ein brennendes Kribbeln baute sich innerhalb von wenigen Sekunde in meinem Unterleib auf und mein Herz pochte mir bis zum Hals. Ich musste mich konzentrieren, meine ruhige Atmung beizubehalten. So sehr ich versuchte, meine Aufmerksamkeit wieder auf etwas anderes zu richten, es gelang mir einfach nicht.

Alles an dem Schwarzhaarigen war anziehend und wirkte hypnotisierend auf meinen Körper. Selbst wenn er nur auf sein Handy starrte und dabei gelegentlich durch seine wilden Haare fuhr, flippte mein Körper so nah neben ihm beinahe aus.

Ich beobachtete Levin dabei, wie er die Dose auf dem chaotischen Couchtisch abstellte und sich dann auf dem Sofa zurücklehnte. »Erzähl mir von deiner Zeit in Russland. Wie war es dort? Wie haben Jess' Eltern reagiert?«

Bisher hatten wir das Thema eher gemieden, doch ich hatte bereits den ganzen Mittag bemerkt, wie ihm all die Fragen zu diesem Thema unter der Zunge brannten.

Seine dunkelbraunen Augen richteten sich auf mich und obwohl ich wusste, wie dumm es war, gab ich mich seinem unergründlichen Blick hin. Er sah mich an, als könnte er mir tief in die Seele schauen und ich ahnte bereits, dass ich rein gar nichts vor ihm verbergen konnte. Nicht, wenn er mich mit diesem Ausdruck ansah. Die perfekte Mischung aus Interesse und Sorge. Vor allem jedoch fehlte eines darin: Die Verurteilung. Während Blondie es sich nicht hatte nehmen lassen, mir in den letzten Tagen meine Flucht immer und immer wieder vorzuwerfen, hielt Levin einfach die Klappe. Ich wusste nicht, was er davon hielt. Nicht allzu viel, wenn ich den Worten des Ministersöhnchens Glauben schenken konnte. Davon ließ sich Levin nichts anmerken.

»Da gibt es nicht sonderlich viel zu erzählen. Es war nicht gerade ereignisreich.« Unschuldig zuckte ich mit den Schultern. »Die meiste Zeit habe ich im Anwesen der Familie verbracht und mich mit Jess und meiner Schwester einem ausgiebigem

Schönheitsprogramm gewidmet. Massagen, Maniküre, Pediküre. Alles, was das Herz eben begehrt.«

»Kein Sport?« Levins linker Mundwinkel zuckte nach oben und ein schiefes Grinsen erhellte sein Gesicht. Es war dieses Grinsen, bei dem seine Augen spitzbübisch funkelten und man genau wusste, dass er einen gerade aufzog.

Wieder zuckte ich mit den Schultern. »Naja, nach dem Kampf gegen Burrington und vor allem wegen des vorherigen Aufeinandertreffens mit Walentin und Huston war mein Körper nicht gerade in guter Verfassung. Ich musste es langsam angehen lassen.«

Bewusst verschwieg ich die Schusswunde, deren Narbe für immer meinen Körper zieren würde. Ich wollte nicht, dass jemand wusste, wie elendig Walentin mich getroffen hatte. Er hatte es geschafft, mich zweimal beinahe unter die Erde zu bringen. Auch wenn die Kugel aus seiner Walther keine lebensgefährliche Wunde hinterlassen hatte, wollte ich nicht, dass irgendjemand davon erfuhr. Ich wollte nicht, dass mich jemand für dumm hielt. Denn genau das war ich in dieser Nacht gewesen. Ich hätte niemals das Apartment verlassen dürfen. Ich war selbst schuld an dem Schlamassel.

»Aber keine Sorge, mittlerweile bin ich wieder wie neu und voll einsatzbereit. Du kannst dich also darauf verlassen, dass ich Huston beim nächsten Mal den Hintern aufreißen werde.«

Wie viel Wahrheit in meinen Worten steckte, vermochte ich selbst nicht zu sagen. Was nicht daran lag, dass ich solche Dinge leicht daher sagte. Ich wusste ganz genau, was sie bedeuteten. Aber ich wusste nicht, was die Zukunft noch so bringen würde. In erster Linie hoffte ich inständig, dass ich dem Taurus-Anhänger nie mehr über den Weg lief. Doch das konnte ich nicht mit Sicherheit sagen. Und noch weniger konnte ich heute bereits wissen, wie ein Treffen mit ihm ablaufen würde. Abgesehen davon bereitete mir die Schusswunde trotz Physio-Übungen und Training noch immer kleinere Probleme.

»So weit wird es nicht kommen.« Lennox hob den Blick von seinem Smartphone und warf mir einen bedeutungsvollen Blick zu, ehe er Williams ansah. »Oder?«

Es klang weniger wie eine Frage sondern mehr wie eine Aussage, auf die nur eine Bestätigung folgen konnte. Der Schwarzhaarige erwiderte den Blick seines Freundes, ohne mit der Wimper zu zucken, und ich fragte mich automatisch, was die beiden gerade miteinander besprachen. Spannung baute sich zwischen ihnen in der Luft auf und ich konnte das Blut leise in meinen Ohren rauschen hören. Irgendetwas lief hier gerade gewaltig schief. Und damit meinte ich nicht, dass die beiden ohne ein einziges Wort miteinander kommunizierten.

»Nein«, lenkte Williams nach mehreren Sekunden ein. »Nein, wird es nicht.«

»Tor!«

Von Lians Schrei abgelenkt wandte ich den Blick ab und sah über die Schulter zu den anderen. Meine Augen erfassten die beiden gerade noch rechtzeitig, um Lians unkontrolliert zuckende Tanzeinlage inklusive DJ-Elementen zu sehen.

Meine Schwester funkelte Lian über den Tischkicker hinweg wütend an und biss die Zähne heftig aufeinander, als sie einen weiteren Tor-Punkt auf Lians Seite an der Kreidetafel markierte. Während sich bei ihm bereits neun kleine Fußbälle sammelten, waren es bei ihr gerade erst fünf. Wenn ich das Spiel richtig im Kopf hatte, dann gewann der Teilnehmer, der zuerst bei zehn Toren angekommen war. Und wer verstand schon nicht, wie man Tischfußball spielte?

Ich wandte mich von den beiden ab, die nach Blondies Freudentanz ihre Aufmerksamkeit wieder dem Duell zwischen sich schenkten. Mein Blick fiel auf Lennox, der mich mit leicht schiefgelegtem Kopf musterte. Kaum hatten meine Augen seine erfasst, senkte er den Blick wieder auf das erleuchtete Display seines Smartphones und strich darauf immer wieder nach links oder rechts. Sah verdächtig nach einer Dating-App aus.

»Schau mal, eure Gesichter sind im Fernsehen«, kommentierte Levin, nein, Williams und griff nach der Fernbedienung, die zwischen uns auf dem Sofa lag. Er stellte den Ton lauter und ich konnte die Berichterstattung der BBC News hören.

Mein Herz pumpte wild in meiner Brust, während mein Blick über unsere Gesichter schweifte. Ein gemeinsames Bild von Holly und mir wurde gerade eingeblendet. Es wurde bei unserem letzten Besuch in Austin, wo unsere weitere Familie lebte, aufgenommen. Wir strahlten dabei beide in die Kamera und der Wind zerzauste unsere blonden Haare. Holly überragte mich um wenige Zentimeter und hatte ihren Arm um meine Schulter geschlungen, während ich meinen um ihre Taille gelegt hatte.

Wir hatten den Beginn der Moderation verpasst, doch ich konnte der Stimme aus dem Off dennoch sofort folgen. Das Bild auf dem Fernseher wurde abgelöst durch ein Bild von mir, auf dem ich überraschend offen in die Kamera strahlte. Das Bild hatte meine Schwester aufgenommen und ich konnte mich noch so gut an den Moment erinnern, dass sich meine Lippen zu einem Grinsen verzogen.

»Sie verschwand in der Nacht vom 23. September auf den 24. September spurlos. Laut Angaben der Polizei hatte sie sich aus dem elterlichen Haus geschlichen, war jedoch nicht mehr zurückgekehrt. Familie und Freunde konnten keine Angaben dazu machen, wohin sich die Einundzwanzigjährige begeben haben könnte.«

»Wenigstens haben sie ein gutes Foto von mir ausgewählt«, brummte ich und zog die Knie an die Brust. Ich umschlang meine angewinkelten Beine mit meinen Armen und beobachtete, wie mein Bild von einem meiner Schwester abgelöst wurde.

Es fühlte sich seltsam an, in den Medien gezeigt zu werden. Ich fühlte mich nicht etwa ertappt, immerhin wussten die anderen bereits, wie mein richtiger Name lautete. Lennox hatte ihn bei unserem Streit in Russland verwendet. Ich hatte damals nicht nachgefragt, denn ich konnte mir denken, dass Huston geplaudert hatte. Da man unser Verschwinden nun auch hier in den Medien veröffentlichte, wusste ich außerdem, dass die Suche in Deutschland vollkommen erfolglos verlaufen war. Ich hatte mein Verschwinden nicht umsonst gut geplant.

»Holly Benett verschwand nur neun Wochen nach ihrer Schwester Livana. Zuletzt wurde sie von den Kameras am ›Flughafen Stuttgart‹ aufgezeichnet. Den Behörden liegen Informationen vor, dass sie mit der A319 gegen Nachmittag den Flughafen ›London Heathrow‹ erreichte. Die Spur der Neunzehnjährigen verliert sich in einer Underground auf der Piccadilly-Line im Nichts.«

Das Bild meiner Schwester wurde wieder durch das gemeinsame Bild von uns beiden ersetzt. Mein Herz klopfte viel zu schnell in meiner Brust und ich biss mir nervös auf der Unterlippe herum. Meine Hände hatten sich unwillkürlich zu Fäusten geballt und ich spürte, wie sich meine Fingernägel in die weiche Haut meiner Handflächen bohrten. Das war nicht gut. Das war gar nicht gut. Holly hatte die Behörden auf direktem Weg nach London geführt. Sie hatte es nicht mit Absicht getan und deshalb war ich nicht sauer. Es beunruhigte mich dennoch.

»Die beiden Frauen amerikanischer Herkunft...« Während die Stimme aus dem Off zwei sehr deutliche Personenbeschreibungen durchgab und die Bevölkerung um Mithilfe bei der Suche bat, schloss ich die Augen und ließ meinen Gedanken freien Lauf.

Wir waren aus England geflohen. Natürlich gab ich zu, dass Russland nicht unbedingt die beste Idee war. Konkreter gesagt, war es nicht die beste Idee mit der Mafia von Jess' Vater gemeinsame Sache zu machen, aber in Russland war ich weit von einer öffentlichen Suche entfernt. Hier würden wir bei jedem Schritt aufpassen müssen, nicht erkannt zu werden.

Eine lose Haarsträhne war aus meinem Pferdeschwanz gefallen und kitzelte mich an der Wange. Ich öffnete wieder die Augen, ehe ich sie zur Seite strich. Auf dem Anwesen hatte ich mir nochmal die Haare nachgefärbt, um die blonden Spuren am Ansatz zu verbergen. Hinter uns hörte ich Holly laut jubeln. Sie hatte wohl ein Tor geschossen und absolut nichts von den Nachrichten der BBC mitbekommen.

Williams stellte den Fernseher wieder leiser und drehte den Kopf in meine Richtung. Ich spürte seinen brennenden Blick auf meiner Haut, doch ich sah stur geradeaus und versuchte zu begreifen, was eine so öffentliche Suche für uns bedeutete. Jetzt waren wir nicht nur vor Taurus auf der Flucht, sondern auch vor den Behörden des Landes. Wir würden niemandem über den Weg trauen können. Ganz besonders nicht, solange man uns deutlich ansah, wer wir waren.

Ich sollte Holly ebenfalls Haarfarbe besorgen, sodass sie ihr Aussehen verändern konnte. Wenn wir uns hier ungestört bewegen wollten, dann mussten wir uns von den beiden gesuchten Mädchen unterscheiden.

»Nicht die besten Voraussetzungen für eine Rückkehr, hm?«

Nun sah ich Williams doch in die dunklen Augen. Sie hatten die perfekte Farbe von Mahagoni-Holz und ich wünschte, ich könnte mir eine Portion von seiner Gelassenheit abschneiden. Doch stattdessen wackelte ich unruhig mit den Zehen und versuchte, meine Fassung zu bewahren. Es war nicht so einfach, die Gefühle zu unterdrücken. Die Nervosität gepaart mit Panik saß mir eiskalt im Nacken und sorgte dafür, dass mein Körper sich steif anfühlte. Doch ich konnte mich diesen Gefühlen nicht unterwerfen. Ich musste stark sein und durfte nicht wie ein hilfloses Kind wirken.

»Nein«, gestand ich also und setzte mich in einen Schneidersitz. Mein Blick heftete sich auf die Wasserflasche, welche ich höchst konzentriert aufschraubte. »Aber wann hatte ich das letzte Mal die besten Voraussetzungen?«

Eine berechtigte Frage, an deren Antwort ich mich nicht einmal erinnern konnte. Als ich mit meiner Familie vor über fünf Jahren aus den USA nach Deutschland gezogen war, verstand ich kaum ein Wort der Sprache. Als ich dann in den Untergrund geraten war, hatte ich zwar den Vorteil bereits Kickbox-Erfahrung gesammelt zu haben, doch das konnte man nicht einmal annähernd mit dem gleichsetzen, was mich dort erwartet hatte. Als ich dann vor knappen sechs Monaten nach England geflohen war, hatte ich zwar sprachlich keinerlei Probleme, doch meine Neugierde hatte mir direkt die nächsten Hürden in den Weg gelegt. Die besten Voraussetzungen hatte ich also bereits seit Jahren nicht mehr und doch war ich jedes Mal damit umgegangen. Ich hatte jedes Mal einen Weg gefunden. So würde es dieses Mal auch sein. Daran musste ich selbst glauben.

»Ich weiß, wir hatten nicht den besten Start. Aber seither hat sich vieles verändert und ...« Williams wurde mitten im Satz unterbrochen, als die Apartmenttür laut geöffnet wurde und Lian zeitgleich in Siegesgebrüll ausbrach.

Ich filterte das Rascheln von Kleidung unter dem Jubel heraus und drehte den Kopf in Richtung der Wohnzimmertür. Es gab nur noch eine Person, die mit den anderen dreien hier lebte, und ich ging stark davon aus, dass nur die vier einen Schlüssel besaßen. Somit lag auf der Hand, wer in weniger als zwei Sekunden durch die Tür kommen würde und wem ich noch gegenübertreten musste.

»Wer zum Teufel hat bei der Pizzabestellung übertrieben?« Seine tiefe Stimme durchdrang das Geschrei am Tischkicker und jagte mir einen eiskalten Schauer über den Rücken. »Lian, warst du das schon wieder?«

Ein großgewachsener Kerl betrat das Zimmer. Er trug dunkle Motorradkleidung, die seine breiten Schultern noch mehr betonte. In einer Hand hielt er einen schwarzen Helm, während er auf dem anderen Arm mehrere Pizzakartons balancierte. An seiner geraden Nase glitzerte ein Piercingring und seine dunklen Augenbrauen waren zu einer Linie zusammengezogen. Seine braunen Haare waren durch den Helm platt an den Kopf gedrückt, doch es ließ ihn nicht weniger gut aussehen. Der Brünette war durchaus attraktiv, doch mit seiner eiskalten, unnahbaren und tatsächlich bedrohlichen Ausstrahlung nicht wirklich mein Typ.

Seine kiefergrünen Augen schweiften durch den Raum und erfassten die Szene innerhalb weniger Sekunden. Er ließ den Blick über meine Schwester schweifen, ehe er sich mir zuwandte. Für einen Augenblick sah man keinerlei Regung auf seinem Gesicht. Die hohen Wangenknochen waren von der Kälte gerötet und wurden dadurch noch deutlicher betont. Mein Blick haftete für einen kurzen Moment an den Tätowierungen, die sich an seinem Hals einen Weg aus der Motorradkleidung suchten. Sie waren neu, doch die Haut war bereits geheilt und man sah die sauberen Linien sich deutlich von der hellen Haut abheben.

»Was zum ...«

Mit einem schiefen Grinsen hob ich die Hand. »Hallo Tyler. Lange nicht gesehen.«

Sein Mund klappte auf und wieder zu. Seine Stirn zog sich in Falten und ich sah, wie er nach einem angebrachten Kommentar suchte. Ihm schien keiner einzufallen, denn sein Blick zuckte zu meiner Schwester und dann zu Blondie, der wie ein Honigkuchenpferd grinste. Spannung baute sich in Lichtgeschwindigkeit zwischen uns allen auf und ich wagte es kaum, zu atmen. Das erste Mal, seit wir das Apartment betreten hatten, fühlte ich mich wie ein Eindringling.

Blondie hob entschuldigend die Arme. »Ich hab doch gesagt, wir haben eine Überraschung dabei.«

Es wunderte mich nicht, dass Tyler mir nicht vor Freude um den Hals fiel. Wir hatten noch weniger miteinander kommuniziert als Lennox und ich. Der Brünette war derjenige, der mich dabei erwischt hatte, wie ich seine Freunde im Korridor der Uni belauscht hatte. Wäre das Thema eine Hausarbeit gewesen, wäre das Ganze halb so schlimm gewesen. Dummerweise hatten sie jedoch über eine ihrer illegalen Tätigkeiten für Taurus gesprochen. Mit meinem Lauschen hatte ich mich also genau in ihr Schussfeld begeben.

»Das ist übrigens Holly. Sie ist eine miese Tischkicker-Gegnerin aber ansonsten eigentlich ziemlich cool«, stellte Lian meine Schwester vor und deutete überflüssigerweise auf das einzig fremde Gesicht im Raum. Er grinste noch schiefer als sonst und fuhr sich durch die blonden Haare. Meine Schwester wurde bei seinen Worten rot und sah aus dem Fenster in den grauen Himmel, als wäre gerade nicht sie das Thema.

»Toll, dass du die Pizza gleich mitgebracht hast.« Blondie hatte ein Händchen dafür, alles auch nur annähernd Unangenehme so lange zu ignorieren, bis es sich von selbst in Luft auflöste. Vermutlich marschierte er deshalb auf seinen Kumpel zu und nahm ihm die Kartons ab, als wäre es das Normalste der Welt.

»Ich habe Fragen. Viele Fragen«, knurrte Tyler und funkelte seinen Freund mit scharfem Blick an.

Blondie grinste nur weiter unerschütterlich unschuldig. Holly drückte sich weiterhin am Tischkicker herum, während ich selbst stumm auf dem Sofa saß und nicht einmal im Traum daran dachte, den Mund aufzumachen. Das hier ging uns beide nichts an. Es war eine Sache zwischen ihnen und das vermutlich erste Mal in meinem Leben zwang ich mich dazu, tatsächlich die Klappe zu halten und mich nicht einzumischen. Ich war dankbar, dass wir hier für die nächste Zeit einen Unterschlupf gefunden hatten. Ohne sie müssten wir wieder in ein Motel umziehen und ich wollte Holly absolut nicht zwischen Junkies und Nutten einquartieren. Die Muskeln in meinem Rücken und meinen Schultern spannten sich an und ich umklammerte die Wasserflasche fest mit beiden Händen.

»Ach so, falls ich es noch nicht erwähnt habe: Die beiden wohnen für eine Weile hier«, sagte Blondie und das Grinsen auf seinem Gesicht wurde, wenn überhaupt möglich, noch etwas breiter. Es fehlte nur noch, dass seine geraden weißen Zähne im Licht zu glänzen begannen.

Mein Magen zog sich bei seinen Worten unangenehm zusammenzog und die Härchen in meinem Nacken stellten sich auf.

Oh nein. Das durfte nicht wahr sein. Tyler wusste noch nicht einmal von seinem Glück, uns hier aufgenommen zu haben? Wieso hatte ich auch angenommen, dass zumindest dieser Teil des Planes zwischen der Gruppe besprochen worden war? Das konnte jetzt durchaus spaßig werden. Dass Levin ... Williams nicht Bescheid wusste, hatte ich verstanden. Oder zumindest ging ich davon aus, dass Lennox oder auch eher Blondie ihn mit unserer Rückkehr überraschen wollte. Doch bei Tyler sah das Ganze ein bisschen anders aus.

Ein Paar grüner Augen richtete sich mit intensivem Blick auf mich. Meine Haut wurde augenblicklich heiß, doch ich reckte das Kinn in die Höhe und sah ihm unerschrocken entgegen. Ich hatte Tyler bereits bei unserer ersten Begegnung auf dem Korridor im Verwaltungsgebäude der Universität zu verstehen gegeben, dass ich mich von ihm nicht einschüchtern ließ. Diesen Standpunkt hatte ich bei jedem weiteren Aufeinandertreffen vertreten. Ich würde jetzt, wo ich vor einem Nichts stand, nicht davon abweichen.

Der Junge sog scharf die Luft ein und musterte mich noch für weitere fünf Sekunden. »Eines Tages werde ich dich kalt machen, Lian. Du und deine verdammten Überraschungen.«

Okay, diese Reaktion war doch gar nicht so schlimm wie insgeheim befürchtet. Es war schließlich nicht mein oder Hollys Leben über das er hier sprach. Und solange das der Fall war, würde ich mich nicht beschweren und weiterhin brav den Mund halten.

Für einen kurzen Moment schloss Tyler die Augen, schien zu überlegen, wie seine Optionen standen, und seufzte schließlich: »Gut.« Er legte den Motorradhelm neben der Tür auf dem Boden ab und begann, die Schutzmontur auszuziehen.

Blondie marschierte mit der Pizza in den Armen zu uns herüber. Seine sturmblauen Augen funkelten freudig. »Essen ist fertig! Komm Holly, auch der Verlierer hat sich etwas verdient.«

»Wenn du meine Schwester noch einmal einen Verlierer nennst, dann mache ich dich gleich zu einem«, brummte ich und funkelte ihn missbilligend an. »Und zwar zu einem Verlierer deines besten Stücks inklusive deiner Eier.«

Lian drückte Williams augenrollend die Kartons in die Hände und begann gemeinsam mit Lennox den Wohnzimmertisch aufzuräumen. Das bedeutete, das Chaos darauf verlagert nur seinen Standort. Die Flaschen fanden ihren Platz auf dem Sideboard unter dem Fernseher, während die Chipstüten unter den Tisch geschoben wurden.

Meine Schwester ließ sich dicht neben mir auf dem Sofa nieder und schenkte mir ein kleines Lächeln. Ich sah ihr an, dass sie sich nicht ganz wohl in ihrer Haut fühlte.

»Keine Sorge Livana, seine Eier sind sowieso schon in deiner Handtasche«, grinste Lennox und kassierte einen Schlag seines besten Freundes gegen den Hinterkopf. Seine Snapback fiel ihm dabei vom Kopf und entblößte kurzes krauses Haar.

Hinter mir stützte sich jemand auf der Sofalehne ab und ich legte den Kopf in den Nacken, um die Person anzusehen. Mein Blick traf direkt auf den von Tyler. Ein amüsierter Ausdruck lag auf seinem Gesicht und seine Augen funkelten mich überraschend belustigt an. »Und das, obwohl du so gut wie nie eine dabei hast. Also will das schon etwas heißen. Und jetzt macht hier mal etwas Platz.«

Er kletterte in schwarzen Sportshorts und weißem T-Shirt bekleidet über die Lehne und drückte seinen Körper zwischen Williams und mich. »Ich komme vom Training und brauche dringend ein paar Kalorien.«

KAPITEL 9

Livana

Unser erster Abend zurück in London bestand aus schlechten Sitcoms, einem mäßig guten Tischkicker- und katastrophalen Dart-Turnier sowie einer Menge überzuckerter Cola und fettiger Pizza. Während des Abendessens hatte hauptsächlich Blondie für Unterhaltung gesorgt. Er hatte insbesondere Williams und Tyler dazu gezwungen, uns all die Dinge zu erzählen, die wir hier verpasst hatte. Es war lächerlich, weil er uns genau dasselbe bereits in Russland erzählt hatte. Lennox zeigte überraschend viel Interesse an Hollys Studium und löcherte meine Schwester geradezu mit Fragen. Wann immer Lian sich davon ablenken ließ, versuchten die beiden Jungs mich über meine Zeit bei Jess' Familie auszuquetschen. Ich wusste nicht, wie viel die anderen ihnen erzählt hatten, aber ich hielt mich soweit möglich bedeckt.

Die erste Nacht hatten Holly und ich auf dem Sofa im Wohnzimmer verbracht. Es war direkt nach der Küche der chaotischste Raum und ich hatte in der nächtlichen Dunkelheit nicht nur den kleinen Zeh am Sofa und Türrahmen hängen lassen, sondern war beinahe über die herumliegenden Schuhe im Flur gefallen und hätte mir dabei sicherlich eine Platzwunde mitten auf der Stirn geholt, wenn ich nicht rechtzeitig mein Gleichgewicht wieder gefunden hätte.

In den meisten Stunden hatte ich ohnehin keinen Schlaf gefunden. Sobald ich die Augen geschlossen hatte, sah ich das Gesicht von Walentin vor meinem inneren Auge. Plötzlich stand ich wieder in der dunklen Gasse und sah in den Lauf seiner Waffe. Ich wusste, er hätte mich getötet. Walentin hatte es mir geschworen. Wie in einer grausamen Wiederholungsschleife hatte ich diese Nacht immer und immer wieder erlebt. Ich spürte den Schmerz der Kugel unter meiner Narbe pochen. Ich spürte den Regen, der auf meinen Körper traf. Ich roch das Blut, das sich mit dem Wasser zu einer Pfütze vermischte. Obwohl ich in den letzten Monaten ebenfalls öfter von diesem Aufeinandertreffen geträumt hatte, waren die Erinnerungen in der letzten Nacht um einiges intensiver. Sie hatten sich vermischt mit den Erinnerungen an Juls. Wann immer Walentin meinen Geist nicht dominierte, drehten sich meine Gedanken nur um den rotblonden Jungen. Ich hatte ihn trotz unseres jugendlichen Alters wahrhaftig geliebt, dessen war ich mir sicher.

Wann immer ich doch einnickte, träumte ich unruhig. Sobald ich im Land der Träume ankam, wurde ich von Alex Huston gequält. Es waren keine Erinnerungen, sondern Albträume, in denen er mich hier in der Wohnung fand und aus reiner Boshaftigkeit heraus jeden verletzte, der auch nur in meiner Nähe war.

Am Morgen war ich von leisem Klappern und lautem Fluchen aus Richtung der Küche aufgewacht. Ich hatte es vorgezogen, nicht auf Lians Stimme zu reagieren und mich stattdessen schlafend gestellt. Erst, als das anschließende Getrappel im Flur verklungen war und die Apartmenttür ins Schloss fiel, hatte ich mich unter der warmen Decke hervorgeschoben und war halbbenommen auf die Toilette getaumelt. Die vier Idioten hätten genauso gut wie eine Horde Elefanten durch den Flur trampeln können, doch ich rechnete es ihnen hoch an, dass sie wenigstens versucht hatten, leise zu sein.

Stunden später hatten wir uns an den Cornflakes aus dem Küchenschrank bedient und uns die Streaming-Programme unter den Nagel gerissen. Aneinander gekuschelt lagen wir in bequemen Klamotten unter den Decken auf dem Sofa und starrten auf die Mattscheibe. Es war langweilig, aber ich wusste auch nichts Besseres mit uns anzufangen. Nach den Turnieren gestern Abend waren unsere Stimmen etwas heiser und ich spürte die Nachwirkungen des vielen Zuckers in der Cola in Form von Trägheit.

»Wir sollten einen Plan für die nächsten Tage ausarbeiten. Ich will alles sehen!«, meinte Holly, als der typische Rückblick zu Beginn einer neuen Folge Grey's Anatomy über den Bildschirm flimmerte. »Den Buckingham Palace, das London Eye, Temple.«

Ihre Liste war lang und ich konnte mir ein Grinsen nicht verkneifen. In der ersten Zeit, nachdem ich in die Stadt gekommen war, hatte ich ebenfalls die typischen Touristenpunkte abgeklappert. Damals war es bereits Herbst, doch mittlerweile war der Frühling angebrochen und verlieh der Stadt einen wesentlich weniger tristen Anstrich. Ich freute mich darauf, die Gegend mit meiner Schwester neu zu entdecken.

Als sie mich das letzte Mal besucht hatte, befand ich mich noch in einem Beschäftigungsverhältnis als Kellnerin und konnte ihr nicht versprechen, wie viel Zeit ich bei ihrem nächsten Besuch mit ihr verbringen konnte. Ich war auf das Geld angewiesen, um nicht zu viel meiner Ersparnisse zu verbrauchen. Doch dieses Mal war es anders. Dieses Mal war *alles* anders.

»Wir haben alle Zeit der Welt.« Ich grinste meine Schwester an und angelte nach der Tafel Schokolade, die wir in der Küche aufgetrieben hatten. Der Haushalt besaß kein frisches Obst oder Gemüse und war generell ziemlich schlecht ausgestattet, was die frischen Lebensmittel anging. Wir hatten unsere Smartphones in Russland zurückgelassen, weil ich wirklich einem weiteren Peilsender entgehen wollte. Und weil es hier kein Festnetztelefon gab, konnten wir uns auch keinen Lieferdienst kommen lassen. Also mussten wir den Tag mit dem überleben, was wir fanden. Heute Abend sollten wir allerdings dringend mit den Jungs besprechen, wie es jetzt weiterging.

»Wie sieht denn unser Plan überhaupt aus?« Holly stoppte die Serie und wandte sich mir zu. Sie hasste es, etwas Wichtiges am ›Grey Sloan Memorial Hospital‹ zu verpassen. »Ich meine, sie sind ja eigentlich ganz nett, aber das Sofa ist nicht besonders bequem.«

Ich wusste genau, was sie meinte. Mein Rücken schmerzte von der unruhigen Nacht und bei jedem Dehnen knackten die Knochen in meinem Körper besorgniserregend laut, während meine Muskeln sich widerwillig anspannten.

Allerdings konnte ich ihr keine Antwort darauf geben, wie sich die Zukunft gestaltete. Mein Plan hatte nur beim ersten Mal bis nach London gereicht. Russland war bereits ein spontaner Trip gewesen und eine Rückkehr nach Großbritannien hatte ich ursprünglich ganz und gar ausgeschlossen. Es war beim letzten Mal bereits schwer gewesen, ein geeignetes und vor allem preiswertes Apartment zu finden. Ich glaubte nicht wirklich daran, nochmal dieselbe Glückssträhne zu erwischen. Gleichzeitig war mir jedoch auch bewusst, dass wir uns nicht länger als ein oder zwei Wochen im selben Hotel einnisten konnten, ohne Aufsehen zu erregen. Und das war wirklich das Letzte, was ich wollte.

Wir steckten in einer klassischen Pattsituation, aus der es nur einen Ausweg gab. Wir mussten von hier verschwinden. Egal, was unsere Gastgeber davon hielten. Lian würde mir den Hals herumdrehen, dessen war ich mir sicher. Wäre er nicht im Keller der Sorokins an den Stuhl gefesselt gewesen, hätte er es garantiert dort bereits getan. Trotzdem konnten wir unmöglich in der Stadt bleiben. Nein, wir mussten in irgendeinen kleineren Ort verschwinden, wo das Leben günstiger war. Und dann mussten wir uns ein Leben aufbauen, bei dem die Bewohner dieses Ortes nicht unnötig aufmerksam wurden. Dementsprechend durfte es kein kleines Nest mit dreihundert Einwohnern sein. Ich musste dringend einen Plan ausarbeiten.

Weil ich nicht wusste, was ich meiner Schwester sagen sollte, entschied ich mich für ein Ablenkungsmanöver. »Nett ist eine ziemlich merkwürdige Beschreibung, aber ich lasse sie durchgehen.«

Holly verdrehte die Augen und blinzelte mich aus ihren goldgrünen Augen an. »Du weißt, was ich meine, Livi. Sie sind nett. Tyler ist ein bisschen furchteinflößend und Levin kann ich nur schwer einschätzen. Lian ist dafür aber ziemlich lustig. Ich frage mich wirklich, wie er mit dem humorlosen Lennox befreundet sein kann.«

Ihre Worte amüsierten mich und ich konnte ein Grinsen nicht unterdrücken. Meine Auffassung von den Jungs war eine vollkommen andere. Zwar hatte Tyler mit dem muskulösen Körperbau und den Tattoos, die sich in den letzten Monaten tatsächlich deutlich vermehrt hatten, durchaus eine einschüchternde Wirkung, aber von furchteinflößend war er in meinen Augen weit entfernt.

»Blondie ist ein Idiot. Aber du hast Recht, man kann mit ihm über so ziemlich jeden Mist lachen, was ihn auf Dauer zu einem angenehmen Zeitgenossen macht. Da kann man auch über seine etwas nervige Art hinwegsehen«, stimmte ich meiner Schwester in dieser Hinsicht zu, musste jedoch gleichzeitig auch ein Veto einlegen: »Ich weiß, wie unglaubwürdig das jetzt klingt, aber tatsächlich ist

Lennox gar nicht so humorlos. Er braucht nur eine Ewigkeit, um mit neuen Menschen warm zu werden. Was das angeht, spreche ich aus Erfahrung.«

Die Blondine neben mir spielte mit einer hellblonden Haarsträhne, die ihr über die Schulter fiel und runzelte dabei die Stirn. »Ich weiß nicht. Ich habe einfach den Eindruck, dass Lennox nicht so ganz zufrieden mit unserem Hiersein ist. Von Tyler mal ganz abgesehen.«

Nun lag es an mir, mit den Augen zu rollen. Ich beugte mich nach vorn und tippte der Neunzehnjährigen auf die Nasenspitze, wie ich es schon seit Kindheitstagen tat, um sie aufzumuntern. »Lennox ist ein bisschen schwierig, aber wirklich in Ordnung. Vor Tyler brauchst du dich nicht zu fürchten. Er ...«

Ich kam nicht mehr dazu ihr mitzuteilen, dass der große Brünette keine Gefahr darstellte, denn das schrille Klingeln der Tür unterbrach mich abrupt und brachte mein Herz aus dem Rhythmus. Gleichzeitig drehten Holly und ich unsere Köpfe in Richtung der Wohnzimmertür und ich fragte mich automatisch, wer mitten an einem Donnerstag stören könnte. Ein Paketdienst möglicherweise oder aber die Idioten hatten ihre Schlüssel vergessen und kamen nicht mehr ins Haus. Es wusste niemand, dass wir uns hier aufhielten und das sollte zunächst auch noch so bleiben.

Es kostete mich zwei Atemzüge, ehe ich mich aus der Schockstarre lösen konnte. Mein Puls trabte und sorgte dafür, dass sich das Gedankenkarussell in meinem Kopf schneller drehte. Ein Teil von mir wollte unbedingt wissen, wer dort vor der Tür stand. Ein anderer Teil wollte sich still verhalten und tot stellen.

»Bleib hier«, wies ich meine jüngere Schwester an und sprang vom Sofa. Natürlich gewann die Neugierde und ließ mich in dem fensterlosen Flur das Licht anknipsen. Ich musterte die bereits in die Jahre gekommene Sprechanlage. Es gab einen Hörer inklusive Korkenzieherkabel und genau zwei Knöpfe an dem zugehörigen Gerät.

Wieder ertönte die Klingel und bei dem kreischenden Geräusch zog sich mein Trommelfell qualvoll zusammen. Entschlossen griff ich nach dem Hörer und führte ihn an mein Ohr.

Die Wahrscheinlichkeit, dass Huston oder irgendein anderes Taurus-Mitglied vor der Tür stand, war nicht besonders hoch. Ich ging davon aus, dass auch die Jungs ihre Privatsphäre geschützt hatten. Das wiederrum schloss ihren Wohnort mit ein. Allerdings würde ich meine Hand nicht dafür ins Feuer halten. Deshalb fragte ich mit viel zu hoher Stimme: »Ja?«

Ich wollte um jeden Preis vermeiden, dass mich jemand erkannte. Mit pochendem Herzschlag lauschte ich und vernahm das Rauschen der vorbeifahrenden Autos sowie die Geräusche der Passanten.

»Mach die Tür auf, Livi. Ich bin unten.« Die Stimme von Jess drang an mein Ohr und ich sah überrascht den Hörer in meiner Hand an. Sie war die einzig weitere Person die wusste, dass wir uns hier aufhielten. Ich hatte jedoch nicht mit einem Besuch von ihr gerechnet.

Nachdem ich meiner besten Freundin die Eingangstür im Erdgeschoss geöffnet hatte, riss ich die Apartmenttür auf und kickte die Schuhe der Bewohner zur Seite, um überhaupt einen kleinen Freiraum auf dem Boden zu schaffen.

Im Flur hörte ich Fußgetrappel auf der Treppe und ich streckte erwartungsvoll den Kopf zur Tür hinaus. Im Korridor war es kühler als in der Wohnung und durch den Temperaturunterschied bemerkte ich erst, wie feurig meine Wangen glühten. Aufregung durchflutete meinen Körper und es fiel mir schwer, ruhig stehenzubleiben und nicht von einem Fuß auf den anderen zu treten.

Auch wenn ich die Russin erst gestern gesehen hatte, freute ich mich unbeschreiblich über ihren Besuch. Wir hatten viel Zeit in den letzten Wochen miteinander verbracht und ich hatte mich so sehr an ihre Anwesenheit gewöhnt, dass sie mir tatsächlich in den letzten vierundzwanzig Stunden gefehlt hatte. Abschiede waren immer schmerzhaft und deshalb wollte ich nach meiner Flucht aus Deutschland auch nach keine tieferen Bindungen eingehen. Schließlich wusste ich nicht, wie lange ich hätte in London bliebn können. Doch bei allem was passiert war, hatte Jess die Mauern um ein Herz überwunden und nun hing ich an ihr beinahe genauso sehr, wie an meiner eigenen Schwester.

Stöhnend erreichte Jess den Treppenabsatz und strich sich das wirre hellbraune Haar aus der Stirn. Ihre vollen Wangen waren gerötet und sie schnaufte mit einem Augenrollen: »Ich hasse diese Treppenstufen.«

Ich stieß ein Lachen aus und beobachtete gebannt, wie eine weitere Person an der Treppe erschien und sich dann an Jess vorbei drückte. Das Mädchen trug ihr rabenschwarzes Afrohaar offen und die perfekten Korkenzieherlocken reichten ihr bis auf die Schultern. Sie wippten bei jedem Schritt, den sie in meine Richtung machte.

Mein Herzschlag beschleunigte sich und das kribbelige Gefühl von Aufregung schwappte durch meinen Körper. Ihre rotgeschminkten Lippen verzogen sich zu einem kleinen Lächeln, doch in ihren dunklen Augen konnte ich die Sorge erkennen, als ihr Blick prüfend über meinen Körper wanderte.

»Verdammt, Livana!« Sie kam vor mir zum Stehen und reckte das Kinn in die Höhe, um mir ins Gesicht sehen zu können. Normalerweise trug sie hohe Schuhe und war mit mir auf Augenhöhe, doch heute steckten ihre Füße in flachen, weißen Marken-Sneakern. Sie packte mich an den Schultern und zog mich in eine herzliche sowie herzliche Umarmung. »Verschwinde nie wieder einfach so, ohne dich zu melden!«

Etwas zögerlicher erwiderte ich die Umarmung und sah durch den Sturm ihrer Haare direkt vor meinen Augen zu Jess hinüber. Diese zuckte mit den Schultern und hob mit entschuldigendem Blick die Arme.

»Ich freue mich auch sehr, dich zu sehen, Audrey.«

Sie roch nach gebrannten Mandeln, was mich zu Lächeln brachte. Es war ein angenehmer Duft, der einem gleich ein gutes Gefühl vermittelte.

Audrey ließ von mir ab und musterte mich nochmals, ehe sie mich in eine zweite Umarmung zog. Dicht an meinem Ohr nuschelte sie: »Ich habe mir solche Sorgen gemacht.«

Während wir zu dritt in den kleinen Flurbereich des Apartments traten, antwortete ich: »Ich bin wie ein Parasit, Audrey. Mich bekommt man nicht so schnell klein und irgendwie komme ich immer wieder zurück.« Mit einer ausladenden Armbewegung deutete ich auf das Schuhchaos. »Stellt euch einfach dazu. Die fallen hier nicht auf.«

»Ich konnte es ihr nicht verheimlichen.« Entschuldigend sah Jess mich an, doch bevor sie weitersprechen konnte, mischte sich die Schwarzhaarige ein und funkelte uns beide mir zusammengezogenen Augenbrauen an: »Natürlich nicht! Ihr könnt euch glücklich schätzen, dass ich überhaupt noch mit euch beiden rede. Erst sagt ihr unsere kleine Party einfach ab, dann verschwindet ihr von heute auf morgen und meldet euch noch nicht einmal mit einer Begründung. Ich habe euch echt vermisst.«

Audrey liebte Partys genauso sehr wie Jess eine Modezeitschrift oder ich eine Runde Sport. Ihren Vorwurf würde ich deshalb also nicht ins Lächerliche ziehen.

»Livi? Wo hat es noch ...« Meine Schwester erschien im Türrahmen zum Wohnzimmer. In der linken Hand hielt sie eine leere Wasserflasche und als sie meine Freundinnen neben mir stehen sah, blieben ihr die übrigen Worte im Hals stecken. Ihre goldgrünen Augen weiteten sich überrascht.

»Du musst Holly sein. Es freut mich, dich endlich kennenzulernen.« Audrey machte einen Satz über die Schuhe auf dem Boden und zog meine Schwester in eine herzliche Umarmung. Holly erwiderte diese überrumpelt und ich konnte das Grinsen nicht von meinem Gesicht wischen.

Bei unserer ersten Begegnung hatte ich die zierliche Frau mit der vollmilchbraunen Haut ebenfalls sehr offen kennengelernt. Sie hatte auch mich in den Arm genommen und das, obwohl sie nicht mehr als meinen Namen kannte. Sie war wirklich ein Sonnenschein und der Mensch mit einem so großen Herzen, dass jeder einen Platz darin fand.

Eigentlich hätte sie meine Schwester bereits vor Monaten kennenlernen sollen. Holly hatte eine Überraschungsparty für mich geplant, zu der sie extra nach Großbritannien geflogen war. Als einzige Gäste in Jessicas Wohnheimzimmer waren diese selbst und Audrey, als meine beiden engsten Bezugspersonen in London, eingeladen gewesen. Durch meinen unfreiwilligen Kampf gegen Burrington, von dem ich mich erst erholen musste, wurde daraus jedoch nichts.

Gemeinsam setzten wir uns jetzt im Wohnzimmer auf das große Sofa und machten uns über die Chips und Schokolade her. Audrey war taktvoll genug, keine unangenehmen Fragen über unseren Verbleib zu stellen. Vielleicht hatte jedoch auch Jess bereits etwas von der Spannung herausgenommen, indem sie von unserem Aufenthalt bei ihrer Familie berichtet hatte.

Es tat gut, die drei in meiner Nähe zu haben. Mit ihnen verband ich unzählige schöne Erinnerungen und vor allem Audrey strahlte so viel Positivität aus, dass ich mich bereits nach wenigen Minuten wie ein anderer Mensch fühlte. Meine Müdigkeit verzog sich und ich konnte auch meine Sorgen wegen Taurus und Huston vergessen.

»Du wirst es nicht glauben, Livana. Troy hat sich doch tatsächlich nochmal bei mir blicken lassen.« Entrüstet schnaubte Audrey, wobei ihre Nasenflügel bebten.

Mein Mund klappte auf und ich zog überrascht die Augenbrauen nach oben. Troy war Mitglied der Studentenverbindung *Alpha Pi*, auf deren exklusive Party mich Jess mitgeschleppt hatte. Dort war ich der Schwarzhaarigen das erste Mal begegnet und hatte sie vor dem übergriffigen Verhalten des Studenten gerettet. Möglicherweise hatte ich dabei Troys Zimmertür eingetreten und ihm damit gedroht, ihm ein paar zersplitterte Knochen zuzufügen. Gemeinsam hatten wir danach die Party verlassen und der Rückweg zum Studentenwohnheim der beiden anderen war der Beginn unserer Freundschaft.

»Hat er es immer noch nicht begriffen?« Meine Frage war im Grunde überflüssig, doch ich konnte sie nicht zurückhalten. Wir hatten dieses Thema bereits öfter als einmal durchgekaut.

Jess rollte mit den Augen und Audrey murrte mit giftigem Blick: »Naja, *jetzt* hat er es wohl verstanden. Ich habe ihm eine ordentliche Ohrfeige verpasst und ihm geschworen, wenn er mich nicht endlich in Ruhe lässt, würde ich dafür sorgen, dass sich jemand um ihn kümmert. Ich musste ihn nur noch einmal an den zersplitterten Türrahmen erinnern, dann hat er auch mehr oder weniger schnell das Weite gesucht. Ich glaube, er hat tatsächlich ein bisschen Angst vor dir.«

Ein zufriedenes Grinsen breitete sich auf meinem Gesicht aus. Ich war stolz auf Audrey, dass sie sich endlich um diesen Idioten gekümmert hatte. Und irgendwie machte es mich auch ein kleines bisschen glücklich, dass ich bei Troy einen bleibenden Eindruck hinterlassen hatte. »Das ist großartig!«

»Wo sind eigentlich die anderen?«, fragte Jess und sah sich in dem chaotischen Wohnzimmer um. Weder sie noch ich waren über penibel was Ordnung betraf, aber dieses Apartment übertraf einfach alles.

Meine Schwester übernahm das Antworten. »Wir haben sie heute noch nicht zu Gesicht bekommen. Sie sind gegangen, bevor wir aufgewacht sind.«

»Sie werden schon irgendwann wieder auftauchen«, fügte ich ergänzend hinzu und zuckte dabei mit den Schultern. Ich hatte keine Ahnung, was sie trieben. Wenn ich ehrlich war, wollte ich es auch gar nicht wissen.

Bedächtig nickte Jessica und zog ihr schwarzes T-Shirt zurecht. Während sie und Audrey in blauen Jeans neben uns saßen, trugen meine Schwester und ich Leggings und Hoodies. Ich fühlte mich damit zwar underdressed, doch ich würde meinen Hintern zum Herumlungern sicherlich nicht in eine Jeans zwängen.

Mit einem kleinen Zögern räusperte sich meine beste Freundin und strich sich die hellbraunen Haare hinter die Ohren. Als wir ihre Familie besucht hatten, hatte sie sich von ihrer Mutter den kinnlangen Bob nachschneiden lassen und seither wirkten ihre Haare an den Spitzen wieder weniger spröde als zu Beginn des Winters.

»Was haltet ihr davon, wenn wir die Zeit nutzen und hier etwas ... Ordnung hereinbringen?« Fragend sah Jess von einer zur anderen. Unsicher spielte sie an der zarten Goldkette, die ihr um den Hals lag, herum. »Ich meine, es ist nicht schrecklich, aber ich weiß nicht. Es sieht aus, als hätte hier schon seit Monaten keiner mehr aufgeräumt.«

Ihre blauen Augen richteten sich auf die Pizzakartons und ihr Blick glitt anschließend weiter zu den vielen Flaschen und Kleidungsstücken, die überall herum lagen.

Stumm blickten auch wir anderen uns um und musterten den Saustall. Ich war froh, dass die beiden die Küche noch nicht gesehen hatte. Dort standen unzählige Tüten und Schachteln von Takeaway-Essen.

»Warum eigentlich nicht«, seufzte ich als erste von uns. Eigentlich war ich kein Fan davon, irgendwem hinterher zu räumen. Aber ich wusste nicht, wie lange wir noch hier bleiben würden. Und ich wollte ungern auf unbestimmte Zeit ein Teil dieses Chaos sein.

KAPITEL 10

Levin

Gepresstes Atmen durchdrang die Stille im Raum und übertönte meine pochenden Kopfschmerzen. Es war bereits kurz vor Mitternacht und während Nox bei seinen Eltern festsaß, die Besuch von ein paar anderen Parteimitgliedern hatten, lümmelte Lian zu Hause mit den beiden Schwestern und einer Schokoladengesichtsmaske vor dem Fernseher herum. Dabei sah er sich mit ihnen bereits die dritte Schnulze an, seit sie Holly heute Vormittag die Haare in einem hellen Rotton gefärbt hatten.

Erdbeerrot, schallte die Stimme von Livana in meinem Ohr. Es war schrecklich wichtig, dass es nicht nur irgendein Rotton war. Anscheinend hatte es wohl etwas mit einer Serie über Werwölfe zu tun. So wie ich verstanden hatte, war es ihre Lieblingsserie.

Gestern hatten wir für Alex ein paar Jobs erledigt und mit Tyler im Fitnessstudio trainiert, um ihn auf seinen heutigen Kampf vorzubereiten. Wir wollten uns eigentlich nicht wie in einem schlechten Film aus unserem eigenen Apartment schleichen, aber wir hatten keine andere Wahl. Keiner von uns war scharf darauf, Liv oder gar Holly zu erklären, wohin wir gingen.

Missmutig biss ich mir selbst auf die Zunge und schloss die Augen, um mich zur Ordnung zu rufen. Schon wieder hatte ich an sie gedacht. Das war leider auch keine Seltenheit. Ihr Gesicht war das erste, das ich nach dem Aufwachen vor meinem inneren Auge sah. Außerdem war sie die letzte Person, an die ich vor dem Einschlafen dachte. Sie war so präsent in meinem Kopf, dass ich mich kaum auf etwas anderes konzentrieren konnte. Und so ging das schon seit Wochen. Es war mir schon aufgefallen, bevor sie verschwunden war. Danach wurde es erst richtig heftig. Eigentlich sollte ich dringend an meiner Masterarbeit schreiben, doch ich starrte immer nur auf die leeren Seiten und brachte kaum mehr als zehn Wörter zustande. Die ich jedes Mal wieder löschen musste, weil sie nichts mit dem eigentlichen Thema der Arbeit zu tun hatte.

Heimlich nannte ich sie Liv, als eine Abwandlung von Livi, wie ich es bei ihren Freundinnen oft hörte. Lian nannte sie ebenfalls oft Livi, doch da sie den Spitznamen aus seinem Mund hasste, beschränkte er sich mittlerweile auf Shorty. Ihren darauffolgenden tödlichen Blick hatte sie zwar mittlerweile abgelegt, aber begeistert wirkte sie darüber immer noch nicht. Als ich ihr vorgestern wie aus dem Nichts in unserem Apartment gegenüber gestanden hatte, war mir das ›Königin‹ nur so herausgerutscht. Obwohl sie für den Flug bequeme Kleidung und kein Ballkleid getragen hatte, hatte mich ihre Ausstrahlung förmlich umgehauen. Ich hatte also das Erste ausgesprochen, was mir in den Sinn gekommen war. Sie hatte alles, was eine Herrscherin benötigte: Kraft, Ruhe, Selbstsicherheit. Sie könnte selbst in einem Kartoffelsack auf dem Balkon des Buckingham Palace stehen, zu ihrem Volk sprechen und jeder würde ihr sein Gehör schenken, nur um dann genau das zu tun, was sie sagt. Sie war durch und durch eine Herrscherin, eine Königin, eine Anführerin.

Ich hätte sie gern in meine Arme gezogen und ihren Körper an meinen gedrückt, um mich davon zu überzeugen, dass ich mir ihre Anwesenheit nicht nur einbildete. Seit sie im letzten Jahr so plötzlich verschwunden war und Lians Peilsender nicht angeschlagen hatte, hatte ich mir Sorgen gemacht. Kein Wunder, dass ich das die letzten Klausuren vollkommen vermasselt hatte und nur durch die Hilfe meines Vaters, der ein angesehener Dekan an der Uni war, jetzt überhaupt an meiner Abschlussarbeit schreiben konnte.

Bereits seit Lian angekündigt hatte, eine Überraschung aus Russland mitzubringen, hatte ich gehofft, sie wiederzusehen. Doch ich hatte nicht gewagt, diese Hoffnung zu groß werden zu lassen. Ich wollte nicht enttäuscht werden. Ich wollte nicht, dass ich daran zerbrach.

Wild klopfte das Herz in meiner Brust, als ich an all die vergangenen gemeinsamen Momente dachte. Wir hatten schöne

Erinnerungen gesammelt, als wir gemeinsam nach Brighton gereist waren und dort, als Gruppe ein Wochenende in einer der Immobilien der Familie Chapman verbracht hatten. Außerdem hatten wir jede Menge schöner Momente in London erlebt, von denen ich nachts träumte. Immer wieder dachte ich an den heißen Kuss, den ich ihr inmitten eines vollen Clubs gestohlen hatte. Und genauso oft dachte ich auch an diesen letzten Kuss, bei dem sich unsere Lippen kaum berührten. Wir waren im Streit auseinandergegangen und bevor wir darüber sprechen konnten, war sie wie vom Erdboden verschwunden.

Ich hatte gelernt, wie es war, wenn einem das Herz aus der Brust gerissen wurde. Wie es war, wenn das Herz in tausend Teile zersplitterte und man nicht mehr atmen konnte, weil der seelische Schmerz zu groß war.

Vor Liv hatte ich mir große Mühe gegeben, mein Gesicht zu wahren und ihr nicht den vollkommen verwirrten Trottel zu präsentieren, der ich tatsächlich war. Vor meinen Freunden jedoch konnte und musste ich mich nicht verstellen. Sie wussten, wie sehr ich unter ihrem Verschwinden gelitten hatte und für sie war es absolut nicht logisch, warum ich ihr genau das direkt bei unserem Wiedersehen verziehen hatte.

»Denkst du schon wieder an sie?« Die Stimme meines besten Freundes riss mich aus meinen Gedanken und ich hob den Blick vom Boden.

Tyler stand vor mir. Seine Brust hob und senkte sich heftig. Schweiß glänzte auf seinem Gesicht, während er die letzten Dehnübungen machte. Er trug nur ein lockeres Tanktop, das jedem einen Blick auf die Tattoos gewährte, und eine kurze Sporthose.

»Das tue ich doch immer.«

Er kannte mich besser als irgendjemand sonst und deshalb konnte ich mir den Atem für eine Lüge sparen. Für gewöhnlich sah er mir bereits an der Nasenspitze an, was ich dachte oder fühlte. Wir waren wie Brüder aufgewachsen und so tiefgehend war auch unsere Bindung. Vor ihm musste ich keine Geheimnisse haben.

Obwohl ich die Bewegungen meines besten Freundes beobachtete und aufmerksam verfolgte, wie er sich die weißen Bandagen um die Handgelenke legte, tauchte ihr Gesicht vor meinen Augen auf.

Ich sah ihr rundes Kinn, die scharfe Kieferpartie und die strahlend blauen Augen. Sie hatte eine Stupsnase und perfekt geschwungene, zum Küssen einladende Lippen. Ihre Haut war so glatt und ihr Haar sah so weich aus, dass ich mit der Hand hineingreifen und hindurchfahren wollte.

»Du bist verliebt«, sprach Tyler plump aus und sah von oben auf mich herab, nachdem er den Sitz der Bandagen überprüft hatte.

Ich lehnte mich auf dem Sofa zurück und erwiderte seinen Blick schweigend.

Hatte er mit diesen Worten recht? War ich verliebt?

Während der Highschool war ich mit einem Mädchen zusammen, doch bei Bethany hatte ich mich nie so gefühlt. So verloren und gleichzeitig so aufgehoben. Ich hatte mich nie wie in einem Strudel aus Emotionen gefühlt. Bei Bethany hatte ich nie den Eindruck, dass ich sie mit aller Macht festhalten musste. Sie hatte mich nie so sehr durcheinandergebracht, wie Livana es allein mit ihrer Anwesenheit tat. Die Brünette löste in mir Dinge aus, die mir vollkommen fremd und für meinen Verstand zu intensiv waren.

»Vielleicht«, gab ich nach ein paar Sekunden zurück und umkreiste im Geiste seine Worte.

Tyler sah mich mit nach oben gezogenen Augenbrauen an, sagte jedoch nichts weiter dazu. Ich war nicht der Typ, der sich lautstark mit seinen eigenen Gefühlen auseinandersetzte. Und das wusste er. Ich würde zu ihm kommen, wenn ich ihn brauchte. So war es schon immer gewesen.

»Wie wird es denn nun weitergehen? Ich meine, Livana und ihre Schwester können nicht für immer auf unserem Sofa schlafen.«

Ratlos fuhr ich mir durch die Haare. Darauf war ich selbst bereits gekommen. Unsere Wohnung besaß nur vier Schlafzimmer und spätestens, wenn am Montag übernächste Woche die Semesterferien beendet waren und die Uni wieder losging, mussten wir uns etwas anderes überlegen. Leider waren die Türen nicht besonders dick und wir würden die zwei garantiert jeden Morgen wecken, wenn wir zur Uni fuhren.

»Ich weiß es nicht. Ich bin einfach nur froh, dass sie lebt und wieder zurückgekommen ist. Weiter konnte ich noch nicht denken«, gestand ich meinem besten Freund ehrlich. Wir waren beide

Einzelkinder und durch die enge Freundschaft zwischen meiner Mutter und seiner Stiefmutter waren wir schon seit unserer Windelzeit zusammen. Ich zwar auch mit Nox und Lian jederzeit offen sprechen, aber mit Tyler war es einfach anders. Es war auf einer anderen Ebene, es ging tiefer unter die Haut.

»Vielleicht können wir ihnen eins unserer Zimmer überlassen. Unsere Betten sind groß genug für zwei.« Mit einem Seufzen fuhr ich mir durch die schwarzen Haare.

Ich war selbst nicht zufrieden mit meinem Vorschlag, aber etwas anderes fiel mir auch nicht ein. Eigentlich wollte ich mich mit dem Thema über die Zukunft auch gar nicht befassen. Ich wollte nicht darüber nachdenken, wie Livana möglicherweise dazu stand. Sie war niemand, der lange an einem Ort blieb. Zumindest nicht, solange sie auf der Flucht war. Es war ohnehin schon gewagt genug, hierher zurückzukehren. Alex mochte sie vielleicht nicht mehr in der Stadt suchen, aber sie konnte ihm jederzeit auf der Straße über den Weg laufen und so sauer, wie er noch immer war, sollte das besser nicht passieren.

Entkräftet seufzte ich: »Uns wird schon etwas einfallen.«

Mein bester Freund trat auf mich zu und hielt mir die Hand entgegen. Ich nahm sie an und ließ mich von dem durchgesessenen Sofa hochziehen. Tyler klopfte mir auf die Schulter und sah mir aus seinen vertrauten grünen Augen entgegen. »Ich meine, ihr Aufenthalt bei uns hat durchaus seine Vorteile. Sie haben das gesamte untere Stockwerk aufgeräumt und wir haben sogar wieder Lebensmittel im Haus. Ich meine fuck, hast du gesehen, da stand eine Schale mit Äpfeln auf dem Esstisch. Und sie haben so einen Ständer für Bananen gekauft.«

Ich verdrehte die Augen über seine Worte, während er breit grinste. Es klang gerade so, als hätten wir eine Haushaltshilfe eingestellt. Da ich jedoch nicht genügend Motivation für eine Diskussion mit meinem besten Freund hatte, hielt ich einfach den Mund und folgte ihm aus dem Raum, in dem er sich für den bevorstehenden Kampf warm gemacht hatte. Außerdem hatte er zumindest mit dem Obst recht. Wir hatten eher zehn Packungen Chips gekauft als einen einzigen Apfel.

Wir durchquerten die schmalen Flure und betraten die große Lagerhalle, in welcher der Geräuschpegel bereits den einer guten Party erreicht hatte. Es roch nach warmem Bier, Schweiß und Drogen. Der süßliche Geruch von Marihuana überlagerte den Rest deutlich und meine Nasenflügel zuckten. Ich hielt nicht viel von Drogen. Ziemlich ironisch, wenn man bedachte, dass wir für Alex erst gestern wieder einen Deal mit einem der Straßenvertreiber abgeschlossen und bei mehreren Schuldnern Geld für den Stoff eingetrieben hatten.

Hier im Inneren der Lagerhalle kam man sich vor, als würde man sich in einer anderen Welt befinden. Hier gab es beinahe keine Regeln und erst recht keine Gesetze. Das hier war der Untergrund, der Ort an dem Taurus das Sagen hatte. Hier liefen die Dinge anders als in der normalen Welt. Außerdem versammelte sich hier all der Müll, der im Tageslicht keinen Platz hatte.

Gemeinsam mit Tyler bahnte ich mir einen Weg durch die Menschenmenge. Alle Besucher hatten ihre Aufmerksamkeit auf den Ring in der Mitte gerichtet, wo gerade ein harter Kampf tobte. Ich hörte das Klatschen von Fäusten auf Haut, Stöhnen und Würgen vermischte sich damit. Mein bester Freund und ich waren beide groß und so konnten wir die Kämpfer bereits mehrere Meter vor unserem Durchbruch in die Mitte erkennen.

Das Tier Burrington rammte gerade Sam Westerhall, einem unserer Mitstudenten, die Faust in den Magen. Er hatte den Zweiundzwanzigjährigen in die Ecke getrieben und gab ihm weder die Chance zu einem Gegenangriff noch um abzuschlagen.

Für die Kämpfe im Untergrund gab es noch weniger Regeln als für irgendetwas anderes. Somit war es kein Wunder, dass der Kampf erst dann zu Ende war, als Westerhall bewusstlos zusammenbrach und Burrington ihn wie eine Trophäe am Genick packte, um seinen schlaffen Körper in die Mitte des Rings zu werfen.

Noch im letzten Jahr hatte ich mich an den Wetten beteiligt und hätte bei einem solchen Kampf auf das Tier gesetzt. Doch mittlerweile war alles anders.

Alex, der die Kämpfe koordinierte, hatte Livana im letzten Jahr gegen Burrington in den Ring geschickt. Als unangefochtene Nummer 1 des Gebietes ›London‹ war es ein großes Aufsehen, gegen einen bisher in Großbritannien unbekannten Fighter zu kämpfen. Taurus führte ein Ranking, das alle Teilnehmer der Kämpfe in Europa listete. Der Name *Pandora* war somit zwar jedem ein Begriff, doch keiner von uns hatte sie jemals in Aktion erlebt. Die Buchmacher an den Wetttischen waren in dieser Nacht gar nicht hinterhergekommen, die unzähligen Scheinchen entgegenzunehmen. Es war ein regelrechtes Spektakel und keiner von uns wollte sich diesen Kampf entgehen lassen.

Ich würde niemals vergessen, wie Burrington auf Livana eingeschlagen hatte. Sie war schlau und eine herausragende Kämpferin, deshalb hatte sie den Kampf für sich entscheiden können. Doch das war nicht selbstverständlich. Nur Tage zuvor hatte Alex sie verprügeln lassen, weshalb ihr Sieg nahezu an ein Wunder grenzte.

Mir war bewusst, dass Burrington nur seinem Job als Fighter nachgegangen war und einzig allein Alex die Schuld an diesem Kampf trug, doch ich konnte meine Wut auf den Kerl im Ring kaum kontrollieren. Mit den Zähnen knirschend beobachtete ich, wie er sich von den Zuschauern feiern ließ und brüllend wie ein Sieger die Fäuste in die Luft reckte. Auch Wochen nach diesem Kampf würde ich Burrington noch immer am liebsten meine Faust ins Gesicht schlagen, wann immer ich ihn sah.

Tyler boxte mir unsanft mit dem Ellbogen gegen den Arm und ich wandte den Blick von dem Schauspiel im Ring ab. Leicht schüttelte er den Kopf und ich nickte. Ich würde nichts Dummes tun, wie zum Beispiel gleich über die Seile springen und Burrington angreifen. Obwohl ich das durchaus gern täte und mir in meinem Kopf ausmalte, wie sich seine zerbrechende Nase unter meinen Fingerknöcheln anfühlte. Aber eine so impulsive Handlung es war nicht meine Art und deshalb hielt ich meine Gefühle zurück, konzentrierte mich auf unsere weitere Umgebung.

Alex tauchte hinter meinem besten Freund auf und klopfte ihm auf die Schulter. In seinem Mundwinkel steckte eine qualmende Zigarre und seine Augäpfel waren gelblich verfärbt mit deutlich sichtbaren roten Äderchen. »Brown. Schön dich zu sehen.«

»Alex. Kann ich nur zurückgeben.«

»Williams. Alles wieder im Lot?« Das überhebliche Grinsen auf seinem Gesicht hob seine markanten Gesichtszüge noch deutlicher hervor.

Gestern hatte er einmal mehr eine oabfällige Bemerkung über Livana vom Stapel gelassen. Das hatte er sich in den letzten Monaten angewöhnt. Und obwohl ich nun wusste, dass es ihr gut ging und sie in unserem Apartment saß, ließen seine Kommentare mein Blut weiterhin in Wallung geraten. Es machte mich wütend, so unfassbar wütend, dass ich mich nur schwer kontrollieren konnte.

Meine kurzen Nägel gruben sich in meine Handflächen. Die Muskeln in meinen Oberarmen zuckten bis zu den Schultern nach oben und ich grinste Alex so desinteressiert und kurz wie möglich an. Er durfte nicht erkennen, dass er mich aufregte. Er durfte nicht erkennen, was allein sein Anblick in mir auslöste.

Ich nickte nur und hielt den Mund. Würde ich ihn öffnen, könnte ich nicht kontrollieren, was ich sagen würde. Bewusst überließ ich meinem besten Freund den Small Talk. Er bezahlte das Startgeld von 8.000 Pfund und Alex zog wenige Sekunden später wieder ab.

Ich hatte kein Problem mit Alex gehabt, bis er Livana zusammengeschlagen hatte. Als ich davon erfuhr, hatte ich das erste Mal puren Hass verspürt und mich dabei vor mir selbst erschrocken. Davor war mir nicht klar, dass ich dieses Gefühl überhaupt verspüren konnte. Jetzt pulsierte brennende Wut unter meiner Haut und ich musste die Hände immer wieder zu Fäusten ballen, um nicht die Kontrolle zu verlieren.

Mein bester Freund zog sich das Tanktop über den Kopf, wobei die Muskeln unter seiner mit Mustern verzierten Haut zuckten, und drückte mir den Stoff anschließend an die Brust. Dann packte er mich im Nacken und zog meine Stirn an seine. »Halt dich unter Kontrolle, Lev. Bleib ruhig und tu verdammt nochmal nichts Dummes. Das bringt niemandem etwas.«

»Ich weiß«, knurrte ich und erwiderte den festen Blick aus seinen grünen Augen. Ich nickte nochmal, dann ließ Tyler von mir ab und ich sagte: »Viel Glück.«

Über die Schulter sah er zu mir zurück, als er sich auf den Weg zum Ring machte. Ein freudiges Grinsen umspielte seine Lippen und im grellen Licht von der Decke glitzerte das Piercing an seiner Nase. »Habe ich doch immer.«

KAPITEL 11

Levin

Die Atmosphäre um mich herum brannte, die Luft war zum Schneiden dick und im flackernden Stroboskoplicht des Clubs glitzerten die Outfits der Studentinnen wie Diskokugeln. Obwohl die Nacht noch jung war, war die Party zum Start in die letzte Phase des Semesters bereits jetzt ein voller Erfolg. Als wir vor zwei Stunden von der Underground-Station zum Eingang des Clubs herübergelaufen waren, war die Schlange bereits unmenschlich lang gewesen. Ohne Lians Kontakt, der unsere Namen auf die Gästeliste hat setzen lassen, wären wir vermutlich gar nicht mehr reingekommen. Obwohl ich ihn schon jahrelang kannte, fragte ich mich immer noch gelegentlich, wie mein Kumpel das eigentlich immer anstellte und vor allem, woher er diese Leute kannte?

Mein Blick wanderte über die Tanzfläche, auf die ich von der Empore einen perfekten Blick hatte. Ich entdeckte Audrey und Jessica inmitten der unkontrolliert hüpfenden Menge. Bei ihnen konnte ich auch Liv erkennen. Die drei schwangen ausgelassen die Hüften und gaben sich mit vollem Körpereinsatz der dröhnenden Musik hin. Obwohl ich von hier oben kaum mehr als ihre Köpfe und die tiefausgeschnittenen Dekolletés sehen konnte, verweilten meine Augen auf ihnen und ich sah, wie sich Nox und Lian zu den drei gesellten und kleine Plastikbecher, vermutlich mit reinem Wodka gefüllt, verteilten. Es war merkwürdig, sie auf einmal alle zusammen zu sehen. Ich konnte noch immer nicht glauben, dass sie wieder hier war. Von meiner Position aus beobachtete ich, wie sie die Becher entgegennahmen und die fünf anstießen.

Ohne es zu steuern, blieben meine Augen auf Livana kleben und ich sah ihr dabei zu, wie sie den Kopf in den Nacken legte und die Flüssigkeit hinunterkippte. Selbst über die Entfernung fanden ihre Augen mich und unsere Blicke verhakten sich ineinander. Ihre perfekt geschwungenen vollen Lippen verzogen sich zu einem Grinsen und sie zwinkerte mir kokett zu.

Pulsierende Hitze schoss bei der winzigen Regung in ihrem Gesicht durch meinen Körper und sammelte sich direkt in meiner Körpermitte, wo sich mein bestes Stück zuckend regte. Schnaufend stieß ich die Luft aus und war froh, als Liv den Blickkontakt unterbrach, weil sie von Lian zum weitertanzen Tanzen gezwungen wurde.

Wir hatten uns in den letzten zehn Tagen große Mühe gegeben, Livana und ihre Schwester im Apartment zu behalten und es hatte überraschend gut geklappt. Lian sorgte mit seiner überaus fürsorglichen Art dafür, dass es den beiden an nichts fehlte und wir anderen wie beauftragte Dienstboten durch den Supermarkt oder die Drogerie tingelten. Er hatte sich sogar Gedanken um die weiblichen Bedürfnisse gemacht und dafür gesorgt, dass ich mich das erste Mal in meinem Leben mit den unterschiedlichen Arten von Binden und Tampons auseinandergesetzt hatte.

Es gab nur einen einzigen Grund, aus dem wir uns von unserem Kumpel so herumscheuchen ließen. Und der war unsere Abmachung, die beiden so wenig wie möglich nach draußen zu lassen. So war es einfacher zu vermeiden, dass jemand ihre Gesichter mit denen aus den Nachrichten zusammenbrachte. Ganz zu schweigen davon, dass sie so nicht zufällig Alex oder einem seiner Handlanger über den Weg laufen konnten. Auch wenn er nicht mehr so aktiv nach Livana suchte, wie er es in den ersten Wochen nach ihrem Verschwinden getan hatte, würde er weiterhin die Augen offen halten. Um seine Autorität nicht untergraben zu lassen, konnte er sich auf diese Weise nicht auf der Nase herumtanzen lassen.

Unser Plan, die beiden Schwestern mit Kochabenden und Filmmarathons zu beschäftigen hatte allerdings einen kleinen Haken. Und der bestand aus Jess und Audrey, die darauf bestanden, gemeinsam heute zu der Party ihres benachbarten Studentenwohnheims zu gehen. Sie hatten sich auch mit all der Überredungskunst von Lian und Nox nicht davon abbringen lassen. Also waren wir nun hier und nur Holly war aufgrund ihres Alters zu Hause geblieben.

»Hey Bro. Hier, dein Bier.« Mein bester Freund tauchte neben mir auf und lehnte sich gegen die Metallbrüstung der Galerie, während er mir eine dunkelgrüne Glasflasche entgegenhielt.

Ich nahm sie mit einem dankbaren Nicken ab und nippte an dem bitteren Getränk, obwohl meine Augen weiterhin bei unseren Freunden hängenblieben. Tyler folgte meinem Blick, denn ein wissendes Schnauben erklang neben mir. »Versteh das jetzt nicht falsch, Lev. Aber bist du dir sicher? Also, was sie angeht?«

Ich hatte nicht erwartet, sobald ein zweites Gespräch über Liv führen zu müssen. Ganz besonders nicht, weil wir uns bereits letzte Woche vor seinem Kampf darüber unterhalten hatten. Aber scheinbar kam ich nicht drum herum, denn außer dem Bier und einigen fremden Studenten gab es hier nichts und niemanden, der mich vor dem bohrenden Blick meines besten Freundes retten konnte.

Also zuckte ich mit den Schultern, sah ihm direkt in die grünen Augen. Die bunten Lichter spiegelten sich im tiefen Schwarz seiner Pupillen. »Wie gesagt: Ich bin einfach nur froh, dass sie am Leben und zurück bei uns ist. Das gibt mir wenigstens die Chance herauszufinden, ob da auch etwas von ihrer Seite zwischen uns ist. Kann schließlich sein, dass ich mir das nur einbilde.«

Tyler drehte sich herum und lehnte sich mit dem unteren Rücken gegen die Brüstung, wobei er die muskulösen Arme vor der Brust verschränkte. Ich richtete meine Aufmerksamkeit wieder auf die Tanzfläche unter uns und meine Augen zuckten automatisch zu der Stelle, an der ich gerade eben noch die anderen gesehen hatte. Mein Herz schlug höher, als ich Nox' Snapback und Lians blonden Haarschopf direkt neben Audreys wippender Afromähne erkannte. Von Jess und Liv fehlte jedoch jede Spur und mein Herzschlag erhöhte sich eine winzige Nuance, während ich die Menge nach ihnen absuchte.

»Ich denke nicht, dass du es dir nur einbildest«, brummte Tyler über die wummernden Bässe der Musikboxen hinweg und stieß mich mit dem Ellbogen an.

Bildete ich mir das nur ein oder klang er dabei resigniert?

Für den Bruchteil einer Sekunde musterte ich sein Profil mit den kantigen Gesichtszügen, ehe mein Blick seinem winzigen Nicken folgte und ich mich ebenfalls an der Brüstung herumdrehte.

Livana schritt in ihren hohen Stiefeletten gerade die letzte Treppenstufe nach oben und schlenderte dann Hüfte schwingend auf uns zu. Das mit Pailletten besetzte schwarze Kleid schmiegte sich perfekt an ihren Körper und betonte die zarte Rundung ihrer Hüfte. Der tiefe V-Ausschnitt zog allerdings jeglichen Blick auf die Vertiefung zwischen ihren Brüsten, die bei jedem Schritt sanft wippten. Mit blieb die Luft weg und als sich ihre vollen Lippen bei meinem Anblick zu einem sinnlichen Lächeln verzogen, wusste ich plötzlich nicht einmal mehr meinen eigenen Namen.

Livana

Tyler entfernte sich, noch bevor ich zu ihnen an die Brüstung treten konnte, und ich kam nicht umhin, Levin aus dem Nichts heraus ein siegessicheres Zwinkern zu schenken.

Eigentlich hatte ich keine Ahnung, warum ich hergekommen war. Eigentlich wollte ich mir nur ein neues Getränk holen, doch dann hatten mich meine Füße nicht zurück auf die Tanzfläche geführt, sondern direkt zu der Treppe ins Obergeschoss. Und jetzt kam ich ausgerechnet genau vor dem Kerl zum Stehen, von dem ich mich besser fernhalten sollte. Ganz besonders dann, wenn mein Gehirn in der wohligen Wärme von Alkohol Urlaub machte und ich nur auf das unnachgiebige Pochen in meinem Körper hören konnte.

»Hey«, begrüßte ich den Schwarzhaarigen und ließ meinen Blick über seinen Körper wandern. Er trug schwarze Jeans und ein schwarzes Hemd, dessen obere Knöpfe geöffnet waren und einen Blick auf seine trainierte Brust erlaubten. Hitze begann in meinem Körper zu blubbern und ich biss mir auf die Unterlippe, um mich diesem kribbeligen Gefühl nicht hinzugeben. Mir und meinem Körper gefiel eindeutig, was ich hier sah.

Ihm schien es allerdings genauso zu gehen, denn sein rauchiger Blick glitt fließend über mich und erfasste dabei jedes kleinste Detail. Als sein Blick das zweite Mal über den tiefen Ausschnitt meines Kleides huschte, verstärkte sich sein Griff um die Bierflasche und er schluckte schwer. »Du siehst verdammt heiß aus.«

Ein leises Lachen verließ meine Kehle, das von den Bässen sofort geschluckt wurde. »Auch eine nette Begrüßung.«

Mein Gehirn war vom Alkohol, dem Beat der Musik und dem Flackern der Lichter benebelt und ich genoss den Zustand, der mich an schwereloses Fliegen erinnerte. Vermutlich schob ich mich auch deshalb neben ihm an die Brüstung und lehnte mich mit dem Hintern gegen das überraschend kühle Metall. Es half jedoch nicht dabei, meine Körpertemperatur zu senken. Levin hatte die Ärmel seines Hemdes nach oben geschlagen und die nackte Haut an seinem Unterarm berührte meine. Sofort breitete sich ein Prickeln auf meinem gesamten Körper aus, sammelte sich zwischen meinen Beinen und verwandelte sich dort zu einem sanften, aber unnachgiebigem Pochen.

»Hast du Spaß?« Seine Stimme war tief und kehlig, sein Blick dunkel und feurig.

Verdammt, er hatte nie heißer ausgesehen als in diesem Moment. Einzelne Haarsträhnen seiner verwuschelten schwarzen Haare fielen ihm in die Stirn und verpassten ihm damit einen verwegenen Ausdruck. Seine Wangen waren gerötet. Ob das am Alkohol, der Hitze oder dem Knistern zwischen uns lag, vermochte ich nicht zu sagen.

Mit einem kleinen Lächeln auf dem Gesicht sah ich zu ihm auf, erwiderte das Feuer in seinen Augen mit dem Brennen in meinen eigenen. »Sehe ich etwa nicht so aus?«

Als Audrey und Jess vorgeschlagen hatten, heute zusammen die SemStar-Party zu besuchen, war ich mir zuerst nicht sicher gewesen. Ich hatte dieses dumpfe Bauchgefühl, dass mich an der Entscheidung zweifeln ließ und mir sagte, gerade einen großen Fehler zu begehen. Ich rechnete zwar nicht damit, Alex Huston oder einem seiner Handlanger über den Weg zu laufen, aber wir waren gerade erst aus Russland zurückgekehrt. Quasi gestern noch hatte ich für die Bratva des Vaters meiner besten Freundin gearbeitet. Und jetzt hatte ich in meinem Leben nichts mehr, für das es sich noch aufzustehen lohnte. Kein Studium, keinen Job, einfach nichts. Ich konnte in den Tag hineinleben und vor mich hinträumen. Das war nichts, was mich erfüllte. Ganz im Gegenteil, es sorgte eher dafür, dass ich lustlos wurde. Vermutlich war ich deshalb auch jetzt gerade froh darüber, dass meinen Freundinnen mich mit beachtenswerter Ausdauer überredet hatten. Es fühlte sich gut an, unter Menschen zu sein. Ich liebte es, wie sich mein Körper von allein zur Musik bewegte, während der Alkohol bei jedem Herzschlag durch meine Adern gepumpt wurde. Ich liebte es, loszulassen und nur für diese eine Nacht an nichts denken zu müssen.

»Du siehst auch ziemlich gut aus«, gestand ich, strich ihm wie beiläufig mit der Hand über den nackten Unterarm und lief dann zurück zur Treppe, um mich wieder auf die Tanzfläche zu begeben.

Meine Worte waren absolut nicht gelogen, was mir nicht nur das heiße Kribbeln in meinem Körper, sondern auch die Blicke der anderen weiblichen Gäste bewies. Entweder hatte er die gierigen Augen der Frauen im unteren Bereich beim Hereinkommen nicht bemerkt oder er hatte sie einfach ziemlich stur ignoriert. Ich hätte kein Recht, sauer auf ihn zu sein, wenn es anders wäre. Zwischen uns war nichts. Er konnte tun und lassen was er wollte. Aber es fühlte sich deshalb überaus gut an, seine Aufmerksamkeit jetzt auf mir zu wissen und das Stechen seines Blicks auf meinem Rücken zu spüren.

Ich warf einen Blick über die Schulter und bemerkte, dass ein Schmunzeln an seinen Mundwinkeln zupfte. Noch bevor ich die obererste Treppenstufe erreicht hatte, setzte Levin sich in Bewegung und folgte mir mit großen Schritten die breite Treppe nach unten auf die Tanzfläche.

Der dröhnende Beat wummerte ohrenbetäubend laut aus den Boxen und ich spürte, wie jede Faser meines Körpers darunter erzitterte. Wir schafften es nicht, uns bis zu den anderen durch die tanzende Menge zu schieben, und so blieben wir schließlich in der Nähe der Bar stehen. Ich drehte mich zu Levin herum und blinzelte geblendet von den Stroboskop-Lichteffekten zu ihm nach oben. Seine linke Hand glitt zu meiner Hüfte und er trat näher an mich heran, während er meinen Blick unverwandt mit diesem ganz besonderen unsterblichen Feuer darin erwiderte.

Wir tanzten miteinander, bis unsere Getränke längst leer waren und ich meine Füße vor Schmerzen nicht mehr spürte. Es fühlte sich gut an, meinen Körper an seinen zu schmiegen, mit den Händen über seine Schultern und seine Brust zu fahren, während ich gleichzeitig seine Hände auf meiner Taille, meiner Hüfte und meinem Rücken spürte. Mein zuerst heftig pochendes Herz schlug schließlich in einem ruhigen Rhythmus und das nervöse Prickeln unter meiner Haut verwandelte sich in ein angenehmes Kribbeln tief in meinen Adern. Levin drehte mich in Pirouetten unter seinen langen Armen hindurch, ich gab mein Bestes beim Twerken und gemeinsam gingen wir zu „Low" bis tief in die Knie, nur um mit der Menge beim Drop des Beats in die Luft zu springen. Ich neckte ihn, indem ich ihm mit dem Zeigefinger in die Seite direkt unter den Rippenbogen piekte, wobei sich sein Zwerchfell jedes Mal vor Lachen anspannte. Er revanchierte sich, in dem er die Haare aus meinem Nacken schob und sanfte Küsse auf meine vor Hitze glühende Haut hauchte. Jedes Mal, wenn sein Atem auf meinen Körper traf, jagte er damit eine Gänsehaut über meinen Rücken. Der Kontakt mit seinen Lippen sorgte dafür, dass sich meine Nippel unter dem tiefausgeschnittenen Kleid aufrichteten und ich nichts sehnlicher wollte, als mehr von ihm zu spüren.

Die bunten Lichter des Clubs verschwammen zu einem Farbenmeer und ich konnte nicht sagen, wann die anderen wieder neben uns aufgetaucht waren. Wie aus dem Nichts, waren sie auf einmal da und der Geruch von künstlichem Nebel, Alkohol und Schweiß vermischte sich. Während die Temperatur im Club ins Unermessliche stieg, grölten wir uns zu den bekanntesten Liedern von ABBA, den Backstreet Boys und Britney Spears die Kehle aus dem Leib. Irgendwann tauchten die anderen neben uns auf und wir choreografierten wild zu den Spice Girls, JLo und Beyoncé.

In dieser Nacht fügte sich jedes winzige Detail zu einem absolut perfekten Bild zusammen und es gab keinen Ort an dieser Welt, an dem ich lieber sein mochte als hier mit ihnen allen.

KAPITEL 12

Livana

Pappe. Alles schmeckte nach Pappe.

Mein Mund war trocken, als hätte ich seit Monaten nichts mehr getrunken. Hinter meiner Stirn begann es unnachgiebig zu pochen, als würde jemand mit einem Presslufthammer von innen gegen meine Schädeldecke hämmern. Obwohl ich bereits seit Minuten wach lag, hatte ich mich noch nicht getraut, meine Augen zu öffnen.

Ich wusste gut genug, wie sich Alkohol und eine lange Partynacht auf meinen Kreislauf auswirkte. Noch war ich nicht bereit, mich dem schummrigen Gefühl hinzugeben, das durch meine Knochen kriechen würde. Also drehte ich mich mit einem leisen Stöhnen lediglich auf die andere Seite und zog die Bettdecke bis über meine Schultern nach oben.

Ein fahler Geschmack breitete sich in meinem Mund aus und ich fuhr mir mit der leicht belegten Zunge über die unangenehm pelzigen Zähne. Ekelhaft. Ich brauchte wirklich dringend eine Zahnbürste.

Meine Hand glitt über das Laken neben mir, doch ich konnte keine warme Stelle finden. Holly musste bereits vor Stunden aufgestanden sein. Durch die Watte in meinen Ohren hörte ich das Klappern von Geschirr aus dem Stock unter mir. Für Frühstück war es vermutlich zu spät, doch möglicherweise stellte meine Schwester gerade den anderen verkaterten Gestalten in diesem Haushalt eine Kontermahlzeit vor die Nase. Zumindest sah ich vor meinen geschlossenen Augen genau diese Szene ablaufen.

Ich blieb reglos liegen, bis die Geräusche verklangen und überwand mich dann endlich, nach dem Smartphone zu suchen, das während meines Dornröschenschlafes irgendwo zwischen den dicken Kissen verschwunden war. Als ich das kühle Gerät endlich ertastete, erblindete ich bei einem Blick auf das grelle Display beinahe. Tränen schossen mir in die Augen und ich kniff sie mit einem gequälten Stöhnen zusammen, um die Uhrzeit zu erkennen. Mein Verstand sagte mir, dass ich viel zu lange im Bett lag, doch mein Körper flüsterte mir zu, dass ich den restlichen Nachmittag noch getrost verschlafen konnte.

Mehr als schwerfällig kämpfte ich mich aus der weichen Matratze hervor und verließ das Bett. Ich trug einen weißen Rollkragenpullover, der mir deutlich zu groß war und deshalb nicht nur schlackerte, sondern auch mein Hinterteil überaus gut bedeckte. Außerdem ragten mir die Ärmel bis über die Fingerspitzen, wenn ich die Arme schlaff am Körper herunterhängen ließ. Himmel, wo hatte ich das Ding denn bitte aufgetrieben?

Mein Blick zuckte langsam durch den Raum, während sich eine unnatürliche Schwere in meinen Füßen bemerkbar machte und sich die Watte in meinem Kopf stark verdichtete. Mein glitzerndes Kleid lag neben meinen Schuhen auf dem beigen Teppichboden, die Jacke hing schief von der Lehne des Schreibtischstuhls bis auf den Boden herunter. Und wieso um alles in der Welt stand ein roter Plastikbecher direkt neben der Tastatur von Lians verdammt teuer aussehendem Computerequipment?

Wenn er das sah, würde er mich zweifelsohne umbringen. Eine Regel, die er absolut unmissverständlich bei unserem Einzug in sein Zimmer aufgestellt hatte: Keine offenen Getränke in einem Radius von zwei Metern neben seinem Schreibtisch.

Ich machte mir nicht die Mühe, meine Kleidung oder den Becher wegzuräumen, stattdessen kramte ich in meinem Koffer unter dem Fenster nach einer Jogginghose und einem Hoodie, unter dessen Kapuze ich mein Gesicht verstecken konnte. Da ich nicht viele Habseligkeiten besaß, wurde ich schnell fündig und schleppte mich schließlich ins Badezimmer, um zu duschen und meine Zähne zu putzen.

Ich hatte Glück und der Raum wurde nicht gerade von jemand anderem besetzt, also verriegelte ich das Schloss hinter mir und betrat, so schnell meine trägen Glieder es erlaubten, die Duschkabine.

Ich drehte den Hahn so kalt wie möglich und wartete, bis meine Haut unter den harten Wassertropfen schmerzte. Ich wusch mir nicht nur den Gestank nach Party und Schweiß, sondern auch die verbliebende Müdigkeit von der Haut.

Nachdem ich mir alle Zeit der Welt gelassen und meine Haut mit einer feuchtigkeitsspendenden Creme versorgt hatte, schleppte ich mich zurück in Blondies Zimmer und näherte mich dem Schreibtisch. Drei Monitore standen darauf, ein zugeklappter Laptop stand neben einer Tastatur und in einer Vorrichtung am Tischbein war ein PC-Tower befestigt. Mehrere Kabel kräuselten sich wie schwarze und graue Schlangen auf der hölzernen Platte und sorgten gemeinsam mit mehreren kleinen Zettelchen für ein natürliches Chaos. Es passte zu den Postern von Bands und Fußballspielern sowie den Fotos der Jungs an den Wänden. Dort war nämlich alles durcheinander und halb überlappend auf die sonst weiße Tapete geklebt.

Vorsichtig schielte ich in den Becher und mir entwich ein erleichtertes Seufzen. Er war leer. Wenigstens daran hatte mein benebeltes Gehirn in der letzten Nacht gedacht. Ich beäugte den Fremdkörper inmitten von Blondies Krempel und verzog angewidert das Gesicht. Der Becher glänzte außen und ich wusste, wie klebrig er sich bei einem direkten Kontakt mit meiner Hand anfühlen würde. Außerdem hatte er auf der Tischplatte einen perfekten Kreis hinterlassen. Scheint so, als müsste ich mir einen Putzlappen besorgen.

Später, ermahnte ich mich selbst. Jetzt musste ich erstmal etwas in den Magen bekommen. Also schlurfte ich wie ein begossener Pudel die schmale Treppe nach unten und ließ den Becher für die nächsten Minuten einfach nur einen Becher sein. Die Welt schwankte bei jeder Stufe vor meinen Augen und ich tastete mich sicherheitshalber an der Wand entlang, um mir nicht bei einem Fall die Nase oder den Knöchel zu brechen. Desto weiter ich mich dem unteren Stockwerk näherte, desto lauter wurden die Stimmen aus den Räumen. Im Flur hielt ich neben dem Schuh-Chaos, in dem mittlerweile auch die von Holly und mir ihren Platz gefunden hatten, inne.

Aus dem Wohnzimmer vernahm ich das Lachen meiner Schwester und gequältes Schnaufen von Blondie. Identifizieren konnte ich ihn auch nur, weil er in der nächsten Sekunde stöhnte: »Nicht so laut! Mein Kopf platzt in einer Sekunde.«

»Selber schuld«, trällerte Holly mit künstlich hoher Stimme und ich hörte sie belustigt kichern. »Mitleid bekommst du von mir nicht.«

Meine Lippen verzogen sich instinktiv zu einem winzigen Lächeln. Sie war glücklich und das machte mich glücklich. Hinzu kam ein weiterer Bonuspunkt: Nicht nur ich hatte mit Kopfschmerzen zu kämpfen. Oh ja, diese Erkenntnis erfüllte mich auf merkwürdige Art und Weise mit Genugtuung. Immerhin war ich nicht allein mit meinem Leiden.

Holly lachte noch etwas lauter und Blondie stöhnte noch ein bisschen gequälter. Die Geräusche vermischten sich mit einem undeutlichen Murmeln, das ich aus der Küche vernahm. In dem Raum mit angrenzendem Essbereich schien es deutlich ruhiger zu sein als im Wohnzimmer. Meine langsamen Schritte bewegen sich auf die angelehnte Tür zu, als die Stimme von Levin ... Williams an mein Ohr dran: »Das kann ich nicht, Nox.«

Mein Magen verkrampfte sich automatisch beim Klang seiner tiefen Stimme. Nach der vergangenen Nacht klang sie noch rauer als gewöhnlich und ein angenehmer Schauer lief mir über den Rücken.

Obwohl diese Worte meine Neugierde geweckt hatten und ich nichts lieber täte, als stehen zu bleiben und dem Gespräch zu lauschen, zwang ich mich zur Tür zu gehen und sie sanft aufzustoßen. Die Gefahr, hier im Flur erwischt zu werden, war einfach zu groß. Es wäre zwar nicht das erste Mal, dazu musste ich mich nur an meine erste Begegnung mit Tyler erinnern, aber wir waren hier in ihrem zu Hause. Also würde ich diese Grenze respektieren und den Anstand, den meine Eltern mir mühsam eingebläut hatten, wahren.

Dazu kam, dass ich endlich meine alten Gewohnheiten ablegen musste. Ich konnte nicht ständig hinter den Ecken stehen und lauschen. Ich konnte nicht ständig vom Schlimmsten ausgehen. Meine Zeit im Untergrund war vorüber. Ich war kein Werkzeug mehr, über das Taurus Macht hatte. Und genau deshalb musste ich aufhören, hinter jeder Ecke eine potenzielle Bedrohung zu vermuten. Ganz besonders hier im Apartment. Ich konnte ihnen vertrauen, das hatten sie nicht nur mehrmals gesagt, sondern auch bewiesen. Wir waren seit zwölf Tagen in der Stadt und bisher hatten sie mich nicht an Huston oder einen seiner Handlanger verraten. Gelegenheit dazu hatten sie sicherlich. Ich war schließlich nicht dumm und ging nicht davon aus, dass sie teilweise den ganzen Tag in der Bibliothek der Universität verbracht hatten. Sie alle schrieben zwar gerade an ihren Abschlussarbeiten, aber für so fleißig hielt ich maximal Lennox. Mal ganz davon abgesehen, dass Tyler am letzten Samstag ziemlich verprügelt ausgesehen hatte. Ich würde meine Hand dafür ins Feuer legen, dass die Ursache keine Straßenrauferei, sondern einer der illegalen Kämpfe von Taurus war.

Bei jedem Schritt schleiften meine Füße über den Boden und ich blieb mit den Zehen meines rechten Fußes an der Türschwelle zur Küche hängen. Heller Schmerz explodierte unter meiner Haut und wenn mich nicht das eiskalte Wasser unter der Dusche bereits ausreichend aufgeweckt hatte, dann tat die Bekanntschaft mit dem Holzmaterial sein Übriges. Ein schmerzerfüllter Laut verließ meine Kehle und zwei Köpfe fuhren zu mir herum.

Auf meinem linken Fuß schwankend versuchte ich, mein Gleichgewicht auszugleichen, während ich mir mit beiden Händen die Zehen des anderen Fußes hielt. Keine gute Idee, denn die Welt vor meinen Augen geriet ebenso schlimmer ins Wanken als beim Heruntersteigen der Treppe.

Mir war bewusst, dass ich so einiges getrunken hatte. Aber dieses verfluchte Schwindelgefühl war wirklich eine übertriebene Reaktion meines Körpers. Möglicherweise lag es allerdings auch daran, dass ich während meiner Abwesenheit in Russland hauptsächlich Champagner oder überteuerten Sekt getrunken hatte und meine letzte Begegnung mit hartem Alkohol vor Monaten hier in London bei einer Party gewesen war. Möglicherweise war mein Körper es einfach nicht mehr gewöhnt.

»Alles in Ordnung?«, fragte Lennox und ich wandte den Blick von der Küchenzeile ab, auf der ich mir die Rolle Küchenpapier als Fixpunkt für mein Gleichgewicht ausgesucht hatte. Ich sah zu den beiden Jungs, die am Esstisch saßen und die Ellbogen auf der Platte aufgestützt hatte. Vor ihnen stand jeweils eine dampfende Tasse. Der Duft von frischem Kaffee erfüllte die Luft und ich versuchte, nicht zu tief einzuatmen, um meinen Magen nicht unnötig zu reizen.

Mit einem Seufzen schüttelte ich den Kopf, zwang mich jedoch den pochenden Schmerz, vor allem in meinem großen Zeh, zu ignorieren und den Fuß wieder abzusetzen. Mit zusammengepressten Lippen lief ich in Richtung des Spülbeckens, wobei ich ein Humpeln nicht vermeiden konnte. Heißer Schmerz pulsierte in meinen Zehen und zog sich bis zu meinem Knöchel nach oben. »Alles bestens.«

Mit schiefgelegtem Kopf beobachtete Lennox mich, während Levin wie versteinert auf seinem Stuhl saß und den Blick nicht von der Tür abwandte. Es kostete mich alle Mühe, nicht dem Pochen in meinen Zehen nachzugeben und mich einfach auf den Boden zu werfen.

Aus den Schänken über der Spüle holte ich ein frisches Glas. Ich hatte schnell gelernt, hier besser nicht einfach herumstehendes Geschirr zu nutzen. Auch dann nicht, wenn es augenscheinlich sauber wirkte.

»Du siehst aus wie der Tod«, kommentierte Lennox und hob die Tasse mit dem Mittelfinger-Emoji darauf an seine vollen Lippen.

Da konnte ich aber froh sein, dass er mich nicht direkt nach dem Aufstehen vor dreißig Minuten zu Gesicht bekommen hatte. Wenn er mich jetzt schon mit dem Tod verglich, dann wusste ich nicht, wonach ich vorhin ausgesehen hatte.

»Na danke auch«, grummelte ich und warf ihm einen resignierten Blick zu. Seine sonst zartbitterbraune Haut wirkte heute eher vollmilchartig und ich fügte hinzu: »Du bist aber auch ganz schön blass.«

»Meine Worte.« Williams, der sich offenbar wieder aus seiner Starre befreit hatte, sah seinen Kumpel beinahe triumphierend an. Seine haselnussbraunen Augen waren matt und seine Körperhaltung glich einem Schluck Wasser in der Kurve. Schien ganz so, als hätte auch er schon bessere Zeiten gehabt.

Lennox funkelte erst mich und dann den Schwarzhaarigen genervt an. Mit einem lauten Klirren stellte er seine Tasse auf dem Tisch ab und erwiderte mit nach oben gerecktem Kinn: »Ich kann überhaupt nicht blass aussehen. Das ist anatomisch dank meiner Hautfarbe überhaupt nicht möglich.«

Geräuschlos betrat Tyler die Küche und ich wandte mich ab, um mein Glas mit frischem Wasser zu füllen. Meine trockene Kehle würde es mir mehr als danken. Noch bevor ich den Schraubverschluss der Flasche schließen konnte, drang die belegte Stimme von Tyler an mein Ohr:»Alles klar bei dir? Bist ein bisschen blass um die Nase, Bro.«

Gleichzeitig stießen Levin und ich ein heißeres Lachen aus. Williams klopfte seinem Freund gerade auf die Schulter, während dessen Mund wortlos offenstand. In seinen dunklen Augen glaubte ich, Fassungslosigkeit zu erkennen. Es könnte jedoch auch Entsetzen über die Verschwörung ihm gegenüber sein.

»Drei zu eins. Ich würde sagen: Der Fall liegt klar auf der Hand«, versuchte ich das Thema elegant zu beenden, bevor die drei sich deshalb noch kabbelten. Es funktionierte nicht, denn das Ministersöhnchen echauffierte sich bereits mit deutlich zu viel Worten in zu wenig Zeit ausgiebig über die Unhöflichkeit unsererseits.

Meine Ohren schalteten auf Durchzug und ich machte mich auf die Suche nach etwas Essbarem. Auf dem Tisch entdeckte ich eine Packung Cornflakes und eine Tüte Milch, also schnappte ich mir aus den Schränken eine Schüssel und einen Löffel, ehe ich neben Lennox auf die Bank rutschte. Nachdem ich das halbe Glas Wasser auf einen Zug geleert hatte, bediente ich mich an den Cornflakes. Tyler betätigte unterdessen die Kaffeemaschine. Das Zischen und Surren sorgte dafür, dass die Kopfschmerzen hinter meiner Stirn heftiger wurden.

»Hier.« Levin schob mir eine Plastikverpackung mit kleinen runden Pillen zu und überging dabei die Triade seines Freundes ebenso wie ich.»Du siehst aus, als könntest du sie brauchen.«

Lennox schnaufte empört neben mir.»Wenn mir hier keiner zuhört, dann kann ich mir auch andere Gesellschaft suchen. Freundlichere Gesellschaft. Nettere Gesellschaft. Gesellschaft, die mich nicht wegen meines Aussehens aufzieht.«

Träge beobachtete ich, wie er sich erhob und mit seiner Tasse bewaffnet den Raum verließ, ohne einen von uns nochmal zu beachten. Der Mittelfinger auf dem schwarzen Material der Tasse passte dabei viel zu gut zu seinem angesäuerten Gesichtsausdruck. Das hier war mir eindeutig zu viel Unterhaltung so kurz nach dem Aufstehen.

Ich brachte kaum ein dankbares Nicken in Levins Richtung zustande, doch aus dem Augenwinkel registrierte ich das kurze Zucken seiner Mundwinkel, als ich nach der Packung Tabletten auf dem Tisch griff. Sein schwarzes Haar stand ihm wilder als sonst vom Kopf ab, seine sonst rosige Haut wirkte eher weißlich und seine schlaff herunterhängenden Schultern ließen ihn ebenso erschöpft wirken wie mich. Trotzdem schaffte er es, dass mein Körper auf ihn reagierte und ein freudiges Kribbeln durch meine Glieder schoss. Vor meinem inneren Auge sah ich uns wieder im Club tanzen und das heiße Prickeln in meinem Unterleib ließ mein Herz unweigerlich schneller schlagen.

»Mach mir auch gleich eine klar, Livana«, wies mich Tyler von der Küchenzeile aus an und lenkte mich damit von Levin ab. Ich folgte seiner Anweisung, indem ich eine der Pillen in Richtung des Stuhls mir gegenüber schob, ehe ich selbst eine Tablette mit dem Rest meines Wassers herunterspülte und der Brünette zu uns herüber kam. Im Gegensatz zu meinen Schritten waren seine fest und die Körperhaltung aufrecht. Generell wirkte er nicht annähernd so fertig, wie ich mich fühlte.

»Und wer von euch faulen Säcken geht nachher mit mir trainieren?«, fragte er mit amüsierter Stimme, kaum dass er sich auf den Stuhl schräg gegenüber gesetzt hatte. Der Blick aus seinen kiefergrünen Augen wanderte herausfordernd von Levin zu mir und zurück.

Wortlos zog ich die rote Pappschachtel aus der Tischmitte zu mir und kippte mir eine Ladung in die grüne Schüssel, während Levin den Kopf schüttelte. »Ich bin heute raus, sorry.«

»Tja, dann hast wohl du das große Los gezogen.« Tylers Aufmerksamkeit richtete sich auf mich und ich hob langsam den Kopf, um ihn mit nach oben gezogenen Augenbrauen zu mustern. »Ganz sicher nicht.«

»Meine Güte, ihr führt euch auf wie achtzigjährige Rentner«, brummte der Brünette und schüttelte regelrecht fassungslos den Kopf, ehe er die Tablette Paracetamol mit einem großen Schluck

Kaffee herunterspülte. »Da geht man mit euch einmal auf eine Party und ihr macht am nächsten Tag schlapp. Unglaublich.«

»Passt doch wunderbar«, gab Williams trocken zurück. »So fühle ich mich heute auch.«

KAPITEL 13

Livana

Seit der Partynacht waren vier volle Tage vergangen. Unsere Mitbewohner schreiben in jeder freien Minute an ihren Masterarbeiten und auch Audrey sowie Jess waren tagsüber meistens an der Uni, um ihre Kurse zu besuchen. Holly und ich hatten uns deshalb in typische Touristen verwandelt und waren nicht nur mit dem London Eye gefahren, sondern hatten auch den Tower besichtigt, waren über den Camden Market geschlendert und hatten uns im Wachsfigurenkabinett mit der wohl berühmtesten britischen Boyband unserer Generation sowie der Königsfamilie ablichten lassen.

Vor allem Williams, Lennox und Blondie waren nicht gerade begeistert, wenn sie erfuhren, dass wir mal wieder in der Stadt unterwegs waren. Aber sie sagten genauso wenig etwas dazu, wie ich zu ihren abendlichen Aktivitäten. Mir war klar, dass sie im Auftrag von Taurus aus dem Apartment gingen, wenn Lennox und vor allem Blondie uns wieder mit irgendwelchen Banalitäten wie einem Serienmarathon oder einem Schönheitsprogramm in Form von Gesichtsmasken im Wohnzimmer festhielten. Die vier Idioten verhielt sich so auffällig, wie ein Weihnachtsmann an Ostern.

Heute hatten wir mein Auto für einen horrenden Preis aus dem Parkhaus befreit und ich bereute es, nicht irgendwo außerhalb der Stadt auf einem kostenfreien Parkplatz geparkt zu haben. Andererseits war dazu vor unserer überstürzten Flucht keine Zeit und ich hatte sowieso nicht erwartet, nochmal nach London zurückzukehren.

Während das Navigationsgerät uns zielsicher aus der Stadt in Richtung Stonehenge führte, trällerten Holly und ich zu den Songs aus dem Radio. Tatsächlich waren die Sender hier deutlich besser als in Deutschland und ich genoss es, die aktuell bekanntesten Lieder rauf- und runterzuhören.

»Wie geht es eigentlich deiner Schulter?«, erkundigte sich meine Schwester, als die Moderatoren an einer Überleitung von Ed Sheeran zu einem anderen Song arbeiteten.

Ich drehte das Radio leiser und lenkte den Blick kurz von der Straße zu Holly. »Es geht so. Die Übungen helfen und die Wunde ist beinahe vollständig verheilt, aber vermutlich wird es nie wie früher sein.«

Das hatten zumindest die Ärzte der Sorokins gesagt und ich hielt sie für kompetent genug, um sie beim Wort zu nehmen. Aktuell war ich froh, dass ich meinen linken Arm im rechten Winkel ohne Schmerzen anheben konnte. Dieselbe Beweglichkeit wie vor der Schussverletzung würde ich jedoch nicht mehr erlangen. Dessen war ich mir mittlerweile sicher.

Holly nickte und biss sich auf die volle Unterlippe. Nachdenklich zogen sich ihre Augenbrauen zusammen und sogar von der Seite konnte ich erkennen, dass sie die Stirn in Falten legte. »Ich frage mich ständig, ob es meine Schuld ist.«

Schwer sackte mir bei diesen Worten das Herz in die Hose. Mir war nicht klar, dass meine Schwester sich darüber solche Gedanken machte. Sie war schließlich die Person, die am allerwenigsten etwas dafür konnte.

Eilig schüttelte ich den Kopf und sagte: »Denk das nicht. Es ist allein meine Schuld, denn es hätte nie so weit kommen müssen, wenn ich nicht eine schlechte Entscheidung nach der anderen getroffen hätte. Wäre ich fähig, die richtigen Entscheidungen zu treffen, dann wären wir überhaupt nicht hier.«

Nein, das wären wir ganz sicher nicht. Dann würden wir zu Hause bei unseren Eltern sitzen, studieren und in Frieden leben. Wir müssten uns nicht verstecken oder uns für andere Menschen ausgeben. Doch so war es nicht und zwischenzeitlich hatte ich sogar den Eindruck, dass ich aus den Konsequenzen meines Handels rein gar nichts gelernt hatte.

»Aber dann hätten wir Jess, Lian und die andere nie kennengelernt«, gab Hope zu bedenken und ein kleines Lächeln zupfte bei
ihren Worten an meinen Lippen.

Es freute mich zu hören, dass sie Jess ebenso mochte wie ich. Interessant fand ich, dass sie Blondie namentlich erwähnte. Schien
ganz so, als hätte auch er sich bereits in ihr Bewusstsein geschlichen. Das musste an seiner Art liegen, denn anders konnte ich mir
das nicht erklären.

»Außerdem waren nicht all deine Entscheidungen schlecht. Ein
paar waren einfach unpraktischer als andere«, setzte sie hinzu und
schenkte mir ein schiefes Grinsen. »Übrigens hat mir ein Vögelchen
gezwitschert, dass du auf der Party letzten Samstag einen ziemlich
sexy Tanz mit Levin hattest. Wann wolltest du mir davon erzählen?«

»Wer hat dir ...«, wollte ich empört fragen, doch mir kam nur
eine Person in den Sinn. »Blondie!«

Dieser verdammte Idiot. Ich würde ihm in jedem Fall den Hals
herumdrehen, wenn ich ihn heute Abend sah. Was fiel diesem Kerl
auch ein, meiner Schwester, meiner *jüngeren* Schwester, von mir
und meinen indirekten Männergeschichten zu erzählen? Ich konnte
es nicht fassen.

»Du streitest es nicht ab. Es stimmt also.« Holly grinste breit und
rutschte auf ihrem Sitz herum, sodass sie mich besser ansehen
konnte. »Erzähl mir alles!«

Seufzend verdrehte ich die Augen. Es gab kein Entkommen
mehr, denn meine Schwester liebte Klatsch und Tratsch ebenso
sehr wie ich. Sie würde mich nun ausquetschen wie eine überreife
Orange. »Ich weiß wirklich nicht, was ich dir erzählen soll. Es war
eine Party, es gab Alkohol und wir haben getanzt.«

»Himmel Livi, bei dieser Erzählung habe ich wirklich direkt das
Gefühl, ich wäre dabei gewesen«, beschwerte sich Holly und schob
schmollend die Unterlippe nach vorn. »Ich will doch nur wissen,
wie es sich angefühlt hat.«

Aufregend, heiß, anziehend. Wenn ich an die Stunden im Club
zurückdachte, an Levins hungrigen Blick, der über meinen Körper
glitt, an das Gefühl seines Körpers direkt an meiner teils nackten
Haut, dann tauchte sofort wieder das lustvolle prickelnde Gefühl in

meinem Körper aus. Statt dem Lenkrad spürte ich wieder den feinen Stoff seines Hemdes an meinen Handflächen und statt der Gürtelschnalle an meinem unteren Bauch die Beule unter seiner Jeans. Erwartungsvoll zog sich mein Unterleib zusammen und ich verfluchte meinen Körper für diese verräterische Reaktion.

Fest biss ich mir auf die Unterlippe, um mich selbst wieder zur Ordnung zu rufen. Das konnte ich meiner Schwester so niemals sagen. Nein, das war absolut nicht möglich.

»Du denkst gerade an ihn!«, quietschte Holly und ich warf ihr aus dem Augenwinkel einen vernichtenden Blick zu. Sie kannte mich gut genug, um an den kleinsten Regungen meines Körpers meine Gedanken zu erraten. Leugnen brachte nichts. »Also hatte Lennox recht und du stehst total auf ihn!«

Vor Entsetzen riss ich den Kopf zu ihr herum. »Ich stehe nicht auf Levin Williams!«, protestierte ich postwendend empört, doch meine Schwester lachte nur aus vollem Halse. »Und was hat jetzt Lennox damit zu tun?«

Erst als Holly sich wieder beruhigt hatte, schaffte sie es mir zu antworten. »Nicht Lian hat mir von eurem heißen Tanz erzählt.«

Gut, dann würde ich wohl nicht Blondie den Hals herumdrehen, sondern dem verräterischen Ministersöhnchen. So langsam bereute ich doch, dass ich die beiden aus den Fängen der Sorokin-Mafia befreit hatte. Ich hätte wahrlich weniger Probleme, wenn sie mir nicht das Leben auf diese Art schwer machen würden.

»Und natürlich stehst du auf Levin. Du bist nämlich knallrot im Gesicht«, zog mich meine Schwester mit gespielt hämischem Unterton auf und drehte sich eine der rötlichen Haarsträhnen um den Zeigefinger.

Ehe ich erneut protestierte, warf ich einen schnellen Blick in den Rückspiegel. Zu meinem Entsetzen hatte sie recht. Eine feine Röte zog sich über meine Wangen und ich seufzte deshalb nur resigniert. Um von mir selbst abzulenken, fragte ich: »Wer hat überhaupt festgelegt, ab wann man auf jemanden steht?«

Wir sollten definitiv erst diese Grundsatzfrage klären, bevor ich mich in irgendwelchen Ausreden oder Begründungen verstrickte. Holly würde zweifelsohne alles gegen mich verwenden, das sie irgendwie in meinen Aussagen finden konnte.

»Wenn du aus dem Nichts an ihn denkst. Wenn dich ein Geruch, Geräusch oder sonst etwas plötzlich an ihn erinnert. Wenn du heiß mit ihm tanzt. Wenn du ihn heimlich beobachtest. Wenn du unbewusst seine Nähe suchst«, kam es von meiner Beifahrerin wie aus der Pistole geschossen und ich zog skeptisch eine Augenbraue nach oben.

»Für mich klingt das eher nach verliebt sein«, warf ich ein. »Außerdem suche ich nicht unbewusst seine Nähe. Und ich beobachte ihn schon gar nicht heimlich.«

Meine Schwester schnaufte, als würde ich ihr gerade ein Kamel verkaufen wollen. »Nein, du beobachtest ihn ganz offensichtlich. Aber sobald er den Kopf in deine Richtung dreht, schaust du weg.«

Das hier verwandelte sich zu einer endlosen Diskussion und ich war mir bereits jetzt sicher, wer als Siegerin hervorging. Überraschung: Ich würde es nicht sein.

»Na schön, dann finde ich Williams eben nicht so schlecht wie ich es gern tun würde«, lenkte ich also diplomatisch ein. »Aber das heißt noch lange nicht, dass ich auf ihn stehe oder gar in ihn verliebt bin.«

»Wenn du meinst.« Holly zuckte ungerührt mit den Schultern. »Es ändert aber nichts daran, dass du heiß mit ihm getanzt hast.«

Kurz legte ich entkräftet den Kopf in den Nacken, bevor ich wieder auf die Straße sah. »Wer sagt denn überhaupt, dass wir *heiß* miteinander getanzt haben?«

Es war lächerlich, einen Tanz so zu beschreiben. Auch dann, wenn es sich definitiv so angefühlt hatte und ich gerne noch länger allein mit Levin auf der Tanzfläche geblieben wäre.

»Ich.« Meine Schwester grinste breit bis über beide Ohren. »Und ich muss es schließlich wissen, denn ich habe es mit eigenen Augen gesehen.«

Misstrauisch legte ich den Kopf schief. »Du warst doch überhaupt nicht dabei.«

»War gar nicht nötig. Lian hat mir ein Video von euch gezeigt.«

Damit stand es fest: Ich würde nicht nur Lennox Chapman, sondern auch Lian Thompson erledigen.

KAPITEL 14

Livana

Der weiße Audi schoss wie ein Blitz über die gerade Straße und ich genoss das Gefühl des kühlen Lenkrades unter meinen Händen. Das Leder des Sitzes schmiegte sich perfekt an die Kurven meines Körpers und je weiter ich das Gaspedal nach unten drückte, desto mehr Glückshormone wurden von meinem Körper ausgeschüttet.

Ich musste mir keine Mühe geben, den Mercedes vor mit nicht zu verlieren. Auch wenn ich zwischendurch die Distanz etwas vergrößerte, diente das nur dazu, für einen kurzen Moment mehr Gas geben zu können und wieder aufzuholen. Ich liebte das Gefühl, in den Sitz gedrückt zu werden, während die Geschwindigkeit auf dem Tacho nach oben kletterte. Tyler auf seinem Sportmotorrad hatte uns bereits in London abgehängt. Mit der schnittigen Maschine hatte er seine Vorteile in den verstopften Straßen der Stadt genutzt und ich hatte ihn bereits fünf Minuten nach unserer Abfahrt aus den Augen verloren.

Gemeinsam mit Holly, Jess und Audrey grölte ich zu den Liedern einer angesagten australischen Boyband mit. Die Jungs hatten erst letzte Woche ein neues Album veröffentlicht und wir konnten bereits jetzt jede einzelne Songzeile auswendig. Da die anderen jeden Tag in der Uni unterwegs waren und meistens erst am späten Nachmittag oder frühen Abend zurückkamen, hatten meine Schwester und ich die Möglichkeit, die absolute Kontrolle über die Musik im Apartment zu übernehmen. Es war nicht schwer zu erraten, was dort hoch und runter lief.

Bis Brighton lieferten wir uns mit dem Mercedes immer wieder kleinere Rennen und winkten den Jungs breit grinsend zu, wann

immer wir sie überholten. Lian winkte wie ein hyperaktives Klein-
kind zurück und streckte uns die Zunge heraus, wenn Lennox mit
der schnittigen Limousine wieder an uns vorbeizog.

Nach zwei Stunden erreichten wir endlich unser Ziel, fuhren in
gemäßigtem Tempo durch den Urlaubsort und bogen schließlich in
die kurze gewundene Auffahrt des Chapman-Anwesens ein. Hinter
dem schmiedeeisernen Zaun verbargen wuchtige Büsche den Blick
auf die kleine Villa und die geteerte Auffahrt. Wir passierten einen
Tennisplatz zu unserer Rechten und einen überaus großzügigen
Vorgarten zu unserer Linken.

»Schickes Haus«, murmelte Audrey beeindruckt und schob ihren
Kopf neben den von Jess, um aus der Windschutzscheibe zu
schauen.

Nachdem wir die letzten Monate auf dem Sorokin-Anwesen verbracht hatten, war ich nicht annähernd so beeindruckt wie meine
Freundin. Dennoch stimmte ich ihr mit einem Brummen zu. Jess
hatte gesagt, niemand solle von den Hintergründen ihrer Familie
erfahren und ich würde sie unter keinen Umständen in irgendeiner
Form verraten.

Das Anwesen bestand aus einem weißen Haupthaus und einem
kleinen Cottage direkt neben einer offenen Garage mit drei Stell-
plätzen. Über dem Bungalow erhob sich ein Dach mit grauen Schie-
ferplatten. Links von dem kleinen Hof erkannte ich vor dem Gebäude einen Springbrunnen inmitten eines kleinen Rosengartens.
Es war ein hübsches Haus, das nicht zu sehr nach Reichtum aber
dennoch nach Wohlstand stank. Es war einfach perfekt, um ein Wochenende abzutauchen und da niemand wusste, dass das Gelände
Lennox Mutter gehörte, waren wir hier auch überaus sicher.

In der Garage stand besagter Oldtimer, von dem Blondie gestern
Abend geschwärmt hatte. Sein Lack war unter einer Abdeckplane
verborgen, doch dank der ausführlichen Erzählung von Blondie
wusste ich auch so, dass er knallrot und auffällig war. Warum ich
mir all die Details aus Lians Mund überhaupt merkte, war mir selbst
ein Rätsel.

Lennox lenkte seinen Wagen direkt daneben unter das Dach und
ich folgte ihm.

»Endlich sind wir am schönsten Ort der Welt!«, jubelte der Blonde, kaum dass wir alle aus den Autos gestiegen waren. Er legte den Kopf in den Nacken, streckte die Arme aus und drehte sich im Kreis. Die sanften Sonnenstrahlen der Morgensonne ließen seine Haare dabei heller wirken als sie waren.

Ich musterte ihn mit schiefgelegtem Kopf, während Holly den Kofferraum öffnete und gemeinsam mit Audrey die ersten Gepäckstücke auslud.

»Also für mich ist der schönste Ort der Welt definitiv wo anders, aber gut. Da gehen die Meinungen bekanntlich auseinander«, kommentierte Levin und lehnte sich gegen die Backsteinsäule, welche die Decke über unseren Autos stützte.

Jess trat neben mich und warf dem Schwarzhaarigen einen kurzen Blick zu, ehe sie ebenfalls Blondie mit einem belustigten Schmunzeln bei seinen Drehungen beobachtete. Mit einem unterdrückten Kichern sagte sie: »Die Karibik gehört in meinen Augen definitiv zu den schönsten Orten der Welt, aber klar, Brighton kommt dem ziemlich nahe.«

Ruckartig kam Blondie zum Stehen und funkelte uns aus zusammengekniffenen Augen an. »Ihr seid echt solche Spießer. Kann mir denn niemand von euch meinen Spaß lassen?«

»Ihr schwänzt heute alle eure Vorlesungen. Ist das nicht Spaß genug?«, fragte Holly, während ich ihm lediglich trocken mit »Nein«, antwortete.

Beleidigt schob Lian die Unterlippe nach vorn und verschränkte die Arme vor der Brust, was uns zum lauten Lachen brachte.

Nachdem ich mit Jess, Audrey und Holly das kleine Cottage neben der Garage bestehend aus zwei Schlafzimmern, Badezimmer, Wohnzimmer und eigener Küche bezogen hatte, trafen wir uns mit den anderen im Haupthaus. Zwischenzeitlich war auch Tyler angekommen und hatte sein Motorrad unter dem Carport am Tennisplatz abgestellt.

»Und wie genau läuft das jetzt so ab?«, fragte Drey und ließ sich zwischen Jess und Tyler auf das große Sofa im Wohnzimmer fallen. Ihre schwarzen Korkenzieherlocken wippten um ihr Gesicht herum und hoben ihren langen Hals hervor.

»Was meinst du?« Lennox fummelte am Schild seiner Cap herum, während er die Beine über die Armlehnen des Sessels legte. Seine dunklen Augen glitten unaufhaltsam über unsere kleine Versammlung und es wirkte ganz so, als würde ihm unsere Anwesenheit noch nicht so ganz behagen.

Damit war er nicht allein. Denn wenn wir ehrlich waren, dann ging es mir genauso. Es war auf Blondies Mist gewachsen, dass wir heute alle hier versammelt waren. Normalerweise hätte die Jungs ihren Brighton-Trip bereits in den Semesterferien gemacht, aber da sich zwei von ihnen lieber auf den Weg nach Russland gemacht hatten, war der Kurzurlaub ausgefallen.

Grundsätzlich bevorzugte ich es zwar, mich außerhalb Londons aufzuhalten, aber ich wollte Lennox Familie nicht mit mir in Verbindung bringen. Es reichte schon, dass er mit mir zu tun hatte. In ihrem Haus zu sein und in ihren Betten zu schlafen, fühlte sich einfach nicht richtig an. Und doch waren wir nun alle hier.

Jess erbarmte sich und konkretisierte Audreys Frage: »Das hier ist doch eigentlich euer Männerausflug. Also, klärt uns auf. Was machen wir hier?«

»Nichts Besonderes«, erwiderte Blondie und schwang seine Füße auf den niedrigen Kaffeetisch zwischen der Sitzgruppe. Ein Räuspern gepaart mit einem scharfe Blick von Lennox reichte jedoch aus und er stellte sie wieder auf dem Boden ab. »Eigentlich liegen wir das ganze Wochenende nur auf der faulen Haut, bestellen Essen und betrinken uns. Und natürlich sind alle Themen rund um die Uni verboten.«

Drey lachte ungläubig auf. »Du erzählst mir jetzt nicht wirklich, dass ich dafür die Uni habe sausen lassen? Das alles kann ich auch zu Hause machen.«

Empört öffnete Blondie den Mund, doch ich pflichtete meiner Freundin nickend bei. Meine Unterarme stützte ich auf der Lehne des Sofas vor mir ab und kommentierte zwischen meiner Schwester und Williams hindurch: »Etwas mehr hatte ich auch erwartet.«

»Ihr seid echt undankbar«, schnaufte Blondie empört und sah voller Missgunst zwischen uns hin und her. »Ihr fühlt euch überhaupt nicht geehrt hier zu sein.«

»Du solltest dich geehrt fühlen unsere Gesellschaft überhaupt erleben zu dürfen«, gab Holly mit einem zuckersüßen Lächeln und Augenaufschlag zurück. Ich musterte ihr Profil von der Seite und klopfte ihr ermunternd auf die Schulter. Lians Ego tat es garantiert gut, wenn er nicht nur mit mir, sondern auch meiner Schwester fertig werden musste.

»Wie wäre es, wenn wir erstmal einkaufen gehen und heute Abend Pizza machen? Ich habe gesehen im Außenbereich hinter dem Haus gibt es einen Pizzaofen«, schlug Drey vor und erntete zustimmende Laute von allen weiblichen Gästen. »Und heute Mittag könnten wir eine Runde zum Bowling gehen. Ich habe gesehen, sie haben in der Stadt eine ziemlich schicke Anlage.«

»Wieso willst du Pizza selbst machen? Jeder Lieferdienst hier könnte uns eine bringen und damit hätten wir weniger Arbeit«, wandte Lian ein und zog abschätzend die Nase kraus.

»Keine Pizza vom Lieferdienst schmeckt jemals so gut wie eine selbstgemachte«, hielt Holly dagegen und damit brach eine hitzige Diskussion über die Qualität von Pizza zwischen den beiden aus.

»Also ich finde den Vorschlag gar nicht so schlecht«, lenkte Williams ein und zog damit jegliche Aufmerksamkeit auf sich. »Außerdem haben wir den Pizzaofen hier noch nie genutzt. Wird doch echt mal Zeit.«

»Bowling klingt auch nach einem guten Plan. Ist mal was anderes«, stimmte Tyler zu meiner Verwunderung zu und innerhalb von Sekunden war Blondie mehr als nur überstimmt.

Mit einem resignierten Seufzen ließ er sich in die Kissen des cremefarbenen Sofas fallen. »Dahin ist die Faulenzerei. Was habe ich nur getan?«

KAPITEL 15

Livana

»Verdammt nochmal Blondie!«, rief ich genervt und schob energisch den Löffel mit Mehl, der sich der Schüssel vor mir bereits bedrohlich genähert hatte, zur Seite. Der weiße Pulverhaufen auf dem Edelstahl kam dabei in Schieflage und Lian verlor die Hälfte seiner Fracht auf der schiefergrauen Arbeitsplatte. Das hielt mich nicht davon ab, weiter mit dem gackernden Idioten zu schimpfen: »Hau endlich ab!«

Das Einkaufen hatte für meinen Geschmack viel zu lange gedauert, was schon allein daran gelegen hatte, dass wir Lennox und Lian davon abhalten mussten, den halben Laden in den Einkaufswagen zu packen. Seit wir zurück waren, hatten sich Jess, Tyler und Lennox vor die Konsole im Wohnzimmer verzogen, während wir anderen in die Küche verschwunden waren. Während sich Audrey und Holly um den Pizzateig für das Abendessen kümmerten, rührten Levin und ich die Zutaten für ofenfrische Cookies zusammen. Lians Rolle in diesem Raum war absolut nicht vorgesehen, doch er hatte es sich zur Aufgabe gemacht, uns allen auf die Nerven zu gehen und von den Zutaten immer noch ein kleines bisschen mehr in die Schüsseln zu geben.

»Man Shorty, jetzt hast du alles dreckig gemacht!«, beschwerte er sich und holte tiefe Luft. Ehe ich es verhindern konnte, pustete er mit aller Kraft die kleinen Mehlpartikel quer über die Kücheninsel. Vorwurfsvoll deutete er auf die Bescherung und trat mit nur vier Schritten um die Insel herum, wobei er den schneeähnlichen Belag mit schiefgelegtem Kopf musterte. »Da, schau dir das an!«

Okay, das reichte. Genug war einfach genug. Dieser Kerl strapazierte meine Nerven bereits seit Stunden und jetzt war ein Punkt erreicht, an dem mir die Sicherungen durchzubrennen drohten.

»Verschwinde sofort aus dieser Küche oder«, fieberhaft suchte ich nach einer geeigneten Drohung, um ihn endlich zum Verlassen des Raumes zu bewegen, doch Blondie zog nur herausfordernd die Augenbrauen nach oben und grinste breit. Reflexartig griff ich nach der Packung mit Mandeln. Sie war das Einzige in Reichweite, dass zu einem Wurf geeignet war. »Oder ich schwöre dir, ich werde dich mit dieser Packung nicht verfehlen!«

Aus dem Wohnzimmer drang lautes Jubeln durch die geöffnete Küchentür herein, doch ich ließ mich nicht ablenken und fokussierte Blondie mit festem Blick. Sollte er auch nur in die falsche Richtung zucken, würde ich mein Wurfgeschoss abfeuern. Und ich würde ihn nicht verfehlen.

»Pff, machst du sowieso nicht«, spottete Lian und ließ den Löffel auf die Arbeitsplatte fallen. Das restliche Mehl verteilte sich dabei nicht nur auf der Fläche, sondern fiel auch noch direkt vor ihm auf den Boden. »Holly, Drey, ich helfe lieber euch. Ihr seid einfach viel netter als Shorty.«

»Liv, nein!« Levins entsetzte Stimme erreichte mich eine Sekunde zu spät.

Mein Arm war bereits gehoben, die Plastikverpackung segelte durch die Luft und durch die Öffnung an der Oberseite regneten ganze zweihundert Gramm gemahlene Mandeln heraus. Sie verteilten sich auf der Arbeitsplatte, dem Boden und der Rest landete förmlich in Blondies Gesicht. Volltreffer.

»Die Mandeln sind schon offen«, seufzte Levin überflüssigerweise und schlug sich mit der Handfläche gegen die Stirn.

»Oh.« Mein Blick zuckte zu ihm, während Lian nicht sehr männlich zu quietschen begann. Wir gut, dass wir mehr Mandeln gekauft hatten als eigentlich nötig waren. »Diese Information wäre fünf Sekunden früher hilfreich gewesen.«

Mit einem schwachen, aber amüsierten Grinsen gab Williams zurück: »Kann ich doch nicht wissen, dass du sie tatsächlich wirfst.«

Ungläubig schüttelte er den Kopf, wobei sich ein paar der Mandelstücke aus seinem schwarzen Haar lösten und durch den Raum geschleudert wurden. Die Organe in meinem Körper zogen sich zusammen und mein Herz machte einen aufgeregten Satz. Er sah so unbeschreiblich attraktiv aus, wie er sich mit der Hand durch die Haare fuhr und dabei den Blick nicht von mir lies.

»Man Shorty, jetzt bin ich total vollgesaut!«, jammerte Lian und zog meine Aufmerksamkeit auf sich. Mit einem Augenrollen wollte ich seine Anmerkung abtun, doch er ließ mich überhaupt nicht zu Wort kommen, sondern ging direkt zum Angriff über. »Das wirst du bereuen!«

In der nächsten Sekunde hatte er sich die Mehlpackung geschnappt und hechtete um die Ecke der Kücheninsel herum.

»Holly! Achtung!«, rief Drey dazwischen und ich riss den Kopf zu ihnen herum.

Ihre Warnung kam zu spät und Blondie prallte frontal mit meiner Schwester zusammen. Die Mehlpackung explodierte zwischen ihnen und der restliche Inhalt verteilte sich über ihren Klamotten, Gesichtern und Haaren. Ihre verdutzten Gesichtsausdrücke ließen uns andere in schallendes Gelächter ausbrechen.

Mit der einen Hand hielt ich mir den Bauch, mit der anderen umklammerte ich Levins muskulösen Oberarm. Ohne seinen starken Körper würde ich zu Boden gehen und mich wie ein Wurm kringeln. Seine Haut war warm, doch das Prickeln auf meiner Haut wurde von unserem Lachen erstickt. Wir lehnten aneinander, während Drey hinter der Kücheninsel in der Hocke auf dem Boden saß und das Gesicht in ihren Händen verbarg.

Der Anblick der beiden bekleckerten Geister wie sie bedröppelt an sich selbst und dem gegenüber heruntersahen, war so herrlich, dass ich mir regelrecht die Lachtränen aus den Augen wischen musste.

»Na wartet!« In Hollys Stimme schwang ein amüsierter Unterton mit, doch bereits im nächsten Moment stürzte sie sich auf Audrey und warf sich mit ihr auf den Boden. Sie verteilte das Mehl auf meiner Freundin, die sich quietschend unter ihr wie eine Schlange wand. Ohne Erfolg. Es gab kein Entkommen. Das sah bei Levin und mir allerdings ganz anders aus. Lian hatte sich noch nicht einmal richtig in Bewegung gesetzt, da versuchten wir bereits, das Weite zu suchen und den anderen zurückzudrängen.

Man sollte meinen, die Villa wäre groß genug, doch wenn es darum ging, nicht von Blondie eingesaut zu werden, dann gab es gar nicht genug Raum, um sich nicht auf die Füße zu treten. Also endete es damit, dass Williams und ich in einer kleinen Rangelei um die Kücheninsel taumelten und dabei fast über die Barhocker auf der anderen Seite fielen. Lian nutzte die Gunst der Stunde und verpasste uns zusammen eine dicke Umarmung. Dabei wuschelte er nicht nur mir durch die Haare, sondern achtete freudestrahlend und laut lachend darauf, einen Abdruck seines Gesichts auf Levins schwarzem T-Shirt anzubringen.

Unser Kreischen, Lachen, Jaulen und Fluchen wurde von einer entsetzten Stimme aus Richtung der Tür unterbrochen. »Welche Puderdose ist denn bitte hier explodiert?« Lennox ragte im Türrahmen auf und an seiner Seite befanden sich meine beste Freundin und Tyler. Ihre Münder waren verblüfft geweitet und Lennox sah aus, als hätte er gerade nicht nur einen, sondern fünf Geister gesehen.

»Wollt ihr auch eine Umarmung?«, fragte Blondie breit grinsend und ließ endlich von uns ab. Mit ausgebreiteten Armen machte er einen Schritt in Richtung Tür, woraufhin die anderen einen großen Schritt zurückmachten. »Ganz sicher nicht!«

Schneller als wir bis drei zählen konnten, wurde die Tür geschlossen und Blondie ließ die Arme wieder sinken. Mit enttäuschtem Gesichtsausdruck drehte er sich zu uns herum. »Schade, aber ihr seht definitiv so aus, als könntet ihr noch eine kleine Verschönerung gebrauchen.«

Nur Sekunden später bewarfen wir uns gegenseitig mit dem Mehl und den Mandelstücken, die auf der Arbeitsplatte verteilt lagen.

»Strike!«, jubelte Holly und riss siegessicher die Arme in die Luft. Mit hüpfenden Schritten kam sie zurück zu unserem Tisch gelaufen und überließ einem ziemlich unzufrieden dreinblickenden Lennox das Feld.

Das harte Auftreffen der Bowlingkugeln auf den Bahnen um uns herum hallte in meinen Ohren wider. Wann immer die Pins am Ende von den Kugeln umgerissen wurden, ertönten entweder

Jubelrufe gepaart mit wildem Klatschen oder laute langgezogene Ohs und Ahs.

»Wow, du hast wirklich einen starken Wurf.« Tyler starrte konzentriert auf den Bildschirm über unserer Bahn und schüttelte beinahe ungläubig den Kopf. Die Spitzen seiner Tattoos lugten am Hals und den Handgelenken unter seinem Longsleeve hervor.

»Tja, ich kann es halt einfach.« Meine Schwester grinste ihn breit an und klopfte sich dann selbstzufrieden auf die Schulter. Leider log sie damit nicht einmal, denn sie hatte zu den meisten von uns einen ziemlich großen Vorsprung. Lediglich Lennox schwitzte bei seinen verbissenen Versuchen, meine Schwester tatsächlich zu übertrumpfen.

Mein Blick wurde von Levin abgelenkt, der direkt neben seinem Freund stand. Er hatte die Arme vor der Brust verschränkt, wodurch das dunkle T-Shirt sich um seinen Oberarm spannte. Seine breiten Schultern und die schmale Hüfte wurden durch diese Haltung noch weiter betont. Mein Herz klopfte automatisch schneller und in meinem Unterleib meldete sich ein heißes Prickeln. Absolut alles an ihm zog mich an.

Audrey beugte sich über die Lücke zwischen unseren Stühlen und hauchte mir ins Ohr: »Verdammt, Tyler sieht aus wie ein Schrank. Er ist sowas von heiß, oder?«

Jess' Kopf schob sich zwischen unsere und sie sagte leise mit einem amüsierten Unterton: »Glaubst du wirklich sie hätte Augen für Tyler, wenn Levin in Sichtweite ist?«

Ich warf meiner besten Freundin einen halbempörten Blick zu, aber sie hatte recht. Neben Lev verblasste jeder seiner Freunde. Mir wurde eine weitere Reaktion erspart, als Holly sich zu uns setzte und mir mit einem breiten Grinsen gegen die Schulter boxte. »Hast du das gesehen? Der absolut perfekte Strike!«

Nach einem letzten empörten Blick in Richtung meiner Freundinnen drehte ich mich zu Holly und schenkte ihr mein breitestes Grinsen. »Und wie ich das gesehen habe. Du bist echt der Wahnsinn. Ich frage mich, ob du heimlich geübt hast.« Gespielt prüfend musterte ich meine Schwester.

»Pff, das habe ich gar nicht nötig«, schnaufte Holly und warf sich das rötliche Haar über die Schulter. »Ich bin ein Naturtalent.«

»Na dann pass mal auf, du Naturtalent«, sagte Lian von der anderen Seite des schmalen Tisches. Energisch stellte er sein Glas Cola ab und erhob sich. »Der nächste wird mein Strike.«

Amüsiert grinste ich, während die anderen drei hinter vorgehaltenen Händen leise zu lachen begannen. Wenn jemand wirklich grottenschlecht im Bowling war, dann Blondie höchstpersönlich. Entweder landeten seine Kugeln direkt nach einem Meter in den Rinnen links und rechts neben der Bahn oder er traf maximal die äußersten Pins der Standardaufstellung. Das sorgte dafür, dass er bereits seit Runde 1 das Schlusslicht unserer Gruppe bildete. Auch wenn er versuchte, es sich nicht anmerken zu lassen, versuchte er stur seine Würfe zu verbessern. Bisher nicht gerade mit Erfolg.

»Wenn sie will, dass ihre Glückssträhne abreißt, sollte sie wirklich besser auf dich achten«, zog ich Blondie auf und streckte ihm die Zunge heraus.

Er rollte schnaufend mit den Augen und marschierte hoch erhobenen Hauptes zu den Kugeln. Wir blieben mit einem Kichern zurück und beobachteten, wie Lennox' zweite Bowlingkugel einen der beiden letzten Pins erwischte. Er schwanke und schwankte, meine Muskeln spannten sich augenblicklich erwartungsvoll an und ich beobachtete mit großen Augen, wie das weiße Teil förmlich in Zeitlupe zu kippen begann. Das Ministersöhnchen selbst hielt mitten in der Bewegung inne und Jess griff nach meiner Hand.

»Das wird ein Spare!« Ihre Worte kamen gepresst heraus, doch wir alle hatten sie gut verstanden. Es wurde mucksmäuschenstill an unserem Tisch, wir starrten nach vorn. Es war spannender als jeder Thriller zu sehen, wie der Pin sich weiter in Richtung des zweiten neigte. Dann erklang das vertraute dumpfe Geräusch, als der Pin auf der Bahn aufkam und zur Seite wegrollte.

Der letzte Pin stand unverändert und hoch aufgerichtet.

Kein Spare.

»Fuck!« Lennox fuhr zu uns herum und seine dunklen Augenbrauen waren verärgert zusammengezogen. Seine Nasenflügel bebten, als er sich schnaufend mir gegenüber auf den Stuhl fallen ließ und in seinen im leicht gedimmten Licht schwarz wirkenden Augen sah ich den Ehrgeiz blitzen. Er wollte gewinnen. Er wollte so unbedingt besser sein als meine Schwester, dass er sich darin verrannte.

»Versuch es mal mit weniger Druck«, schlug ich ihm also vor und schenkte ihm ein vorsichtiges Lächeln. Wenn man mir sagte, was ich zu tun hatte, führte das meistens zu keinem guten Ergebnis. Dazu war ich zu stur und verbohrte mich dann erst recht in der Sache. Ich konnte nur hoffen, dass Lennox da aus anderem Holz geschnitzt war.

Blondie gackerte wie ein Huhn los und ich warf ihm einen missbilligenden Blick zu. Am Ende der Bahn wurden die Pins gerade erst von der Maschine wieder aufgerichtet, was wiederum dafür sorgte, dass Lian sich mit all seiner Aufmerksamkeit uns zuwenden konnte. »Dass Nox Druck hat ist nicht verwunderlich. Der hat sich schon keinen mehr runtergeholt, seit ich auf seinem Sofa penne.«

Noch während mein Kopf diese Worte verarbeitete und sie langsam in meinen Verstand sickern ließ, schoss Lennox mit scharfem Blick in Richtung seines besten Freundes zurück: »Sorry, dass ich dabei nicht auf Gesellschaft stehe. Vor allem nicht auf deine.«

Seine Worte ließen Blondie noch lauter gackern und sein gesamter Körper zuckte dabei so heftig, dass er beinahe die Bowlingkugel fallen ließ. Das wiederum brachte mich zum Lachen. Hinter mir versuchten Levin und Tyler währenddessen ihr Lachen mit künstlichem Hüsteln zu verstecken, wobei einer von ihnen sich verschluckte und hustend an seinem eigenen Speichel zu ersticken drohte.

»Was stimmt denn bitte mit euch nicht?«, fragte Drey und ihr angewiderter Gesichtsausdruck verwandelte mein Lachen in haltloses Kichern. Ihre Frage ging jedoch in der von meiner Schwester unter: »Geh doch einfach ins Bad, wenn es dich stört.«

Wieso genau sprachen wir denn jetzt darüber? Wann war dieses Gespräch so außer Kontrolle geraten und wieso schien es niemanden so wirklich zu stören?

»Einen Porno kannst du dir auch da reinziehen«, stimmte Jess meiner Schwester zu und legte den Kopf leicht schief, während sich ein nachdenklicher Ausdruck auf ihrem Gesicht bildete. »Denk mal drüber nach.«

Mit fassungslosem Blick sah Lennox von einem zum anderen und schüttelte ungläubig den Kopf. »Diese Unterhaltung ist an dieser

Stelle sowas von beendet. Kümmert euch doch alle um euren eigenen Mist.«

Tyler lief um den Tisch herum und griff nach seiner Coke-Zero-Dose auf dem Tisch, ehe er seinem Kumpel auf die Schulter klopfte. »Nimm es nicht so schwer, Bro. Wie lieben dich schließlich trotzdem.«

Dem breiten Grinsen auf seinen schmalen Lippen gepaart mit dem leisen Lachen von Levin hinter mir und den Hühner-Geräuschen von Blondie nach wirkte es zwar nicht so, aber da würde ich mich definitiv nicht einmischen.

Um das Gespräch wieder in eine andere Richtung zu lenken, sagte ich lauter als nötig und mit definitiv zu viel Belustigung in der Stimme: »Also Blondie, dann zeig uns mal wie toll du bowlen kannst.«

KAPITEL 16

Livana

Die salzige Meerluft war erfüllt von dem Duft nach käsigen Nachos, süßem Popcorn und labbrigen Pommes. Das Rattern der Fahrgeschäfte mischte sich mit den vielen unterschiedlichen Songs, die blechern aus den Boxen tönten, und das freudige Kreischen von Kindern verschwamm mit dem Lachen der anderen Besucher zu einem undeutlichen Brei.

Wir saßen am oberen Ende einer langen Reihe aus Biertischgarnituren, schlürften Softdrinks und vertilgten Hotdogs, Burger und Pommes. Meiner Haut tat das ganze Fastfood, das ich in letzter Zeit zu mir nahm, absolut nicht gut. Von meiner Figur mal ganz zu schweigen. Meine Hosen ließen sich bereits schwerer schließen als noch vor vier Monaten und das konnte ich niemand gegenüber leugnen. Es würde nicht mehr lange dauern, bis meine Muskeln zu schwinden begannen und sich das Fettgewebe ausbreitete.

Bisher war mir mein Körper heilig und ich hatte ihn wie einen Tempel behandelt. Ich hatte bis auf wenige Ausnahmen immer auf meine Ernährung geachtet und durch das Training viel Sport getrieben. Nun waren wir bereits seit siebzehn Tagen zurück in London und ich hatte noch kein Fitnessstudio von innen gesehen. Mir fehlte die körperliche Auslastung. Aber mit meiner Schussverletzung war ich nicht mehr in der Lage, mein gewohntes Training fortzusetzen. Vielleicht sollte ich wenigstens wieder mit dem Joggen anfangen, um nicht all meine Kondition und Ausdauer einzubüßen.

Mein Blick glitt über die anderen und ich fragte mich, wie ich überhaupt hier gelandet war. Ich hatte keinen dieser Menschen gesucht und doch saßen wir hier, als wären wir eine normale

Freundesgruppe. Holly, Audrey und Lian steckten die Köpfe zusammen, während sie sich gegenseitig versuchten die Pommes aus den Pappschalen zu klauen. Das helle Lachen meiner jüngeren Schwester brachte mein Herz dazu, vor Freude zu hüpfen und Wärme erfüllte meinen Körper. Mein Blick schwenkte von ihr zu Levin, der mit Lennox und Tyler über irgendein neues Spiel oder Update auf der Konsole diskutierte.

Das Klopfen meines Herzens wurde unregelmäßig und ich ließ meine Augen länger als ich sollte auf ihm verweilen. Schwarze Haare, dunkelbraune Augen und Wimpern, für deren Länge jedes Mädchen töten würde. Er trug ein braunes Shirt und eine schwarze Lederjacke zu einer dunklen Jeans. Er sah aus wie immer und trotzdem wirkte er anders. Ich konnte es nicht erklären oder beschreiben, aber die Art wie sein Blick immer wieder in meine Richtung zuckte und doch nie auf mir zum Ruhen kam, war anders. Meine Haut begann zu kribbeln und die Wärme in meinem Körper verwandelte sich in prickelnde Unruhe.

»Auf einer Skala von eins bis zwölf, wie heiß findest du ihn tatsächlich?«, fragte Jess raunend und beugte sich näher zu mir, sodass die anderen unser Gespräch nicht belauschen konnten.

Es fiel mir schwerer als es sollte, den Blick von Levin zu lösen und meine Aufmerksamkeit auf meine beste Freundin zu richten. »Zwölf?«

»Das klang jetzt auch eher nach einer Frage als nach einer Antwort«, rügte Jess schmunzelnd und biss von ihrem Gemüseburger ab.

Um ehrlich zu sein, hatte ich mir bisher keine Gedanken darüber gemacht. Alle vier sahen mit ihren harten, muskulösen Körpern gut aus und man konnte sie auch nicht miteinander vergleichen. Aber ich hatte bisher nie über das Level auf einer Skala nachgedacht. Das war auch gar nicht nötig, denn mein Körper hatte von allein entschieden, dass mir Levin gefiel.

Mit wild klopfendem Herzen sah ich zu ihm, wobei mein Blick genau auf seinen traf. Ein schiefes Lächeln zuckte im nächsten Augenblick über sein Gesicht und ich erwiderte es mit geschürzten Lippen.

Verdammt, ich wollte diese Lippen auf meinen spüren. Seinem Körper auf der Party letzte Woche so nah zu sein hat mich beinahe um den Verstand gebracht. Ich konnte mich kaum zurückhalten, mich ihm nicht wie ein Häufchen Elend an den Hals zu werfen. Doch Fakt war, er könnte alles von mir verlangen und ich würde es tun, wenn ich dafür in seiner Nähe sein durfte. Das war, was mein Körper wollte.

»Meine Güte, ihr zwei seid echt schlimm. Aber auf eine niedliche Art«, schnaubte Jess leise und ich drehte den Kopf wieder zu ihr, um sie fragend anzusehen. »Ihr habt beide genau denselben sehnsuchtsvollen Blick. Ihr wollt beide mehr, aber keiner von euch macht den ersten Schritt.«

Erneut zuckte mein Blick zu Levin, dessen Aufmerksamkeit noch immer auf mir lag. Er hatte sich vollständig aus dem Gespräch mit Lennox und Tyler ausgeklinkt und schlürfte den Rest seiner Cola durch den schwarzen Strohhalm aus der Flasche, während er mich mit diesem winzigen Grinsen musterte. In seinen dunklen Augen brannte ein heißes Feuer, das augenblicklich auf mich überzugreifen schien und dafür sorgte, dass ich unruhig auf der Bierbank herumrutschte. Ich versuchte, das Kribbeln unter meiner Haut und das aufgeregte Springen meines Herzens zu ignorieren, die Watte aus meinem Kopf zu vertreiben und mich auf Jess' Worte zu konzentrieren. Die Worte *Sehnsuchtsvoller Blick* waren das Einzige, was davon in meinem Kopf hängengeblieben war. Ich hatte keine Ahnung, von welcher Sehnsucht meine beste Freundin sprach.

»Shorty, Jess, was haltet ihr von einem Besuch im Casino heute Abend?« Blondie riss mich aus meiner Beobachtung und sorgte dafür, dass wir unsere Aufmerksamkeit auf ihn richteten. »Wir könnten noch ein paar gutaussehende Begleitungen gebrauchen.«

Bei seinen Worten zog ich nur meine linke Augenbraue nach oben, wohingegen sich meine beste Freundin an ihren Pommes verschluckte und zu hüsteln begann. Langsam glitt mein Blick von Blondie zu meiner Schwester. Holly hob sofort abwehrend die Hände: »Drey und ich wollten einen Serienmarathon nach dem Essen starten. Außerdem bin ich sowieso nicht alt genug, um überhaupt reinzukommen.«

Audrey verzog entschuldigend das Gesicht, als ich den Blick über sie zu Jess gleiten ließ. Letztere zuckte nur mit den Schultern und damit lag die Entscheidung wohl bei mir. Bisher war ich noch nie in einem Casino gewesen und das Pokern hatte ich nur auf einer Party der Uni gelernt, aber grundsätzlich war ich nicht gänzlich gegen den Vorschlag abgeneigt. Allerdings wusste ich auch, dass der Dresscode in den richtigen Casinos durchaus etwas eleganter war und für so eine Aktivität waren wir absolut nicht vorbereitet.

»Wir haben nicht einmal die richtigen Klamotten dabei, um überhaupt durch die Eingangstür zu kommen«, brummte ich also halbherzig.

Blondie verdrehte die Augen und schnaubte: »Weil es hier in Brighton auch keine Läden gibt. Außerdem müssen wir uns auch neue Smokings besorgen.«

Smokings. Die vier Chaoten an diesem Tisch in Smokings? Verdammt, das würde auf gar keinen Fall gut ausgehen. Ich hatte eine verfluchte Schwäche für Männer in Anzügen und Smokings. Sie zogen mich genauso magisch an wie all die Übel auf dieser Welt.

»Klingt für mich ganz nach einem Shopping-Trip am Mittag, oder?« Drey wackelte mit den Augenbrauen und auch auf Hollys Gesicht breitete sich ein freudiges Grinsen aus, ehe sie sich anschloss: »Uh ja, lasst uns shoppen gehen!«

Ich warf meiner besten Freundin einen ergebenen Blick zu und sie versuchte gar nicht erst, ihr Lächeln zu verstecken. Also stimmte ich zu: »Na schön. Ich hoffe, ihr werdet es nicht bereuen.«

KAPITEL 17

Livana

»Verdammt, seht ihr beide heiß aus!« Holly klatschte begeistert in die Hände und strahlte uns mit dem breitesten Grinsen, das ich je auf ihren Lippen gesehen hatte, entgegen. »Und ihr seid sicher, dass ihr in ein Casino gehen wollt und wir nicht doch eher einen Bombenentschärfer benötigen?«

Jess lachte auf und blinzelte mich unter der Krempe ihres schwarzen Panama-Hutes an. Ihre geschwungenen Lippen wurden durch den dunkelroten Lippenstift betont und ihre hellen Augen stachen durch das verrucht dunkle Make-up, bei welchem Drey wirklich Wunder gewirkt hatte, deutlich aus den Schatten hervor.

»Hast du gehört? Wir sind *heiß*.« Meine beste Freundin griff nach meiner Hand und hob unsere Arme nach oben. Die weiten, halbdurchsichtigen Ärmel meines schwarzen Kleides rutschten dabei nach oben und nur der Gummibund, der kaum in die weiche Haut meiner Handgelenke schnitt, sorgte dafür, dass mein nackter Unterarm nicht entblößt wurde.

Schwungvoll drehte ich mich mit einem hellen Lachen mehrfach unter dem Arm meiner Freundin hindurch und schenkte ihr einen Luftkuss. Holly hatte meine dunkelbraunen Haare zu großen Locken gedreht und sie anschließend in fließende Wellen verwandelt. Jetzt glitten meine langen Haare über den oberen Teil meines Rückens, meine Schultern und die nackte Haut an meinem Dekolleté, welche der Trapezkragen des Kleides freiließ.

»Wow! Schärfer als die Polizei erlaubt.« Drey stieß ein Pfeifen aus, als sie die Treppe aus dem Erdgeschoss nach oben kam. Sie zückte ihr Smartphone, noch bevor sie die letzte Stufe erklommen hatte. »Lasst euch ablichten, ihr Granaten.«

Ich konnte meiner Freundin nur zustimmen. Jess trug einen schwarzen Anzug, der aus einer Lederhose mit hohem Bund und einem langen Jackett bestand. Das Reverse und die Klappen über den Taschen an ihrer Taille waren ebenfalls aus Leder. Sie trug eine weiße Bluse aus festem Baumwollstoff und eine Krawatte. Wenn jemand einen Hosenanzug tragen und damit auch noch schick aussehen konnte, dann war es meine beste Freundin.

Lachend posierten wir selbstsicher für Fotos, von denen Drey sicherlich Tausende machte, und alberten schließlich auch mit Holly vor der Linse herum.

Erst als die Tür des kleinen Cottage geöffnet wurde und Nox Stimme von unten zu uns nach oben drang, wurden wir wieder zurück in die Wirklichkeit katapultiert. »Abfahrt in fünf Minuten.«

»Als könnte ich nicht selbst fahren«, schnaufte ich und verdrehte die Augen, ehe ich in den hohen Stilettos zu dem Spiegel über der Kommode hinüberging. Mit einem letzten Blick prüfte ich den Sitz der zierlichen goldenen Kette um meinen schlanken Hals, mein Make-up und den Ausschnitt des Kleides. Ich hatte am Nachmittag mehrere Modelle anprobiert, doch die wenigsten von ihnen verbargen die hässliche Schussnarbe an meinem Oberkörper. Bisher war es einfach gewesen, diesen Makel meiner Haut vor sämtlichen Blicken zu verbergen. Ich hatte immer Pullover oder Shirts getragen und bei unserem Besuch im Club hatte ich dafür gesorgt, dass meine Haare die Narbe überdeckten.

»Liv, du siehst heiß aus. Es gibt keinen Grund, das zu überprüfen. Und jetzt komm, wir wollen unsere Begleiter doch nicht länger als nötig warten lassen«, sagte Jess und winkte mir durch die Spiegelung zu. Sie rückte den Hut auf ihrem Kopf gerade, wobei sich ihre schulterlangen Haare leicht bewegten.

Ich straffte die Schultern und schob das eng anliegende Kleid an der Hüfte wieder ein Stück nach unten. Es ging mir nicht ganz bis zur Mitte meiner Oberschenkel, war allerdings gerade noch lang genug, um mich nicht billig aussehen zu lassen. In einer fließenden Bewegung strich ich von meiner Taille über meine Hüfte und grinste meine Freundinnen dann an.

»Wenn ihr nicht das gesamte Casino in Brand setzt, wundert es mich auch«, sagte Holly und ich schenkte ihr einen schmatzenden Luftkuss, während ich leise lachend mit den Wimpern klimperte.

In meinem Körper wurde es kribbelig warm, als mein Blick über meine Freundinnen wanderte. Sie alle hatten einen ganz besonderen Platz in meinem Herzen, obwohl weder sie noch ich es darauf angelegt hatten. Wir hatten uns gefunden in dieser großen Welt und schuld daran waren ein Haufen Zufälle.

Es war nicht so, als wäre ich irgendjemandem aus dem Untergrund dankbar für das, was passiert war. Taurus hatte mich auf so vielen Ebenen versucht zu brechen und zu zerstören. Ich war alles, aber ganz sicher nicht dankbar. Wäre ich jedoch nicht zu diesem Doppelleben und allem, was damit verbunden war, gezwungen worden, wäre ich nicht nach London geflohen und hätte Jess und Audrey niemals kennengelernt. Und das hier war eine Freundschaft, die ich schätzte.

»Also dann, lass uns Spaß haben.« Ich zwinkerte Jess mit einem verschmitzten Grinsen zu und wir verabschiedeten uns von den anderen, ehe wir die Treppen nach unten stiegen. Ich war absolut bereit, jemanden fertig zu machen.

Gemeinsam verließen wir das Cottage und ich griff nach Jess' Hand, als wir die wenigen Treppenstufen nach unten stiegen. Die Jungs standen im Kreis auf dem asphaltierten Hof des Anwesens und ihre leisen Stimmen drangen zu uns herüber. Beim Klang meiner Stilettos drehten sie sich zu uns herum. Die Sonne war bereits untergegangen, doch es war gerade noch hell genug, um auch ohne künstliches Licht die Gesichtsausdrücke unserer Begleiter zu erkennen.

Blondie klappte der Kiefer nach unten und Nox' Augen weiteten sich so sehr, dass sie drohten aus seinem Schädel zu kugeln. Tyler pfiff leise durch die Zähne und Levin zog scharf die Luft ein, als sein Blick über meinen Körper glitt und dabei meine nackten Beine begutachtete.

Mein Herzschlag beschleunigte sich, als seine dunklen Augen sich mit einem brennenden Funkeln auf mein Gesicht richteten. Mein Bewusstsein blendete alle anderen aus und zurück blieben nur wir beide. Ein Schmunzeln schob sich auf meine Lippen und ich zwinkerte ihm verschmitzt zu. Ein Kribbeln breitete sich wie ein Lauffeuer in meinem Körper aus und ich spürte, wie sich meine Mitte zusammenzog.

»Verdammt«, gab Lennox von sich und zog das Reverse seines dunkelgrau-karierten Anzuges gerade. »Ich wusste gar nicht, dass Anzüge an Frauen so gut aussehen können.«

Seine Worte durchbrachen den Bann zwischen Levin und mir. Mit einem übertriebenen Augenaufschlag sah ich zu meiner besten Freundin, die mich mit glitzernden Augen anstrahlte. Das hier war genau das Richtige für ihre Ohren.

Ich ließ meinen Blick über die Jungs gleiten und gab mit einem Augenzwinkern zurück: »Ihr seht auch nicht gerade schlecht aus.«

Und das war nicht einmal gelogen. Mit Ausnahme von Nox trugen sie alle schwarze Anzüge, die ihre breiten Schultern betonten. Ihre ebenfalls dunklen Schuhe glänzten im schwachen Schein der schmiedeeisernen Laternen, welche um den Hof platziert waren und nur schwache Helligkeit spendeten.

Meine Finger kribbelten erwartungsvoll, als wir das Casino betraten und eine prickelnde Nervosität überflutete meinen Körper. Ich hatte mich bei Levin untergehakt und glitt trotz meiner hohen Stilettos mit fließenden Schritten die Treppenstufen nach oben.

Die Türsteher hatten uns die Türen geöffnet und dabei höflich die Köpfe geneigt. Wir wurden nicht einmal mit einem zweiten strengen Blick bedacht oder nach unseren Ausweisen gefragt. Kleidung machte einfach Menschen.

Hinter mir hörte ich Jess und Lian leise miteinander sprechen. Meine beste Freundin hatte sich bei Nox untergehakt, der ihr bereits - ganz der Gentleman - aus seinem Wagen geholfen hatte.

Wir erreichten den mit samtrotem Teppich ausgelegten Absatz, von wo aus sich die Treppe in zwei Flügel geteilt auf der linken und rechten Seite noch ein weiteres Stockwerk nach oben schraubte. Nox schob sich mit Jess am Arm geschmeidig an uns vorbei und hielt zielstrebig auf die große Flügeltür gegenüber der Treppenstufen zu.

»Chapman mit Begleitung. Wir stehen auf der Liste«, sagte er in kühlem, aber dennoch freundlichem Ton zu dem Angestellten. Der graue Sakko hob sich von seiner ebenholzdunklen Haut ab, doch ich musste zugeben, dass helle Anzüge wohl genau für Nox hergestellt wurden. Ich konnte mir an niemand anderem ein solches Kleidungsstück vorstellen.

Der Mann hinter dem schmalen Tresen senkte den Blick, seine mit weißen Samthandschuhen bedeckten Finger huschten über das Display eines Tablets und weniger als fünf Sekunden später nickte er mit einem freundlichen Lächeln.

»Natürlich, Mister Chapman.« Seine Stimme war tief und rau, erinnerte mehr an einen Seemann und passte so gar nicht zu dem glattgelegten Seitenscheitel. »Der Mindesteinstieg liegt heute bei 10.000 Pfund. Sie können sich die Chips an der Kasse abholen. Ich wünsche einen angenehmen Abend.«

Er öffnete die Flügeltür in den oberen Salon und schenkte jedem von uns ein betont höfliches Lächeln, als wir ihn passierten. Wir traten über die Türschwelle und verließen damit die reale Welt.

Das Licht war gedimmt und die einzelnen Spieltische wurden lediglich von helleren Lampen direkt darüber in den Fokus gestellt. Die Einrichtung war trotz ihres modernen Designs in dunklen Holztönen, rotem Samt und schwarzem Stahl gehalten. Die Wand gegenüber von uns ermöglichte durch die Verglasung einen perfekten Blick über das schwarze Meer. Es verschmolz immer mehr mit dem durch die Nacht dunkler werdenden Himmel. Die Fensterwand zu unserer Rechten gab den Blick auf die blinkenden Lichter der Bars und Restaurants an der Promenade frei. Stimmengewirr vermischte sich mit dem Fallen von Würfeln, Rascheln von Spielkarten und Klackern von Spielrädern. Plastikchips klimperten aneinander, als sie über die Tische geschoben wurden und ihre Besitzer wechselten. Von der Bar tönte das Klirren von Eiswürfeln in hochwertigen Gläsern und Cocktailshakern herüber.

Ich atmete tief das schwere Parfüm und After Shave der hochrangigen Gäste ein. Die Gerüche vermischten sich mit dem Duft nach überteuertem Whiskey, Scotch und Champagner.

Hoffentlich servierten sie hier auch einen guten Piña Colada, sonst würde der Abend ziemlich trocken für mich ausfallen. Mit Champagner konnte man mich regelrecht jagen und von Whiskey und Scotch hielt ich auch absolut nichts.

Meine Schritte passten sich automatisch den sanften Jazz-Klängen der Hintergrundmusik an, während wir direkt auf die Kasse der Casinoebene zuhielten. Jess und ich überließen den anderen den Vortritt, ehe wir gemeinsam an den Schalter traten.

Durch eine dicke Panzerglasscheibe blinzelte uns ein schlanker, großgewachsener Mann entgegen. Er war kaum älter als wir, trug eine dunkle Brille auf der spitzen Nase und hatte die unerwartet vollen Lippen geschürzt. Sie passten nicht zu dem länglichen und schmalen Gesicht, verliehen ihm damit jedoch ein außergewöhnliches Aussehen.

»Die Damen«, begrüßte er uns gleichzeitig, als ein überraschter Laut von Blondie hinter uns erklang.

Ich schenkte dem Kassenwart ein überaus freundliches Lächeln und sagte: »Zweimal 10.000 in mittelgroßen Chips.«

Anschließend drehte ich den Kopf und sah unsere Begleite über die Schulter an. Ich schenkte ihnen mein breitestes Grinsen und genoss ihre überraschten Gesichtsausdrücke zwei tiefe Atemzüge lang. Mit honigsüßer Stimme zwitscherte ich: »Dachtet ihr wir kommen nur als eure Begleitung mit? Ich bitte euch, wie leichtgläubig.«

»Zieht euch lieber warm an«, kommentierte meine beste Freundin und während ich ein Bündel mit 100 Pfundnoten aus der Handtasche zog, zückte Jess ein identisches Bündel aus der Innentasche ihres langen Blazers.

Wir tauschten das Geld gegen die Chips und zwangen unsere Begleiter dazu, uns einen Drink an der Bar zu spendieren. Mit einem Tonic Water, zur Schande des luxuriösen Casinos wurde hier kein Piña Colada ausgeschenkt, bewaffnet, mischten wir uns unter die anderen Gäste. Die Damen trugen lange und kurze Roben in schillernden sowie gedeckten Farben, die Männer Anzüge und Smokings zumeist in dunklen Tönen gehalten. Sie alle hatten allerdings eines gemeinsam. Jeder von Ihnen war mindestens zwanzig Jahre älter, womit unsere kleine Gruppe den Altersdurchschnitt deutlich senkte. Gleichzeitig sicherten wir uns damit auch die abschätzenden Blicke der weiblichen Gäste und überheblichen Blicke der Herren. Oh ja, es wurde Zeit, dass wir den Laden etwas aufmischten und ihnen zeigten, dass man uns nicht unterschätzen sollte.

Tyler schob sich mit Jess und Lennox in Richtung der Black Jack-Tische, während Lian bei einem der drei Roulette-Tische zum Stehen kam. Bei Levin untergehakt bewegte ich mich langsam weiter durch die Spieltische. Beinahe alle Plätze waren voll besetzt und soweit ich überblicken konnte ausschließlich von den männlichen Gästen. Die Frauen waren wohl wirklich nur zur Begleitung und Ergänzung der Dekoration hier.

»Und du bist dir sicher, dass du selbst spielen willst?«, raunte Levin fragend und löste meinen Arm sanft von seinem. Eine unnatürliche Kälte überfiel mich, doch sie verflüchtigte sich sofort, als er mir den Arm stattdessen um die Taille legte.

Mit einem übertriebenen Augenaufschlag sah ich zu ihm nach oben und schenkte ihm mein unschuldigstes Lächeln, das ich in den Tiefen meines verdorbenen Selbst finden konnte. »Absolut. Wird Zeit, dass die alten Männer jemand in ihre Schranken weist und den Frauen jemand zeigt, dass wir mehr als ein hübsches Vorzeigeobjekt sind.«

Ein amüsiertes Lächeln schob sich auf Levins volle Lippen. »Ich denke, da hast du heute wirklich gute Karten.«

Nachdem wir uns einen Überblick über die angebotenen Spiele und Gäste gemacht hatten, fanden wir uns hinter Lian beim Roulette wieder. Gespielt wurde an einem klassischen Doppeltisch, bei dem sich zur linken wie zur rechten Seite des Roulettekessels ein Einsatzfeld befand. Wir platzierten uns hinter Lian und lugten über seine Schulter.

»Bitte, das Spiel zu machen.« Der Croupier sprach die traditionellen Worte in einem ruhigen Tenor aus und nahm nacheinander die Jetons der Spieler entgegen, um sie auf den genannten Einsatzfeldern zu platzieren.

»Carré 23 bis 27«, bestellte Blondie und schob einen schwarzen Chip im Wert von einhundert Pfund von sich. Bei einem Sieg würde Lian das einen Auszahlungsbetrag von 8:1 bringen. 800 Pfund, zusätzlich zu seinen gesetzten 100 Pfund waren kein schlechter Gewinn, allerdings musste die Kugel dazu auch in einem der entsprechenden Felder landen.

Der Croupier zog den glatten Jeton mit einem leisen Schaben über das Tableau, bis er im richtigen Feld lag. Ehe der bereits ergraute, etwas stämmig gebaute Mann in dunkelroter Weste sich an den nächsten Spieler wenden konnte, glitt Levin auf den freien Platz neben Lian. Ohne mit der Wimper zu zucken, rasselte der Angestellte des Casinos herunter: »Minimum einhundert, Maximum fünfhundert.«

Okay, offensichtlich war der Abend noch nicht weit genug fortgeschritten, um das eingesetzte Spielmaximum abzuschaffen. Ich würde mir also noch etwas Zeit lassen, bevor ich mich einmischte und schließlich hoffentlich um einige Hunderter reicher das Gebäude verlassen würde.

»Transversale 19 bis 21«, bestellte Levin und schob ebenfalls einen schwarzen Chip von sich. Er war riskanter als Blondie, doch bei einer Auszahlung würde es ihm im Verhältnis 11:1 einen größeren Gewinn bringen.

Nachdem alle Spieler ihre Wetten platziert hatten, wurde die helle Kugel nach Aufforderung der beiden Croupiers entgegen der Drehrichtung in den zylinderförmigen Roulettekessel geworfen. Die Kugel klackerte auf dem Holz und sprang lebhaft über die kleinen Unebenheiten.

Blondie hielt gespannt die Luft an, während Levin scheinbar völlig unberührt an seinem Scotch nippte. Schon seit wir das Gebäude betreten hatten, trug er eine absolut ruhige Maske, die lediglich von Zeit zu Zeit von einem Lächeln in meine Richtung durchbrochen wurde.

Mir war es schleierhaft, wie man sein Geld freiwillig beim Roulette ausgeben konnte. Es war ein reines Glücksspiel und die Kugel durch nichts zu beeinflussen. Beim Pokern hatte man durch das Lesen der Mitspieler wenigstens die Chance auf einen Sieg. Hier jedoch musste man sich absolut auf die Gunst von irgendeiner griechischen Gottheit verlassen.

Der Kessel wurde langsamer, die Kugel rutschte immer weiter nach unten und schließlich sprach der Croupier die wettabschließenden Worte »Nichts geht mehr« aus.

Es dauerte nicht mehr lang und die Kugel kam im Feld mit der schwarzen Zwanzig zum Ruhen.

»Verdammt«, zischte Lian und ich tätschelte ihm nur halb mitleidig die Schulter, während die Siegesnummer verkündet wurde und Levin sich über einen kleinen Berg weiterer Jetons freuen konnte.

Wir blieben noch einige weitere Runden am Tisch, wobei die beiden unterschiedlich hohe Beträge verloren und gewannen. Ich tippte als Glücksfee für jeden von ihnen, hatte dabei jedoch nur mäßigen Erfolg. Gemeinsam hielten wir beim Black Jack an und trafen einige Stunden später am Poker-Tisch wieder auf die anderen.

Mit einem feinen Lächeln saß Jess Tyler gegenüber und wir beobachteten, wie die Spieler ihre Blätter ablegten. Der Brünette entschied sich für den Ausstieg und schob seine Handkarten verdeckt auf den Tisch von sich. Jess gewann nach den *Texas Holdem*-Regeln mit einem Full House, bei dem sie die beiden Könige und die Neuner-Karte auf dem Tisch mit einem dritten König und einer zweiten Neuner-Karte von ihrer Hand ergänzte. Nox gesellte sich zu uns, während wir schweigend die weiteren Wettrunden des Pokerspiels beobachteten, bis es schließlich zum Showdown kam, und meine beste Freundin einem Mann mit tiefen Falten um die Augen herum erlag.

Nach dem Sieg des Mannes mit amerikanischem Akzent löste sich die Runde auf und teilweise wurden die frei gewordenen Plätze von neuen Spielern besetzt. Tyler erhob sich und platzierte sich neben Lian, während Levin sich auf den Sessel schob. Lennox ergatterte die Sitzgelegenheit am Tischkopf, direkt gegenüber des Croupiers. Innerhalb weniger Minuten war noch lediglich ein Sessel frei, der sich zwischen Jess und einem fremden Mann in schwarzem Nadelstreifen-Anzug befand. Ehe mir jemand zuvorkommen konnte, griff ich beherzt nach der Stuhllehne und zog daran.

Meine Handlung sicherte mir die Aufmerksamkeit der Männer am Tisch und als ich mich auf den Stuhl gleiten ließ, schenkte Jess mir ein verschlagenes Grinsen. Von den männlichen Mitspielern erntete ich überraschte Blicke und erwiderte jeden von ihnen mit einem feines Lächeln. »Versuchen wir doch mal unser Glück.«

Sollten sie mich alle ruhig für ein hübsches und dümmliches Accessoire halten. Mir war durchaus bewusst, dass mich keiner der fremden Mitspieler als ernsthafte Bedrohung sah. Dazu wirkte ich in meinem Kleid und den hohen Schuhen zu liebreizend. Ich entsprach zu sehr dem Klischee der Vorzeige-Frau, ganz im Gegensatz zu Jess, die in ihrem Hosenanzug von vornherein eine durchaus ernstzunehmende Ausstrahlung hatte. Mir kam das ganz gelegen. Es war immer besser, unterschätzt zu werden, um dann mit einem Paukenschlag sein Ziel zu erreichen. Und ich wollte gewinnen. Nur deshalb war ich heute hier.

»Gespielt wird ab jetzt ohne Limit«, sagte der Croupier nach einem Blick auf seine Armbanduhr und mischte die Pokerkarten. Nachdem wir alle unser Einverständnis mit einem Nicken gegeben hatte, wurden die ersten offenen Karten verteilt, um den Dealer zu bestimmen. Mit einem roten Herz-König ging der *Dealer button* an einen der Männer neben Levin. Nachdem mit dem *small blind* und *big blind* der Mindest- und Höchsteinsatz für die erste Runde gesetzt wurde, wurden die Karten erneut gemischt.

Stumm dankte ich den veralteten Ansichten der Männer und beobachtete, wie der Croupier die Starthand ausgab. Zwei umgedrehte Karten für jeden von uns. Ich wollte gewinnen und eine gute Partie *Texas Holdem* kam mir dazu gerade recht.

Runde um Runde spielten wir. Eins bis vier, eins bis vier, eins bis vier. Die Jetons im Pot vermehrten sich, Mitspieler zogen mit oder stiegen aus. Ich hielt mich wacker, verlor gelegentlich etwas Geld und ertrug die mitleidigen Blicke der älteren Herren, nur um dann in der nächsten Runde wieder mitzumischen und mit scheinbar neuer Hoffnung erneut mein Glück zu versuchen. Es war unfair, den Anschein zu erwecken, nicht wirklich zu verstehen, was am Tisch vor sich ging. Doch es ging mir nicht darum, die Kleinbeträge für mich zu gewinnen, ich wollte ganz am Ende den großen Pot nach Hause bringen. *Ohne Limit*, das war mein Ziel.

Und dann war es schließlich soweit. Es waren nur noch drei von uns im Spiel. Jess war bereits in der vorherigen Runde ausgestiegen, womit sie sämtliche Chips verspielt hatte. Lennox hatte bereits früher aufgegeben und den mickrigen Rest seiner bunten Jetons in der Hosentasche vergraben. Nun stand er gemeinsam mit Tyler und Blondie in angemessenem Abstand zum Poker Tisch hinter der Linie und beobachtete das Spiel.

Auf dem Tisch lag die Kreuz-Zehn, die Pik-Zehn, der Kreuz-Bube, der Kreuz-König und das Herz-Ass. Ich warf einen Blick auf meine beiden Handkarten und mein Herz setzte für einen Schlag aus. Es kostete mich die größte Mühe, keine Regung zu zeigen und das Pokerface wie eine eiserne Maske zu behalten. Kreuz-Königin und Kreuz-Ass. Ich hatte ein verdammtes Royal Flush auf der Hand. Die höchste Kartenkombination, um zu gewinnen. Und natürlich auch die, mit der wenigstens Wahrscheinlichkeit. Verdammt, ich wollte jubeln und tanzen. Ich wollte feiern und meinen Sieg hinausbrüllen. Denn mit diesen Handkarten war genau dieser mir sicher. Doch dafür war später noch Zeit.

Mit ausdrucksloser Miene legte ich die Karten wieder verdeckt ab und ließ den Blick scheinbar gelangweilt über den Tisch gleiten. Bisher hatte ich mich darum bemüht, wenigstens gelegentlich eine scheinbar verräterische Reaktion auf meinem Gesicht zu zeigen, doch jetzt ging es um alles oder nichts. Sieg oder Niederlage. Jetzt durfte ich mir keinen Fehler erlauben, um niemanden auf meine gute Hand aufmerksam zu machen.

»Ich bin raus.« Levin schob die Karten von sich und lehnte sich auf dem Stuhl zurück. Seine Augen glitten über den Pot zu mir, suchten in meinem Gesicht nach einer Reaktion, die mich oder meine Hand verriet.

Ich gab sie ihm nicht, blickte ihm nur ausdruckslos entgegen und musste ein Lächeln unterdrücken, als ein Funke tief in seinen Augen aufglomm. Er sah heiß aus, wie er mit geöffnetem Hemdkragen lässig im Stuhl lehnte, die Fliege hing ihm locker um den Nacken. Entspannt schwenkte er sein Whiskeyglas in der Hand.

»All in«, sagte der Mann zwei Plätze neben Levin und schob sämtliche Jetons in die Richtung des Pots.

Damit richtete sich alle Aufmerksamkeit auf mich. Mein Herz pochte so laut, dass ich es in meinen Ohren dröhnen hörte, während das Blut von Adrenalin getrieben durch meine Adern rauschte. Ich konnte das leise Flüstern der Zuschauer hören, spürte Levins brennenden Blick auf meiner Haut und versuchte, die Finger meiner linken Hand vom Zittern abzuhalten.

Ich wusste, dass ich nicht verlieren konnte. Nicht mit einem Royal Flush. Und sollte der unwahrscheinliche Fall eintreten und der andere Mitspieler hatte ebenfalls die sagenumwobene höchste Hand, würde mir immer noch die Hälfte des Pots zugesprochen werden. Mit Verlust würde ich heute also nicht nach Hause gehen.

Trotzdem waren meine Nerven zum Zerreißen gespannt und summten wie Stromleitungen munter in meinem Körper.

Das hier, dieser Moment kurz vor der Offenbarung war ähnlich, wie vor einem Kampf im Untergrund. Ich wusste, was ich konnte und was ich hatte. Dennoch war da diese prickelnde Nervosität, die alles andere zu überlagern drohte.

»All in«, stimmte ich zu und schob die Chips in die Mitte.

Damit war alles gesagt und der Croupier forderte meinen Gegenspieler auf, seine Handkarten aufzudecken. Er drehte die beiden Kunststoffkarten herum und präsentierte die Karo-Zehn und Herz-Zehn.

»Vierling«, verkündete der Croupier, ehe sich seine Augen auf mich richtete.

Mein Herz stolperte für einen Moment, dann ließ ich das siegessichere Lächeln auf meinem Gesicht erscheinen und griff nach den Karten. Während ich sie herumdrehte, ließ ich mich auf dem Stuhl nach hinten sinken.

Ein Raunen durchbrach das Murmeln der Zuschauer und ich freute mich nahezu diebisch über Jess' scharfes Einatmen und Levins untertellergroße Augen. Unwahrscheinlich, aber nicht unmöglich. Mein unbestrittener Sieg.

»Royal Flush schlägt Vierling«, verkündete der Croupier. »Die Dame gewinnt.«

KAPITEL 18

Livana

Meine Lunge brannte und ich konnte zwischenzeitlich alles unterhalb meiner Knie kaum mehr spüren. Der kühle Wind strich über mein Gesicht und biss sich an der erhitzten Haut an meinen Wangen fest. Obwohl mir der Schweiß über den Nacken lief und die lange Sportkleidung bereits an meinem gesamten Körper klebte, fühlte ich mich so energiegeladen und glücklich wie schon lange nicht mehr.

Wir waren von Soho an der Themse entlang gejoggt, hatten den St. James's und Green Park durchquert, bis wir im Hyde Park angekommen waren. Die Strecke von etwas mehr als drei Meilen war eigentlich keine große Sache, doch ich war längst nicht mehr so gut in Form. Das mussten auch Blondie und Levin gespürt haben, denn beide hatten ihr Tempo zwischenzeitlich meinem angepasst. Tyler und Nox dagegen joggten immer mehrere Meter vor uns und mussten die Wartezeiten regelmäßig mit Dehnübungen überbrücken.

Blut rauschte in meinen Ohren und ich spürte, wie ich meine körperliche Grenze erreichte. Es war dumm gewesen zu glauben, ich könnte mit den Jungs mithalten und jetzt hatte ich den Salat. Mich geschlagen zu geben, kam nicht in Frage. Das würde mich schwach aussehen lassen. Und das war wiederum das Letzte, was ich wollte.

»Mach dir nichts draus, Shorty.« Tröstend stieß mich Lian mit dem Ellbogen an. »Du kommst schon wieder zurück zu deiner alten Form.«

Fest biss ich die Zähne zusammen, sodass mein Kiefer zu schmerzen begann. Ich wollte nichts lieber als ihm sagen, dass ich überhaupt nicht zu einer *alten Form* zurückkehren musste, aber das war schlichtweg eine Lüge. Also versuchte ich, den Mund zu halten und nicht biestig zu werden. Blondie machte es mir heute allerdings nicht einfach, denn er sorgte mit jedem einzelnen betont fröhlichen Kommentar dafür, dass ich wütender wurde. Wütender auf mich selbst, weil ich mich so hatte gehen lassen.

Stur starrte ich auf den Weg vor uns und zwang mich zum Weiterzulaufen, auch wenn meine Knie unter mir nachzugeben drohten. Wie ich die Treppe ins Apartment später wieder nach oben kommen sollte, war eindeutig ein Problem für mein zukünftiges Ich.

Mit meinem eisernen Schweigen schaffte ich es, dass Lian irgendwann an Tempo zulegte und zu den anderen beiden joggte. Levin hielt zum Glück einfach den Mund und kommentierte meine schlaffen Schritte nicht weiter, was ich ihm mehr als hoch anrechnete. Die Stille zwischen uns, lediglich gefüllt durch den Großstadtlärm, war genau das Richtige für mich. So konnte ich meinen Atem an den von Levin anpassen und mich vollkommen darauf konzentrieren.

Wir blieben nicht lange allein, denn Lennox ließ sich innerhalb weniger Sekunden zu uns zurückfallen und nahm Blondies Platz zu meiner Linken ein. Ich wusste, was sie taten. Ich wusste es, weil sie alles andere als subtil dabei vorgingen. Es war wie immer, wenn wir in London unterwegs waren. Egal ob wir zum Einkaufen gingen oder in ein Restaurant. Sie gaben sich wirklich größte Mühe, mich oder auch Holly abzuschirmen. Es waren kleine Gesten, die mein Herz vor Freude und Dankbarkeit höher schlagen ließen. Dennoch sagte mir mein Kopf, dass das nicht nötig war. Nicht bei mir. Denn ich war nicht hilflos. Ich brauchte keine Ritter, die mich retteten oder beschützten. Ich war schon immer die Heldin meiner eigenen Geschichte und konnte auf mich selbst aufpassen.

Levin ließ sich zurückfallen und ein Blick über die Schulter zeigte mir, dass er den Schnürsenkel seines rechten Laufschuhs nachzog.

»Wenn du irgendwann bereit bist über Russland zu sprechen, dann bin ich da.« Nox raue Stimme drang schnaufend an mein Ohr und ich warf ihm einen überraschten Blick zu.

Er war mir zwar nie feindselig gegenüber getreten, zumindest nicht ernsthaft. Aber ich hatte bisher auch nicht gerade den Eindruck, dass er mir in irgendeiner Form hinterherlief. Er akzeptierte meine Anwesenheit, aber eine tiefere Bindung hatten wir nicht zueinander. Es war nicht wie bei Lian, der sich regelrecht aufdrängte und den man irgendwann auch gegen seinen eigenen Willen ins Herz schloss.

»Jetzt schau nicht so«, fügte er hinzu. »Ich weiß nicht was genau da gelaufen ist und was du in den Wochen dort erlebt hast, aber mir hat die kurze Zeit gereicht, um zu kapieren, dass auch dort schmutzige Spielchen gespielt werden. Ich will nur ...« Er unterbrach sich selbst, räusperte sich und nahm sich zwei Atemzüge Zeit, um über seine Worte nachzudenken. »Was ich damit sagen will: Wenn irgendetwas passiert ist über das du reden willst, dann bin ich für dich da.«

Er schenkte mir ein beinahe unscheinbares Lächeln, bei dem seine Mundwinkel für den Bruchteil einer Sekunde nach oben zuckten. In seinen beinahe schwarzen Augen stand dabei reine Ehrlichkeit und dieser kurze Moment reichte deshalb aus, um mir einen Blick hinter seine Fassade zu gewähren. Ein warmes Gefühl breitete sich in meiner Brust aus und noch während ich begriff, dass es sich dabei um Sicherheit und Geborgenheit handelte, tauchte Levin wieder neben uns auf.

Ich würde nicht so weit gehen und sagen, dass er den Moment damit zerstörte, doch als hätten wir etwas Verbotenes getan, wandten Nox und ich uns augenblicklich voneinander ab und konzentrierten uns wieder auf den Weg vor uns.

Als wir das Wohngebäude in Soho wieder erreichten. War mir speiübel vor Anstrengung und ich ließ freiwillig den anderen den Vortritt. Sie sprangen fit wie ein Turnschuh die Treppe nach oben, während ich durch möglichst tiefes Atmen versuchte, die Übelkeit zu überwinden. Nur Levin blieb bei mir am unteren Ende der Treppe stehen, musterte mich schweigend und schwer atmend aus seinen ruhigen haselnussbraunen Augen.

»Was?« Ich quetschte die knappe Frage zwischen zweimaligem nach Luft schnappen heraus und hielt mir direkt danach die linken Rippen, in denen ich die Atemnot in Form von unnachgiebigem Ziehen spürte.

Mein Blick glitt von Levin zu den schmalen Treppenstufen und ich fragte mich, ob das Ding vorhin ebenfalls so steil gewesen war.

Ich wusste wirklich nicht, wie ich es nach oben schaffen sollte, denn ohne ein Sauerstoffzelt schaffte ich es nicht einmal den ersten halben Absatz nach oben.

Levin holte tief Luft und lenkte meine Aufmerksamkeit damit wieder auf sich. »Das ist jetzt vermutlich echt ein blöder Moment, aber jetzt wo wir allein sind, wollte ich dich etwas fragen.«

Auffordernd hob ich eine Augenbraue, denn um auch nur ein einziges Wort über die Lippen zu bringen, fehlte mir wirklich die Luft. Außerdem begannen meine Knie, sich wie Wackelpudding anzufühlen und ich griff nach dem Treppengeländer, um mir selbst damit mehr Sicherheit zu geben. Es würde mir vermutlich nicht viel helfen wenn ich zusammenklappte, weil meine Beine mich tatsächlich nicht mehr trugen, aber zumindest gab das Geländer mir ein besseres Gefühl.

»Würdest du ...«, er unterbrach sich selbst, fuhr sich aufgewühlt durch die tiefschwarzen Haare und zerzauste sie dabei noch mehr als der unerbittliche Wind draußen. »Würdest du mit mir auf ein Date gehen?«

Mein schwerfällig stolperndes Herz setzte einen Schlag aus und ich würde all mein Geld darauf verwetten, dass ich bei seinen Worten vor und zurück schwankte. In meinem Kopf war plötzlich nichts mehr außer Watte und ich schaffte es nicht, durch die neblige Masse auch nur einen klaren Gedanken zu fassen. Da war nur diese Frage. Diese eine Frage.

Ich blinzelte und glotzte erstarrt wie eine Statue zu ihm auf, sah den schwachen Hoffnungsschimmer in seinen Augen blitzen und seinen Adamsapfel beim Schlucken auf und ab hüpfen. Heiße Freude floss prickelnd durch meinen Körper und mein Herz schlug noch schneller als zuvor in meiner Brust, während meine Mundwinkel nach oben sprangen. »Ja.«

Als würde ihm ein Stein von der Seele fallen, stieß Levin die Luft auf und ich realisierte erst da, dass er sie angehalten hatte. Ein schiefes Grinsen zeigte sich auf seinem Gesicht und er trat näher zu mir heran. »Gut, dann schlage ich Freitagnachmittag vor.«

Zustimmend nickte ich und mir war dabei völlig egal, ob ich bereits eine andere Verabredung hatte oder nicht. Denn egal was es war, ich würde es absagen. Für ihn.

»Gut«, sagte Levin wieder, wobei sich das schiefe Grinsen etwas verbreiterte und ehe ich reagieren konnte, griff er nach mir und hob mich wie eine Feder hoch. »Und jetzt bringe ich dich hoch.«

Wie selbstverständlich stieg er mit mir die Treppenstufen nach oben und ich genehmigte es mir selbst, meinen Kopf an seiner Brust abzulegen, während ich mir seiner Arme an meinem Rücken und meinen Kniekehlen nur zu gut bewusst war. Sein Herz schlug ebenso schnell wie meins direkt an meinem Ohr und obwohl ich noch immer damit beschäftigt war, wieder zu Atem zu kommen, nahm ich seinen Geruch wahr. Holzig gemischt mit einer feinen Note Schweiß und einem winzigen Hauch von frischer Minze. Wie betäubt schloss ich die Augen und genoss das Schaukeln meines Körpers.

KAPITEL 19

Livana

Mein Magen gab ein wütendes Knurren von sich, während ich den Duft von frisch gebratenem Fleisch, Mais und Paprika einatmete. Holly nahm einen großen Schluck von ihrer Cola Zero, während Audrey neben ihr eine Gabel und ein Messer aus dem halbhohen Blechkübel in der Tischmitte angelte. Die Einrichtung des Restaurants war mit der halbhohen dunklen Mahagoni-Vertäfelung, den warmen gelb-orangenen Wandfarben und den dunklen Holzmöbeln urig und gemütlich. Die Dekoration an den Wänden war gemischt aus Sombrero-Hüten und Stiergeweihen, die einem das Gefühl gaben, von London nach Mexiko gereist zu sein. Aus den in der Decke integrierten Musikboxen tönte die dazu passende Musik und vervollständigte das Bild.

»Ich glaube ich sterbe, wenn wir nicht bald etwas zu essen bekommen«, seufzte Jess und hielt sich mit einer Hand den Bauch. Als hätte mein Magen nur auf diesen Satz gewartet, machte er sich dieses Mal ziemlich laut brummelnd bemerkbar, was mir drei schiefe Blick sicherte.

Wortlos zuckte ich mit den Schultern, bevor ich mit spitzem Finger auf das Besteck vor Drey deutete. »Willst du deine Tacos damit essen?«

Fragend senkte meine Freundin den Blick. »Ja?« Ihre Antwort klang mehr wie eine Frage, was meiner Schwester ein Kichern entlockte. »Was denn?«

»Tacos isst man mit der Hand«, klärten Holly und ich gleichzeitig.

»Ach wirklich?« Überrascht hob Audrey die Augenbrauen und wir vertieften uns für die nächsten Minuten in eine Unterhaltung über den Mexiko-Urlaub, den wir mit unseren Eltern vor einigen Jahren gemacht hatten.

Schließlich tauchte der Kellner wieder an unserem Tisch auf und stellte die vollen Teller zwischen uns ab. Noch bevor er sich vollständig von uns abwenden konnte, stürzten wir uns wie ausgehungerte Tiere bereits auf die Tacos.

»Wow, ist das lecker!«, seufzte Jess und vergrub ihre Zähne gleich ein zweites Mal in ihrem Hühnchen-Taco. Als ich ihr einen Blick zuwarf sah ich, wie sich ihre Augen schwindelerregend schnell verdrehten und sie dann die Lider schloss, um den Geschmack voll auszukosten. Ihre Nasenflügel bebten, als sie tief einatmete und dabei all die Aromen in sich aufnahm.

»Ich habe euch doch gesagt, wenn man gute Tacos möchte, dann nur hier. Auf Violas Worte kann man sich verlassen.« Drey grinste breit über ihren Taco zu uns herüber. Sie hatte sich für eine der vegetarischen Varianten mit Guacamole entschieden. Leise setzte sie hinterher: »Zumindest, wenn es ums Essen geht.«

Sie hatte uns erst vorhin erzählt, wie wenig sie den toxischen Freund ihrer älteren Schwester mochte und wie sehr sie es hasste, dass ihre Schwester einfach nicht erkannte, wie schlecht ihr diese Beziehung tat.

Schweigend biss ich in meinen Hackfleisch-Taco und gab mir dabei Mühe, weder die Kidney-Bohnen noch den Mais zu verlieren. Der Geschmack von angedünsteten Zwiebeln, Paprika und Tomaten vermischt mit Kreuzkümmel und Oregano breitete sich auf meiner Zunge aus und sorgte dafür, dass mir der Speichel in der Mundhöhle zusammenlief.

Wir vier hatten den Nachmittag ungeplant in der Stadt verbracht. Nachdem bei Jess eine Vorlesung ausfiel und Audrey mit ihrer Hausarbeit schneller als erwartet vorankam, hatten wir gemeinsam ein paar Läden abgeklappert und uns völlig überteuerte Getränke in einem Café genehmigt. Dabei hatten wir festgestellt, dass wir überhaupt keine klassische Jugendsünde begangen hatten.

Diese Erkenntnis ließ uns am späten Nachmittag in einem kleinen Tattoo-Studio stranden, wo Holly und ich uns spontan ein gemeinsames Tattoo stechen ließen. In schwarzen gradlinigen Buchstaben zierte nun der wellenförmig gewundene Schriftzug ›always and forever‹ in Großbuchstaben unsere Körper. Ich hatte mich für eine Stelle auf meiner linken Seite direkt auf meinen unteren Rippen entschieden, während meine Schwester die drei Worte auf der Innenseite ihres Unterarms direkt unterhalb der Ellenbogenbeuge präsentieren konnte. Und weil es damit nicht genug sein konnte, trugen Jess, Drey und ich nun jeweils ein kleines Herz an der Innenseite unserer Beine, direkt neben dem Knöchel.

»Was hältst du eigentlich davon, wenn wir ein oder zweimal pro Woche zusammen Joggen gehen, Livi?«, fragte Drey und sprach damit ein Thema an, über das wir uns bereits gestern per SMS unterhalten hatten.

Nach meiner Auszeit in Russland und der Erholungsphase wegen der Schussverletzung war ich etwas eingerostet, was die Ausdauer anging. Und ich würde eher nicht nochmal mit den Jungs joggen gehen und mich vor ihnen ein zweites Mal völlig blamieren. Außerdem waren mir die Blicke der Passanten deutlich zu auffällig gewesen. Zwischen den vier gut gebauten und trainierten Kerlen musste ich nicht nur wie ein Zwerg, sondern auch wie ein zu beschützendes Objekt ausgesehen haben. Das brachte natürlich Aufmerksamkeit mit sich und wenn ich etwas gar nicht gebrauchen konnte, dann waren das zu viele Augen, die auf mich gerichtet waren. Ich wollte unter dem Radar bleiben und unter keinen Umständen wollte ich Alex Huston oder sonst jemanden von Taurus auf mich aufmerksam machen. London war kein sicheres Pflaster für uns, doch es fühlte sich auch nicht richtig an, zu verschwinden. Es fühlte sich an, als wäre meine Aufgabe hier noch nicht erledigt. Oder vielleicht kam es mir auch nur so vor, weil ich mich endlich angekommen fühlte. Weil ich Freunde gefunden hatte und Menschen, die mich wirklich zu akzeptieren schienen. Denen ich kein lästiger Klotz am Bein war oder die mich nur wegen meiner Siegesquote toll fanden.

Ich gab ein zustimmendes Brummen gepaart mit einem Nicken von mir.

»Wieso bist du heute eigentlich so still?«, fragte Holly und stieß mir unter dem Tisch gegen das Schienbein. »Mir ist das heute Morgen schon beim Frühstück aufgefallen, aber da habe ich es noch auf deine Müdigkeit geschoben. Zwischenzeitlich bin ich mir da aber nicht mehr so sicher.«

Ich wusste selbst, dass ich heute eher in mich gekehrt war, deshalb konnte ich meiner Schwester diesbezüglich auch nicht widersprechen. Allerdings wusste ich auch nicht, wie ich ansprechen sollte, was mich seit gestern tief im Herzen beschäftigte und mir auch heute den gesamten Tag wie ein Parasit im Kopf saß.

»Stimmt, jetzt wo du es sagst. Was ist los?«, wollte nun auch Jess wissen und sah mich mit zusammengezogenen Brauen aus sorgenvollen Augen an.

Mit einem tiefen Seufzen stieß ich die Luft aus und lehnte mich auf der mit schwarzem Leder bezogenen Bank zurück. Im Restaurant war es voll und das Stimmengewirr vermischte sich mit der fröhlichen Musik, die aus den Boxen drang. Keiner würde auf die Gespräche achten, die wir in dieser Sitzgruppe führten. Doch ich war mir nicht sicher, ob ich bereit war, über das Gefühlschaos in meinem Inneren zu sprechen.

Für den Bruchteil einer Sekunde schloss ich die Augen und als ich sie wieder öffnete, war ich nicht mehr im *Joe's Mexican Food*, sondern hechtete eine Treppe in einem alten, halb verfallenen Haus nach oben. Feuer erhitzte meine Haut und der dichte Rauch machte mir das Atmen schwer. Flammen griffen nach meinem Körper, doch ich wich ihnen aus. Dann sah ich ihn. Sein rotes Haar war vom Staub und der Asche verfärbt und Schweiß benetzte sein Haut, ebenso wie meine. Das gelb-orangefarbene Licht des Feuers spiegelte sich darauf. Seine hellen Augen waren angsterfüllt. Ich wusste, was gleich passierte. Diese Erinnerung sorgte noch immer dafür, dass ich regelmäßig aus dem Schlaf nach oben schreckte und vor Schuldgefühlen die restliche Nacht nicht mehr schlafen konnte. Ich hatte ihn getötet. Meinen Freund. Und wofür? Für Walentin, für Ricky, für den Untergrund, für Taurus. Für alles, an das ich heute nicht mehr glaubte und vor dem ich davon lief.

Energisch schluckte ich den dicken Kloß in meinem Hals herunter und blinzelte mehrmals, um den Film vor meinem inneren Auge zu beenden.

Wir hätten eine Zukunft haben können – vielleicht, wenn wir zusammen fortgegangen wären. Vielleicht wären wir zusammen nach

London gekommen, hätten uns hier ein Leben aufgebaut. Unsere Ersparnisse waren großzügig und wir hätten uns damit gut über Wasser halten können. Wir hätten ein Leben gehabt. Ein gemeinsames Leben.

Doch er war tot und ich lebendig. Es gab keine Zukunft für uns. Nicht in diesem Leben, nicht in dieser Realität. Vielleicht an einem anderen Ort zu einer anderen Zeit. Vielleicht würden wir uns eines Tages wiedersehen und glücklich sein. Doch jetzt sollte es nicht sein.

Es war so unfair, dass ich hier war und er nicht. Es war unfair, dass ich eine zweite Chance bekam und er nicht. Vielleicht hätte er das Feuer ebenso überlebt wie ich. Dann hätte er entkommen können. Doch ich hatte auf ihn geschossen, wie die treue Soldatin, die ich damals gewesen war. Ein Werkzeug von Taurus. Gehorsam, unnachgiebig und blind. Natürlich wusste ich, was ich tat. Den Abzug zu drücken war mir nicht leicht gefallen. Doch ich hatte es getan, weil es mein Auftrag gewesen war.

Ich hatte nicht das Recht glücklich zu sein. Das war ich schon viel zu lange. Mit Jess, Drey und auch Holly. Ja sogar mit Blondie, Nox, Levin und Tyler. Ich war glücklich, konnte lachen und leben. Aber das war nicht fair. Nicht, wenn Juls tot war. Und deshalb konnte ich mit Levin auch auf kein Date gehen. Nein, ich musste das Date absagen. Ich musste einen Weg finden, das zu beenden was im Begriff war zu beginnen.

Am meisten hasste ich in dieser Sekunde, dass ich es überhaupt so weit hatte kommen lassen. Ich hätte mir mehr Mühe geben müssen, die Jungs auf Abstand zu halten. Ich hätte niemals hier in London Kontakte knüpfen oder gar Freundschaften eingehen dürfen. Schon seit ich hier war, entglitten mir die Fäden immer mehr. Ich hatte mich Treiben lassen und das war falsch. Es musste aufhören. Sofort.

Was das bedeutete, war mir bewusst. Ich musste von hier verschwinden.

Mit einem tiefen Seufzen musterte ich Holly, Drey und Jess der Reihe nach. Sie sahen mich erwartungsvoll und zugleich mit liebevoller Sorge in den Augen an. Mein Herz brach bei ihrem Anblick in tausend kleine Teile, während sich die Muskeln in meinem Körper verkrampften und ich mich fragte, womit ich sie und ihre Freundschaft verdient hatte.

Nein, ich konnte nicht wieder verschwinden. Nicht, wenn es hieß, Jess und Drey zurückzulassen. Mein Herz verkrampfte sich schon allein bei dem Gedanken daran, dies zu tun.

Ich war kein guter Mensch und das würde ich mit all dem Schmutz in meiner Vergangenheit auch niemals sein. Aber vielleicht konnte ich doch neu anfangen. Hier in London, wo ich Freunde gefunden hatte. Menschen, denen ich etwas bedeutete.

»Levin hat mich um ein Date gebeten«, platzte es aus mir heraus und noch während die drei diese Information verarbeiteten, schob ich hinterher: »Und ich habe völlig überrumpelt zugesagt.«

Stille. Für genau fünf Sekunden herrschte absolute Stille an unserem Tisch, bevor Drey ein verzücktes Quietschen ausstieß und Jess siegessicher in die Hände klatschte. »Ich wusste es!«, jubelte sie. »Ich wusste, dass er dich fragen wird.«

Meine Schwester beschränkte sich auf ein Grinsen, welches das Strahlen der Sonne um mindestens tausend Watt überstieg. Und das war mir definitiv die liebste Reaktion auf diese Offenbarung.

Die Last auf meinen Schultern wurde ein kleines bisschen leichter und meine verkrampften Muskeln lockerten sich wieder etwas. Ich rollte die Schultern nach hinten, richtete mich auf und öffnete den Spalt zu den eingeschlossenen Gefühlen tief in meinem Herzen ein kleines bisschen.

Prickelnde Freude strömte durch meine Adern und sie war so unbändig, dass sie beinahe die schwere Eisentür, hinter welcher sie eingesperrt war, einriss. Es war nicht okay, dass ich mich über die Einladung zu diesem Date freute, aber ich tat es dennoch. Weil Levin in mir all diese kribbelnden und kochenden Gefühle auslöste. Weil ich eine Sucht danach entwickelte und mehr davon wollte. Weil dieses Date ein kleines Zeichen dafür war, dass es ihm ähnlich zu gehen schien. Diese Anziehungskraft zwischen uns drohte, mich um den Verstand zu bringen. Das Date war wie ein Licht, auf das ich mit großen Schritten zu eilen wollte.

»Was macht ihr? Und was ziehst du an?«, wollte Drey aufgeregt wissen, während Jess fragte: »Wie hat er es gemacht?«

»Du tust gerade so, als hätte er mir einen Antrag gemacht«, spottete ich und warf Jess ein schelmisches Grinsen zu, bevor ich Audrey in die dunklen Augen sah und antwortete:»Jeans und Shirt?« Empört schnaufte Drey auf.»Du kannst doch nicht nur in Jeans und Shirt da auftauchen? Livi das sind Alltagsklamotten!«

Ich konnte zwar nicht verstehen, wieso das ein Problem war, aber von uns dreien war zweifelsohne sie diejenige mit dem größten Gespür für Mode. Ihre Worte hatten also sicherlich ihre Berechtigung.

Mein Herz schlug ein kleines bisschen schneller, als der Strom von Glücksgefühlen es erreichte. Es war die richtige Entscheidung, ihnen davon zu erzählen und diesen Moment mit ihnen zu teilen.

»Aber um ehrlich zu sein bin ich nicht sicher, ob es eine gute Idee ist«, gestand ich kleinlaut, ehe Audrey ihren Vortrag über das geeignete Outfit ausweiten konnte.»Vielleicht sollte ich das Ganze auch einfach abblasen.«

Vor meinem inneren Auge blitzte Juls rötlicher Haarschopf auf. Ich sah uns beim gemeinsamen Mittagessen, Lerndates und natürlich beim Training. Er war der Einzige, der jemals mit mir mithalten konnte. Wir hatten so viel Spaß miteinander und es war niemals langweilig. Ganz im Gegenteil. Wir hatten uns oft kleine Rätsel füreinander einfallen lassen oder Nachrichten codiert, die es dann zu lösen oder zu entschlüsseln galt. Mein Magen rumorte und ich setzte den Rest meines ersten Tacos auf dem Teller ab, um nach meinem Glas zu greifen. Ich hatte nicht das Recht diese Art von Glück zu empfinden oder zu erleben.

»Spinnst du?« Empört blinzelte Drey und auch Holly zog fragend eine Augenbraue nach oben. Deutlich ruhiger fragte meine Schwester:»Wieso das denn? Ich dachte, du findest ihn heiß?«

Seufzend zuckte ich mit den Schultern und lehnte mich wieder auf der Sitzbank zurück.»Ich weiß nicht. Es ist ... schwierig zu erklären.« Meine Worte zum Ende hin waren nur noch ein vages Brummen, doch die drei verstanden mich auch über die rhythmischen Klänge der fröhlichen Musik und das Klappern des Geschirrs hinweg.

»Ist es tatsächlich so schwierig?«, fragte Jess und legte mir mitfühlend eine Hand auf den Unterarm.»Oder machst du es nur so schwierig?«

Möglicherweise lag sie richtig. Vielleicht machte ich die Wahrheit größer, als sie eigentlich war.

»Himmel Livi, sprich mit uns.« Audrey zog sorgenvoll die Augenbrauen zusammen und blinzelte mich aus ihren dunklen Augen an.

Ich biss mir auf die Lippe, zögerte weiterhin. Sie würden es sicherlich verstehen, wenn ich es ihnen sagte. Doch die ganze Wahrheit rund um Juls konnte ich nicht aussprechen. Audrey wusste noch immer nicht, wer ich eigentlich war, kannte noch immer nicht meine Herkunft und vor allem wusste sie nicht über das Monster Bescheid, das ich tief in mir vergaben hatte. Nein, ich konnte nicht einfach so mit der gesamten Wahrheit herausrücken und ihnen erzählen, was damals passiert war. Bevor ich nicht den Mut gefunden hatte Drey zu erzählen, dass Livana Price lediglich ein Deckmantel war unter dem ich lebte und ich eigentlich Livana Benett oder eben auch Pandora war, konnte ich nicht über die Wahrheit von Juls Tod ... von einer Ermordung sprechen. Ich rechnete es Audrey hoch an, dass sie nie nachbohrte, warum ich damals so plötzlich verschwunden war. Warum sie mich nie bedrängte, ihr zu erzählen warum ich wieder zurückgekehrt war. Sie akzeptierte es einfach und ließ mir den Raum, den ich mit diesen dunklen Geheimnissen brauchte.

»Ist es wegen diesem Jungen damals?« Holly hatte die Stirn nachdenklich in Falten gelegt und musterte mich mit Adleraugen.

Mein Herzschlag stolperte, setzte unregelmäßig wieder ein und ich schaffte es kaum, nicht vor Überraschung die Augen aufzureißen. Ich hatte Juls nie offiziell als meinen Freund vorgestellt. Unsere Eltern waren ziemlich streng, was den Kontakt mit Mitschülern und Freunden anging. Sie hätten mir niemals erlaubt, einen Freund zu haben. Sie hielten Juls für einen guten Freund, was das einzige Level war, das sie akzeptierten. Deshalb stellten sie auch keine Nachfragen, als er plötzlich verschwand.

Meine Schwester erfasste jede noch so winzige Regung in meinem Gesicht und offenbar hatte ich mich verraten, denn Erkenntnis blitzte in ihren Augen auf: »Ich habe Recht.«

»Woher weißt du davon?«, fragte ich und kniff die Augen zu schmalen Schlitzen zusammen. Im Gegensatz zu vielen anderen Pärchen hatten wir uns immer ziemlich unauffällig verhalten, sodass man uns nicht gerade eine Beziehung angesehen hatte. Wir waren nicht der Typ für romantisches Händchenhalten oder knutschen in der Öffentlichkeit.

»Ich bin doch nicht blöd, Livi«, schnaufte Holly und klang so, als hätte ich sie aufs Schlimmste beleidigt.

Für einen winzigen Moment zog sich mein Herz schmerzhaft zusammen. Juls hatte mich immer so genannt. Zwischenzeitlich hatte ich mich zwar daran gewöhnt, dass auch die anderen mich so nannten, und reagierte nicht mehr äußerst empfindlich darauf. Aber die Art, wie Holly meinen Namen aussprach, war der von ihm so ähnlich, dass sich sein Gesicht wie eine Maske über ihres legte. Sanft und liebevoll. So hatte nur er ihn ausgesprochen. »Keine normale Freundschaft hätte dich in diesen Monaten so strahlen lassen können wie die Liebe. Es ist vielleicht Mom und Dad nicht aufgefallen, aber mir schon. Ich war nur respektvoll genug, dich nicht darauf anzusprechen. Außerdem hast du dir irgendwann tagelang die Augen ausgeweint und später habe ich dieses besondere Leuchten nicht mehr bei dir gesehen. Ich habe gedacht, er hätte Schluss gemacht.«

Verdammt, wieso unterschätzte ich sie immer? Meine Schwester war eine wirklich gute Beobachterin. Still hielt sie sich im Hintergrund und saugte dabei alle Eindrücke wie ein Schwamm auf.

»Nicht ganz«, seufzte ich und senkte den Blick auf meinen Teller. Mir war der Appetit vergangen und ich hatte absolut keine Lust mehr auf den restlichen Taco. Meine Stimme war brüchig und rau, als ich weitersprach: »Juls ... so war sein Name. Er war meine erste Liebe und dann ... ist er ... gestorben. Er ist gestorben ... und hat einen kleinen Teil meiner selbst mit sich genommen.«

Stille senkte sich über uns und selbst die Hintergrundgeräusche des Restaurants wurden in meinen Ohren gedämpft. Mir drehte es bei meinen eigenen Worten den Magen um, sodass mir der zerkaute Taco beinahe wieder in der Speiseröhre nach oben stieg.

»Oh Livana, das tut mir unendlich leid.« Jess griff nach meiner Hand und drückte sie fest, während ich weiterhin auf meinen Teller starrte und versuchte, die Tränen hinter meinen Augenlidern zurückzuhalten. Auch nach all der Zeit tat es weh, daran zu denken. Nach all der Zeit fühlte es sich an, als wäre es gestern erst geschehen. Ich hatte nicht erwartet, dass es sich noch immer so frisch anfühlen würde.

»Es ...«, ich schluckte schwer, musste erst die Kraft und den Mut finden, weiterzusprechen, »war meine Schuld.«

Meine Schultern sackten nach unten, als das Gewicht meiner Worte, meines Gewissens sie nach unten drückten. Ich war ein grausamer Mensch. Ich hatte jemanden den ich liebte getötet. Für etwas, an das ich heute nicht mehr glaubte. Für eine Organisation des Verbrechens, der ich damals absolut hörig war. Ich hatte den Befehl nicht hinterfragt, auch wenn er mir das Herz gebrochen hatte. Welcher Mensch tat so etwas?

»Nein, das kann ich mir nicht vorstellen!« Drey klang so, als wäre sie der tiefsten Überzeugung, ich könnte niemandem etwas zu leide tun. Wie falsch sie doch damit lag.

Es fiel mir schwer, den Blick zu heben und in ihr weiches Gesicht zu sehen. Ihre Rehaugen blickten mir mitfühlend entgegen und als sie die Tränen in meinen Augenwinkeln bemerkte, bildeten sich innerhalb von Sekunden auch welche in ihren. Sie war ein aufrichtiger und mitfühlender Mensch. Sie hatte mich nie belogen oder betrogen. Und was tat ich? Ich schaffte es nicht einmal, ihr die Wahrheit über mich selbst zu erzählen. Wie sollte ich ihr also von Juls erzählen?

»Doch«, erwiderte ich dennoch und ließ den Blick zu Holly gleiten, ehe ich Jess ansah. Beide sahen mich ebenso mitfühlend an, doch sie kannten die Wahrheit über mich und ahnten vermutlich, dass in meinen Worten deutlich mehr Wahrheit steckte, als man auf den ersten Blick erkennen konnte. »Wir haben beide Fehler gemacht und er hat den Preis dafür bezahlt.«

Ich hätte in diesem Feuer sterben sollen. Ich hätte meinen Überlebensinstinkt überwinden und in den Flammen zu Asche verbrennen müssen. Dann hätte mich dasselbe Schicksal ereilt und ich müsste nicht mit dem Wissen leben, dass ich meinen besten Freund, meinen Partner, hingerichtet hatte. Es geschah mir recht, dass er mich in meinen Träumen verfolgte und mich an meine Taten erinnerte.

»Es ist nicht fair, dass er nicht mehr hier ist und ich mit jemand anderem auf ein Date gehe.« Grob fuhr ich mir selbst mit den

Händen durch die Haare und zog an den langen Strähnen. »Es ist nicht fair, dass ich lebe und er nicht.«

Jess schluckte laut neben mir und zog damit meinen Blick auf sich. Ihre strahlend blauen Augen waren von Wärme erfüllt und sie griff erneut nach meiner Hand, um sie mit beiden Händen zu drücken. »Es ist okay zu leben, wenn es andere nicht mehr tun. Es ist okay, zu lachen und glücklich zu sein. Wir haben alle unsere Päckchen zu tragen, haben alle eine Vergangenheit. Die einen haben es vielleicht schwerer als die andere, aber wir alle haben dennoch das Recht im Hier und Jetzt glücklich zu sein.«

Bekräftigend nickte Holly und Drey schloss ihre Worte direkt denen meiner besten Freundin an: »Du magst ihn geliebt haben, aber wäre die Situation umgekehrt, würde auch er weitermachen. Ich kann mir nicht vorstellen, dass er dir kein neues Glück gönnen würde. Du hättest ihm doch auch nur das Beste für die Zukunft gewünscht. Warum also sollte es bei ihm anders sein?«

Weil er tot war und mir gar nichts mehr wünschen konnte. Aber Drey traf mit ihren Worten diesen einen Punkt. Ich würde nicht wollen, dass Juls für mich verzichtete.

»Was fühlst du, wenn du an Levin denkst?«, wollte meine Schwester wissen und schob ihren Fuß unter dem Tisch direkt neben meinen, sodass sich unsere Unterschenkel berührten. »Und vergleich es mit dem, was du für ihn empfunden hast. Denkst du, er würde dich für den Rest deines Lebens trauern sehen wollen? Denkst du nicht, dass er dir eine neue Liebe wünschen würde? Jemanden, der diese Gefühle wieder in dir auslöst? Er mag deine erste Liebe gewesen sein, aber war er auch deine wahre Liebe?«

Lev löste in mir so viele Gefühle aus, dass es mir schwerfiel, sie alle zu bezeichnen. Da waren die prickelnde Freude, die kribbelnde Aufregung, die flammende Lust, die glühende Hitze und so viel mehr. Es war überwältigend, berauschend, einnehmend. Es war so viel, manchmal zu viel von allem. Es war mehr, als ich verkraften konnte. Und es war der Grund dafür, dass sich mein Gehirn verabschiedete, weil jegliche Synapsen unter diesen Gefühlen zuerst heiß liefen und anschließend versagten. Und Juls? Für ihn hatte ich ähnlich empfunden, doch es war nie so intensiv gewesen. Es war nie *zu*

viel gewesen. Es war gerade genug gewesen, um mich der Verliebt-
heit zu bezeichnen.

Wann war Holly nur so erwachsen geworden, dass sie mir diese
Fragen stellen konnte? Ich hatte keine Ahnung, aber sie hatte damit
voll ins Schwarze getroffen. Es war mir nicht möglich, Juls jemals
zu vergessen, aber vielleicht hatte ich ein kleines bisschen Freude in
meinem Leben verdient.

»Vielleicht habt ihr Recht«, lenkte ich ein und seufzte erneut viel
zu tief. »Es wird mich nicht umbringen, zu diesem Date zu gehen.
Was uns zurück zum eigentlichen Thema bringt: Was zieht man zu
einem Date an?«

KAPITEL 20

Livana

Von: Levin
Empfangen: 12:16
Zieh etwas an, worin du dich gut bewegen kannst.

Von: Levin
Empfangen: 12:16
Und etwas, das dreckig werden kann.

Die Nachrichten von Levin leuchteten mir von dem Display meines Handys entgegen und brachten mich dazu, ratlos auf den von Klamotten übersäten Boden zu starren. Den Rock, den ich gestern unter strenger Aufsicht von Drey in der Stadt gekauft hatte, konnte ich nach diesen Nachrichten nicht mehr anziehen. Er lag an meinem Hintern und den Oberschenkeln so eng an, dass ich damit gerade genug Beinfreiheit für normalgroße Schritte hatte. Mal ganz davon abgesehen, dass er gefährlich kurz war.

Nun saß ich also im Schneidersitz auf Blondies Bett und starrte auf die Reisetaschen, Koffer und das Chaos zwischendrin. In meinem Kopf tickte eine imaginäre Uhr so laut, dass sie mich beinahe um den Verstand brachte. Obwohl ich gefragt hatte, was denn der Plan für den Nachmittag alias unser Date war, hatte Levin es mir nicht verraten und jetzt wusste ich nicht, was ich anziehen sollte.

Ein Klopfen durchdrang die Stille im Raum und eine halbe Sekunde später schob sich Blondie höchstpersönlich ins Zimmer. Von unten hörte ich die Geräusche des Fernsehers, auf dem sich Holly und

Nox den neuesten Action-Film mit Ryan Reynolds in der Hauptrolle ansahen.

»Hier sieht es ja fast genauso schlimm aus, wie wenn nur ich das Zimmer bewohne«, kommentierte Lian trocken und stiefelte ungerührt direkt über die Kleidungsstücke auf dem Boden. Ich machte mir nicht die Mühe, ihn dafür zurecht zu weisen, sondern verdrehte nur die Augen.

Das hier würde sowieso auf Dauer nicht funktionieren. Für mich war es zwar kein Problem, mir das Bett mit meiner Schwester zu teilen, aber es verging kaum ein Tag, an dem Blondie nicht wegen irgendwelcher Schmerzen im Körper herum jammerte, die zweifelsohne von dem harten und unbequemen Sofa in Nox' Zimmer kamen. Ich sollte dringend nach einer anderen Unterkunft für uns suchen. Sie sollte nicht so zentral wie Soho liegen, möglicherweise etwas außerhalb der Stadt und vor allem in einer Gegend, in der sich nicht gerade die Anhänger von Taurus herumtrieben. Und sie sollte bezahlbar sein.

»Du bist ja noch nicht mal annähernd fertig.« Mit schiefgelegtem Kopf blinzelte Blondie zu mir herüber, während er sich auf dem Schreibtischstuhl niederließ. Er musterte meinen Aufzug der aus Leggings, Pullover und einem Vogelnest auf dem Kopf bestand. »Du weißt schon, dass Lev in fünfzehn Minuten zurückkommt und ihr dann loswollt?«

Ich warf der Nervensäge einen scharfen Blick zu. »Das ist mir durchaus bewusst«, erwiderte ich dann spitz. »Aber ich weiß nicht, was ich anziehen soll.«

Überrascht hob Lian beide Augenbrauen. »Ich habe dich nicht für jemanden gehalten, der sich unnötig viele Gedanken über seine Klamotten macht.«

»Tue ich auch nicht«, gab ich mehr knurrend als sprechend zurück. In meinem Bauch breitete sich neben der seicht kribbelnden Vorfreude nun elektrisierende Nervosität aus. Verdammt es konnte doch nicht so schwer sein, etwas zum Anziehen zu finden? »Bedank dich dafür bei Drey.«

Wäre sie nicht gewesen, hätte ich mich einfach in Jeans und ein Shirt geworfen. Ende. Vielleicht hätte ich mich sogar noch zu einem schlichten Kleid hinreißen lassen. Aber nein, sie und die anderen beiden hatten dafür gesorgt, dass ich einen neuen Rock und einen präsentierbaren Gürtel besaß. Rückblickend kam ich mir selbst lächerlich vor. Wieso hatte ich mich von ihnen auch dazu überreden lassen?

»Es ist echt schwierig das Richtige zu finden, wenn man nicht weiß wofür«, grummelte ich vor mich hin und sah von den unzähligen Kleidern auf dem Boden zu Blondie. Gerade rechtzeitig, um das heimtückische Grinsen auf seinem Gesicht zu sehen. Ein Gedankenblitz durchzuckte mich und ließ das nervtötende Ticken der Uhr in meinem Kopf endlich verstummen. »Du weißt es!«

Ich sprang auf und überwand die Distanz zwischen uns schneller als Lian reagieren konnte. Noch während er von meiner Reaktion überrascht blinzelte, packte ich ihn an den Schultern und schüttelte ihn kräftig. »Sag es mir!«

»Nein!« Er versuchte mich von sich zu schieben, doch ich ließ nicht locker und rüttelte weiter an ihm. »Spinnst du, Shorty? Hör auf damit.«

Ich würde mich absolut hüten, seinen Worten Folge zu leisten. Ich musste wissen, worauf ich mich vorbereiten musste.

»Sag es mir!«, verlangte ich nochmal, doch Lian packte mich entschieden an den Handgelenken und drückte so lange zu, bis ich seine Schultern freigab. »Sei nicht so ein Arsch. Hilf mir wenigstens etwas zum Anziehen zu finden.«

Geschlagen sah er mir in die Augen und schnaubte dann: »Na schön, ich helfe dir.«

Zufrieden ließ ich mich wieder auf dem Bett nieder und sah Lian abwartend an.

»Jeans«, begann er aufzuzählen und ich griff nach dem schwarzen Kleidungsstück, das seit zwei Tagen über dem Fußteil des Bettes baumelte. Zufrieden hielt ich es nach oben und überlegte kurz, ob es tatsächlich meine oder die von Holly war. »T-Shirt oder Top. Am besten was dunkles.«

Mit den Füßen angelte ich nach einem Kleidungsstück, das wie ein schwarzes Oberteil aussah und etwas mehr als einen halben Meter von mir entfernt aus einem der beiden offenen Koffern ragte. Ich hielt das mit Spaghetti-Trägern ausgestattete Shirt nach oben und betrachtete es skeptisch. Es war etwas zerknittert, doch wenn ich den schmalen Schnitt betrachtete, dürfte das nicht besonders auffallen.

Ein theatralisches Seufzen ausstoßend ließ Blondie sich auf den Boden sinken und wühlte in den Klamotten herum. Er warf die einzelnen Teile von links nach rechts, bis sich das Chaos noch um ein Vielfaches verschlimmert hatte. Dann endlich schien er gefunden zu haben was er suchte, und in der nächsten Sekunde landete ein Hemd an meinem Kopf. Es war in verschiedenen gedeckten Grüntönen mit großem Karomuster versehen.

»Und darüber eine Lederjacke.« Lian stemmte sich ächzend vom Boden nach oben und platzierte seinen Hintern wieder auf dem Stuhl, während ich vom Bett glitt und einen Schritt in Richtung Zimmertür machte. Ich grinste ihn breit an und presste das Bündel Kleidung an meine Brust. »Tausend Dank, Fashionista.«

Mit einem wohlwollenden Lächeln nickte er und drehte sich auf dem Stuhl herum zu seinem ... Gaming-Setup? Ich wusste immer noch nicht so genau, was er mit dem ganzen Kram anstellte, aber die beiden Bildschirme auf dem Tisch und der an der Wand hängende Bildschirm zeigten, dass er sich etwas mehr damit auszukennen schien. Anderseits ... Ich hatte einfach keine Ahnung von all dem Zeug und es überforderte mich meistens schon, wenn ich ein neues Handy brauchte. Mit RAM, Arbeitsspeicher und CPUs kannte ich mich einfach nicht aus.

Um ihn nicht zu stören und ihm seine Privatsphäre zu lassen, machte ich mich auf und davon in Richtung Badezimmer. Ich hatte gerade erst die Klinge in der Hand, da ertönte ein panischer Aufschrei, der mehr einem Quicken ähnelte, gefolgt von lautem Rumpeln.

»Livana Price!« Blondies Stimme hallte kreischend durch das Obergeschoss des Apartments. » Ist das eingetrockneter Vodka auf meinem Schreibtisch?«

In meinem Kopf begannen sämtliche Alarmglocken zu schrillen. Der verdammte rote Plastikbecher. Mist. Ich wusste doch, dass ich nach der SemStar-Party vor zwei Wochen etwas vergessen hatte. Den Becher hatte ich klammheimlich aufgeräumt, aber der Fleck auf der Arbeitsplatte ...

Shit.

Noch während in meinem Kopf die Puzzleteile an ihren Platz fielen, schoss Lian aus seinem Zimmer heraus in den Flur. Sein Gesicht war vor Wut gerötet und in seinen blauen Augen tobte ein Sturm, in dem ich genau erkennen konnte, was er mit mir tun würde, sollte er mich in die Finger bekommen.

»Sorry!«, platzte es aus mir heraus und während er einen Hechtsprung in meine Richtung machte, schob ich mich ins Badzimmer und knallte die Tür laut hinter mir ins Schloss. Meine Klamotten ließ ich achtlos auf den Boden fallen und verriegelte die Tür von innen. Es lag nur eine halbe Sekunde zwischen dem Klicken des Schlosses und dem aggressiven Rütteln am Türknauf.

»Mach die Tür auf Shorty! Ich mache dich fertig!«, keifte es durch das dünne Holz. »Es gab nur eine Regel: Keine Getränke in einem Radius von zwei Meter an diesem Schreibtisch!«

»Also eigentlich gab es zwei Regeln«, kommentierte ich schneller als mein Gehirn über die Tragweite meiner Worte nachdenken konnte. »Keine Getränke am Schreibtisch und die Schubladen von deinem Nachtisch sind tabu.«

Demonstrativ laut schlug oder trat Blondie gegen die Tür und ich konnte ihn beinahe wie einen wütenden Stier auf der anderen Seite schnaufen hören. »Es gab zwei Regeln und die erste davon hast du schon gebrochen!«

Gut, ich hatte die Regeln gebrochen, aber er machte sich wirklich lächerlich. Es war nur ein Fleck, den man mit Reinigungsmittel und einem Tuch beseitigen konnte. Ein Vodka-Gemisch ließ sich doch damit entfernen, auch wenn es zwei Wochen alt war – oder?

Ein kleiner Gewissensbiss meldete sich mit einem unsicheren Grummeln in meinem Magen zu Wort. Morgen würde ich mich definitiv darum kümmern. Aber jetzt lief mir wortwörtlich die Zeit davon.

»Als würden wir uns für das Sexspielzeug, die Pornoheftchen oder die benutzten Taschentücher in deinem Nachtkästchen interessieren!«, blaffte ich also zurück, um von meiner Unsicherheit wegen des Putzens abzulenken. Zeitgleich verschränkte ich die Arme vor der Brust und schob das Kinn trotzig nach vorn, auch wenn er mich durch die Tür hindurch nicht sehen konnte. »Du stellst dich vielleicht an!«

»Du kleines Biest! Du hast nicht nur gegen eine der Regeln verstoßen, sondern gleich gegen beide!«

Ups - erwischt.

Wieder donnerte er mit der Hand oder dem Fuß gegen die Tür, sodass das Material im Rahmen erzitterte. Wenn er sich etwas mehr Mühe gab, konnte er sicherlich mit Leichtigkeit ein Loch in die Tür schlagen. »Ich schwöre dir: Wenn du da rauskommst, mache ich dich fertig!«

Ich machte sicherheitshalber einen Schritt nach hinten. Dabei blieb mein Fuß in dem Knäul meiner Kleidung hängen und ich verlor das Gleichgewicht. Bereits in Schieflage konnte ich mich am Waschtisch abfangen. Dabei sorgte ich jedoch dafür, dass die Hälfte der Tuben und Tiegel entweder klappernd im Waschbecken oder auf dem Boden landeten.

Shit.

»Wenn du dir jetzt das Genick gebrochen hast, dann bringe ich dich gleich noch ein zweites Mal um!«, ertönte Blondies Stimme von außen. Die Wut darin war deutlich zu hören, doch es schwang auch ein besorgter Unterton darin mit.

Mit einem dumpfen Plumpsen ließ ich mich vollends auf den Boden gleiten und rieb mir über den linken Unterarm. Die Haut schmerzte vom Aufprall an der Kante des Waschtischs, doch meine Knochen fühlten sich intakt an. Schien ganz so, als hätte ich mir zumindest nicht irgendetwas gebrochen.

»Shorty?« Jetzt klang er eindeutig besorgt.

»Ich lebe noch«, brummte ich zurück und drückte meinen Finger in das Fleisch an meinem Arm, um die am schlimmsten pochende Stelle zu finden. »Du kannst mich also in aller Ruhe als Erstes umbringen.«

»Gut. Das ist gut.«

Hinter der Tür blieb es stumm und ich wusste nicht, ob Blondie sich über den ersten oder zweiten Teil meiner Aussage mehr freute.

KAPITEL 21

Livana

Mit drei Minuten Verspätung, weil sich meine Haare nicht hatten bändigen lassen, hatte ich mir im Flur meine Boots angezogen und war dann hinter Lev die Stufen im Treppenhaus nach unten gepoltert.

»Wirst du mir erzählen, was der Plan für heute ist?«, fragte ich und rutschte auf dem Ledersitz herum. Er hatte mir die Wahl gelassen, mit der Underground oder dem Auto zu fahren. Ich hatte mich für das Auto entschieden, denn in den einzelnen Stationen und Waggons war mir meistens zu viel los und ich hatte nicht besonders viel Gefallen an dem öffentlichen Fortbewegungsmittel.

Levins Lippen verzogen sich zu einem kleinen Schmunzeln, während er den Kopf schüttelte. »Ist eine Überraschung.«

Gespielt schmollend schob ich die Unterlippe nach vorn und versuchte, meinen besten Hundeblick aufzusetzen. Leider war ich nicht so gut wie Holly darin und wunderte mich deshalb überhaupt nicht, warum Levin zu lachen begann.

Das Geräusch löste ein Prickeln in meinem gesamten Körper aus und ich konnte nicht sagen, wann jemand das letzte Mal ein positives Geheimnis vor mir hatte. Dazu fiel mir nur Jess ein, die letztes Jahr eine Überraschungsparty für mich geplant hatte. Ein ruhiger Abend nur unter uns, mit der Besonderheit, dass Holly hätte dabei sein sollen. Durch den illegalen Kampf, zu dem Huston beziehungsweise Taurus mich gezwungen hatte, war daraus nichts geworden. Und danach war nicht viel Zeit vergangen, bis wir London überstürzt verlassen hatten. Bei der Erinnerung daran kribbelte die runde Narbe zwischen meiner Schulter und meinem Schlüsselbein verdächtig, was eine weitere Erinnerung auslöste. Vor meinem inneren Auge tauchte das Gesicht von Walentin auf. Der Russe mit den eiskalten Augen und der hohen Stirn. Er hatte meinen Körper mit der Narbe gebrandmarkt und dafür gesorgt, dass ich ihn niemals vergessen würde. So sehr ich es mir auch wünschte.

Levin räusperte sich und holte mich damit in die Wirklichkeit zurück. Blinzelnd sah ich zu ihm und als sein Adamsapfel hüpfte, verwandelte sich meine Mundhöhle in eine staubtrockene Sahara. Verdammt, wirklich alles an ihm zog mich an.

»Erzähl mir etwas von dir«, bat Levin und warf mir einen kurzen Blick zu, ehe er wieder auf den Verkehr vor uns achtete.

Es war das erste Mal, dass wir allein waren. Also wirklich allein. Bisher hatten wir uns maximal zu zweit in der Küche oder dem Wohnzimmer des Apartment aufgehalten und dort konnte jederzeit jemand den Raum betreten. Wir waren noch nie so allein gewesen, dass wir uns wirklich ungestört unterhalten konnten. Es überraschte mich, dass er unser Gespräch so begann. Ich hatte erwartet, dass er mir irgendwelche konkreten Fragen stellte. Eben genau das, was ich auch tun würde - im besten Fall, fiel man nämlich einfach direkt mit der Tür ins Haus.

»Was willst du denn wissen?«, erwiderte ich deshalb und verzog fragend das Gesicht. Nichts in meinem Leben oder an mir war so interessant, dass ich mich damit brüsten wollte. Es war nicht so, dass ich ein Instrument besonders gut beherrschte oder besonders kreativ war. Es war auch nicht so, dass ich einen wahnsinnig guten Schulabschluss und einen der begehrten Medizinstudienplätze vorweisen konnte, wie es bei meiner Schwester der Fall war. Ich war ... einfach durchschnittlich. *Gewöhnlich*, wenn man es mit den Worten meiner Eltern beschrieb.

»Am liebsten alles«, grinste Levin und zwinkerte mir locker zu. »Erzähl mir einfach, was immer du willst.«

Die Möglichkeit, tatsächlich zu wählen, überforderte mich und in meinem Kopf zuckten die Gedanken unkontrolliert durcheinander. Ich wusste nicht, wo ich anfangen sollte. Im Gegensatz zu Drey, brauchte ich ihm keine halben Lügengeschichten erzählen, aber blieb mir denn etwas anderes übrig? Mein Leben bestand aus Schule oder Studium, Lernen und Trainieren. Daraus, mich ungesehen aus dem Haus zu schleichen und meine Blessuren der Kämpfe zu verbergen. Ich konnte nicht von irgendwelchen Hobbys erzählen und Haustiere hatten unsere Eltern uns auch nie erlaubt. Also schieden auch niedliche Hasen oder Meerschweinchen aus. Es gab nichts in meinem Leben, das mich wirklich erfüllte oder mich selbst ausmachte. Wenn man es aus diesem Blickwinkel betrachtete, dann war ich lediglich eine traurige Hülle ohne eigene Seele oder Charakter.

Mein Magen verknotete sich zunehmend bei diesen Gedanken. Ich musste schwer schlucken und fühlte mich plötzlich wie die größte Idiotin der Geschichte. Was hatte ich mir nur dabei gedacht? Jeder Idiot wusste doch, dass man sich bei einem Date nicht nur anschweigen konnte. Aber warum fiel es mir so schwer, etwas zu sagen? Bei Jess und vor allem Drey hatte ich doch auch keine Probleme das Thema zu wechseln, wenn es unangenehm wurde. Bei Juls oder auch meinen alten Bekannten hatte ich auch keine Probleme gehabt, mich zumindest in irgendeiner Form zu präsentieren. Warum also fiel es mir bei Lev so schwer, überhaupt den Mund aufzubekommen?

Weil du nicht willst, dass er dich für eine Versagerin hält.

Eine leise Stimme meldete sich weit hinten in meinem Kopf zu Wort und sorgte prompt dafür, dass mein Magen sich wie zur Bestätigung zusammenzog. Frost durchzog meinen Körper und kühlte mich innerhalb eines Atemzugs auf eine unangenehme Art ab. Vertrieb die Vorfreude in meinem Bauch, das aufgeregte Kribbeln unter meiner Haut und die berauschenden Glücksgefühle.

Weil dir wichtig ist, was er von dir denkt.

Übelkeit durchflutete meinen Körper und ich versteifte mich auf dem Beifahrersitz des dunklen Wagens, während ich die Hände im Schoß zu Fäusten ballte und mir selbst die Fingernägel so fest in die Handflächen grub, dass der Schmerz sie zum Brennen brachte.

Diese verdammte innere Stimme hatte Recht. Obwohl wir uns noch nicht gut kannten, war mir wichtig, was er von mir hielt. Seine Meinung war mir beinahe genauso viel wert, wie die meiner Schwester. Das war kein gutes Zeichen, denn das bedeutete, dass ich ihn bereits zu nah an mich herangelassen hatte. Dasselbe galt jedoch auch für Jess und Audrey. Machte es also wirklich einen

Unterschied? Nein. Wenn ich allerdings ehrlich war, dann ging mir Lev auf eine ganz andere Art und Weise unter die Haut.

»Ich weiß wirklich nicht, was du von mir hören willst«, gestand ich und knibbelte mit den Zeigefingern beider Hände an den Daumen herum. So zwang ich mich dazu, die Fäuste zu lockern und mir nicht selbst halbmondförmige Narben mit den Nägeln zuzufügen. »Ich bin nicht besonders interessant. Keine besonderen Hobbys oder Talente. Ich bin ... durchschnittlich und das in jeder Hinsicht.«

Lev lachte bei meinen Worten auf und es dauerte mehrere Sekunden, bis er wieder aufhörte und mich schief ansah. »Du meinst das nicht ernst, oder?«

Stumm sah ich ihn an und seine Augen weiteten sich für den Bruchteil einer Sekunde überrascht, beinahe schockiert.

»Fuck, du meinst das ernst!« Mit leicht geöffnetem Mund sah er mich an, in seinen dunklen Augen las ich Fassungslosigkeit und Unglauben. »Du bist alles, aber nicht gewöhnlich, Königin.«

Da war er wieder. Dieser Spitzname, der in mir alles an seinen Platz zu rücken schien. Der dieses wärmende Prickeln in meinem Körper auslöste und die eisige Kälte verjagte. Ich fühlte mich, als würde der feste Sitz unter mir von bauschigen Wattewolken abgelöst werden und innerhalb von Sekunden schwebte ich förmlich über der Straße. Ich hatte keine Ahnung, was er in mir sah. Aber vielleicht gab mir das auch das nötige Vertrauen darin, dass ich mich nicht vor ihm verstecken musste. Ich musste mich nicht besser machen als ich war, denn vielleicht ... ja, möglicherweise genügte ich und das, was ich war.

Mein Herz schlug unweigerlich schneller und ich versuchte nicht, meine Freude hinter einer Maske zu verbergen. »Okay, also ... Mein Name ist Livana Benett und ich habe ein besonderes Talent dafür, mich in brenzlige Situationen zu bringen.«

»Wir sind da«, verkündete Levin, als er auf dem Parkplatz vor einer großen Halle parkte und den Motor des Wagens abstellte.

Mit schiefgelegtem Kopf blickte ich durch die Windschutzscheibe auf die Blechverkleidung des etwa zehn Meter hohen Gebäudes. Misstrauisch brummte ich: »Wenn du mich umbringen willst, hättest du mich echt nicht die ganze Strecke fahren brauchen.«

Wir waren über eine Stunde unterwegs gewesen, bis wir Abridge erreicht hatten. Nachdem wir das kleine Dorf in der Grafschaft Essex durchquert hatten, waren es nur noch ein paar Minuten gewesen, bis wir dieses Gelände erreicht hatten. Es war umgeben von einem vier Meter hohen Maschenzaun und einer ebenso hohen Hecke, die das Grundstück von dem des benachbarten Flugschulzentrums abtrennte. Der verdreckten Fassade nach würde es mich nicht wundern, wenn sich hinter den Metalltüren eine Folterwerkstatt befinden würde. Oder aber einer der geheimen Treffpunkte von Taurus. Außerhalb der Stadt in einer durchschnittlichen Lagerhalle deckte in jedem Fall schon mal zwei Punkte ab. Ja, das stank förmlich zum Himmel.

»Niemand wird heute sterben, okay?« Lev rollte mit den Augen und boxte mich dann sanft mit dem Ellbogen, ehe er mich abschnallte und die Tür auf seiner Seite öffnete. Ehe er ausstieg, warf er mir einen letzten Blick zu und sagte auffordernd: »Und jetzt komm. Es wird dir gefallen.«

So sicher war ich mir da zwar nicht, aber ich konnte mich schlecht im Auto verbarrikadieren. Also seufzte ich abgrundtief und folgte ihm dann in Richtung des einzigen Eingangs.

»Und du bist dir sicher, dass wir hier richtig sind?«, fragte ich und ließ meinen Blick erneut über die mit Staub und Schmutz besudelte Fassade wandern. Würden nicht ein paar Autos auf dem Parkplatz stehen, würde ich nicht einmal vermuten, hier eine Menschenseele anzutreffen.

Levin legte mir bestimmt, aber nicht grob, den Arm um die Schulter und schob mich kaum merklich vorwärts. »Ich bin mir sogar mehr als sicher. Und jetzt hör auf, dir den Kopf zu zerbrechen. Nur, weil es hier etwas unkonventionell und vielleicht auch nicht ganz offiziell aussieht, muss es nicht schlecht sein.«

In meinem Kopf begannen sämtliche Alarmglocken zu schrillen und ich gab mir keine Mühe mehr, meine Skepsis zu verbergen. Mit nach oben gezogener Augenbraue sah ich zu ihm auf und murmelte: »Wenn wir gleich von irgendwem angefallen werden, kann ich für nichts mehr garantieren.«

Er lachte auf und ließ den Arm von meiner Schulter fallen.

Warum fühlte es sich so an, als sollte ich mich tatsächlich auf einen Angriff vorbereiten? Und wieso tauchte hinten in meinem Kopf erneut der Gedanke auf, dass dieses ... Date ... eine furchtbar schlechte Idee gewesen war?

Ganz der Gentleman öffnete Levin die Tür und überließ mir den Vortritt. Ich konnte nur hoffen, dass er das kurze Zögern vor dem Schritt über die Schwelle nicht bemerkt hatte.

In der Lagerhalle war es entgegen meiner Erwartung nicht dunkel und stickig. Die Luft fühlte sich tatsächlich sogar angenehm kühl auf meinem Gesicht an und frischer Sauerstoff füllte meine Lungen. Außerdem war der Eingangsbereich hell erleuchtet und während sich rechts von der Tür eine bereits leicht abgenutzte Sitzgruppe und dahinter einige Spielautomaten befanden, stand links von uns ein Tresen, über dem in neonpink der Schriftzug *Abridge Paint Ball* leuchtete.

Mir fiel augenblicklich ein Stein vom Herzen und ich fuhr zu Lev herum. »Paintball?!« Meine Stimme war höher als gewöhnlich und ich versuchte gar nicht, das amüsierte Grinsen auf meinen Lippen zu verstecken.

Oh ja, das hier würde mir definitiv Spaß machen. Es war zwar eine ganze Weile her, seit ich das letzte Mal gespielt hatte, aber wie man mit einer Waffe umging, wusste ich. In meinen Fingerspitzen begann es verheißungsvoll zu kribbeln. Das tolle an Paintball war, dass man mit Waffen aufeinander schießen konnte und trotzdem niemand starb.

»Ich hab dir doch gesagt, dass es dir gefallen wird«, wiederholte er sich und zwinkerte mir grinsend zu.

»Wieso hast du das nicht gleich gesagt?«

Belustigt zuckten seine Mundwinkel. »Weil mir dann dein Gesichtsausdruck entgangen wäre.«

Nachdem Lev für uns beide bezahlt hatte, bekamen wir unsere Ausrüstung bestehend aus einem Helm und einer schwarzen Sturmhaube. Wir schlossen unsere Wertsachen sowie Jacken in einem Spind ein und ich lehnte entschieden den Brustpanzer ab, den mir der Mitarbeiter aufschwatzen wollte. Auch wenn er mich nur schützen sollte, war man darin einfach nicht beweglich genug und ich hatte definitiv schon Schlimmeres durchgestanden als eine

Paintball-Schlacht. Ich hatte also keinerlei Bedanken daran, das hier nicht zu überstehen.

»Bildet ihr ein eigenes Team oder gehört ihr zu einer der Gruppen?«, fragte der Angestellte und deutete durch eine Glasscheibe. Auf der anderen Seite befand sich der Startbereich des Spiels und dort tummelten sich bereits drei Gruppen zwischen jeweils fünf und zehn Personen.

Wir sahen einander kurz an und ich hob herausfordernd die Augenbraue, während an Levins Mundwinkeln ein verschlagenes Grinsen zupfte. »Wir sind ein eigenes Team.«

»Alles klar.« Der Angestellte stattete uns mit blauen Farbpatronen und Paintball Marker aus, bevor wir zur besseren Erkenntlichkeit blaue Schweißbänder um die Unterarme gelegt bekamen.

»Es geht nicht darum, welches Team blind die meisten Patronen verballert, sondern darum, welches Team die meisten Treffer landen kann«, erklärte der Angestellte und schob sich die randlose Brille auf der Nase nach oben. »Die meisten Treffer auf den Gegnern natürlich.«

Natürlich. Völlig überflüssig, das zu erwähnen.

Mit einem winzigen Grinsen auf den Lippen schielte ich zu Levin, dessen Blick auf mir ruhte. Die Sturmmaske verbarg seine Mimik ebenso wie meine, doch in seinen dunkelbraunen Augen glitzerte es voller Vorfreude. Ein verheißungsvolles Kribbeln breitete sich in meinen Körper aus und ich strich sanft mit den Fingerspitzen über das kühle Material der Luftdruckwaffe.

Das hier würde Spaß machen. Sehr viel Spaß sogar.

»Getroffene Spieler dürfen bis zum Ende der Runde weiterspielen«, führte der Angestellte weiter aus. »Pro erzieltem Treffer gibt es zehn Punkte für das Team. Streifschüsse geben fünf Punkte. Wird einer der Mitspieler getroffen, gibt es fünf Punkte Abzug für das Team.«

Mein Blick glitt über die Mitspieler. Die Teams waren durch die farbigen Schweißbänder an den Unterarmen gut auseinanderzuhalten. Gelb, grün, pink, orange und wir in blau. Wer sich unter den Masken befand, konnte ich nicht sagen, doch die Brustpanzer bei einigen Spielern verriet zumindest, bei welchen Mitspielern es sich wohl um Frauen handelte.

Nachdem der Angestellte deine Belehrung beendet und sich hinter die schützenden Panzerglasscheiben zurückgezogen hatte, ertönte das Startsignal und wir bekamen fünf Minuten, um uns in der Halle zu verteilen und uns einen Überblick über das Gelände zu machen. Es gab künstlichen Bäume, Büsche und Hecken. Hütten, Ruinen und Mauern. Nach einer halben Stunde würden die Rolltore in den Außenbereich geöffnet werden, aber bis dahin mussten wir das künstlich angelegte Spielfeld in der Halle nutzen.

Während sich die anderen Gruppen mitten in der Halle ins Gelände schoben, stieß ich Levin mit dem Ellbogen an und nickte in Richtung Seitenwand. Es war sinnvoller sich an der Wand entlang zubewegen. So konnte uns niemand aus dem Hinterhalt angreifen.

»Ladys first.« Lev machte einen Schritt zur Seite und ließ mir den Vortritt, während wir uns weiter in die Halle hineinbewegten. Die Blechwände dabei immer neben uns. »Ich gebe dir Deckung.«

KAPITEL 22

Livana

»Das hat Spaß gemacht.« Lachend ließ ich mich ins Auto fallen und grinste Levin breit an. Wir hatten beide lediglich einen Streifschuss abbekommen und hatten im Gegensatz zu unseren Gegnern deshalb keine Probleme damit, die Autositze mit Farbe zu versauen. Trotzdem hatte Levin zum Schutz des Materials zwei Sitzüberzüge aus dem Kofferraum geholt. Das Blut raste mir noch immer von Adrenalin angetrieben durch die Adern, während mein Herz vor Euphorie schneller schlug, als es sollte. »Wir sind wirklich ein gutes Team.«

Levin grinste mich breit an und zog die Fahrertür zu.

Von einer Sekunde auf die andere gab es nur noch uns und unser heftiges Atmen. Wir hatten uns völlig verausgabt, um als Sieger aus den beiden Spielrunden zu gehen. Vor allem draußen hatten wir unsere Gegner aus dem Hinterhalt heraus erledigt und uns nicht nur die Hausruinen, sondern auch die Bäume und das Gebüsch zunutze gemacht. Unsere Kleidung war mit Erde beschmutzt und ich hatte nur den schlimmsten Staub aus meinem Gesicht mit Wasser am Waschbecken entfernen können. Mich konnte zu Hause nur noch eine Dusche retten.

»Absolut«, stimmte Lev mir zu und startete den Motor seines Wagens. Das Radio schaltete sich automatisch an und aus den Boxen drang mit wenigen Sekunden Verzögerung das neueste Lied einer australischen Boyband, auf das ich vor unserer Ankunft bestanden hatte. »Hast du Hunger? Ich glaube, ich sterbe, wenn ich nicht in der nächsten halben Stunde etwas zu essen bekomme.«

Wie auf Kommando gab mein Magen ein zustimmendes Knurren von sich und ließ Levin auflachen. »Ich sage niemals nein zu Essen. Aber ich fürchte, dass wir mit unserem Aussehen kein Fuß in ein Lokal setzen können.«

»Lass das mal meine Sorge sein.« Verschwörerisch zwinkerte er mir zu. »Sind Burger und Pommes in Ordnung?«

Ich nickte. Man brauchte mir nichts Besonderes vorsetzen. Ich war schon immer mit den einfachen Dingen zufrieden und gegen eine gute Pizza oder einen guten Burger kam sowieso absolut nichts an.

Lev tippte auf seinem Smartphone herum, ehe er das Auto in Bewegung setzte und wir den Parkplatz verließen.

Etwa dreißig Minuten später hatten wir uns noch weiter von London entfernt und Chelmsford erreicht. Levin hatte nur für drei Minuten in der Ortsmitte gehalten und vor einem Restaurant im Western-Style eine große Papiertüte entgegengenommen, die er mir anschließend in die Hand gedrückt hatte.

Aus der braunen Tüte duftete es intensiv nach gebratenem Speck, warmem Käse und ofenfrischen Kartoffelpommes. Mir lief förmlich das Wasser im Mund zusammen und mein Magen knurrte zwischenzeitlich so laut, dass er sogar die Musik aus den Boxen übertönte.

Außerhalb der Ortschaft parkte Levin den Wagen am Rand eines Feldweges. Er klappte die Rückbank des Audi um und nachdem er eine Decke auf dem sonst etwas kratzigen Material ausgebreitet hatte, machten wir es uns in dem vergrößerten Kofferraum bequem. Etwas blechern klang die Musik aus Levins Handy im Hintergrund, doch das störte uns nicht wirklich.

»Wow, die Pommes sind wirklich fantastisch«, gestand ich begeistert und schob mir ein weiteres Stück in den Mund, ehe ich die Finger ableckte und mich meinem Burger zuwandte. »Woher kennst du das Restaurant?«

Er musste bereits öfter dort gewesen sein, denn das Mädchen mit den schwarzgefärbten Haaren und den vielen Piercings hatte nicht nur sein Auto direkt erkannt, sondern ihn auch mit Namen begrüßt.

Mir hatte sie lediglich einen aufmerksamen Blick aus ihren beinahe schwarzen Augen geschenkt.

»Das Lokal gehört meiner Tante mütterlicherseits. Ich komme nicht oft vorbei, aber wann immer ich in der Nähe bin, versuche ich, vorbeizuschauen«, antwortete Lev und vergrub anschließend die Zähne in seinem Bacon-Burger.

Beeindruckt weiteten sich meine Augen. Wir waren zwar schon einige Tage in der WG der Jungs, aber ich hatte noch keinen von ihnen über die Familien reden hören. Okay, mit Ausnahme von Blondie, der einfach ständig irgendetwas erzählte und dem vermutlich sonst tatsächlich die Themen ausgehen würden. Ihn jetzt so offen und von sich aus von seiner Familie reden zu hören, erwischte mich unvorbereitet.

»Ich glaube, ich würde nie wieder wo anders essen als bei ihnen«, murmelte ich zwischen zwei Bissen und seufzte genüsslich, als sich der Geschmack von Käse, Essiggurken und Tomaten gepaart mit dem Geschmack von Hackfleisch, leicht knusprigem Brötchen und knackigem Salat in meinem Mund ausbreitete.

Levin zuckte mit den Schultern. »Vielleicht. Früher haben wir unsere Sommer immer zusammen verbracht. Die ganze Familie. Meine Mutter, ihre beiden Schwestern, meine Großeltern und natürlich die Partner und Partnerinnen zu meinen Tanten. Wir Kinder hatten die schönsten Wochen des Jahres gemeinsam. Aber irgendwann sind wir nicht mehr dabei gewesen. Ich weiß nicht, was zwischen ihnen passiert ist, aber danach war nichts mehr wie zuvor. Bis ich endlich den Führerschein gemacht habe, haben wir uns nur an Weihnachten in jedem zweiten Jahr gesehen. Keine gemeinsamen Urlaube, Geburtstage oder sonstige Feiern mehr. Wenn wir nicht so weit auseinander wohnen würden, wäre es vielleicht auch anders, aber ich glaube, die Distanz hat viel kaputt gemacht.«

»Klingt, als wärst du nicht der Typ für Fernbeziehungen«, schlussfolgerte mein Gehirn daraus und prompt kamen mir die Worte auch über die Lippen. Ich griff nach der Dose mit süßem Sprudel, die das Mädchen uns zusätzlich zum Essen noch in die Tüte gepackt hatte, und nahm einen kleinen Schluck.

Zur Bestätigung schüttelte Lev den Kopf. »Definitiv nicht. Ich meine, was bringt mir eine Beziehung, wenn ich die Person nur zweimal im Jahr sehen kann. Ich finde es selbst zu wenig, sich nur an den Wochenenden zu sehen. Das reicht mir einfach nicht.«

Mein Herz schlug ein kleines bisschen schneller und seine Worte sorgten dafür, dass ich den Bissen von meinem Cheeseburger nur schwer herunterschlucken konnte. Ich wusste, dass die Ansichten deutlich auseinandergingen, was Beziehungen und vor allem die Häufigkeit der Treffen anging, aber ich sah das ähnlich. Für mich war es keine Option, nur eine Wochenendbeziehung zu führen.

»Ich weiß, das hört sich bescheuert an«, fügte Levin hinzu und ein Blick in seine dunklen Augen zeigte mir, dass er versuchte, seinen weichen Kern wieder unter einer harten Schale zu verbergen. Er wollte genauso wenig schwach wirken wie ich, obwohl sein Verhalten völlig menschlich war.

Ich wollte nicht, dass er sich wieder zurückzog. Ganz im Gegenteil. Ich wollte, dass er mir all diese kleinen Dingen sagte. Es waren die Ansichten, die ihn nicht nur kalt und hart wirken ließen, sondern nahbar und sanft. Seine Persönlichkeit lag mit jeder Minute, die wir allein zusammen verbrachten, offen wie ein Buch vor mir. Und ich wollte es verschlingen, wollte alles daraus lernen und alles davon entdecken. Wie eine Geschichte, in die man sich werfen konnte, um der Realität zu entfliehen. Das hier waren einfach nur wir. Voll und ganz unzensiert. Wir mussten uns nicht verstecken oder so tun, als wären wir jemand anderes oder als würden gewisse Teile unserer Seele nicht existieren.

»Nein, finde ich nicht«, widersprach ich ihm. »Ich sehe das ganz ähnlich.«

»Wie ist das mit deiner Familie?«

Fragend hob ich eine Augenbraue und blinzelte Levin über den Rand meines Burgers an.

»Ihr seid mit euren Eltern vor fünf oder sechs Jahren nach Deutschland gezogen. Der Rest eurer Familie ist aber in den Staaten geblieben. War das nicht schwer für euch?«, formulierte Levin seine Frage anders und lehnte sich gegen die Lehne des Fahrersitzes.

Ich verschränkte die Beine zum Schneidersitz und zuckte anschließend mit den Schultern. »Unsere Eltern sind beide Einzelkinder. Als nähere Familie haben wir nur unsere Großeltern. Für Holly war es schwerer. Sie hatte beziehungsweise hat noch immer eine bessere Bindung zu ihnen.«

»Woran liegt das?« Er musterte mich mit schiefgelegtem Kopf und rieb sich mit dem Handrücken über das Kinn. »Ich meine, klar seid ihr nicht gleich, aber ihr seid Schwestern und normalerweise fahren doch alle Großeltern auf ihre Enkel total ab.«

Ich stopfte mir den Rest meines Burgers in den Mund und erkaufte mir damit einige Sekunden, in denen ich über die Formulierung meiner Worte nachdenken konnte. Es war mir nicht peinlich, die Wahrheit auszusprechen. Es war nur so, dass ich einfach nicht der Typ dafür war, der sein Innerstes nach außen kehrte.

»Holly ist die perfekte Tochter«, nuschelte ich, während ich den Rest meines Burgers herunterschluckte. Ein tonnenschweres Gewicht senkte sich auf meine Schultern und ich griff nach einer Pommes, um meine Finger zu beschäftigen. »Sie ist die perfekte Enkeltochter. Hübsch, kultiviert, ruhig. Sie ist perfekt. Ich bin es nicht. Ich war es noch nie.«

Levin schwieg, schien die Schwere auf mir zu spüren und ließ mir die Zeit, die ich brauchte, bis ich weitersprechen wollte. Sein Blick war ruhig und ich konnte darin keine Vorurteile erkennen. Dennoch schaffte ich es nicht, ihm bei meinen Worten ins Gesicht zu blicken. Stattdessen drehte ich den Kopf zur Seite und ließ den Blick über die Felder außerhalb des Wagens gleiten.

»Laut meiner Familie habe ich eine zu große Klappe und sage in den falschen Momenten die falschen Dinge. Meine Art, meine Persönlichkeit ... Ich bin zu viel«, gestand ich ihm und mein Herz fühlte sich an, als würde es von einer Faust in meiner Brust zerquetscht werden. Holly wusste, dass ich so fühlte, weil es mir immer eingeredet wurde. Aber ich hatte es ihr gegenüber nie ausgesprochen. Ich hatte es noch nie jemandem gegenüber in Worten formuliert. »Holly kann nichts dafür und ich gebe ihr auch keine Schuld. Sie hat einfach nur das Glück, mit ihrer Art perfekt in die Vorstellungen unserer Eltern und Großeltern zu passen, während ich es einfach nicht tue.«

Betont lässig zuckte ich mit den Schultern. Es war nicht gelogen, was ich sagte. Meine Schwester konnte nichts dafür. Unsere Eltern hatten mir oft genug gesagt, dass ich mich ändern musste. Sie hatten mir oft genug mitgeteilt, was ihnen an mir nicht passte. »Ich habe versucht, mich anzupassen. Ich habe wirklich versucht, so zu sein, wie sie mich haben wollten. Aber es war nie gut genug. Als wir wegen ihrer medizinischen Studie nach Deutschland gezogen waren, habe ich mich rausgeschlichen und bin durch einen dummen Zufall bei Taurus gelandet. Zum damaligen Zeitpunkt war es gut für mich, denn durch Ricky und Walentin war ich gezwungen, eine Maske zu tragen. Wenn ich Pandora war, musste ich den wilden Teil von mir nicht verstecken. Ich musste, ich zitiere, *mein loses Mundwerk* nicht verbergen. Irgendwann habe ich dann Juls kennengelernt. Bei ihm konnte ich alles sein, was ich war. Das hat mir geholfen, zu Hause etwas ruhiger zu sein. Mich besser einzufügen. Und trotzdem haben sie mir immer wieder gesagt, ich sollte doch mehr wie meine Schwester sein.«

Langsam schob ich mir die Pommes zwischen die Zähne und stoppte mich so selbst, noch mehr von meiner Lebensgeschichte auszuplaudern. In Zeitlupe drehte ich das Gesicht wieder zu ihm und begegnete dem feurigen Blick aus seinen braunen Augen. Er war vor Wut verdunkelt und seine Lippen zu einer schmalen Linie zusammengepresst. Für mehrere Sekunden sah ich in seinen Augen nichts als glimmende Wut, dann jedoch wurde der Ausdruck sanft und er griff nach meinen Händen, um mich zu sich zu ziehen. Lev legte mir den Arm um die Schulter, ich schmiegte den Kopf an die weiche und zugleich feste Stelle zwischen seinem Schultergelenk und seiner Brust.

»Ich hoffe du weißt, dass das nicht stimmt. Du bist nicht *zu viel*. Du bist genau so richtig, wie du bist«, versicherte er mir mit belegter Stimme.

Ein kleines Lächeln, das er nicht sehen konnte, zupfte an meinen Lippen und ich schloss die Augen, während uns durch den geöffneten Kofferraumdeckel ein sanfter Luftzug streifte. »Tief in mir gibt es eine Stimme, die das sagt. Aber es fällt mir schwer, an sie zu glauben. Wenn du dein Leben lang gesagt bekommst, dass etwas mit dir nicht stimmt, dass etwas mit dir falsch ist, weil du bist wie du bist, dann glaubst du es irgendwann. Dagegen anzukämpfen ist nicht einfach und ich weiß nicht, ob ich jemals die Stimmen meiner Familie vergessen werde, die mir genau das einreden wollen.«

Eine Stille, die nur fünf Sekunden andauerte, senkte sich über uns, ehe Levin mir einen nachdrücklichen Kuss aufs Haar drückte. Leise sagte er: »Du bist perfekt. Perfekt für mich, Livana Price. Nichts und niemand kann daran etwas ändern und ich werde es dir jeden Tag sagen, bis die Stimmen endlich verschwinden. Und auch danach werde ich nicht damit aufhören.«

KAPITEL 23

Livana

Vor meiner Nase tauchte eine Pommes auf, deren Spitze in Sour-Creme getaucht war. Ich saß noch immer an Levin gekuschelt im Kofferraum des Autos und beobachtete durch die Scheiben den Himmel. Es war eine wolkenlose Nacht und die Sterne funkelten wie Diamanten über uns um die Wette. Der Mond erhellte die Welt gerade so viel, dass wir die unmittelbare Umgebung außerhalb des Autos erkennen konnten. Wir saßen schon seit Stunden hier und redeten einfach nur miteinander. Es war schön, weil wir beide einfach offen waren und nichts voreinander verbargen. Das fühlte sich mehr als gut an.

»Ist die Letzte. Willst du sie?«, fragte Levin und die Pommes vor mir wackelte beinahe schon bedrohlich.

Ich verzog das Gesicht und schob seine Hand zur Seite. »Mit Sour Creme? Sicherlich nicht. Ich kann nicht glauben, dass du das freiwillig isst.«

Levins Brustkorb vibrierte angenehm, als er amüsiert lachte.

»Das Mädchen, das uns das Essen gebracht hat, wer war sie?« Die Frage brannte mir schon den ganzen Abend auf der Seele, weil ich den kurzen, aber durchdringenden Blick aus ihren beinahe schwarzen Augen nicht vergessen konnte. Sie hatte mich mit der bleichen Haut und dem blutroten Lippenstift, gepaart mit den pechschwarzen Haaren, an die Märchen-Prinzessin Schneewittchen erinnert. Mit dem kleinen Unterschied, dass sie durch die vielen Piercings und die auffälligen Totenkopf-Ohrringe wie die Gothic-Version aussah. »Ihr habt vertraut gewirkt.«

»Das war Daria, meine Cousine«, erwiderte Levin. »Wir haben uns auch eine Weile nicht gesehen, weil sie eine andere Cousine von uns am College besucht hat.«

»Muss schön sein, mit so vielen Verwandten im gleichen Alter aufzuwachsen«, murmelte ich vor mich hin und drehte mich etwas zur Seite, um zu ihm nach oben zu sehen. Meine Hand fand dabei ihren Platz auf seiner Brust und ich stützte mich gerade so weit ab, dass ich den Kopf bewegen konnte ohne mit den kleinen Kreolen an seinem Shirt hängen zu bleiben. Lev senkte den Blick auf mein Gesicht, strich mir eine lose Haarsträhne hinters Ohr und sein sanfter Blick heftete sich an meinen Augen fest. »Ich wünschte, ich hätte dasselbe Glück gehabt.«

»Ich habe es geliebt. Einzelkind zu sein ist echt beschissen«, stimmte Levin zu und ich konnte so etwas wie Wehmut in den Tiefen seines Blickes erkennen. Unwillkürlich musste ich an das vertraute Miteinander in der WG denken. Die vier Chaoten verhielten sich mehr wie Brüder als wie Freunde. Soweit ich wusste, waren alle bis auf Lennox Einzelkinder und seine Schwester war beinahe zehn Jahre jünger, sodass er laut eigener Aussage einfach nichts mit ihr anfangen konnte. »Ich wünsche mir für meine Zukunft, für meine Kinder etwas anderes.«

»Du willst Kinder?«, fragte ich und konnte die Überraschung in meiner Stimme nicht überspielen. Ich wusste nicht genau, warum mich seine Aussage verblüffte, aber ich hatte ihn nicht für den Typ Mensch gehalten, der bereits so weit in die Zukunft geplant hatte. »Mehrzahl?«

Levin zuckte mit den Schultern und fuhr sich mit der rechten Hand durch die schwarzen Haare. Er schluckte schwer, wobei sein Adamsapfel hüpfte, ehe er antwortete: »Ja, doch. Eigentlich möchte ich schon Kinder. Drei oder vier. Oder fünf. So viel, bis sich die Familie vollständig anfühlt. Warum? Willst du keine Kinder?«

Wollte ich Kinder? Ich war gerade erst einundzwanzig und bis vor ein paar Monaten hatte ich nicht einmal gewusst, ob mein Leben überhaupt jemals wieder in geregelte Bahnen geriet. Wenn ich ehrlich war, dann wusste ich das noch immer nicht. Denn solange Taurus hinter mir her war, war meine Zukunft ungewiss. An jedem Tag bestand die Chance, dass sie mich fanden und zurück in ihre

Klauen zwangen. Die Wahrscheinlichkeit zu sterben, lag höher als bei einem normalen Menschen und ich hatte es mir nicht gestattet, mein Leben weiter als nötig zu planen.

»Ich denke, wenn ich lange genug überlebe, dann wäre ein Kind sicherlich etwas Nettes«, gab ich schließlich von mir und schmiegte mich nachdenklich wieder an ihn. »Aber solange Taurus eine Bedrohung für mich darstellt, kann ich daran keinen Gedanken verschwenden. Außerdem will ich auf keinen Fall werden wie meine Eltern. Ich will meinem Kind niemals das Gefühl geben, minderwertig zu sein. Es soll wissen, dass es genauso gut ist wie es ist.«

Levins Hand glitt über meine Rücken bis zu meinem Nacken und weiter zu meinem Kopf, wo er sanft begann die Finger in Kreisen zu bewegen. »Ich bin mir sicher, dass du eines Tages eine großartige Mutter sein wirst.«

Stille senkte sich über uns und ich genoss es, unserem Atem und den sanften Klängen der Hintergrundmusik zu lauschen. Selten hat sich Schweigen so gut angefühlt wie in diesem Moment, wo Levin mit seinen Fingern meinen Nacken und meine Schultern massierte. Meine Hand glitt über seinen Oberkörper, ich fühlte durch das Shirt hindurch die harten Muskeln unter seiner straffen Haut und zählte die Rippenbögen, als ich langsam darüberstrich.

In meinem Körper begann es zu Prickeln und durch meine Adern breiteten sich tausend kribbelnde Ameisen in mir aus. Hitze schoss mir von den Haarspitzen bis zu den Zehen und eine hartnäckige Flamme versuchte, sich selbst tief in meiner Körpermitte zu entfachen. Zeitgleich beschleunigte sich mein Herzschlag und ich konnte hören, wie sich Levins Herzschlag meinem anglich.

Es war beruhigend zu wissen, dass ich in ihm etwas Ähnliches auslösen konnte. Denn bisher hatte in mir noch niemand diese Gefühle in derselben Intensität ausgelöst. Ich war fasziniert davon, wie sehr er meinen Körper und meine Gedanken einnahm.

Die Härchen auf meinen Armen richteten sich unter den langen Ärmeln des grünkarierten Hemdes auf, als er seine Hand über meinen Rücken wandern ließ und mich nur ein kleines bisschen fester an sich zog, ehe er sich wieder meinen Nacken zuwandte. Obwohl es mittlerweile im Inneren des Wagens kühler wurde, lagen unsere

Lederjacken neben uns und zumindest mir war dennoch warm genug.

Meine Finger erreichten den untersten Rippenbogen und ich strich direkt unter dem Knochen langsam bis zu seiner Seite entlang. Levins Griff um mein Genick wurde fester und ich hob soweit möglich den Kopf an. In seinen Augen loderte eine dunkle Flamme und ich war mir nicht sicher, ob ich seinen rasenden Herzschlag oder meine eigenen hören konnte.

»Stopp«, presste er über die Lippen, während seine Mundwinkel unkontrolliert nach oben zuckten.

»Wieso? Bist du etwa kitzelig?«, zog ich ihn schmunzelnd auf und ließ meine vor Aufregung zuckenden Finger ihre Reise fortsetzen.

Ehe ich noch etwas hinterher setzen konnte, hatte er mein Handgelenk fest umschlossen und uns in einer flinken Bewegung herumgedreht. Ich blinzelte, realisierte zwei Herzschläge nicht, was gerade passiert war, und spürte dann, wie sich Hitze in meinen Wangen ausbreitete. Überdeutlich spürte ich sein Knie an meinem Hintern, seine Beine an der Innenseite meiner Schenkel und seinen Atem auf meinem Gesicht.

Tief sog ich die Luft ein. Er roch nach frischem Holz, wie ich es gewohnt war, aber auch nach Burger und Sour Creme. Seine Finger umfassten meine Handgelenke so fest, als wären sie sein Rettungsanker, während er mich mit dem gesamten Körper auf der Decke unter uns festpinnte. Mein Unterleib zog sich beinahe schmerzhaft und voller Erwartung zusammen, während ich durch die Dunkelheit zu ihm nach oben starrte.

»Was tust du da?«, hauchte ich atemlos und biss mir auf die Lippe, weil meine Stimme so lächerlich zittrig klang.

Verdammt. Die Signale meines Körpers waren absolut eindeutig. Ich wollte Levin Williams. Und auch wenn ich mir selbst einzureden versuchte, dass es nur der Situation geschuldet war, so wusste ich es besser. Ich wollte ihn, weil er eben er war. Weil er dunkel und hell zugleich war. Weil er wusste, wer ich war und mich dennoch akzeptierte. Er versuchte nicht, mich zu ändern, sondern nahm mich, wie ich war.

»Fuck«, stöhnte Levin. »Du hast keine Ahnung, wie verflucht gern ich dich jetzt küssen würde.«

Nun schluckte ich schwer. Allein der Gedanke von seinen Lippen auf meinen, löste in mir ein regelrechtes Feuerwerk der Vorfreude aus. Meine Worte waren nicht mehr als ein heiseres Flüstern, als ich ein kleines bisschen herausfordernd fragte: »Warum tust du es dann nicht einfach?«

Mehr brauchte ich nicht zu sagen. Nur eine Nanosekunde später landeten seine festen Lippen auf meinen und die Welt stand für einen kurzen Moment still. In mir zog sich alles zurück, bis ich für diesen winzigen Moment vollkommen leer war. Dann explodierte ich. Ich fühlte so vieles gleichzeitig, dass ich es kaum in Worte fassen konnte. Da waren diese flatternden Glücksgefühle, die mich an Schmetterlinge erinnerten. Gleichzeitig brandete Adrenalin durch meine Adern, wie das wilde Wasser in einem Fluss. Aufregung breitete sich wie ein Lauffeuer bis in meine Zehenspitzen in mir aus und meine Augenlider klappten zu, weil ich nicht wusste, wie ich all diese Dinge verarbeiten sollte.

Der Kuss war anders als der im letzten Jahr. Dieser hier war sanft, zärtlich, liebevoll. Nicht hart, unnachgiebig und voller uneingestandener Gefühle. Das hier, das war echt. Wir wussten beide, was wir fühlten, und wir hielten nichts zurück.

Ich entlockte Levin ein Stöhnen, als ich mit der Zunge über seine Unterlippe fuhr und dann sanft die Zähne darin vergrub. Er gab mein linkes Handgelenk frei und ich vergrub die Finger sofort in seinen Haaren, wo ich leicht daran zog. Ich entlockte Levin damit ein leises Grummeln, das mich beinahe an ein Knurren erinnerte.

Seine Fingerspitzen waren kühl, als sie die erhitzte Haut an meiner Taille berührten, und Levin seine Finger in dem weichen Fleisch vergrub. Ich konnte das Wimmern, das seine unschuldige Berührung auslöste, nicht zurückhalten und legte den Kopf in den Nacken. Er nutzte die Gelegenheit und hauchte mir einen Kuss auf den Hals, neckte mich mit seiner Zungenspitze und tanzte mit den Spitzen seiner Finger über die Haut unter meinem schwarzen Top.

»Fuck«, stieß ich seufzend aus. Das Verlangen in meinem Körper traf mich so plötzlich, dass ich vergaß zu atmen. Ich wollte mehr. So viel mehr. Mehr als bisher. Mehr, als mir zustand. Mehr, als gut für mich war. Levin hatte sich einen Weg in mein Herz gesucht und ich hatte es nicht kommen sehen. Er war überall. In meinen Gedanken, meinen Gefühlen, meinen Träumen, einfach überall. Letztes Jahr hatte ich ihm gesagt, dass dieser Kuss eine einmalige Sache war. Und hier waren wir nun. Heftig knutschend in seinem Auto und es war nicht genug. Es war nicht genug, weil es auch die Male davor nicht genug war.

Ich zog die Hand aus seinen Haaren, ließ sie mit einer fahrigen Bewegung unter sein Shirt gleiten und ließ meine Finger über seine Haut wandern. Er glühte unter meiner Berührung und ich stöhnte erneut ungehemmt auf.

»Wir müssen aufhören«, presste ich hervor, während sich mein Körper gleichzeitig seinem entgegenreckte und ich den Kopf noch weiter in den Nacken legte, um ihm den Zugang zu meinem Hals leichter zu machen. »Das hier ist nicht genug.«

»Es wird niemals genug sein«, stimmte Levin zu, ehe er an der dünnen Haut zu saugen begann und mich in ein Film voller betäubender Ekstase versetzte. Ich wusste nicht mehr, wo oben und unten war, hatte innerhalb eines Wimpernschlags verlernt, wie man atmete. Ich wusste nicht, wo ich aufhörte, und er anfing. Alles verschwamm ineinander und ich gab mich diesem flimmernden Gefühl hin.

Als er seine Lippen von meiner Haut löste und sanft Luft auf die brennende Stelle blies, durchlief mich ein eiskalter Schauer. Doch er kühlte mich kein bisschen ab, sondern ließ das Feuer in mir nur noch höher lodern, bis es alles in mir verschlang und nur noch nackte Lust übrig blieb.

»Ich brauche mehr«, brachte ich mühsam hervor und umklammerte den Saum seines Shirts. »Ich will dich, Levin. Ich will dich so sehr, dass es weh tut.«

Es war mir ein Rätsel, wie ich überhaupt jemals ohne ihn hatte überleben können. Wie ich es bis zu diesem Punkt in meinem Leben geschafft hatte. Allein, ohne ihn. Alles in meinem Körper sagte mir, dass ich nur für diesen Moment geboren wurde. Ich wollte nicht mehr ohne ihn in meinem Leben existieren. Zum ersten Mal hatte ich wirklich das Gefühl, angekommen zu sein und eine Familie gefunden zu haben.

»Ich will dich auch, Livana.« Er legte seine Finger über meine und half mir dabei, ihm das Shirt über den Kopf zu ziehen. Dann zupfte er fragend an dem Hemd das ich trug, ehe seine Lippen wieder meine fanden.

Von da an verloren wir unsere Kleidungsstücke beinahe schneller, als mein Herz schlug. Ich nahm nichts andere mehr wahr, als seine nackte Haut an meiner. Sein Körper an meinem. Seine Hände auf meinen Brüsten. Seine Finger, die mit meinen harten Brustwarzen und meiner Klitoris spielten, bis ich beinahe frustriert aufschrie. Seine Härte zwischen meinen Beinen. Alles, worauf ich mich fokussieren konnte, waren seine sanften und zugleich festen Berührungen.

Ich nutzte den kurzen Moment, als Levin das Kondompäckchen aus seiner Hosentasche angelte, und wand mich unter ihm hervor. Bestimmt drückte ich ihn nach hinten, schnappte mir die silbrig glitzernde Packung und öffnete sie mit Hilfe meiner Zähne, während ich eine Hand um seinen Penis schloss. Mit einem rauen Stöhnen ließ er den Kopf in den Nacken sinken, suchte jedoch schon in der nächsten Sekunde wieder meinen Blick. In seinen Augen brannte es ebenso sehr wie in meinem Körper und ich verschwendete zu unser beider Erleichterung keine Zeit, rollte ihm das Kondom über und glitt dann über ihn.

»Wieso überrascht es mich nicht, dass du dich bei unserem ersten Mal durchsetzt?« In seinen Worten hörte ich dasselbe Schmunzeln, das ich bei einem Blick in sein Gesicht auch auf seinen Lippen sah. Fragend hielt ich inne und spürte ihn unter mir erwartungsvoll zucken. »Als wir auf der Verbindungsparty waren hast du gesagt, deine Lieblingsstellung ist der Reiter.«

Ich stieß ein schnaufendes Lachen aus, beugte mich nach vorn und sah Levin fest in die Augen. »Natürlich setze ich mich durch. Ich habe eben gerne die Kontrolle.«

Ehe ich mich zurückziehen konnte, griff er nach meinem Kinn und hielt es fest. »Du hast mich immer unter Kontrolle, Königin.«

Er überließ mir für die erste Hälfte die Kontrolle, bevor er uns wieder herumdrehte und sich so tief in mir versenkte, dass ich das erste Mal in meinem Leben laut aufstöhnen musste, statt nur verzückt zu seufzen. Wir trieben uns gegenseitig bis an den

Klippenrand, zogen uns dann wieder zurück und sorgten dafür, dass der andere den Verstand verlor. Erst als ich nicht mehr wusste, in welchem Universum wir uns überhaupt befanden, ließ Levin mich über den erlösenden Rand springen und in dem intensivsten Orgasmus meines Lebens in tausend Scherben zerbrechen.

KAPITEL 24

Livana

Wir waren erst weit nach Mitternacht zurückgekehrt und es waren bereits alle in den Betten gewesen, als wir uns auf Zehenspitzen die Treppe nach oben geschlichen hatten. Wir hatten noch zwei weitere Male miteinander geschlafen, ehe wir die zweistündige Strecke zurück nach Soho gefahren waren. Jetzt, nachdem ich eine ordentliche Mütze Schlaf bekommen hatte und das süße Ziehen an der Innenseite meiner Oberschenkel spürte, war wieder Leben ins Apartment gekehrt und ich hörte die Stimmen der Jungs von unten.

Mit einem Grummeln drehte ich mich auf den Rücken und rieb mir über die Augen. Es war bereits hell im Zimmer, was mir sagte, dass Holly die Vorhänge bereits zur Seite gezogen hatte. Eigentlich wollte ich mich nochmal unter der Decke verstecken und erneut in das angenehme schwarze Loch meines Bewusstseins verschwinden. Doch das hartnäckige Piepen meines Smartphones ließ mich nicht abschalten, also tastete ich fluchend nach dem Gerät und drückte wild auf den Tasten herum. Als endlich Stille einkehrte, öffnete ich schwerfällig die Augen und kämpfte blinzelnd gegen das Tageslicht an.

»Wie war es?« Hollys Kopf tauchte in meinem Sichtfeld auf und ihre grünen Augen leuchteten vor Neugierde so sehr, dass ich am liebsten schreiend davonlaufen würde.

Ich wusste, was jetzt kam. Sie würde mich löchern und mich ausquetschen, bis ich ihr den gestrigen Abend auf die Sekunde genau beschrieben hatte.

»Schön?«, grummelte ich zögerlich und stemmte mich auf beiden Ellenbogen nach oben. Vorsichtig winkelte ich ein Bein unter der Decke an, spürte wieder das sanfte Ziehen und wurde an das Gefühl von seinem Körper an meinem erinnert. Seine Finger auf meinen Brüsten, seine Hüfte an meinen Unterschenkeln, als ich über ihm kniete, an ihn in mir. Augenblicklich zog sich mein Unterleib freudig zusammen und ich spürte, wie sich Hitze von dort aus in meinem Körper ausbreitete. Sie kroch mir in die Schenkel und in Richtung meines Herzens.

»Ach Mensch Livi«, schmollte meine Schwester. »Jetzt lass dir doch nicht alles aus der Nase ziehen und erzähl mir, was ihr gemacht habt. Ich habe schon gedacht, ihr kommt überhaupt nicht mehr zurück.«

Mein Herz machte einen kleinen Sprung und warme Liebe, die sich wie ein zarter Sonnenstrahl anfühlte, breitete sich in meinem Brustkorb aus. Es war nicht wie das, was ich für Levin fühlte. Es war nicht kribbelnd und aufregend. Es war das Gegenteil. Erdend und gefestigt. Es war diese Art von Liebe, die man nur für seine Schwester empfinden konnte.

Ich schenkte ihr ein sanftes Lächeln und sagte: »Ich würde dich nie zurücklassen. Wo immer du bist, werde ich sein. Und ich werde immer zurückkommen, egal wohin ich gehe.«

Holly verzog die Lippen zu einem Schmollmund, ihre kleine Nase zuckte unzufrieden und in ihren goldgrünen Augen tauchte ein genervter Ausdruck auf. »Das ist ja alles schön, aber das interessiert mich doch gerade gar nicht.«

Perplex zog ich beide Augenbrauen nach oben und richtete mich vollständig auf, sodass ich die Beine zum Schneidersitz kreuzen konnte. Meine Schwester ließ sich schnaufend auf der Bettkante nieder und sah mich so intensiv an, dass mir eine Gänsehaut über den Rücken wanderte. »Ich will wissen, was ihr gemacht habt. Wo wart ihr? Hat er dich zum Essen ausgeführt? Wieso seid ihr so spät gekommen? Ich dachte, ich könnte dich gestern schon ausquetschen.«

Das waren eindeutig zu viele Fragen für diese Uhrzeit und ich hasste mich selbst dafür, dass ich mir heute einen Wecker gestellt hatte. Aber es war Samstag und wir hatten schon vor zwei Wochen vereinbart, heute zu den Warner Bros. Studios zu fahren und die

Harry Potter-Ausstellung anzuschauen. Außerdem hatten wir für heute Abend passende Musical-Karten.

»Wieso bist du eigentlich so neugierig? Sonst überrennst du mich doch auch nicht mit irgendwelchen Fragen?«, grummelte ich und fuhr mir über die Augen, um die Überreste des Schlafstaubs aus den Augenwinkeln zu wischen. »Es war doch nur ein Date.«

Holly riss bei meinen Worten den Mund auf und ihre Augen wurden so groß, dass ich Sorge hatte, ihre Augäpfel würden gleich herauskugeln. »Nur ein Date?!« Ihre Tonlage ließ meine Ohren klingeln und ich wusste, dass ich einen Fehler gemacht hatte, noch bevor sie weitersprach. »Livana Benett, das war nicht nur ein Date!«

»Okay? Und warum?« Das war mir alles zu viel in meinem halb schlaftrunkenen Zustand und ich war nicht bereit, eine richtige Diskussion auszufechten. Also beschränkte ich mich auf einfache, oberflächliche Fragen.

Meine Schwester warf sich die erdbeerblonden Haare über die Schulter, richtete sich zu voller Größe auf und hob dann auch noch das Kinn an, um ihrer Ausstrahlung mehr Kraft zu verleihen. »Es war ein Date mit ihm. Es mag sein, dass du Juls geliebt hast. Er mag deine erste Liebe gewesen sein, das will ich gar nicht bestreiten. Aber ganz ehrlich, du siehst dich selbst nicht, wenn Levin in der Nähe ist. Du siehst deinen eigenen Blick nicht, wenn er mit dir spricht. Und du merkst auch nicht, wie du all diese kleinen Dinge tust, wenn seine Aufmerksamkeit auf dir liegt.«

»Bitte was? Welche kleinen Dinge tue ich denn?« Es war die einzige Information, die mein Gehirn aus dem Redeschwall herausfiltern konnte.

»Du spielst mit deinen Haaren. Du beißt dir auf die Lippe. Und du hast dieses winzig kleine Lächeln, das du nur ihm schenkst. Du hast dieses Funkeln in den Augen.« Sie zählte jeden ihrer Punkte an den Fingern mit und ich schluckte schwer, weil ich ihnen nichts entgegensetzen konnte. Ich hatte wirklich nicht bemerkt, dass ich mich in seiner Gegenwart so verhielt. »Du bist total in Levin verschossen. Das ist ein absolut offenes Geheimnis. Nun ja, also für jeden von uns, außer vielleicht für dich selbst. Es war also nicht nur ein Date.

Erzähl mir nicht, dass wir für nichts nach London zurückgekehrt sind.«

Schweigend musterte ich meine Schwester und wartete geduldig, ob noch mehr kam.

»Ich habe vielleicht nicht unbedingt eine Ahnung, was mit dieser Untergrundorganisation so alles gelaufen ist. Ich möchte es auch gar nicht genauer wissen, da bin ich ehrlich. Aber ich weiß, wie gefährlich es für uns hier ist. Auch wenn du diese Leute aus Deutschland los bist, hier in London hast du dir neue Feinde gemacht. Das haben wir besprochen, also verkauf mich nicht für dumm. Und dennoch sind wir hier.« Holly machte mit dem Finger eine kreisende Bewegung. »In London. In diesem Apartment. Du hättest Lennox und Li nach Hause schicken können. Aber das hast du nicht getan. Sie sind in Russland geblieben, bis wir gemeinsam hierher zurückgekommen sind. Niemand hat dich gezwungen, in diesen Jet zu steigen. Aber du hast es getan. Und hier sind wir nun. Wir müssen immer aufpassen, dass uns niemand folgt und dass wir uns mit niemandem anlegen. Wir müssen immer darauf achten, nicht in die falschen Straßen zu laufen. Wir sind hier, obwohl es verdammt gefährlich für dich ... für uns ist. Also sag mir jetzt nicht, dass wir das völlig umsonst machen.«

Ich war immer wieder überrascht davon, wie erwachsen meine Schwester mit neunzehn Jahren dachte. Wenn ich mich da an mich selbst zurückerinnerte, dann hatte ich mir um so etwas keine Gedanken gemacht. Ich hatte einfach nur versucht zu überleben und Taurus von Holly fernzuhalten. Sie aber dachte über solche Dinge nach und hielt mir aus dem Stand heraus eine solche Standpauke. Es war immer wieder überwältigend.

»Na schön, möglicherweise war es nicht nur ein Date«, seufzte ich ergeben und verdrehte die Augen. »Möglicherweise war es das perfekteste erste Date, das man haben kann.«

Augenblicklich kehrte das Leuchten in die Augen meiner Schwester zurück und sie klatschte freudig in die Hände. »Ja! Ich wusste, er wird das Richtige finden! Also, was habt ihr gemacht?«

Ich erzählte Holly von unserem Nachmittag in der Paintball-Arena und dem Abendessen. Auch wenn sie sich laut eigener Aussage etwas deutlich Besseres vorstellen konnte, als von kleinen

Farbbomben abgeschossen zu werden, passte das Date perfekt zu uns. Bevor ich jedoch zu den pikanteren Details unserer Nacht kommen konnte, strampelte ich die Decke von mir und schwang mich aus dem Bett. Mit gezielten Griffen zog ich meine Kleider für den heutigen Tag aus dem Chaos auf dem Zimmerboden und machte mich auf in Richtung Tür. Dabei folgte mir meine Schwester und im Flur hielt sie mich am Arm zurück, bevor ich ins Badezimmer verschwinden konnte.

»Und? Ist sonst noch etwas passiert?« Sie wackelte anzüglich mit den Augenbrauen.

Ein Grummeln meldete sich in meinem Magen, wurde jedoch sofort von dem Prickeln der Erinnerung an die letzte Nacht abgelöst. »Muss ich darauf antworten?«

»Ha!« Holly stieß einen Schrei aus, drehte sich um und stürmte die Treppe nach unten. Dabei brüllte sie so laut, dass es vermutlich auch die Mieter im Stockwerk unter uns hören konnten: »Egal was er euch erzählt, sie haben miteinander geschlafen! Livi und Levin hatten Sex!«

Für einen kurzen Moment stand die Welt still und ich fragte mich, was zum Teufel hier vorging. Dann ließ ich meine Klamotten mitten auf dem Flur fallen und hechtete Holly hinterher nach unten, direkt in die Küche hinein.

Dort saßen Levin und Tyler am Esstisch, Nox und Blondie klatschten sich jubelnd ab und Holly vollführte breit grinsend eine Pirouette. Ich tauschte nur einen kurzen Blick mit Levin, der genauso ahnungslos zu sein schien wie ich, doch das genügte, um ein heißes Feuer in meinem Körper zu entfachen. Die Erinnerungen an vergangene Nacht waren noch so frisch, dass ich nicht einmal die Augen schließen musste, um sie erneut in mir hervorzurufen.

»Ich wusste es!« Blondie warf beide Fäuste in die Luft und boxte gegen Schattenwesen, die nur er sehen konnte. Nox prostete mir mit beinahe väterlichem Stolz in den Augen mit einer Kaffeetasse zu, als er mich im Türrahmen stehen sah und Holly ließ sich lässig mit der Hüfte gegen die Küchenzeile sinken. Blondie streckte seine Hand in Tylers Richtung aus und sagte. »Das macht dann zehn Pfund für jeden von uns.«

Der Blick des Brünetten richtete sich frostig zuerst auf Levin, dann auf mich, ehe er Lian ansah und brummte: »Portemonnaie liegt im Wohnzimmer.«

Das ließ sich sein Kumpel nicht zweimal sagen. Als er sich an mir vorbeischob, klopfte Lian mir mit zufriedenem Gesichtsausdruck auf die Schulter. »Gut gemacht, Shorty. Ich wusste, man kann sich auf dich verlassen.«

Mit Blicken, die jeden normalsterblichen Typen verbrannt hätten, glotzte ich ihm hinterher und blaffte: »Ich hatte nicht mal zusammenpassende Unterwäsche an. Also kannst du dich bei Lev bedanken, dass er offensichtlich alles richtig gemacht hat. Sonst wäre es definitiv nicht dazu gekommen.«

Das war nicht gelogen. Denn als ich mich umgezogen hatte, war ich so spät dran, dass ich mir absolut keine Gedanken um Dessous gemacht hatte. Davon abgesehen, hatte ich seit meiner Flucht nach London nicht daran gedacht, zusammenpassende – im besten Fall auch noch sexy – Spitzenwäsche zu kaufen. Einen wirklichen Grund hatte ich dazu bisher auch nicht.

»Danke, Herzblatt meiner Schwester. Du hast jeden von uns um zehn Pfund reicher gemacht«, jubelte Holly in Zimmerlautstärke und ich zwang mich, mich dem Geschehen in der Küche zuzuwenden.

»Wieso um alles in der Welt macht ihr immer so seltsame Wetten?«, schnaufte ich, zeitgleich grummelte Tyler: »Hättest du dich nicht zusammenreißen können?«

Sein Blick war vorwurfsvoll auf Levin gerichtet und ich zog skeptisch eine Augenbraue nach oben. Dreißig Pfund zu verlieren war nicht schön, aber in meinen Augen brachte ihn das nicht gerade um. Mit den illegalen Kämpfen verdiente er genug, um sich das leisten zu können. Aber ich kannte Tyler nicht gut genug, um zu wissen, was ihn daran so störte. Vielleicht hatte er generell ein Problem damit, zu verlieren.

»Ich werde mich nicht dazu äußern. Ihr wart alle nicht dabei und das darf auch gerne in Zukunft so bleiben«, erwiderte Lev und gab sich größte Mühe, das scharfe Grinsen auf seinem Gesicht zu verbergen. »Mein Sexleben wird nicht in der Gruppe diskutiert.«

»Das Wort zum Samstag«, seufzte ich geschlagen.

Blondie quetschte sich erneut an mir vorbei und verteilte an Holly und Nox jeweils eine Zehn-Pfund-Note. Seine eigene hielt er zwischen beiden Händen und präsentierte sie in der Runde wie einen Pokal, ehe er dem Schein einen Kuss aufdrückte. »Ich liebe Wetten, die ich gewinne.«

»Und ich bin jetzt eindeutig raus«, gab ich matt von mir, drehte mich auf dem Absatz um und floh regelrecht nach oben, um mich endlich für den Tag fertig zu machen. Das war alles zu viel für meinen gerade erst wach werdenden Verstand.

KAPITEL 25

Livana

Nachdrücklich räusperte ich mich und schaffte es tatsächlich, mir die Aufmerksamkeit von Nox und Tyler zu sichern. Blondie hingegen steckte weiterhin den Kopf mit Drey zusammen und brütete mit ihr über dem perfekten Rezept für Falafel-Bällchen.

»Wenn wir jetzt schon mal alle hier zusammensitzen, dann hätte ich da noch eine Kleinigkeit zu verkünden«, begann ich und sah von einem zum anderen. Levins dunkler Blick ruhte aufmerksam auf meinem Gesicht, während sich seine Hand kaum merklich etwas fester um die hölzerne Gabel schloss.

Wir hatten uns vor dem Musical zum frühen Abendessen auf dem Camden Market getroffen und saßen nun zusammengequetscht auf den schmalen Bänken einer Biertischgarnitur. Jeder von uns hatte eine Schale mit dampfendem Essen vor sich und eigentlich war der Moment völlig unpassend für meine Verkündung, aber irgendwann mussten wir darüber sprechen. Und das letzte Mal waren wir alle am vergangenen Wochenende zusammen gewesen, als wir Brighton unsicher gemacht hatten. Ich hatte also keine Ahnung, wann wir wieder alle zeitgleich an einem Fleck anzutreffen waren.

»Wir«, ich deutete auf meine Schwester, die neben mir auf der Bank saß und sich gerade eine Stück Rosmarinkartoffel in den Mund schob, und anschließend auf mich, »wollten uns bei euch dafür bedanken, dass ihr uns in eurem Apartment aufgenommen habt. Wir wissen das sehr zu schätzen. Aber wir wissen auch, dass die ganze Situation nicht wirklich optimal ist.« Mein Blick huschte entschuldigend zu Lennox, der sein Zimmer seit dreieinhalb Wochen mit Blondie teilte und das nur, um meiner Schwester und mir einen Schlafplatz zu ermöglichen. Ich wusste, dass er seine eigenen vier Wände wirklich gerne zurück hätte. »Und deshalb werden wir aus eurem Apartment ausziehen.«

Ich hatte kaum den Mund geschlossen, da hoben sich die Augenbrauen von Nox und Levin unisono, während Tyler überrascht die Nasenflügel aufblähte. Es war, wie ich erwartet hatte, ohne großes Drama – zumindest bei den drei Jungs. Lian hingegen fuhr so schnell zu mir herum, dass er beinahe rückwärts von der Bank kippte. Audrey und ich, die ihn flankierten, hatten alle Hände voll damit zu tun, nicht mit ihm auf dem Boden zu landen.

»Wie bitte was?« Entsetzt glotzte Lian mich aus riesigen sturmblauen Augen an. Seine Haare standen heute wild in alle Richtungen ab, weil er sich wegen der vielen Fotos, die wir von ihm machen mussten, in den letzten Stunden so oft hindurchgefahren war. »Ihr wollt ausziehen?«

Bestätigend nickte ich und als sein Blick an mir vorbei zu meiner Schwester glitt, tat sie es mir gleich. Mit honigsüßer Stimme und einem zuckersüßen Lächeln, bei dem der Schalk förmlich aus ihren Augen sprach, zwitscherte Holly: »Sei nicht traurig, Li-Li. Wir werden bestimmt trotzdem ganz oft vorbeikommen und dich nerven.«

»Hör auf mich so zu nennen!«, schnaufte Blondie, was meine Schwester nur dazu brachte, es noch einmal zu tun. Langgezogen und mit einem Kichern in der Stimme. »L-i-L-i.«

»Und wo geht ihr hin?« Nox hatte tiefe Falten auf der Stirn, doch ich konnte mich nicht auf ihn konzentrieren.

Mein Blick zuckte sofort weiter zu Levin, der direkt neben ihm saß. In seinen Augen konnte ich keinen Vorwurf sehen, doch tief darin glomm ein kleines bisschen Misstrauen. Vermutlich fragte er sich, warum ich ihm nicht gleich gesagt hatte, dass ich wieder verschwinden würde. Dann hätten wir uns vermutlich die letzte Nacht sparen können.

Ich konnte das winzige Grinsen nicht zurückhalten und meine Mundwinkel zuckten verräterisch nach oben. »So genau wissen wir das noch nicht. Es kommt ganz darauf an, wo uns eine geeignete Wohnung über den Weg läuft. Aber da wir mit Jess und Drey in eine eigene WG ziehen werden, wird es vermutlich irgendetwas in London werden. Wir schauen mal, was der Markt so zu bieten hat.«

»Wann ist euch denn diese bescheuerte Idee gekommen?«, platzte es aus Lian heraus und es fehlte nur noch, dass er sich wie ein Hahn aufplusterte. »Doch nicht etwa vorgestern im Pub, oder? Weil dann kann ich nur sagen, das ist eine richtige Schnaps-Idee. Solche Entscheidungen sollte man nicht betrunken treffen.«

Himmel, da gingen wir einmal ohne die Jungs ins *Daryls* und schon wurde alles, was wir taten, in Frage gestellt.

Seufzend verdrehte ich die Augen und warf Blondie einen genervten Seitenblick zu. »Nein, der Gedanke ist uns nicht in der Bar gekommen. Wir haben uns schon am Dienstag beim Taco-Abend darüber unterhalten, falls es dich so sehr interessiert. Und wir haben sehr gut darüber nachgedacht.«

»Wolltest du nicht zurück nach Russland, Jess?«, fragte Nox und wandte sich direkt an meine beste Freundin, die neben ihm auf der Bierbank saß.

Mit jedem ihrer Worte kam mir mehr und mehr der Verdacht, dass sie nicht gerade zufrieden mit unserer Entscheidung waren oder diese gar unterstützten. Eigentlich hatte ich erwartet, dass sie froh darüber waren, die Wohnung endlich wieder für sich zu haben.

»Eigentlich schon. Aber ich denke es spricht auch nichts dagegen, wenn ich mein Studium hier beende. Es wird vermutlich ein bürokratischer Kraftakt, aber es ist sicherlich machbar.« Jess zuckte mit den Schultern und strich sich eine schulterlange Haarsträhne hinters Ohr. »Außerdem sehe ich keinen Grund, meinen Lebensmittelpunkt zurückzuverlegen, wenn ich hier viel glücklicher bin. Meinem Vater wird es sicherlich auch nichts ausmachen. Solange meine Cousins die Stellung halten, bin ich sowieso keine Wahl, was das Unternehmen angeht.«

Für den Bruchteil einer Sekunde tauchte ein Bild von Dimitri vor meinem inneren Auge auf. Ich war froh, dass ich dem herrlich sympathischen Cousin meiner besten Freundin nicht mehr über den Weg laufen musste. Auch die weiteren männlichen Cousins hatten ein zu großes Ego-Problem, als dass ich auf ihre Anwesenheit Wert legen würde. Ich verstand gut, warum Jess lieber hierbleiben wollte. In London war die Welt friedlich. Frei von den Machenschaften ihrer Familie. Frei von der Mafia. Sie sehnte sich nach einem ruhigen Leben, wie ich es einst getan hatte. Mit dem kleinen Unterschied, dass ich nicht in Taurus hineingeboren wurde. Man konnte sich seine Geburtsfamilie leider nicht aussuchen, man konnte nur das Beste daraus machen. Und so wie sie selbst am Dienstag gesagt hatte, war das hier das Beste für sie. Niemand konnte sie besser verstehen als ich.

»Das wird großartig!«, freute sich Drey und grinste mich breit an Blondie vorbei an.

»Und ihr seid euch sicher, dass das die richtige Entscheidung ist?«, fragte Levin und sah von mir zu meiner Schwester. Auf seinem Gesicht konnte ich keinen Vorwurf erkennen, doch in seinen Augen stand eine scharfe Wachsamkeit.

Ich schenkte ihm ein vorsichtiges Lächeln. »Absolut. Etwas Eigenes zu haben ist wichtig. Wir können nicht für immer bei euch wohnen.«

London war für mich keine einfache Entscheidung gewesen. Aber sie war logisch. Denn Levin studierte noch hier und ich ging nicht davon aus, dass er bereit war, mit mir den Ozean zu überqueren und an irgendeinem anderen Ort ein neues Leben anzufangen. Er war nicht wie meine Schwester, die alles für mich zurückgelassen hatte – was ich niemals von jemandem verlangen würde. Wir waren unteranderem wegen Levin zurückgekehrt. Weil ich ihn als Teil in meinem Leben haben wollte. Zum Thema der Fernbeziehungen stand ich auf derselben Seite wie er. Für mich funktionierte das nicht. Also war es keine Option, die Stadt zu verlassen oder in den nördlichen Teil der Insel zu ziehen, wo die Distanz zu groß war. Es war keine einfache Entscheidung hierzubleiben, aber es war die Richtige.

Ich musste mich lediglich von jeglichem Ärger, der auch nur annähernd mit Taurus in Verbindung stehen konnte, fernhalten. Ich durfte mir nichts zu Schulden kommen lassen. Wenn ich mich bedeckt hielt, würde Alex Huston mich eines Tages vergessen. Warum sollte er auch nicht? Im Gegensatz zu Ricky hatte ich ihn weder blamiert noch angegriffen noch um einen Haufen Geld gebracht. Es gab für den Engländer keinen Grund, mich zu jagen. Und Ricky, vor ihm hatte ich keine Angst. Ich hatte seine rechte Hand getötet. Er würde sich jemand Neuen für diesen Posten suchen. Vielleicht Sasha oder jemand anderen. Es war mir egal. Er würde jedoch nicht den Fehler begehen, mir nochmal einen seiner Männer hinterherzuschicken. So dumm war er nicht. Es würde nur noch ein bisschen Zeit in Anspruch nehmen, bis Gras über die Sache gewachsen war. Aber danach würde alles gut sein.

»Das Leben muss weitergehen«, warf Tyler ein und schenkte mir einen versöhnlichen Blick. Ganz offensichtlich hatte sich seine schlechte Laune aufgrund der verlorenen Wette endlich verzogen. »Die Stadt ist groß, aber nicht unendlich. Egal wohin ihr zieht, Lian wird nie weit genug weg sein, um euch nicht mal einen kurzen Besuch abzustatten. Oder?«

Mein Blick folgte seinem bis zu Blondie, der so tat, als würde er sich eine Träne aus dem Augenwinkel wischen. Dabei schniefte er theatralisch: »Niemals, nein.«

Das befürchtete ich allerdings auch.

KAPITEL 26

Livana

Am Sonntag hatten Holly und ich das Apartment für uns allein. Wir lümmelten auf dem Sofa herum und waren beide damit beschäftigt, in unsere Handys hineinzustarren, während der Fernseher im Hintergrund die fünfte Folge *Grey's Anatomy* abspielte. Vermutlich las sich meine Schwester den tausendsten medizinischen Artikel im Internet durch, während ich lediglich durch die überfluteten sozialen Medien scrollte.

»Ich könnte mich für das Medizinstudium einschreiben. Vielleicht bekomme ich sogar ein Stipendium«, meinte Holly plötzlich unvermittelt und brachte mich dazu, aufzusehen. Ihr Blick klebte jedoch weiterhin konzentriert auf dem Display ihres Handys. »Denkst du wir bekommen irgendwie für mich gefälschte Zeugnisse her?«

Allein diese Frage aus ihrem Mund zu hören, jagte mir eine Gänsehaut über den Rücken. Ich hatte es nie für möglich gehalten, dass Holly eines Tages über eine illegale Tat nachdenken würde. Wir beide waren zwar Geschwister, aber wir waren wie Tag und Nacht. Sie war gut, ehrlich und rein. Ich war verdorben, verlogen und beschmutzt. Sie war hell, wo ich dunkel war. Es war einfach falsch, dass sie über so etwas nachdachte und es dann auch noch aussprach.

»Du weißt, dass du nicht hier bleiben musst«, gab ich zurück. »Du kannst jederzeit wieder nach Deutschland fliegen und dein Leben weiterleben. Wir finden sicherlich einen Weg, in Kontakt zu bleiben. Und irgendwann wirst du mich besuchen kommen.«

Nun hob meine Schwester ihr Kinn an und sah auf. Die goldenen Funken in ihren grünen Augen glitzerten im schwachen Sonnenlicht, das durch die Fenster hereinbrach. »Das will ich aber nicht.« Sie griff nach meiner Hand und drückte sie fest. »Du bist meine Schwester. Du bist meine zweite Hälfte. Du bist die Person, die mich durch mein Leben begleitet. Unsere Eltern werden irgendwann sterben und dann werde ich allein sein. Das möchte ich nicht. Du bist diejenige, die dazu bestimmt ist meine Begleiterin zu sein. Ich will nicht gehen und dich nur noch einmal im Jahr zu Gesicht bekommen. Das ist nicht der Sinn von Geschwistern.«

Mein Herz zog sich schmerzhaft zusammen und ich umfasste ihre Hand fester. Ich würde für Holly über Leichen gehen. Ich würde sie bis zu meinem letzten Atemzug beschützen. Sie ist alles, was mir von meiner leiblichen Familie geblieben war. Sie war das Verbindungsglied zwischen meiner neuen Familie und meinen Wurzeln.

»Aber ich möchte genauso sehr Ärztin werden«, seufzte sie und schlug die Augen nieder, als könnte sie mir bei diesem Geständnis nicht ins Gesicht schauen. Ihre Stimme war belegt und ich wusste, dass ich ihr diesen Wunsch niemals verwehren konnte. Schon seit ich denken konnte, sprach sie davon, eines Tages Leben zu retten. »Es ist mein Traum.«

»Träume sind wichtig. Und seine Träume zu seinen Zielen zu machen ist absolut richtig«, beruhigte ich sie und zwang meine Lippen zu einem Lächeln. »Ich werde alles in meiner Macht Stehende tun, um dich dabei zu unterstützen. Und wenn das bedeutet, dass ich dir falsche Zeugnisse besorgen muss, dann ist das meine nächste Aufgabe.«

Holly war eindeutig ehrgeiziger als ich. Denn ich wusste noch immer nicht, was ich mit meinem Leben anfangen wollte. Ich konnte studieren, was immer ich wollte. Oder einfach wieder in einem Café jobben. Oder ich machte etwas völlig anderes. Mir stand die Welt offen und ich saß tatenlos herum, weil ich nicht wusste, wohin mit mir.

»Denkst du wirklich, dass wir uns hier ein neues Leben aufbauen können?« Nachdenklich musterte Holly mich und legte dabei ihren Kopf nur ein kleines bisschen schief. Es reichte jedoch aus, dass der

Dutt auf ihrem Kopf kippte und mir damit ein kleines Grinsen entlockte. »Ich weiß, dass du dir das auch wünschst. Aber ist es realis-
tisch?«

»Ich denke schon«, meinte ich und musste an gestern denken.
Die anderen hatten sich vermutlich dasselbe gefragt, doch weil Drey
dabei war, konnten wir noch nicht darüber sprechen. Als wir nach
dem Musical wieder allein im Apartment waren, waren wir alle hun-
demüde gewesen und direkt in den Betten verschwunden. »Ich
habe mir hier nichts zu Schulden kommen lassen. Hier ist es anders
als in Deutschland. Dort war ich ein fester Teil des Untergrundes
und habe zum Zahnrad von Taurus gehört. Ich habe ihnen über die
Jahre viel Geld eingebracht. Sie konnten mich nicht gehen lassen.
Zumindest nicht, ohne zu versuchen, mich zurückzuholen. Aber
hier ... Hier interessiert sich niemand ernsthaft für mich.«

Meine Schwester zog die Unterlippe zwischen die Zähne und ließ
sie wieder nach vorn schnappen, während sich ihre Stirn in nach-
denkliche Falten legte. »Und was ist mit diesem Alex?«

»Er wird das Interesse an mir verlieren. Irgendwann wird Gras
über die Sache gewachsen sein und dann wird Huston sich wieder
wichtigeren Dingen zuwenden. Das ist immer so.« Betont lässig
zuckte ich mit den Schultern. Meine Hand dafür ins Feuer legen
würde ich zwar nicht, aber es lag in der Natur des Menschen. Deshalb hoffte ich einfach darauf, dass genau dies eintreten würde.
»Und auch aus Deutschland wird uns keine weitere Gefahr drohen.
Darum habe ich mich gekümmert, bevor wir nach Russland geflogen sind. Ricky weiß, was ich mit jedem weiteren seiner Laufburschen tun werde. Er weiß, dass ich es wieder tun werde. Er mag ein
Widerling sein, aber er ist nicht so dumm und schickt mir noch jemandem hinterher. Außerdem muss er sowieso davon ausgehen,
dass ich mich nicht mehr auf der Insel aufhalten. Es wäre schließlich ziemlich dumm, wo ich hier doch völlig auf mich allein gestellt
bin.«

Langsam nickte Holly, während im Hintergrund die Serienfolge
zu Ende ging und direkt die nächste begann. Ich ließ die Hand meiner Schwester los und griff nach der Wasserflasche, die ich zwischen den Sofakissen in Reichweite deponiert hatte.

»Das mit Juls tut mir wirklich leid«, murmelte Holly und ließ den Blick vorsichtig über mein Gesicht wandern.

Ich spürte, wie die Muskeln unter meiner Haut zu Eis erstarrten. Es fühlte sich seltsam an, seinen Namen aus ihrem Mund zu hören. Generell war es komisch, seinen Namen heute noch aus dem Mund von jemand anderem zu hören. Ich hatte seinen Tod nie wirklich verarbeitet, weil ich mit niemandem darüber reden konnte.

Aber vielleicht sollte ich dankbar dafür sein, dass sie über Juls sprach und nicht über die Nacht, in der ich angeschossen wurde. Auch wenn diese nun schon mehrere Monate zurücklag, hatte ich ihr nie erzählt, dass ich Walentin getötet hatte. Es schien zwar so, als würde sie es vermuten, aber wir hatten nie über Einzelheiten gesprochen. Und das war mir auch ganz recht. Ich wollte nicht, dass Holly sah, wie verdorben ich eigentlich war.

»Ich wollte dir das schon die ganze Zeit sagen, wenn wir mal allein sind«, sprach sie langsam weiter. »Ich hab seit dem Taco-Abend auf den richtigen Moment gewartet, um das Thema nochmal anzusprechen. Aber ich schätze, es gibt nur schlechte und weniger schlechte Momente dafür.«

Wohl wahr.

»Was ist damals mit ihm passiert?« Ihre Stimme war samtweich, wickelte mich wie eine wärmende Decke ein und sorgte dafür, dass ich mich wie ein hilfloses Kind, das sich das Knie aufgeschlagen hatte, fühlte. Ihre Frage sorgte dafür, dass vor meinem inneren Auge wieder Juls Gesicht auftauchte. »Wieso ist er gestorben?«

Wie bei einer Diashow jagte ein Horror-Bild in meinem Kopf das nächste. Und mit jedem wurde das zugehörige Klicken in meinem Kopf lauter und lauter. Ich sah mich selbst durch die Dunkelheit der Nacht rennen. Mit den anderen Jägern betrat ich das brennende Haus, stürmte in den oberen Stock nach oben, sah Juls durch die Rauchschwaden und wild umherzuckenden Flammen hindurch. Die gelben Farben ließen sein Haar rötlicher wirken als es war. Dann die Waffe in meiner Hand. Unser Wortwechsel. Der Schuss. Meine Flucht.

»Ich bin mir nicht sicher, ob du das wirklich wissen willst«, murmelte ich und angelte mir meine Schüssel mit Obstsalat vom Wohnzimmertisch. Unschlüssig, ob ich meiner Schwester die Wahrheit aufbürden konnte, stocherte ich in den Ananas-, Kiwi- und Orangenstücken herum. Ich schob die Apfelwürfel zur Seite, pikte eine Traube auf die Gabel und führte sie zum Mund. Während ich kaute, musterte ich Holly. Sie sah mich ruhig und abwartend an. Sie wollte wirklich wissen, was damals passiert war. Aber sie würde mich nicht dazu drängen. Dafür war ich ihr dankbar. »Juls ist nicht einfach nur gestorben. Er wurde getötet.«

Ihre Augen weiteten sich ein kleines bisschen und sie schluckte fest. Ich wartete und gab ihr die Möglichkeit mich zu stoppen, doch sie schwieg und ließ zu, dass ich weitersprach. Das Herz in meiner Brust verkrampfte sich und ich spürte den stechenden Schmerz überdeutlich unter meiner Haut. Übelkeit kroch in meinen Magen und rumorte darin, sodass ich innerhalb von einem Atemzug das Gefühl hatte, gegen ein Geschwür ankämpfen zu müssen. »Ich habe ihn getötet.«

Die Worte aus meinem Mund zu hören war merkwürdig. Es war das erste Mal, dass ich es laut aussprach, und das auch noch in Gegenwart von jemand anderem. Es fühlte sich falsch an. So als würde mein Verstand selbst nicht glauben können, dass es die Wahrheit war.

Wieder schluckte Holly, doch sie erwiderte den Blick aus meinen Augen unverwandt. Sie sah nicht weg, zeigte sonst keine Regung. In ihren Augen war nichts zu sehen. Ich konnte keinen ihrer Gedanken erraten, doch hinter ihrer Stirn arbeiteten die Zahnräder. Sie verarbeitete, was ich ihr soeben gebeichtet hatte.

»War es wie bei diesem Typ in dieser Nacht hier?« Ihre Stimme war leise und kaum mehr als ein Flüstern, als hätte sie Angst, mich damit zu erschrecken. Als könnte die grausame Wahrheit sich dadurch in eine sichtbare Rauchwolke auflösen.

»Walentin?« Ich schüttelte den Kopf. »Nein. Juls hat mich nicht bedroht. Es war nicht fair. Er war schon völlig am Ende und noch dazu unbewaffnet.«

Meine Worte ließen mich nicht gerade im guten Licht dastehen, aber das war in Ordnung. Denn hier ging es um Fakten. Und die Wahrheit war hart und grausam. Ich konnte es drehen und wenden wie ich wollte, ich würde nicht als unschuldig aus dieser Geschichte hervorgehen.

Und dennoch war in den Augen meiner Schwester noch immer nicht der leiseste Vorwurf zu sehen. Ein kleiner Funke Angst mischte sich mit etwas, das ich als Sorge bezeichnen würde. Vielleicht die Sorge um ihre eigene Seele. »Was ist passiert? Wieso hast du es getan?«

»Es war mein Auftrag. Er hat Taurus betrogen. Und bei der Geldsumme, um die es ging, war das immer ein Tötungsgrund«, erklärte ich und versuchte, mir nicht anmerken zu lassen, wie sehr mich meine eigene Erinnerung aufwühlte. »Natürlich änderte sein Tod nichts an dem fehlenden Geld, aber darum geht es bei so etwas auch nicht zwangsläufig. Wichtig ist dabei nur, allen anderen klarzumachen, nicht dieselbe Dummheit zu begehen. Man betrügt Taurus nicht ungestraft um einen Betrag in Millionenhöhe. Juls wusste das und hat es trotzdem getan. Er kannte die Regeln genauso gut wie ich.«

Für einen kurzen Moment schloss Holly die Augen und auf ihrer Stirn tauchten die vertrauten zarten Denkerfalten auf. Erneut zog sie die Unterlippe zwischen die Zähne und ließ sie nach vorn schnappen. »Warum hat er es dann getan?«

Ich zuckte mit den Schultern. »Ich weiß es nicht. Er hat es mir nicht mehr gesagt, bevor ich ...« Es war mir nicht möglich den Satz zu beenden. Es erneut auszusprechen.

Langsam nickte Holly.

»Ich habe verdrängt, was genau passiert ist. Ich habe mich erst nach dem Schusswechsel mit Walentin wieder daran erinnert«, gestand ich. Als ich blutend im Regen auf dem Boden dieser verdammten Gasse saß. »Ich fühle mich schrecklich deshalb. Er hat es verdient, dass ich jeden Tag an ihn denke und mich für das, was ich getan habe, schuldig fühle.«

Und genau das hatte ich in den letzten Jahren nicht getan. Weil ich mich nicht daran erinnerte.

»Das nennt man *Dissoziative Amnesie*«, erklärte Holly und griff nach ihrer eigenen Obstsalatschüssel. Ihre Gabel klirrte, als sie darin herumrührte. »Durch ein Trauma oder Stress ausgelöst. Es kann passieren, dass man sich jahrelang oder vielleicht auch gar nie mehr an die Dinge erinnert, die damit in Zusammenhang stehen.«

Nun nickte ich langsam. Noch immer schlug das Herz in meiner Brust unnatürlich schnell, doch das Geschwür in meinem Magen verzog sich langsam. »Das wäre mir deutlich lieber. Aber Juls hat es nicht verdient, vergessen zu werden. Und ich habe es nicht verdient zu leben, ohne mich daran zu erinnern.«

Nein, ganz im Gegenteil. Ich musste den Schmerz, der mit dieser Erinnerung einherging, spüren. Es zu fühlen zeigte mir, dass es real war. Es zeigte mir, wie weit ich bereit war zu gehen. Wozu ich fähig war. Wozu man mich bringen konnte. Ich musste mir ständig im Kopf behalten können, wie grausam ich sein konnte. Das Monster in mir würde niemals verschwinden, ich würde es nur in der Zukunft besser verbergen.

KAPITEL 27

Livana

Der Duft von frischem Kaffee und gebackenen Buttercrossaints hing mir noch in der Nase, als wir die Bäckerei verließen und uns in langsamem Tempo auf den Rückweg machten. Vorsichtig nippte ich an meiner heißen Schokolade und verbrannte mir prompt die Zungenspitze.

»Ah, Shit«, fluchte ich und bis mir selbst auf die Zungenmitte, um mich von dem eigentlichen Schmerz abzulenken. Mein Puls hatte sich während der Wartezeit in der Bäckerei bereits wieder beruhigt und meine Atmung hatte sich ebenfalls wieder normalisiert. Es fühlte sich gut an, wieder an mir zu arbeiten und zu meiner alten Form zurückzufinden. Mir fehlte der Sport und das Boxen. Ich fühlte mich körperlich nicht ausgelastet und wollte daran wirklich etwas ändern.

Drey lachte und während wir einem mittelalten Geschäftsmann mit Aktenkoffer und Hornbrille auswichen, sagte sie: »Muss ich dich wirklich jedes Mal daran erinnern, dass es heiß ist?«

Wir waren bereits das dritte Mal zusammen joggen und hatten beim letzten Mal entschieden, dass wir uns zur Belohnung eindeutig etwas Leckeres zu Essen verdient hatten. Mit Audrey zu joggen war einfacher als mit den anderen. Ihr Tempo war nicht so schnell und bei ihr fühlte ich mich weniger miserabel, wenn ich um eine Pause bitten musste.

»Meine Qualitäten liegen eindeutig wo anders«, erwiderte ich nur schnaubend und wir hielten an einer roten Ampel an. »Wollen wir Donnerstag eigentlich auch laufen oder passt dir das nicht so gut?«

Kurz schwieg Drey und nachdem ein Kleintransporter laut rumpelnd an uns vorbeigefahren war, antwortete sie: »Doch, das machen wir. Meine Vorlesung wurde aufgrund von Krankheit der Professorin abgesagt.«

Jetzt wo sicher war, dass wir in London blieben, konnte ich mir auch wieder ein Sportstudio suchen, um vernünftig zu trainieren. Eventuell gab es dort auch einen Boxclub, in dem ich mich einschreiben konnte. Ich musste demnächst unbedingt mit den Jungs sprechen, welches Studio nicht zu Taurus gehörte und welches ich mir demnach näher anschauen konnte.

»Weißt du eigentlich, ob die anderen übermorgen dabei sind?«, fragte Drey, während wir die Straße überquerten und in Richtung der nächsten Underground-Station liefen. »Ich will Daryl später Bescheid geben, wie viel Plätze er uns reservieren soll.«

Da Drey am Donnerstag zweiundzwanzig wurde, wollten wir ihren Geburtstag in kleiner Runde feiern. Letzte Woche waren wir mit Jess und Holly im *Daryls* gewesen und weil sie den Besitzer des gutbesuchten Pubs kannte, würde er uns für diese Woche einen Tisch reservieren – etwas, das laut seiner eigenen Aussage normalerweise nicht möglich war.

»Ja, sie kommen alle«, bestätigte ich nickend. »Tyler kommt wohl etwas später erst dazu. Er hat vorher noch etwas zu tun.«

Ich wusste, dass er am Donnerstag einen Botengang für Alex Huston erledigte. Auch wenn die Jungs versuchten, vor mir und meiner Schwester nicht darüber zu reden, war ich nicht dumm genug, es nicht zu bemerken. Sie alle wurden immer ruhig, beinahe schon verklemmt, wenn sie nach Ausreden suchten, um nicht die Wahrheit sagen zu müssen. Weder Holly noch ich hielten es für nötig ihnen mitzuteilen, dass wir sehr wohl wussten, was sie taten. Es ging uns nichts an. Solange sie mich oder meine Schwester nicht mit hineinzogen, konnten sie für Taurus tun, was sie wollten.

»Perfekt.« Audrey strahlte mich an, wobei sie ihre hellen Zähne zeigte. Ihre dunklen Augen glitzerten voller Vorfreude und mir wurde warm ums Herz. Sanfte Sonnenstrahlen kitzelten das Organ in meiner Brust, bis ich das das Lächeln erwiderte und mich bei ihr unterhakte, um die Straße zu überqueren. »Es wird fantastisch, Drey.«

Ich war dankbar, dass sie ein Teil meines Lebens hier war. Gemeinsam mit Jess war sie die erste weibliche Freundin, bei der ich nicht das Gefühl hatte, dass zwischen uns ein Konkurrenzkampf brandete. Es war schön, sich gemeinsam oder auch für die jeweils andere freuen zu können. Und das ganz ohne Eifersucht und Neid.

Nach einer ausgiebigen Dusche inklusive schiefer Gesangseinlage und anschließendem Beauty-Programm ließ ich mich auf das Sofa im Apartment fallen. Ich verschränkte die Beine zum Schneidersitz und schraubte das Fläschchen mit dunkelrotem Nagellack auf.

Levin saß schief auf einem der Sessel, seine Beine baumelten über der Armlehne und er blätterte in einem Comic, während Blondie meiner Schwester das Dartspielen beibrachte. Nox und Tyler hatten heute Vormittag beide Pflichtvorlesungen an der Uni, weshalb wir die Räumlichkeiten für uns hatten.

Auf dem Fernseher lief das neueste Musikvideo von Eminem und in der oberen Ecke konnte ich das Logo eines Musiksenders erkennen. Rap war nicht ganz meine Musikrichtung, aber ich würde mich nicht beklagen. Lian machte mir genau das allerdings nicht gerade einfach, denn er versuchte, mit absolut fehlender Textsicherheit die Klänge aus dem Fernseher zu unterstützten und während er immer wieder über seine eigene Zunge stolperte, stellten sich mir bereits nach wenigen Sekunden die Nackenhaare auf.

Noch bevor ich die Hälfte meiner Fingernägel an der linken Hand lackiert hatte, glitt mein Blick zu Levin. Er hatte die Augenbrauen beinahe bis zum Haaransatz nach oben gezogen und sah aus, als würde er sein Comic gleich zur Seite werfen und sich die Ohren zuhalten. Blondie war eindeutig nicht für die Musik-Karriere geboren.

Ich war froh, als das Lied wechselte und meine Schwester Lian in ein Gespräch verwickelte. Für meine Ohren war es eine Wohltat und dem erleichterten Blick, mit dem Levin mich bedachte, nach zu urteilen, ging es nicht nur mir so. Ich schenkte ihm ein schwaches Grinsen und konzentrierte mich wieder auf meine Fingernägel, während er seine Nase in dem Comicheft vergrub.

Seit unserem Date letzten Freitag hatten wir uns noch ein paar Mal unterhalten und ich fragte mich schon seit dem Wochenende, ob ich ihn um ein zweites Date bitten sollte. Ich hatte wirklich Spaß mit ihm. Wir konnten uns gut unterhalten, aber auch schweigend nebeneinandersitzen. Und das war nicht einmal unangenehm. So etwas war selten. Generell fühlte sich alles mit ihm gut an. Vom Anfang bis zum Ende. Ich wollte schauen, wohin es sich noch entwickeln konnte, wenn ich dem Ganzen eine Chance gab. Grundsätzlich hatte ich auch nicht den Eindruck, dass Levin völlig abgeneigt war. Trotzdem befand sich in meinem Kopf dieser winzige irrationale Gedanke, dass er ablehnen würde. Laut Jess spann ich mir etwas zusammen, das nicht real war. Zumindest hat sie mir das gestern in unserem Chat so mitgeteilt, als ich ihr von meinen Gedanken erzählt hatte.

Ich würde nicht herausfinden, ob sie richtig lag, wenn ich Levin nicht fragte. Also kramte ich all meinen Mut zusammen, während ich auch die zweite Hand lackierte, und holte anschließend tief Luft. »Hey Lev. Hättest du Lust, morgen Essen zu gehen?«

Der Schwarzhaarige sah von seinem Comic zu mir. In seinen dunklen Augen begann ein Sturm zu toben, kaum dass sein Blick auf mir zur Ruhe kam. Seine Mundwinkel zuckten nach oben, sodass ein kleines Lächeln auf seinem Gesicht erschien und mein Herz voller Hoffnung hüpfen ließ. »Auf jeden Fall.«

»Gut.«

Wir grinsten einander an und ich genoss die prickelnden Gefühle, die sich mit jedem Herzschlag weiter in meinem Körper ausbreiteten.

»Oh cool, wir gehen morgen essen.« Lians Stimme ertönte hinter uns und mein Herzschlag geriet aus dem Takt. Levin zog beide Augenbrauen nach oben und sah ruckartig zu seinem Freund. »Wollen wir mal wieder zum Mexikaner?«

Langsam drehte ich den Kopf und sah über die Lehne des Sofas zu Blondie, der sich breit grinsend die Hände rieb. Holly schlug sich selbst mit der Hand gegen die Stirn und murmelte: »Das ist ein Date, Li. *Wir* gehen nirgendwo essen. Nur die beiden gehen essen.«

Überrascht sah er zu meiner Schwester, wobei ihm das Grinsen aus dem Gesicht purzelte, ehe er sich peinlich berührt durch die Haare fuhr. »Oh. Okay. Dann … ist das in Ordnung«, stammelte er perplex und drehte uns schnell den Rücken zu. Leise brummelte er: »Wieso kann ich nicht einmal die Klappe halten?«

KAPITEL 28

Livana

Einen Tag später fand ich mich in einem kleinen italienischen Bistro, nur fünf Gehminuten von der WG entfernt, wieder. Obwohl ich Lev nach diesem Date gefragt hatte, hatte er sich um die Auswahl des Lokals gekümmert. Das lag einfach daran, dass er im Gegensatz zu mir wusste, welches Restaurant sich lohnte und von welchem man sich besser fernhielt.

»Ich glaube, Lian ist tödlich beleidigt, weil wir ohne ihn hier sind«, schmunzelte Levin und schnappte sich eins der Bruschetta von dem Teller in der Tischmitte. Er war heute ganz in schwarz gekleidet und hatte die oberen Knöpfe seines Hemdes aufgeknöpft. Außerdem waren die Ärmel nach oben gerollt, was seine muskulösen Arme betonte.

Ein leises Kichern kam mir über die Lippen, als ich mich an Blondies Schnute erinnerte. Er sah aus, als würde er gleich in Tränen ausbrechen, als Levin ihm an der Apartmenttür unser Ziel verraten hatte. »Was fällt uns auch ein, zu seinem Lieblingsitaliener zu gehen. Und das auch noch ganz ohne ihn.«

»Lian liebt meistens das, was er gerade nicht haben kann«, warf Levin ein und biss von seinem Bruschetta-Brötchen ab. Nachdem er heruntergeschluckt hatte, setzte er hinzu: »Und wenn er irgendwo nicht eingeladen ist, dann versteht er sich bestens darauf, jemand anderem ein schlechtes Gewissen zu machen.«

Ich rutschte auf dem Stuhl nach hinten und griff nach meinem Glas. Der Ärmel des roten engen Longsleeves rutsche dabei nach oben, sodass das kühle Material des silbernen Armkettchens auf meiner warmen Haut lag. »Wieso muss er auch aussehen wie ein Golden Retriever? Das ist doch wirklich unfair.«

Mein Gegenüber begann bei meinen Worten zu lachen und ich grinste hinter meinem Glas, aus dem ich einen großen Schluck nahm.

Die Stimmung zwischen uns war locker, während wir die Vorspeise vertilgten und uns schließlich über den Hauptgang hermachten. Im Hintergrund tönten leise die flotten Klänge italienischer Musik, untermalt von Gitarren und Violinen. Die Wärme des Kerzenscheins, der bei jedem Flackern der Flammen über die dunklen Möbel zuckte, umhüllte mich wie eine wärmende Decke. In hölzernen Rahmen schmückten Fotografien von Fincas zwischen hohen Zypressen und Stränden mit strahlendblauem Wasser die sandsteinfarbenen Wände. Es war ein uriges, kleines Lokal und man fühlte sich in der heimeligen Atmosphäre sofort wohl.

Als wir uns zum Nachtisch eine Portion Tiramisu und Panna cotta teilten, senkte sich langsam Stille über uns. Wir hatten das gesamte Essen über unsere Kindheit und Jugend, über unsere Interessen und Hobbies gesprochen. Unsere Familien hatten wir gemieden, da das besonders für mich kein angenehmes Thema war und Levin das bereits bei unserem letzten Date bemerkt hatte. Meine Eltern waren nichts, über das ich mich gern unterhielt.

»Ich weiß nicht, ob es vielleicht ein bisschen spät ist, das jetzt anzusprechen, aber ich muss.« Levins ruhiger Blick lag auf meinem Gesicht.

Es machte mich nervös, wie er mich mit so ernster Mimik ansah, und ich schluckte schwer, wobei der Kragen meines Shirts an meiner Haut rieb und dafür sorgte, dass mir eine eiskalte Gänsehaut über den Rücken wanderte. Ein unangenehmes Grummeln machte sich in meinem Bauch breit und ich legte die Gabel auf dem Rand des Tellers ab.

»Halt mich jetzt nicht für einen Typ, der einen Kontrollzwang hat oder seine Freundin in ihrer Freiheit einschränken möchte.« Levin fuhr sich mit der Hand durch das Haar, brachte die sorgfältig zurückgestylten Haare durcheinander. Augenblicklich schlug mein Herz schneller, denn genau das war der Look, den ich an ihm mehr als nur attraktiv fand. »Aber ich weiß einfach nicht, wie es bei dir weitergeht und ich möchte mich nicht für eine Beziehung aufopfern, die dir nicht genauso wichtig ist.«

Ich blinzelte. In meinem Kopf setzten sich sämtliche Zahnrädchen in Gang. Ich blinzelte wieder. Mein Herz geriet aus dem Takt, stolperte unkontrolliert weiter. Ich blinzelte erneut. In meinem Hals wurde es trockener als in der Sahara und ich versuchte, durch Schlucken gegen einen unnatürlich aggressiven Hustenreiz anzukämpfen. Ich blinzelte ein viertes Mal.

In meinem Kopf überschlugen sich die Gedanken und ich bekam von jedem nur Bruchstücke zu fassen. Es klang ganz so, als wäre er in der Vergangenheit von jemandem verletzt worden und wollte nicht, dass sich die Geschichte wiederholte. Ich konnte ihn dafür nicht verurteilen - wer war ich schon, das zu tun?

»Was möchtest du denn wissen?«, fragte ich mit dünner Stimme und faltete die Hände ineinander, um das Zittern meiner Finger zu verbergen. Allein diese Worte zeigten mir bereits die Zwickmühle auf, in der ich immer tiefer feststeckte.

Denn ich wollte das hier, so viel wusste ich. Aber ich wollte auch am Leben bleiben. Und wenn nicht alles nach Plan lief und ich doch nochmal Alex Huston oder sonst jemandem von Taurus über den Weg lief, dann konnte es für mich in London überaus ungemütlich werden. Außerdem musste ich meine Schwester beschützen, das stand über absolut allem.

»Es ist okay, wenn ihr aus dem Apartment ausziehen wollt. Das möchte ich auch gar nicht verbieten«, lenkte Lev ein und fuhr sich erneut mit der rechten Hand durch die Haare, wobei sich das Hemd um seinen muskulösen Oberarm spannte. Er schien genau das immer zu tun, wenn er nervös oder aufgewühlt war. »Ich frage mich nur, ob du hierbleiben willst. In London. Großbritannien generell.«

Er wollte wissen, ob ich wieder davonlaufen würde. So wie ich es schon einmal getan hatte. Ich hatte die Anziehung zwischen uns schon letztes Jahr gespürt und dennoch war ich in den Jet nach Russland gestiegen. Ich hatte mich ohne eine Verabschiedung aus diesem Land davongestohlen. Eigentlich wollte er wissen, ob ich es wieder tun würde.

Ich räusperte mich, schluckte den Kloß in meinem Hals herunter und legte mir die Worte zurecht, die ich aussprechen wollte. »Ich will ehrlich zu dir sein: Ich habe keine Ahnung, ob London meine Endstation ist. Es ist schön hier und für den Moment kann ich es mir auch nicht vorstellen, an einen anderen Ort zu gehen. Aber sollte Taurus mir oder Holly gefährlich werden, muss ich von hier verschwinden.«

Sein Blick verdunkelte sich bei meinen Worten, doch gleichzeitig konnte ich Verständnis darin erkennen.

»Alles was ich getan habe, war zu ihrem Schutz. Nur deshalb bin ich aus Deutschland geflohen. Und ich werde weiterhin alles tun, um ihre Sicherheit zu gewährleisten«, setzte ich hinzu und senkte den Blick auf die Reste des Nachtischs zwischen uns. »Das soll aber nicht heißen, dass ich das hier nicht will, Levin. Denn das mit uns, das fühlt sich gut an. Es fühlt sich richtig an. So, als hätte es so kommen müssen. Aber Holly kann in dieser Welt nicht auf sich selbst aufpassen. Taurus ist ... Sie kann das nicht allein. Und ich bin ihre große Schwester. Es ist meine Aufgabe, völlig egal, was ich will. Wenn wir gehen müssen, dann werde ich es tun. Aber wenn wir bleiben können, dann habe ich auch dagegen nichts einzuwenden. Ganz im Gegenteil, ich würde mich sogar wirklich darüber freuen.«

Das mit den anderen war anders. Es war besonders. Diese warmen Gefühle von Geborgenheit und Sicherheit, die ich in der Nähe der Jungs spürte, vermischten sich mit der Freude und Gelassenheit, die ich im Beisein von Jess und Drey spürte. Sie alle hatten zwischenzeitlich einen tief verankerten Platz tief in meinem Herzen eingenommen, direkt neben meiner Schwester. Ich wollte niemand von ihnen je wieder zurücklassen. Ganz im Gegenteil. Ich wollte weiter mit ihnen durchs Leben gehen.

Mehrere Sekunden sagte niemand von uns etwas. Dann brach Lev die Stille: »Das ist mehr, als ich von dir verlangen kann.«

»Das mag sein. Aber ist es für dich ausreichend?«

Es fühlte sich an, als würden wir miteinander Schluss machen, noch bevor eine spruchreife Beziehung überhaupt begonnen hatte. Mein Herz wurde von einer unsichtbaren Steinfaust in meiner Brust zerquetscht und mir fiel das Atmen zunehmend schwerer. Das zwischen uns war etwas Gutes. Es fühlte sich friedlich an. Ich wollte es nicht kaputt machen, aber für ihn war es wichtig, meinen Standpunkt zu kennen. Und vielleicht sollte es auch mir wichtig sein.

Denn nur so konnten wir herausfinden, ob wir gemeinsam weitergehen konnten. Ob unser Weg derselbe sein konnte.

»Das muss es wohl sein«, gestand Levin und griff über den Tisch hinweg nach meinen Händen. Er löste meine Finger aus ihrer verkrampften Haltung und umfasste sie vorsichtig mit seinen. Ich hob den Blick, um ihn anzusehen. In seinen Augen war noch immer diese unendliche Ruhe, als könnte ihn nichts aus dem Gleichgewicht bringen. »Ich kann verstehen, dass du Holly beschützen willst, und das würde ich dir auch niemals vorwerfen. Du sollst auch nicht denken, dass ich von dir erwarte, für immer hier zu bleiben. Aber ich bin dreiundzwanzig, wir vier beenden jetzt alle unseren Master und dann geht es an die Jobsuche. Ich frage mich nur, ob du dich beim nächsten Mal vielleicht mit mir abstimmen könntest, bevor du deine Koffer packst. Oder ob du dich zumindest melden könntest, sodass wir im Nachgang nach einer gemeinsamen Lösung suchen können. Ich kann mir einfach nicht vorstellen, dass du von heute auf morgen wieder weg bist und ich monatelang nichts von dir höre. Ich halte es nicht nochmal aus, nicht zu wissen, ob du noch lebst und wie es dir geht.«

Ein kleines Lächeln schob sich auf meine Lippen und bei seinen Worten wurde mir warm ums Herz. »Ich denke, dafür finden wir eine Lösung.«

Nach dieser Unterhaltung genossen wir den Nachtisch und als die Rechnung kam, musste ich Lev entschieden zurückhalten, nicht wieder für uns beide zu zahlen. Mit den Worten »Du hast beim letzten Mal gezahlt. Jetzt blamier mich nicht und lass mich die Rechnung übernehmen«, hatte ich ihn dann schließlich davon überzeugen können.

Etwa dreißig Minuten später schlenderten wir an der trüben Themse entlang. Der dunkelblaue Himmel über uns verwandelte sich in altbekannte nächtliche Schwärze und die ersten Sterne ließen sich neben dem beinahe vollen Mond blicken. Die Lichter hinter den Fenstern der umliegenden Gebäude waren nur teilweise erleuchtet, hinter manchen konnten wir das flackernde Licht der Fernseher erkennen und obwohl wir uns mitten im Zentrum befanden, kam die Stadt um uns herum langsam zur Ruhe. In London war es niemals vollkommen still, aber man bemerke durchaus, ob es Tag oder Nacht war. Ein Detail, das mich schon seit meiner Ankunft faszinierte.

Meine Hand hatte Levins gefunden und ich genoss das Gefühl seiner warmen rauen Haut auf meiner. Ich fühlte mich an seiner Seite geborgen und geschützt, die Last auf meinen Schultern fühlte sich leichter an. So, als müsste ich mir ein kleines bisschen weniger Sorgen machen, weil er bei mir war.

»Wie seid ihr eigentlich zu Taurus gekommen?«, fragte ich unvermittelt und steuerte auf eine Bank unter einem der noch etwas kahlen Bäume zu. Der Frühling kam dieses Jahr später als sonst, denn wir hatten den ersten Tag im Mai und von zarten grünen Blättern war bisher kaum etwas zu sehen. »Also du und die anderen.«

Sie alle kamen aus guten Familien – zumindest, soweit ich es mitbekommen hatte. Keiner von ihnen konnte mir ernsthaft erzählen, dass es wegen des Geldes war. Und wie Junkies wirkten sie ebenfalls nicht. Es musste also einen anderen Grund geben und ich fragte mich schon länger, um welchen es sich handelte.

Levin schwieg, während wir uns auf der Bank niederließen. Ich war froh, dass mein Mantel länger als mein enger Rock war, der gefährlich weit nach oben rutschte. Mein Begleiter schwieg noch weitere Minuten, in denen wir dem Rauschen des Verkehrs, leisen Plätschern des Wassers in der Themse und den Geräuschen der vorbeilaufenden Menschen lauschten.

»Alles begann mit Tyler«, meinte Lev und schenkte mir einen kurzen Blick, ehe er wieder nach vorn sah. »mit mir und mit einer Dummheit. Uns war langweilig, wir wollten ein bisschen ... Stoff.«

Er sprach langsam und leise, sodass ich Mühe hatte, ihn zu verstehen. Mit aufmerksamem Blick musterte ich sein Gesicht und konzentrierte mich auf seine Lippen. Unter meiner Haut prickelte es und obwohl zwischenzeitlich die frühlingshafte Kühle der Nacht über London lag, fror ich nicht.

»Tyler hielt es für eine gute Idee, den ... Lieferanten über den Tisch zuziehen«, murmelte Lev. »War nicht gerade schlau, weil es in einer Prügelei geendet hat und wir danach bei unserem Fluchtversuch Alex, samt seiner Schläger, genau in die Arme gelaufen sind.«

Ich konnte mir gut vorstellen, wie die Geschichte weiterging. Dennoch hielt ich den Mund und hörte einfach nur zu. Ich wollte nicht meine eigenen Schlüsse ziehen, sondern Levin die Möglichkeit geben, mir davon zu erzählen. Ich wollte wissen, was tatsächlich passiert war.

»Wie sich herausgestellt hat, war der ... Lieferant neu in Alex' Reihen. Deshalb hat er ihn überhaupt im Auge behalten. Zu seinem Glück und unserem Pech«, brummte Lev und als er schluckte, hüpfte der Adamsapfel unter seiner Haut deutlich. Der Druck seiner Hand um meine verstärkte sich. »Man kann über Alex sagen, was man will, aber er ist nicht dumm. Er hat zugelassen, dass wir seinen Neuling verprügeln, nur um uns dann zu rekrutieren.«

Oh, das klang ganz genau nach Taurus. Ricky und Alex hatten ihre Positionen nicht geschenkt bekommen. Sie beide erkannten Potenzial, wenn sie es sahen. Ganz besonders dann, wenn sich damit Geld verdienen ließ, immerhin füllten sich so auch ihre eigenen Taschen.

»Nox und Lian ... Sie sind beide da nur wegen uns reingerutscht.« Wieder schluckte Levin und schloss für einen Moment die Augen, als würde er sich einer Erinnerung hingeben. Er teilte sie nicht mit mir und das war in Ordnung. »Sie haben uns hin und wieder zu den Kämpfen begleitet, unser Geld durch Wetten vermehrt und uns bei ein paar kleineren Sachen geholfen.«

»Welche Sachen?«, platzte die Frage schneller aus mir heraus, als ich über sie nachdenken konnte.

Levin richtete den Blick aus seinen beinahe schwarzen Augen auf mich. In ihnen tobte ein wilder Sturm und ich wusste, dass ihn die mit seiner Erzählung verbundenen Erinnerungen genauso aufwühlten, wie es bei mir der Fall wäre. »Wir haben nicht gedealt. Das haben wir immer strikt abgelehnt. Aber wir haben Alex den Rücken freigehalten, seine Leute überwacht, Geld eingetrieben. Solche Dinge eben.«

Ich nickte langsam »Wie lange seid ihr schon ein Teil davon?« Meine Stimme klang belegter, als sie sollte. Ich verurteilte keinen von ihnen für das, was geschehen war. Wie sollte ich auch, wo es bei mir doch ähnlich abgelaufen war. Ein Umzug und eine Dummheit später.

Lev wiegte den Kopf nachdenklich hin und her, auf seiner Stirn tauchte eine kleine Falte auf. »Etwa drei Jahre. Vielleicht auch etwas länger.«

Wir schwiegen ein paar Minuten, saßen nur nebeneinander auf der Bank und genossen die einvernehmliche Stille. Es freute mich, dass er mir die Hintergründe offenbart hatte. Denn das bedeutete, dass er mir vertraute. Und das beruhte auf Gegenseitigkeit. Auch wenn wir uns zuerst nicht gerade freundlich gegenübergestanden und ich sie alle als meine Feinde betrachtet hatte, vertraute ich ihnen heute. Vor allem bei Levin sagte mir mein Bauchgefühl, dass ich ihm gegenüber bedingungslos ehrlich sein konnte. Er würde mich nicht verurteilen und er würde auch nicht schreiend davonlaufen – zumindest nicht sofort.

»Bei mir waren es etwa sechs Jahre, bis zu meinem Ausstieg gerechnet«, erzählte ich ihm deshalb. Meine Vergangenheit mit dem Untergrund und Taurus gehörte ebenso zu mir, wie meine Familie. Die Zeit dort hatte mich geformt und zu dem Menschen gemacht, der ich heute war. Mit all meinen Ecken und Kanten. Es war nur fair, ihm davon zu erzählen.

Vorsichtig sah ich zu Levin. Er musterte mich mit überrascht nach oben gezogenen Augenbrauen. »Wow. Du musst fünfzehn gewesen sein, als sie dich rekrutiert haben. Das ist verdammt jung.«

»Sechzehn. Ich war gerade einen Monat sechzehn«, lenkte ich ein und zog eine Grimasse, als ich an den Umzug nach Deutschland zurückdachte. Ich hatte es gehasst. Ich wollte nicht dort sein. Und Taurus hatte mir damals ein Ventil geboten, um all den aufgestauten Ärger abzubauen. Auch wenn ich unfreiwillig in die ganze Sache hineingerutscht war, war ich damals dankbar dafür.

Die Passanten wurden weniger, bis wir schließlich mit dem Plätschern des Wassers und Brummen der Automotoren allein waren. Ich erzählte ihm währenddessen davon, wie ich zu Taurus gekommen war.

»Offensichtlich warst du schon immer neugieriger als gut für dich ist.« Ein Schmunzeln lag auf Levins Lippen, als er seine Hand von meiner löste. Sofort flutete Kälte meinen Körper. Ich wollte nicht, dass er mich losließ. Ich wollte, dass er mich für immer festhielt und mir das Gefühl von Geborgenheit gab.

Ich zuckte mit den Schultern. »Scheint mein Laster zu sein.«

Er legte mir den Arm um die Schulter und ich rutschte etwas näher an ihn heran, sodass ich den Kopf an der weichen Stelle zwischen seiner Schulter und seiner Brust ablegen konnte. »Ich bin froh, dass es so ist. Sonst wären wir uns vermutlich nie begegnet.«

»In allem steckt etwas Gutes«, stimmte ich ihm mit leiser Stimme zu und machte mir dabei nicht die Mühe, das Grinsen auf meinem Gesicht zu verstecken. »Man muss es nur sehen.«

KAPITEL 29

Livana

Leise grummelnd schmiegte ich mich an Levin und ließ dabei meine Hand über seine erhitzte Haut gleiten. Ich folgte meiner Bewegung mit meinen Augen und hielt inne, als ich das zarte Tattoo auf seiner linken Brust erreichte.

›Home‹ stand dort in gradlinigen Buchstaben und ich fragte mich schon, seit ich ihn das erste Mal ohne Shirt gesehen hatte, was es wohl bedeutete. Bisher hatte ich mich nicht getraut, ihn danach zu fragen. Es war zu intim, als dass ich im Flur des Apartments oder in Gegenwart von allen anderen dieses Thema anschneiden wollte.

»Hat es eine Bedeutung?«

Levins Hand legte sich über meine und er strich mit unseren Fingern über die vier Buchstaben und den Punkt dahinter. Seine Augen verklärten sich für eine Sekunde und ich war nicht sicher, ob er noch geistig oder nur körperlich anwesend war. Doch dann blinzelte er und sah mich wieder mit seinem typisch durchdringenden Blick an.

»Ja.« Er nickte leicht. »Es soll mich immer daran erinnern, dass es kein Wort, sondern ein Gefühl ist.«

Ich schürzte die Lippen und ließ den Blick wieder zu dem Tattoo gleiten, auf dem noch immer unseren Finger ruhten. Unter meiner Hand konnte ich sein kräftig pochendes Herz spüren und mein Herzschlag passte sich seinem ruhigen Rhythmus an. »Du meinst das Gefühl, das sich wie das Kitzeln von morgendlichen Sonnenstrahlen anfühlt. Diese Wärme und Geborgenheit. Dieses Gefühl, genau dort angekommen zu sein, wo man hingehört. Nicht an diesem einen Ort, sondern bei den richtigen Menschen.«

»Ja«, stimmte Lev zu. »Genau das ist es, was ich unter einem zu Hause verstehe.«

Es war genau das, was ich in der Nähe der anderen spürte. Egal, ob bei den Jungs, meinen Freundinnen oder meiner Schwester. Wenn ich mit ihnen zusammen war, fühlte ich mich vollständig.

Ich schluckte schwer, um den plötzlich aufkommenden Kloß in meinem Hals loszuwerden und rieb mir nachdrücklich die Nasenspitze, um das verräterische Kribbeln darin zu vertreiben. Wir hatten uns nicht dieses überteuerte Hotelzimmer für die Nacht gemietet, dass ich wegen meiner Gedanken und Gefühle herumheulte.

»Was hat es mit der Schildkröte auf sich?«, fragte ich, um vom Thema abzulenken. Das Fineline-Tattoo, das man nur von hinten auf seinem linken Oberarm sehen konnte, war mir schon öfter aufgefallen. Immer wenn Levin ein kurzärmliges Shirt trug, konnte man die schwarzen Linien zwischen dem Saum und seinem Ellenbogen sehen. »Hat sie auch eine Bedeutung?«

Jetzt breitete sich ein Grinsen auf seinen Lippen aus und in seinen Augen begann es zu funkeln. »Es ist eine Art Freundschaftstattoo. Ich weiß, sowas ist echt umstritten und vielleicht war es eine etwas überstürzte Urlaubsaktion, aber du weißt ja, wie Lian so ist.«

Ein Lachen entfloh mir und ich rollte mich auf den Bauch, um ihn besser ansehen zu können. Dabei rutschte die weiche Decke des Hotelbettes weiter nach unten und als die Zimmerluft die nackte Haut an meinem unteren Rücken berührte, breitete sich eine Gänsehaut auf meinem Körper aus. »Blondie kann einen wirklich gut zu Dingen überreden, die einen zweiten Gedanken wert wären. Aber hey, ich habe auch eine Art Freundschaftstattoo. Ich finde es also nicht überstürzt. Vor allem, weil ihr euch schon euer ganzes Leben lang kennt.«

Keiner von uns hatte den Jungs von unserem spontanen Besuch im Tattoo-Studio erzählt. Nicht, weil wir es nicht wollten, sondern weil es bisher keinen Grund dafür gegeben hatte. Aber ich wusste genau, was er mit dem Thema der Freundschaftstattoos meinte.

»Wir waren jung, das erste Mal ohne unsere Eltern im Urlaub und in Hawaii ticken die Uhren einfach anders.« Lev grinste schief und in seinen Augen erkannte ich, dass er an die Zeit mit seinen Freunden zurückdachte. Ein raues Lachen verließ seine Kehle. »Wir haben alle einen riesigen Ärger bekommen, als unsere Eltern es herausgefunden haben.«

Obwohl ich keinen Grund dazu hatte, meldet sich in meinem Herzen ein fieser Stich der Eifersucht. Er war aggressiv giftig und versuchte, sich in mich hineinzubohren. Ich gab ihm keine Chance dazu, denn ich hatte kein Recht dazu, so zu empfinden. Die Jungs waren schon seit ihrer Kindheit befreundet und natürlich waren sie durch viele Erlebnisse miteinander verbunden, bei denen ich keinen Anteil daran hatte. Das war in Ordnung, weil jeder von uns eine Vergangenheit besaß. Also verwandelte ich die Eifersucht in gönnerhafte Freude und schob ein Lächeln auf mein Gesicht.

»Ich kann mir gut vorstellen, was für ein chaotischer Urlaub das war«, meinte ich und beugte mich nach vorn, um Levin eine Haarsträhne aus der Stirn zu streichen. »Ihr seid schon echt ein besonderer Haufen.«

»Wie würde Lian sagen: Du liebst uns genau deshalb.« Er imitierte Blondies Stimme dabei mehrere Nuancen zu hoch und entlocke mir ein helles Lachen.

Wie nah er mit diesen Worten an der Wahrheit lag, wollte ich lieber nicht zugeben.

Mein Blick glitt über Levins nackten Oberkörper. Seine trainierte Brust hob und senkte sich, doch meine Augen huschten über die definierten Muskeln hinweg zu seinem Oberarm, auf dem ich bis gerade eben gelegen hatte. Auch dort sah ich ein schwarzes Linientattoo. »Ein Roboter?«

Entsetzte schnappte er nach Luft und als mein Blick seinen kreuzte, sah ich das blanke Entsetzen darin. »Das ist doch kein Roboter!«, empörte er sich. »Das ist R2-D2. Hast du noch nie Star Wars gesehen?«

»Ähm«, machte ich. Lügen brachte nach dieser Aussage wohl nichts mehr. »Nein. Nein, habe ich nicht.«

Levin stemmte sich auf den Ellenbogen nach oben und kam mir mit seinem Gesicht so nahe, dass sich unser Atem vermischte. Ein kleines Lächeln zupfte an seinen Lippen, bevor er mir einen Kuss auf die Nasenspitze hauchte. Mein Herzschlag beschleunigte sich augenblicklich. »Oh Königin. Diese Bildungslücke werden wir sehr bald schließen müssen.«

»Alles, was du verlangst«, erwiderte ich und hauchte ihm einen federleichten Kuss auf die Lippen. Obwohl sich unsere Lippen kaum berührten, baute sich sofort wieder Spannung zwischen uns auf und das bereits bekannte Pochen meldete sich zwischen meinen Beinen.

»Alles?« Levins Augen funkelten vergnügt. Sein Blick glitt an meinem nackten Oberkörper nach unten und blieb an meinen Brüsten hängen. Er fuhr sich mit der Zunge über die Unterlippe und als ich das heiße Glitzern in seinen Augen bemerkte, richteten sich meine Brustwarzen von allein auf.

Ich wollte ihn so sehr, dass das Pochen zwischen meinen Beinen zu einem aggressiven Hämmern wurde und es mir schwerfiel, mich nicht wie eine hungrige Löwin auf ihn zu stürzen. Mein Körper reagierte so extrem auf ihn, dass sich mein Verstand gänzlich abschaltete.

»Was denkst du denn, warum ich Dessous angezogen habe?« Ich grinste ihn zufrieden an, bevor ich mich nach vorn beugte und meine Lippen fest auf seine drückte.

»Woher hast du die?« Levins Stimme war rau, als er mit dem Zeigefinger einen federleichten Kreis um die Narbe zwischen meiner Schulter und meinem Schlüsselbein zog. Er hatte sich neben mir halb aufgerichtet, stützte sich auf den Ellenbogen und blinzelte unter langen Wimpern zu mir herunter.

Meine Haut begann wieder zu kribbeln und ich spürte, wie sich die Muskeln in meinem Unterleib erwartungsvoll zusammenzogen. Ich dachte, dass der Sex nicht besser werden konnte als der in seinem Auto, doch ich hatte mich getäuscht. Levin hatte mich schon das zweite Mal in dieser Nacht auf vollkommen neue Art und Weise an den Rand meines Verstandes getrieben – und ich hatte jede einzelne Sekunde davon geliebt.

Ich drehte den Kopf ein kleines bisschen und schielte nach unten, direkt auf die Narbe. Sie war zwischenzeitlich zwar geschlossen, aber weil sie nicht sofort von Experten versorgt wurde, würde man sie mein Leben lang sehen. Sie würde mich immer daran erinnern, was ich getan hatte. Wozu ich fähig war.

»Die hat mir Walentin verpasst«, antwortete ich und sah von der Narbe in Levins Gesicht. Seine Augen waren nachdenklich auf die Unebenheit meiner Haut gerichtet. »Es war in der Nacht, bevor wir aus London geflüchtet sind.«

»Was ist passiert?« Levin sah mir nur kurz direkt ins Gesicht, bevor er mir eine lose Haarsträhne hinters Ohr strich. Dort ließ er seine Hand liegen, um mit besagter Strähne zu spielen. Er verfolgte seinen eigenen Bewegungen mit Blicken für ein paar Sekunden, bevor er sich wieder auf meine Augen konzentrierte. Ich hatte das Gefühl, er konnte mir direkt in meine verdammte Seele blicken und ich hatte keine Ahnung, ob mir das gefiel oder mir Angst machte.

»Holly hat geschlafen, aber ich bin nicht zur Ruhe gekommen. Die Sache mit euch, unser Streit, ist mir nicht aus dem Kopf gegangen«, erzählte ich und es kam mir vor, als würde diese Nacht eine Ewigkeit und nicht erst ein paar Monate zurückliegen. »Ich bin spazieren gewesen, um einen klaren Kopf zu bekommen. Sie haben einen Tracker in meinem Handy installiert und kurz nachdem ich dich per Textnachricht um ein Gespräch gebeten habe, ist Walentin aufgetaucht.«

Ich erschauderte, konnte wieder die Kälte auf meinen Wangen und die Regentropfen auf meinen Schultern spüren. »Ricky wollte er mich nicht teilen und vor allem wollte er mich nicht an Huston verlieren. Ich habe mehr als deutlich gesagt, dass ich nicht zurückkomme. Ricky hat entschieden, wenn er mich nicht haben konnte, dann sollte das auch für jeden anderen gelten. Dabei war auch egal, dass ich mich bereits mit Huston auf neue Konditionen geeinigt hatte. Hätte er mich einfach davonkommen lassen, hätte in das gegenüber den Mitgliedern in Deutschland in einem schlechten Licht dastehen lassen. Das wäre ihm auf ewig nachgegangen. Und noch viel schlimmer, es hätte seine Autorität untergraben. Also musste Walentin in seinem Namen ein Exempel an mir statuieren.«

Meine Worte schwebten wie eine schwere Gewitterwolke zwischen uns. Es war nicht nötig, weiterzusprechen. Dem düsteren Ausdruck in seinen Augen nach zu urteilen konnte sich Lev denken, worauf die Begegnung mit Walentin hinausgelaufen wäre.

Kräftig schlug das Herz in meiner Brust, als ich die Geschichte abkürzte: »Ich hatte einfach nur Glück. Es hätte genauso gut mich in dieser Gasse treffen können.«

Hätte ich mich nicht zur Seite gedreht und besser gezielt als der gebürtige Russe, wäre ich bereits vor fünf Monaten gestorben. Ich hatte einen riesigen Schutzengel gehabt, der es gut mit mir meinte. »Ich konnte nicht riskieren, in der Stadt zu bleiben. Nicht nur, weil Alex fucking Huston innerhalb von einer Sekunde darauf gekommen wäre, dass ich Walentin ausgeschaltet habe. Sondern auch, weil ich nicht wusste, wie die Behörden den Fall beurteilen würden.« Meine Stimme klang belegt und diese unangenehmen Wahrheiten auszusprechen fiel mir nicht ganz einfach. Aber es musste sein. Wir mussten ehrlich zueinander sein, denn sonst brauchten wir es gar nicht erst miteinander zu versuchen.

Langsam nickte Levin. »Ich verstehe.«

Schweigen senkte sich über uns und ich ließ den Blick langsam über sein Gesicht wandern. In seinen Augen war nichts außer Ruhe zu erkennen. Meine Worte schienen ihn nicht im Mindesten beunruhigt zu haben. Es war anders als bei Holly, die mich verschreckt und vielleicht auch ein kleines bisschen verstört angesehen hatte.

»Stört es dich nicht?«

Fragend hob Levin eine Augenbraue.

»Ich habe Walentin getötet«, nannte ich das Kind beim Namen und räumte damit jegliches Missverständnis aus dem Weg. »Stört dich das so gar nicht?«

Ein winziges Lächeln zupfte bei meinen Worten an Levins linkem Mundwinkel. »Mich könnte nichts an dir oder deiner Vergangenheit stören. Außerdem weiß ich nicht, wie weit ich gehen würde, um mein Leben oder das von einem von euch zu schützen. Nur weil ich niemanden umgebracht habe, heißt es nicht, dass ich dazu nicht in der Lage wäre. Außerdem ändert es rein gar nichts daran, wer du bist.«

Wärme durchströmte mein Herz und in dieser Sekunde erkannte ich, wie sehr ich diese Worte hören musste. Sie bedeuteten mir die Welt.

Ich reckte den Kopf und drückte Lev einen schnellen Kuss auf die Lippen. Bevor ich meinen Dank in Worte fassen konnte, glitt seine

Hand von meinem Haar zu meiner nackten Taille und er zog mich fester an sich. Während er den Kuss vertiefte und mich mit seiner Zunge neckte, vergrub ich die Hände in seinen Haaren und zog sanft, aber bestimmt daran.

In dieser Nacht bekamen wir beide nicht besonders viel Schlaf.

KAPITEL 30

Livana

Erschöpft fuhr ich mir mit dem Handrücken über die Stirn, verteilte dabei unweigerlich das Mehl noch großzügiger in meinem Gesicht und beobachtete kritisch, wie Blondie sich mit dem Handrührgerät abmühte. Dieser Haushalt war einfach nicht darauf ausgelegt, dass hier jemand kochte oder sogar backte. Eine Küchenmaschine war definitiv eine wertvolle Investition für unsere gemeinsame Mädels-WG.

»Stimmt es, dass du gestern zusammenpassende Spitzenunterwäsche getragen hast?« Blondie richtete seinen bohrenden Blick auf mich, während er weiter den Teig für die Cookies bearbeitete. Er spielte damit ziemlich deutlich auf unsere letzte Unterhaltung nach dem ersten Date mit Levin an und ich war mir sicher, dass ich diesem Gespräch heute nicht wieder aus dem Weg gehen konnte.

Es war meine Idee gewesen, für Audrey eine Portion Cookies zu backen und sie ihr als Zusatz zum Geschenk heute zu überreichen. Dafür hatte ich extra eine pfirsichfarbene Blechdose aufgetrieben, was gar nicht so einfach war. Aber es war nun mal ihre Lieblingsfarbe und ich wollte, dass das Geschenk perfekt war. Mein Plan war eigentlich, allein zu backen, bevor ich mit Drey noch für eine kurze Jogging-Runde verabredet war und wir uns am Abend im Pub trafen. Doch wie es mit Lian so war, hatte er sich mir vorhin förmlich aufgedrängt, als er von meinem Plan Wind bekommen hatte.

»Ich will gar nicht wissen, woher du das schon wieder weißt«, gab ich brummend zurück und wandte den Blick ab, um ihn auf das provisorisch auf ein kariertes Blatt gekritzelte Rezept zu heften.

Eigentlich hatte ich das Havering-Familienrezept im Kopf, aber um es Blondie etwas leichter zu machen, hatte ich es aufgeschrieben.

Lian grinste mich an und in seinen sturmblauen Augen funkelte es verräterisch. »Hat mir Holly verraten.«

Natürlich, wer auch sonst? Egal wie neugierig er auch war, ich traute ihm nicht zu, meine Unterwäsche zu durchwühlen. Allerdings ... Von allen vier Jungs, würde ich es am ehesten noch bei Lian vermuten.

Seufzend verdrehte ich die Augen. »Wenn es dir beim Einschlafen hilft: Ja, habe ich. Und denk jetzt bloß nicht, dass ich dir die Einzelheiten des Abends beichten werde. Frag deinen Freund danach, aber nicht mich.«

Blondie schob schmollend die Unterlippe nach vorn. »Aber du bist doch auch meine Freundin. Ob er es mir erzählt oder du ist doch egal.«

»Von mir erfährst du gar nichts. Daran ändert auch unser Freundschaftsstatus nichts«, erwiderte ich trocken und griff nach einer Packung Zartbitter-Schokoladen-Chunks, um sie zu öffnen und dann in der Rührschüssel vor Lian zu versenken. Allein bei dem Gedanken an die Cookies lief mir das Wasser im Mund zusammen. Ich hatte es immer geliebt, wenn Misses Havering welche gemacht und sie uns mit einem Glas Milch gebracht hatte.

»Ha!«, rief Lian so laut aus, dass es unangenehm in meinen Ohren piepte. Blondie schlang einen Arm fest um meine Schulter und zog mich nachdrücklich an seine Brust, während er mit der anderen Hand versuchte, das Handrührgerät über der Schüssel zu halten. Es gelang ihm nicht besonders gut und der Teig spritze förmlich in alle Richtungen, inklusive der unseren. »Shorty hat eben zugegeben, dass wir Freunde sind!«

Erneut rollte ich die Augen, während mich ein kleiner Klumpen Teig direkt an der Stirn traf. Was hatte ich nur angerichtet?

»Alles Gute zum Geburtstag, Süße!« Ich fiel Audrey von hinten um den Hals und drückte sie lachend an mich. Ihre Hände legten sich um meine Unterarme und sie ließ den Kopf nach hinten auf meine Schulter fallen. »Danke Livi!«

Ich ließ Drey los und sie drehte sich mit einem breiten Grinsen im Gesicht zu mir herum. Ihre tiefbraunen Augen funkelten heute besonders hell und sie sah um einiges erholter aus, als bei unseren normalen Joggingrunden. Das könnte allerdings auch daran liegen, dass wir heute mehrere Stunden hinter unserem üblichen Zeitplan lagen, und sie vermutlich ausgeschlafen hatte.

»Wenigstens du strahlst heute, wenn die Sonne schon nicht rauskommt.« Ich schmunzelte und stieß meine Freundin mit dem Ellenbogen an. Tatsächlich hatte es die ganze Zeit geregnet, als ich mit Lian gebacken hatte, und so düster wie der Himmel auch jetzt aussah, nutzten wir beide die einzigen Stunden des Tages ohne Regen, um von Soho bis zum Hyde Park zu joggen.

Drey zog sich den Kragen ihrer fliederfarbenen Laufjacke im Nacken nach oben und zuckte dann mit den Schultern. Die Farbe stand ihr hervorragend und kam auf ihrer dunklen Haut gut zur Geltung. »Irgendjemand muss hier ja gute Laune verbreiten. Die Fahrt mit der Underground hierher dauert zwar nicht lang, aber ich habe heute schon wieder nur grimmige Gesichter gesehen. Als hätten die Leute keine Lust auf ihr Leben.«

Vermutlich hatte sie mit dieser Vermutung recht. Bis der Frühling mit entsprechend warmen Temperaturen und Sonnenschein wieder die Welt eroberte, litten die meisten Personen auf diesem Planeten an wahrer Winterdepression. Dementsprechend mies gelaunt blickten fast alle Menschen aber eben auch drein.

»Weißt du, worauf ich Lust habe?«, wollte ich rhetorisch wissen, denn die Antwort folgte prompt: »Auf heute Abend. Das wird einfach großartig!«

Aufgeregt griff Drey nach meinen Händen und drückte sie fest. »Ich weiß! Es ist so cool, dass alle kommen! Wir haben eine Ewigkeit nicht mehr alle gemeinsam in einem Pub gesessen.«

Wir sprachen noch ein paar Minuten über die kleine Feier am Abend, bevor wir losjoggten und uns in mäßigem Tempo dem Hyde Park näherten.

Es war faszinierend, wie viele andere Jogger und Passanten man zu jeder Zeit im Park antraf. Die Touristen blieben in einer Stadt wie London ebenfalls nicht aus und sorgten dafür, dass ein noch regerer Betrieb auf den geteerten Wegen herrschte. Wir schlängelten uns an Müttern mit Kinderwägen, Senioren mit Rollatoren und jenen Touristen mit vollen Rucksäcken vorbei, bis wir am Teich entlang die erste Hälfte des Parks durchquert hatten.

An der Straße, die den Hyde Park vom Kensington Garden trennte, bogen wir nach rechts ab und hielten uns weiter auf dem Fußweg. Wenn wir die Ecke des Parks erreicht hatten, würden wir unsere erste Pause für Dehnübungen machen und dann über die vielen Fußwege kreuz und quer durch die grüne Oase den Rückweg antreten.

Aus dem Kopfhörer in meinem rechten Ohr drangen die Beats eines Hip-Hop-Liedes. Drey hörte die Musikrichtung meistens beim Joggen und um unser Tempo einander angleichen zu können, teilten wir uns ihre In-Ear-Kopfhörer. Es war nicht optimal, aber so war es insbesondere für mich einfacher, mit ihr Schritt zu halten.

Meine Lunge brannte bereits, doch ich zwang mich, weiterhin einen Fuß vor den anderen zu setzen. Bald hatte ich die erste Etappe geschafft und dieses Mal hatte es länger gedauert, bis meine Knochen schwer wurden und meine Muskeln sich meldeten. Das war ein Erfolg, auf den ich mich konzentrieren musste. Aufgeben war keine Option.

Mit Drey wieder zu meiner alten Kondition und Ausdauer zurückzufinden war einfach. Sie hatte sich mir schnell angepasst und versuchte dennoch, mich mit jeder Straßenecke und Kreuzung weiter herauszufordern. *Kleine Schritte sind auch Schritte*, sagte sie immer.

»Wer zuerst an der Ecke ist?«, fragte Drey abgehackt zwischen mehreren Atemzügen und warf mir einen Blick über die Schulter zu. Sie war einen halben Schritt vor mir und ich wusste, dass sie nicht langsamer machen würde, sondern mich an meine erste Belastungsgrenze bringen wollte. Das war in Ordnung, denn nur so konnte ich mich verbessern.

Auf der Straße rumpelte ein älterer Lieferwagen vorbei, der sogar die Musik aus dem Kopfhörer um Welten übertönte. Der Fußweg wurde durch einen etwa vier Meter breiten Streifen aus Gras und Erde von der Fahrbahn abgetrennt und die hohen Bäume direkt neben der Bordsteinkante spendeten zwar im Sommer Schatten, hielten aber den Lärm und die Abgase nicht von uns fern.

Ich nickte also nur und Audrey legte einen Gang zu. Ich spannte meine Muskeln an und versuchte, meine Atmung zu halten, während ich gleichzeitig mein Tempo beschleunigte. Meine Schritte wurden größer, kraftvoller, schneller. Der Wind peitschte mir meine Haare, die ich zu einem hohen Pferdeschwanz zusammengebunden hatte, gegen den Rücken. Die kühle Luft brannte auf meinen erhitzten Wangen. Es fühlte sich gut an. Es fühlte sich so verdammt gut an.

Nach wenigen Metern hatte ich Audrey überholt und führte unser Duo an. Ihr Atmen drang mir ins Ohr und ich bildete mir ein, den Luftzug davon in meinem Nacken zu spüren. Es spornte mich nur noch mehr an. Wann immer sie aufholte oder gar überholte, ging ich weiter und weiter, bis die Welt um uns herum zu einem einzigen Wirbel aus Farben verschwamm und ich mich nur noch auf den Weg direkt vor mir konzentrierte.

Dann ging alles ganz schnell.

Ein lauter Knall durchdrang das Rauschen in meinen Ohren. Dann noch einer.

Schüsse.

Ich konnte diese Geräusche sofort zuordnen.

Reifen quietschten auf Asphalt, Passanten unweit von uns entfernt schrien.

Mein Herz raste und ich konnte nicht einschätzen, ob es wegen des Sports oder des Adrenalins war, das wie aus dem Nichts durch meine Adern schoss. Die Welt um mich herum wurde wieder klar, vielleicht weil meine Schritte langsamer wurden, vielleicht auch weil meine Sinne sich sofort auf meine Umgebung fokussierten.

Weitere Schüsse knallten wie Peitschenschläge.

Ich riss den Kopf herum auf der Suche nach dem Schützen. Aus dem Augenwinkel sah ich einen schwarzen Geländewagen mit überhöhter Geschwindigkeit direkt auf der Straße in unsere Richtung kommen. Die Fensterscheiben waren verspiegelt und das Fahrzeug sowieso zu schnell, um Gesichter erkennen zu können. Doch das Maschinengewehr, das jemand durch die geöffnete Fensterscheibe auf der Rückbank nach draußen hielt, entdeckte ich sofort.

Irgendwie schaffte ich es, mit der einen Hand nach Drey zu greifen, und gleichzeitig beinahe stehen zu bleiben. Mein Blick raste in

Richtung der Passanten auf dem Weg vor uns. Ich sah, wie die Kugeln in ihren Körpern einschlugen, noch bevor ich die Schüsse dazu hörte.

Sie würden uns durchsieben, dessen wurde ich mir innerhalb eines Wimpernschlages bewusst. Hier gab es keine Deckung, nur die Bäume mit ihren viel zu dünnen Stämmen und die Wiese, die uns keinen Schutz bieten konnte. In meinem Kopf herrschte gähnende Leere und mein Körper tat nur, was der Autopilot befahl.

Drey schrie, schien erst jetzt zu realisieren, was passierte, und noch während ich nach ihrer Hand griff, blieben wir endgültig stehen. Wir würden sterben und ich konnte nichts dagegen tun.

Fuck.

Die Zeit verging wie in Zeitlupe, gleichzeitig jedoch viel zu schnell. Taubheit breitete sich in meinen Gliedern aus und ich gab dem Gewicht auf meinen Schultern nach. Der Boden war die einzige Möglichkeit, nicht zu sterben. Also ließ ich mich fallen und zerrte an Audreys Handgelenk. Meine Fingernägel kratzten über ihre weiche Haut. Sie sank neben mir zu Boden.

Das Nächste was ich wahrnahm, war ein Röcheln und das Zittern ihres Armes. Ich riss den Kopf von dem vorbeifahrenden Geländewagen und sah zu meiner Freundin. Ihre Unterlippe bebte und in ihren treuen Augen standen Tränen.

»Bist du okay?« Meine Stimme war leise und laut zugleich. Ich konnte selbst nicht erkennen, ob ich flüsterte oder schrie.

Audrey öffnete den Mund, wollte etwas sagen, doch stattdessen hustete sie. Ein Schwall Blut schoss hervor. Einzelne Tropfen trafen mein Gesicht und meinen Hals, der Rest floss ihr wie ein Wasserfall über das Kinn und besudelte ihre Laufjacke und den Boden zwischen uns.

In meine Ohren rauschte das Blut, als ich den Blick über meine Freundin gleiten ließ. Mein Herz stockte, mein Atem versiegte, mir wurde für einen kurzen Moment schwarz vor Augen. Die plötzliche Übelkeit ließ mich beinahe würgen.

Zwei kuchentellergroße Blutflecke hatten sich auf Audreys Oberkörper gebildet. Einer auf ihrem Brustkorb und einer auf Höhe ihres Magens.

»Fuck«, entfuhr es mir unkontrolliert und atemlos zugleich.

Für einen kurzen Moment wusste ich nicht, was ich tun sollte. Ich sah nur das Blut auf ihrem Körper und die Farbe aus Audreys Gesicht weichen. Dann jedoch passierte in meinem Kopf alles gleichzeitig und die Welt begann sich erneut zu drehen, so schwindelig wurde mir von meinen eigenen Gedanken.

Ich drückte Drey auf den Boden, sodass sie halb auf dem Rücken und halb auf der Seite lag. Gleichzeitig versuchte ich, ihren Kopf zu schützten und ihre eigenen Hände auf die Wunden zu drücken. Ich hatte nicht genügend Arme und es half auch nicht, dass aus Richtung des Geländewagens noch immer Schüsse erklangen und die Reifen so laut quietschten, dass mein Trommelfell sich protestierend zusammenzog. Wo ich den verfluchten Kopfhörer verloren hatte, wusste ich nicht. Doch es spielte auch keine Rolle.

Das alles hatte kaum mehr als eine Minute gedauert und doch fühlte es sich wie eine Ewigkeit an.

»Es wird alles gut, Drey«, versprach ich meiner Freundin, noch immer in diesem Film voller Fassungslosigkeit und Hilflosigkeit gefangen. Tief holte ich Luft und bildete mir ein, das Eisen des Blutes an meinen Händen zu riechen. Die Welt um mich herum drehte sich zu schnell, ich verlor den Bezug zu ihr und zurück blieben nur wir beide. »Bleib einfach ruhig liegen, dann wird alles gut, ich verspreche es.«

Mir war bewusst, dass ich meine Umgebung aus den Augen verloren hatte und ich mich nur auf meine verletzte Freundin konzentrierte. Doch das schmerzerfüllte Wimmern, ihre Tränen und der taube Blick, der mit jeder Sekunde abstumpfte, ließen mich meine Aufmerksamkeit nicht von ihr nehmen. Es war egal, was mit mir geschah, solange Drey überlebte.

Verdammter Mist.

Ich war aus Deutschland geflohen und hatte Holly zurückgelassen, um sie zu schützen. Um zu verhindern, dass so etwas oder etwas in dieser Art geschah. Und jetzt saß ich hier und hielt meine Freundin in den Armen, aus der mit all dem dunkelroten Blut auch ihr Leben sickerte. Immer wieder kippte ihr Kopf zur Seite und ich hielt ihre Wange mit der einen Hand, während ich die andere auf die Wunde an ihrem Brustkorb drückte. Ihr Atem ging rasselnd, vermutlich hatte die Kugel ihren Lungenflügel erwischt.

Verdammt, wenn nicht bald Hilfe kam, würde sie sterben und ich konnte nichts dagegen unternehmen.

»Livi.« Audreys Stimme war schwach. Blut quoll hervor und lief in einem kleinen Rinnsal über ihre Wange bis zu ihrem Ohr.

»Ich bin hier«, flüsterte ich mit heiserer Stimme. Tränen brannten in meinen Augen, doch ich erlaubte es mir nicht, sie freizulassen. Das war nicht der richtige Moment dafür, denn ich musste für meine Freundin stark sein. Ich musste ausstrahlen, dass alles gut werden würde. Wenn ich in Tränen ausbrach, dann würde ich das genaue Gegenteil vermitteln. Ich versuchte, ihren Blick, der immer wieder zur Seite abdriftete, einzufangen und all meine Zuversicht hineinzulegen. »Ich bin hier.«

»Livi.«

»Pass.«

»Auf.«

Kaum hatte sie die Worte herausgepresst, wurde ich grob an meinem Pferdeschwanz gepackt und zurückgerissen. Schmerz explodierte unter meiner Kopfhaut, doch das war nichts im Vergleich zu dem Schlag, den mir jemand von hinten in die Rippen verpasste. Die Luft wurde mir aus den Lungen gequetscht und ich vergaß zu atmen, während Audreys Kopf von meinem Schoß rutschte. Sie schlug mit dem Hinterkopf auf dem Asphalt auf, ihre Augen verdrehten sich.

Ich wollte herumfahren, doch der Griff um meine Haare war unnachgiebig. Mein Nacken knackte protestierend. Wie eine Schlange wand ich mich gegen den Arm, der mir um den Körper geschlungen wurde. Es fühlte sich an, als würde ich gegen Stahl kämpfen und ich mobilisierte all meine Kraftreserven, um mich zu Wehr zu setzen. Ich schlug und trat, auch dann noch als man mich hochhob und Zentimeter für Zentimeter über dem Boden davon schleifte.

Aus dem Nichts tauchte eine Faust in meinem Blickfeld auf, traf mich wie ein Hammer an der Schläfe und sorgte dafür, dass ich Sterne sah. Trotzdem zwang ich mich, noch heftiger in alle Richtungen zu treten und vergrub meine Zähne in dem Unterarm meines Angreifers. Es nützte nichts, denn er oder sie trug eine Daunenjacke, die den Einsatz meiner Zähne gänzlich unnötig machte. Ich hustete und schrie die Luft heraus, die sich noch in meinen Lungen befand. Ich versuchte, den Schwindel in meinem Kopf zu bekämpfen und meine Augen zu fokussieren. Doch das Einzige, was ich wirklich deutlich erkannte, war Drey.

Mit schiefgelegtem Kopf und vor Erschöpfung halb geschlossenen Lidern sah Drey zu, wie ich weggeschleift wurde. Sie hatte keine Kraft mehr, konnte mir nicht helfen. Nur ihre Hand konnte sie mir langsam über den rauen Boden hinterherschieben. Doch ich war schon längst nicht mehr nah genug, als dass sie mich hätte zu fassen kriegen können.

Sie konnte nichts tun. Sie konnte mir nicht helfen.

Der schraubstockartige Griff um meinen Körper wurde noch fester, als meine Haare freigegeben wurden und der zweite Arm meines Angreifers meine Taille umschlang. Er drücke mir die Luft aus den Lungen und die Organe in meinem Bauch an falsche Stellen, sodass ich würgen musste und meine Schreie verstummten.

Ich registrierte den grauen Van erst, als ich mit Schwung hineingeworfen wurde. Die Welt um mich herum kippte und mein Kopf schlug hart auf – ich wusste nicht, ob an der Seitenwand oder dem Boden. Blitzende Sterne begannen wieder vor meinen Augen zu tanzen, doch ich gab mich dem aufkommenden Nebel nicht hin.

Ich würde kämpfen, bis zum letzten Atemzug.

Wieder riss jemand an meinen Haaren meinen Kopf so lange nach hinten, bis er vollständig im Nacken lag. Etwas Hartes donnerte gegen meinen Schädel und noch bevor meine Muskeln erschlafften, verdunkelte sich die Welt zu einem pechschwarzen Loch der niemals endenden Tiefe.

KAPITEL 31

Livana

Nur langsam kehrte das Bewusstsein in meinen Körper zurück. Hinter meiner Stirn pochte es unnachgiebig, in meinen Ohren rauschte es unangenehm laut und mein Magen fühlte sich an, als würde ich in einem winzigen Fischkutter mitten auf dem Ozean im Auge eines Sturms sitzen. Meine Arme kribbelten unangenehm, als wären sie eingeschlafen, aber ich war noch nicht ganz bei mir, um den Grund dafür herauszufinden.

Kälte umhüllte meinen Körper und die Feuchtigkeit in der Luft ließ meine Kleidung klamm wirken. Meine Kopfhaut brannte, als hätte mir jemand eine heiße Flamme direkt an den Haaransatz gehalten. In meinem Kopf selbst war nur Watte, die dafür sorgte, dass ich keinen klaren Gedanken fassen konnte.

Übelkeit rumorte in meinem Magen und ich zwang mich, meine Augen zu öffnen. Sie waren verklebt und die Welt drehte sich so schnell, dass ich sie gleich wieder schloss. Es kostete mich alle Mühe, genügend Luft in meine Lungen zu zwängen, um mich zur Vernunft zu rufen.

Was um alles in der Welt war passiert?

Und wo zum Teufel war ich?

Das waren die beiden Fragen, die ich zuerst klären musste. So viel schaffte mein Gehirn zumindest.

Nur dunkel und verzerrt tauchten einzelne Erinnerungsfetzen vor meinen geschlossenen Augen auf. Drey und ich beim Joggen im Hyde Park. Der Geländewagen, aus dem geschossen wurde. Die Menschen vor uns, die verletzt wurden. Blut. So viel Blut, das sich auf Audreys Körper ausbreitete und auf den asphaltierten Fußweg tropfte.

Bei meinem nächsten Atemzug roch ich das Eisen der roten Flüssigkeit und bildete mir ein, sie sogar zu schmecken. Die Übelkeit erreichte ein neues Level und ich könnte schwören, dass sich bittere Galle langsam den Weg durch meine Speiseröhre nach oben bahnte.

Meine Kopfhaut ziepte wieder. Jemand hatte an meinen Haaren gezogen. Weitere Erinnerungsfetzen prasselten in Sekundenschnelle auf mich ein.

Jemand hatte auf Audrey geschossen und mich von ihr fortgerissen. Das Innere eines Lieferwagens blitzte vor meinem Auge auf. Schmerz explodierte in meinem Kopf und ich spürte, ein unnachgiebiges Pochen in meiner Schläfe. Der Schmerz zog sich bis hinter meinen linken Augapfel und sorgte dafür, dass sich hinter meinem geschlossenen Lid heiße Tränen sammelten.

Verdammt.

Ich wollte die dichte Watte in meinem Kopf zurück, doch sie verzog sich immer weiter, bis ich realisierte, was passiert war. Jemand hatte auf uns geschossen, Drey getroffen und mich offensichtlich entführt.

Ich war kein abergläubischer Mensch. Ich glaubte auch nicht an Götter oder den einen Allmächtigen, sondern an harte Fakten und Wahrheiten. Doch in diesem Moment betete ich zu jemandem oder etwas, dass rechtzeitig Hilfe für Drey eingetroffen war und sie nicht an ihren Verletzungen starb. Mein Magen verknotete sich vor Sorge um meine Freundin und ich musste mit einer Menge Speichel gegen den Kloß in meinem Hals ankämpfen.

Blinzelnd schaffte ich es, die Augen einen Spalt breit zu öffnen. Die Welt davor drehte sich noch immer, aber sie wurde langsamer, je öfter ich sie betrachtete. Beton, egal wohin meine Augen auch zuckend blickten. Am unteren Rand meines Sichtfeldes erkannte ich meine Knie, die von der schwarzen Sportleggings bedeckt wurden. Dem etwas unangenehmen Prickeln in meinen Gelenken nach zu urteilen, kniete ich auf dem rauen Boden. Und das wiederrum nicht erst seit ein paar Minuten.

Okay. Das war gut.

Nein, eigentlich war es das nicht. Aber es war ein Fortschritt, denn immerhin wusste ich nun, in welcher Lage sich mein Körper befand. Ich lag nicht, was von Vorteil war. Ich stand aber auch nicht, was ein kleiner Nachteil war. So war es schwieriger, aber nicht unmöglich, mich zur Wehr zu setzen.

Mein Nacken spannte unangenehm und ich konnte das unkontrollierte Zucken meiner Finger nicht unterbinden. Kriechend langsam kehrte mein Körpergefühl zurück und ich spürte, dass meine Arme in einem unnatürlichen Winkel von meinem Körper getrennt wurden. An meinen Handgelenken kratzte es unangenehm.

Der weißliche Schein am Rande meines Sichtfeldes verzog sich und ich versuchte, so viel wie möglich von meiner Umgebung aufzufassen, ohne den Kopf zu bewegen. Die Muskeln in meinem Nacken fühlten sich nicht so an, als könnten sie das Gewicht meines Kopfes tragen.

Alles, was ich sah, war kahler Beton und alte, bereits teilweise rostige Stahlträger. Als ich einatmete, bemerkte ich den kalten Rauch einer Zigarre und die Feuchtigkeit, die sich sichtbar an der Wand zu meiner Linken widerspiegelte, in der abgestandenen Luft. Durch das Rauschen des Blutes in meinen Ohren hörte ich es irgendwo in meiner Umgebung in regelmäßigen Abständen tropfen.

Wo war ich?

Die Muskeln und Nerven in meinen einzelnen Gliedmaßen begannen zu kribbeln und sorgten dafür, dass ich mir über den Zustand meines Körpers im Klaren werden konnte. Ich konnte meine Finger und Zehen bewegen. Zumindest bildete ich mir ein, sie kontrollieren zu können. Das war gut, denn dann war ich nicht verletzt und meine Muskeln zumindest intakt. Was mir jedoch Sorge bereitete, war der glühende Schmerz in meinen Schultern und das Gefühl von Taubheit in meinen Armen.

Es brauchte kurz, doch dann sickerten einzelne Gedanken durch die sich lichtende Nebelwand in meinen Verstand. Jemand hatte meine Arme mit Seilen an den Stahlträgern links und rechts festgebunden. So wurde mein Körper trotz meiner Bewusstlosigkeit aufrecht gehalten. Daher auch das Kratzen an meinen Handgelenken.

Schritte hallten von den Wänden wider und nur wenige Sekunden später erschien die Spitze eines schwarzen Oxford-

Herrenschuhs in meinem Blickfeld. Jemand ging vor mir in die Hocke, wobei sein Knie knackte. Ich erkannte eine dunkle Stoffhose mit Nadelstreifenmuster. Mir wurde eine warme Hand unter das Kinn gelegt und mein Kopf wurde entgegen den Willen meiner Muskeln nach oben gedrückt.

»Dornröschen ist erwacht.«

Meine Augenlider flatterten vor Schmerz und ich biss die Zähne fest aufeinander, um keinen Laut von mir zu geben. Mein Blick glitt über ein blassweißes Hemd und ein Jackett im selben Muster der Hose. Schließlich blieb er an einem bekannten Gesicht hängen.

Die noch etwas neblige Verwirrung in meinem Kopf schlug in flammende Wut um, die sich wie ein Lauffeuer innerhalb von Sekunden in meinem Körper ausbreitete. Ich wusste nicht, woher ich die Selbstbeherrschung nahm, nicht wütend aufzuschreien und mich wie eine Wildkatze zum Angriff nach vorn zu werfen, doch ich saß reglos da und starrte ihn wortlos an.

Seine grünen Augen wirkten in dem schwachen, kühlen Licht des Raumes eher bläulich und sein blondes Haar eher braun. Dennoch erkannte ich die markanten, scharfen Gesichtszüge sofort. Er war mir so nah, dass ich jede seiner Poren, die winzigen Sommersprossen auf seiner Nase und die kleinen Falten um seine Augen und Mundwinkel erkennen konnte.

»Gut geschlafen?« Er klang vergnügt, als ob er ein vor Freude strahlendes Kind nach seinem Ritt auf dem Karussell fragen würde. Passend dazu glitzerte Vorfreude in seinen Augen und ich wollte nichts lieber tun, als ihm die Augen auszukratzen.

In meinem Magen meldete sich das flaue Gefühl von Angst, verstärkte den Eindruck, mich übergeben zu müssen. Ich biss die Zähne fester aufeinander, bis die Muskeln in meinem Kiefer sich verkrampften und der Knochen anfing wehzutun.

Das kam mir gerade recht. Der Schmerz würde dafür sorgen, dass ich nicht klein beigab. Ich würde Alex Huston definitiv nicht einen einzigen Funken Angst oder Sorge in meiner Mimik sehen lassen. Eher würde ich sterben.

»Man sieht sich immer zweimal im Leben. Nicht wahr, Livana Price?« Seine Hand glitt von meinem Kinn über meinen Hals, ehe er sie fallen ließ und sich erhob. Ich musste den Kopf in den Nacken legen, um ihn weiter mit Blicken zu erdolchen. Es brachte mir natürlich nichts, solange ich ihn nicht wirklich attackierte, aber es gab mir zumindest das Gefühl, nicht wie ein Reh im Scheinwerferlicht zu stehen. »Und bei dir habe ich es wirklich darauf angelegt.«

Unvermittelt holte Huston aus und ehe ich begriff, was er tat, kollidierte sein Handrücken mit meiner rechten Wange und schleuderte meinen Kopf zur Seite. Der Siegelring an seinem Finger kratzte grob über meinen Wangenknochen, riss spürbar die Haut auf und grub sich aggressiv in das Fleisch darunter.

Der Schwung seines Schlages brachte meinen gesamten Oberkörper in Bewegung und die Muskeln und Sehnen in meinem rechten Arm wurden weiter gestreckt, als gesund für sie war. Das dicke Seil um mein Handgelenk schnitt mir ins Fleisch, doch das war nichts im Vergleich zu dem Schmerz, der in meiner Gesichtshälfte explodierte und mir beinahe Tränen in die Augen trieb.

»Uff.« Der Laut kam mir unkontrolliert über die Lippen und ich verfluchte mich selbst dafür.

Ich nutzte die Chance, als ich meinen Blick zurück zu seinem Gesicht lenkte, um unsere Umgebung in Augenschein zu nehmen. Die durch die Feuchtigkeit fleckigen Betonwände waren hoch und gemeinsam mit den Stahlträgern und Säulen stützten sie mehrere Meter über unseren Köpfen eine Decke. Eine schmale Metalltür war in der Mitte eingelassen, doch sie hatte kein Fenster und erlaubte mir keinen Blick nach draußen. Generell wirkte es so, als würde nur das künstliche Licht der Deckenlampen für Helligkeit sorgen. Nirgendwo sah ich einen Hinweis darauf, wo wir uns befanden. Unweit unseres Aufenthaltsortes stand ein in die Jahre gekommener Tisch inklusive eines Plastikklappstuhls. Er war in unsere Richtung gedreht und ich vermutete, dass der Dunkelblonde dort gesessen und mich angestarrt hatte – wie lange auch immer das der Fall gewesen war.

»Wir kennen uns wirklich nicht gut genug, als dass du mich vermisst haben könntest«, erwiderte ich spitz und reckte das Kinn in die Höhe, als meine Augen wieder auf ihm zur Ruhe kamen. Bei der Bewegung meines Kopfes spürte ich, wie sich etwas Feuchtes von der Wunde löste und zäh über meine Wange floss.

Verdammt, er hatte mich bereits bei seinem ersten Schlag verletzt.

Es war dumm, die Klappe derart weit aufzureißen. Ganz besonders, wenn man in meiner Lage war. Aber ich konnte einfach nicht anders. Die ganze Situation war derart grotesk, dass es mir schwerfiel, sie überhaupt zu glauben. Außerdem hatte ich es noch nie geschafft, im richtigen Moment den Mund zu halten. Ich würde jetzt also auch nicht damit anfangen.

Huston lachte hohl auf. Es war nur ein kurzes Geräusch, doch es donnerte wie ein Paukenschlag durch den hohen Raum und hallte förmlich von den Wänden wider. Vielleicht spielten meine Ohren mir jedoch auch nur einen Streich und ich litt durch den Schlag gegen meine Schläfe noch unter Halluzinationen.

Ich spielte mit dem Gedanken, ihn nach dem Grund meiner Entführung oder gar nach unserem Aufenthaltsort zu fragen. Doch ich war mir beinahe zu einhundert Prozent sicher, dass ich darauf keine Antwort erhalten würde. Zumindest keine zufriedenstellende. Ich kannte Situationen wie diese. Er würde seine Machtposition bis zum letzten Funken ausnutzen und solange ich mich nicht wehren konnte, war ich ihm hilflos ausgeliefert. Auf Gnade brauchte ich bei ihm nicht zu hoffen, denn wenn ich den Jungs glauben konnte, dann würde ich diese bei ihm nicht finden. Natürlich nicht. Er war bei Taurus nicht an seine Position gelangt, weil er gnädig war. Ganz im Gegenteil. Nur mit eiserner Hand und klaren Konsequenzen bei Regelverstößen konnte man sich in der Untergrundorganisation so weit nach oben arbeiten.

Ich war definitiv in Schwierigkeiten und auch wenn ich versuchte, die bitter aufkeimende Angst niederzuringen, breitete sich das hässliche Gefühl schleichend langsam in meinem Körper aus. Ich war nicht dumm genug, mir selbst vorzumachen, dass jemand außer Huston und seinen direkten Handlangern von meinem Aufenthaltsort wusste. Deshalb würde auch niemand zu meiner Rettung herbeieilen. Und das war in Ordnung. Ich brauchte keinen verdammten Prinzen auf einem weißen Pferd, ich konnte mir selbst helfen. Das hatte ich schon immer getan und so würde es auch weiterhin sein. Ich musste mich nur in Geduld üben und auf den richtigen Moment warten, um mich gegen ihn aufzulehnen und mich zu befreien.

»Hat dir schon mal jemand gesagt, dass du ziemlich amüsant bist?« Huston sah zu mir herunter, ohne den geringsten Funken von Freude im Gesicht. Ich erwiderte den Blick lediglich stumm.

»Wir beide werden viel Spaß zusammen haben.«

Die Art, wie er diese Worte aussprach, ließ mir eine Gänsehaut über den Rücken wandern und ich konnte nicht länger leugnen, dass die Angst mein Herz bereits fest in Beschlag genommen hatte. Ja, ich fürchtete mich vor ihm und dem, wozu er in der Lage war. Ja, ich hatte verdammt nochmal Angst vor dem, was er mit mir tun würde. Doch den Teufel würde ich tun, und ihn diese Angst sehen lassen. Eher starb ich, als dass dies passierte.

Also reckte ich das Kinn nach oben, schenkte ihm meinen giftigsten Blick und zischte: »Fick dich, Huston.«

KAPITEL 32

Livana

Mit einem brutalen, zähnefletschenden Grinsen betrachtete mich der Dunkelblonde. In seinen Augen glitzerte es unheilvoll und ich wusste, dass er mich nicht schonen würde. Ganz im Gegenteil. Ich war mir sicher, dass ich durch ihn noch völlig neue Schmerzen kennenlernen würde.

Er trat auf mich zu und ich wappnete mich bereits für den nächsten Schlag, der mein Gesicht treffen würde und mir mit seinem Siegelring die nächste Verletzung zufügen würde. Zu meiner Überraschung packte er mich jedoch lediglich mit beiden Händen an der dunkelgrünen Laufjacke, die ich zu meinem schwarzen Sport-Set kombiniert hatte, und zog mich daran nach oben.

Meine Beine protestierten, doch meine Füße suchten automatisch den Kontakt mit dem Boden. Die Stellen an meinen Handgelenken, wo sich die Seile in meine Haut gedrückt hatten, brannten höllisch. Dennoch fühlte sich die Entlastung für meine Arme wie ein Segen an und ich sog erleichtert die Luft ein. Ich schaffte es nicht auf Anhieb, mich selbst auf den Beinen zu halten, doch Huston wartete überraschend geduldig, bis die Muskeln in meinen Beinen wieder in der Lage waren, mein eigenes Gewicht zu tragen. Ich umfasste die jetzt lockeren Seile mit meinen Händen und hielt mich fest, um meinem Körper mehr Stabilität zu geben.

Ohne ein Wort zu verlieren, trat Huston einen Schritt zurück und ließ anschließend den Blick über mich wandern. Vorsichtig verlagerte ich mein Körpergewicht von einem Fuß auf den anderen, um die Taubheit abzuschütteln. Ich war mir mehr als sicher, dass er mich nicht nur aus reiner Herzensgüte aufgerichtet hatte. So ein Typ Mensch war er nicht.

»Das mit uns hätte etwas Großes werden können. Wir wären ein fantastisches Team gewesen.« Sein Atem roch würzig, schätzungsweise nach einer Zigarre. Es erinnerte mich an unser erstes Aufeinandertreffen. Als er mich damals einzuschüchtern wollte und mich deshalb bedroht hatte, roch er ebenfalls danach. Die Erinnerung an diesen Moment wirkte verblasst, als läge sie eine Ewigkeit zurück, dabei waren es nur fünfeinhalb Monate. »Es ist wirklich bedauerlich, dass du das wegwerfen musstest.«

Er besaß doch tatsächlich die Frechheit, bei diesen Worten enttäuscht zu klingen. Ich dagegen musste ein hohles Auflachen unterdrücken. »Ich fürchte, da gehen unsere Meinungen deutlich auseinander. Nichts an einer Zusammenarbeit mit dir oder dem Drecksladen, für den du arbeitest, wäre gut gewesen.«

Ich hatte meine Gründe, wieso ich unter Rickys Führung aussteigen wollte. Nicht zuletzt, zum Schutz meiner Schwester. Ich hatte auch den Punkt erreicht, an dem ich erkennen musste, dass Taurus nicht mehr als eine Gelddruckmaschine war. Es ging um nichts anderes als Reichtum und Macht. Egal, welche Verluste man dafür hinnehmen musste. Niemals hätte ich mich unter Hustons Führung wieder in den Dienst der Untergrundorganisation gestellt.

»Ach Livana«, seufzte er und legte den Kopf leicht schief. Der Ausdruck in seinen Augen schwankte zwischen überheblich und mitleidig. »Dein Leben wäre einfacher, wenn du nicht so störrisch wärst.«

Huston wandte sich von mir ab. Die flachen Absätze der Oxfords klackten bei jedem seiner Schritte auf dem Boden, wobei die Geräusche wie Peitschenschläge durch den Raum hallten.

»Tut mir leid, dass meine Persönlichkeit nicht zu deinen Vorstellungen passt«, zischte ich ihm hinterher und verdrehte die Augen, als er mir den Rücken vollständig zudrehte. Es war wirklich nicht so, als würde mich das ernsthaft interessieren.

Ich beobachtete, wie er das Jackett seines Anzugs auszog und das Kleidungsstück ordentlich über die Lehne des Klappstuhls hängte. Das Hemd spannte bei seinen Bewegungen leicht über seinem Kreuz. Seine Statur war zwar muskulös, aber eher drahtig.

Vermutlich hatte er das Hemd eine Größe kleiner gekauft, um diesen Effekt überhaupt hervorrufen zu können.

Huston wandte sich wieder zu mir um und krempelte die Ärmel nach oben. Ich versuchte, mich nicht zu sehr auf seine routinierten Bewegungen und das krampfende Angstgefühl in meinem Magen zu konzentrieren. Mir war klar, was nun kommen würde, und ich schwor mir selbst, dass ich es aushielt. Egal, wie schlimm es werden würde. Ich würde es aushalten und keinen einzigen Mucks von mir geben.

»Das hier passt ganz wunderbar in meine Vorstellung, Schätzchen.« Das Grinsen auf seinen blassen Lippen sah tödlich grausam aus.

Genauso hatte er mich auch während unseres ersten Schlagabtausches genannt und ich hasste alles an diesem letzten Wort. Er war eine Beleidigung durch und durch.

Erneut lief mir eine Gänsehaut über den Rücken. Ich biss die Zähne zusammen, um keinen Laut von mir zugeben, und versuchte, nicht zu laut einzuatmen. Während er weiter auf mich zukam, lockerte ich den Griff meiner Finger um die Seile. Die Muskeln in meinen Armen waren so verkrampft, dass es sogar bei dieser kleinen Bewegung von meinen Schultern bis in die Spitzen meiner Finger zu kribbeln begann.

»Es hätte nicht so enden müssen«, rieb Huston mir unter die Nase, als er vor mir zum Stehen kam und seine geballten Fäuste aneinanderdrückte. Seine Fingerknochen knackten laut.

Ich zwang ein Grinsen auf meine Lippen, wobei ich nicht versuchte, die Abscheu dahinter zu verbergen. Er würde mir gleich verdammt weh tun, vollkommen egal, was ich sagte oder auch nicht sagte. Deshalb gab ich hohl zurück: »Doch. Es muss genauso enden. Ihr könnt mich nicht kontrollieren und genau das ist euer Problem.«

Für eine Organisation wie Taurus war nichts gefährlicher als jemand, der so viel wusste wie ich und nicht mehr als Unterstützer bezeichnet werden konnte. Aus diesem Grund gab es keine andere Möglichkeit als dieses Ende.

»Wie schön, dass du das so siehst.« Es waren die letzten Worte aus seinem Mund, ehe er die Fäuste hob und sie mir in einer schnellen Abfolge in die Rippen und das Gesicht rammte.

Ich biss die Zähne zusammen, versuchte, den Schmerz wegzuatmen, und keinen Ton von mir zu geben. Genauso, wie ich es mir vorgenommen hatte. Mein Körper wurde von der Heftigkeit seiner Schläge herumgeworfen, meine Knie knickten ein und ich schaffte es nicht, mich aus eigener Kraft wieder aufzurichten. Die Seile schnitten mir die Blutzufuhr zu meinen Händen ab, doch der immer schneller explodierende Schmerz in meinem Körper ließ mich die Taubheit in meinen Händen vergessen. Das Ächzen aus meinem Mund wurde irgendwann von einem leisen Wimmern abgelöst und ich hasste mich für jedes dieser Geräusche.

Als ich es irgendwann nicht mehr schaffte, genügend Sauerstoff in meine Lungen zu ziehen und mein Sichtfeld von immer mehr Sternen eingenommen wurde, hieß ich die aufkommende Dunkelheit mit offenen Armen willkommen.

Ich schwamm irgendwo zwischen der Realität, in der nur betäubender Schmerz existierte, und der Dunkelheit, in der ich nichts fühlte. Mir war die tiefe Schwärze lieber. Ich hasste den verdammten Schmerz.

Wann immer das Bewusstsein weit genug in meine Glieder kroch und mich damit aus dem betäubten Zustand holte, fragte ich mich, wieso ich eigentlich hier war. Huston und ich hatten keine Vorgeschichte. Es war nicht wie bei Ricky, der wenigstens einen triftigen Grund hatte, mich zu bestrafen. Huston und ich waren uns bisher kaum begegnet. Wir hatten keine Berührungspunkte. Wieso war ich hier?

Wie lange ich mich zwischen wach, ohnmächtig und dem seltsamen Zwischenzustand befand, konnte ich nicht sagen. Es fühlte sich wie ein halbes Leben an.

Die Watte in meinen Ohren sorgte dafür, dass ich nichts von der Welt um mich herum wahrnahm. Da ich jedoch keine brutalen

Schläge mehr spürte, ging ich davon aus, dass Huston sich während meines Aussetzers verzogen hatte.

Vielleicht hatte er auch seine Aggressionen abgebaut und tauchte mit neu gewonnenem Verstand hier auf. Vielleicht ließ er mich dann auch laufen. Alles war besser, als hier zu sein.

Ich musste mich zwingen, die Luft so tief wie möglich in meine Lunge zu ziehen. Ein stechender Schmerz schoss durch meinen Brustkorb und die Dunkelheit übermannte mich in Lichtgeschwindigkeit.

Als ich das nächste Mal zu mir kam, war es nicht wegen der Taubheit in meinen Armen oder den Krämpfen in meinen Knien, weil ich weder richtig stand noch tatsächlich kniete. Es war auch nicht, wegen der albtraumähnlichen Erinnerung an das, was geschehen war, oder wegen Hustons Fäusten, die meinen Körper wieder und wieder trafen. Es waren dieses Kribbeln und Krampfen in meinen Rückenmuskeln, dass meine Zähne für mehrere Sekunden hart aufeinanderschlagen ließ. Für einen kurzen Moment dachte ich, ich hätte es mir nur eingebildet. Dann spürte ich das elektrisierende Krampfen jedoch wieder und wusste, dass es real war.

Immer wieder wurden die unterschiedlichen Muskeln in meinem Rücken gereizt. Schließlich floh ein Stöhnen über meine Lippen und noch während ich mich fragte, ob ich mich tatsächlich gerade in der Realität befand oder doch in einem Albtraum gefangen war, wurden meine Haare gepackt und mein Kopf grob nach hinten gezogen.

Mühsam versuchte ich, die Augen zu öffnen. Das grelle Licht der Neonröhre direkt über mir griff meine sensible Netzhaut an, sodass Tränen über meine Schläfen liefen und sich in meinen Haaren verloren. Ich konnte nicht erkennen, welcher Schmerz schlimmer war. Der in meinem Rücken, an meiner Kopfhaut, in meinen Augen oder dem Rest meines Körpers inklusive meines Gesichts. Sobald sich der betäubende Nebel in meinem Kopf etwas gelichtet hatte, bemerkte ich auch die Einschränkung meines Sichtfeldes. Mein linkes Auge konnte ich nicht vollständig öffnen und das hatte ich Huston zu verdanken.

»Boss, sie ist wach«, knurrte eine Stimme dicht an meinem Ohr und ich rollte die Augen so weit wie möglich nach oben. Direkt hinter mir, die Haare aus meinem Pferdeschwanz fest um die Hand gewickelt, stand ein glatzköpfiger Kerl mit graumeliertem Ziegenbart und Gesichtstattoos in Form von Tränen, Zahlen und Sternen um die Augen herum. Er kam mir nicht bekannt vor.

»Wie schön, mein neues Spielzeug ist von den Toten auferstanden.« Der rauchige Klang seiner Stimme verpasste mir eine eiskalte Dusche und während gleichzeitig der allumfassende Schmerz meines Körpers in meinem Bewusstsein explodierte, wurde mir speiübel. »Du kannst gehen, den Rest übernehme ich.«

Sofort wurde der Griff um meine Haare gelockert, mein Kopf sackte nach vorn und mein Kinn landete ungebremst auf meinem Brustkorb. Verdammt, meine Muskeln waren so schwach, dass sie mich selbst nicht mehr aufrecht hielten. Und ich konnte rein gar nichts dagegen unternehmen.

Schritte erklangen, wurden leiser und schließlich hörte ich das Quietschen einer Tür, bevor mit einem lauten Knall Stahl auf Stahl traf und Stille einkehrte.

Es war kein gutes Zeichen, dessen war ich mir bewusst. Doch ich war dankbar, dass nicht mehr Menschen als nötig meine Gefangennahme bezeugen konnten. Bei Taurus war es wie in einer Schule oder Uni. Es wurde getratscht und gelästert. Das hier war mein Untergang. Das Ende von Pandora, wie man mich nannte. Trotz der beschissenen Situation, in der ich mich befand, war ich dankbar, dass es nicht mehr Menschen das hier sahen. Es war erbärmlich. Ich war erbärmlich. Man kannte mich als starke Kämpferin, doch davon war ich in diesem Moment meilenweit entfernt. Ich wollte mir gar nicht ausmalen, was die Anhänger von Taurus über mich sagen würden.

Als wieder Schritte erklangen, mobilisierte ich all meine Kräfte, um den Kopf zu heben und Huston mit erhobenem Kinn entgegenzusehen.

»Du bist ein ganz schön harter Brocken«, gestand er mir, bevor ein teuflisches Grinsen auf seinem Gesicht erschien. »Ich bewundere und schätze dein Durchhaltevermögen. Ich hatte schon Kerle hier, die schneller bewusstlos waren.«

Ich hatte keine Ahnung, ob er mir damit ein verdrehtes Kompliment machen wollte oder einfach nur in Erinnerungen, mit denen er sich selbst aufgeilte, schwelgte. Es war mir gleichgültig.

»Wie hat dir die kleine Einführung gefallen?« Es war eine rhetorische Frage, die er mit vergnügter Stimme stellte. In meinem Zustand kostete es mich nicht einmal Mühe, keine Miene zu verziehen. Ich war nicht einmal in der Lage, schmerzlos zu atmen. Es war einfacher, wie eine Tote vor mich hinzuglotzen. »Ich wünsche dir noch einen angenehmen Aufenthalt in meinem persönlichen Spielzimmer.«

Die Gänsehaut, die sich in meinem Nacken bildete, schaffte es nicht mehr, sich auf meinem Rücken auszubreiten, denn in der nächsten Sekunde spürte ich etwas Kühles auf der nackten Haut an meinem Bauch. Beinahe zeitgleich schoss reine Elektrizität in meine Muskeln und meine Lungen vergaßen, wie sie arbeiten mussten. Mein Herz setzte aus und hämmerte erst weiter, als der Moment vorüber war.

Hektisch versuchte ich, den feuchten Sauerstoff im Raum so tief wie möglich einzuatmen, doch die beinahe unerträglichen Schmerzen in meinem Brustkorb hinderten mich daran. Ich schnappe nach Luft, immer und immer wieder, doch in meinen Lungen kam nichts davon an.

Ich wollte mich übergeben, als Huston mir einen Taser unter die Nase hielt. »Sieh nur, was ich in meinem Koffer gefunden habe. Ich dachte mir, du willst dieses Schätzchen bestimmt kennenlernen.«

Nochmal presste er mir das Gerät auf die nackte Haut. Dieses Mal an der Innenseite meines linken Oberarms, der noch immer mit einem Seil an der verfluchten Stahlsäule befestigt war. Mein Herz stolperte über seine eigenen Schläge und ich glaube förmlich spüren zu können, wie die Elektrizität sich ihren Weg von meinem Arm in meine Brust bahnte.

Wo war meine Laufjacke geblieben? Die Frage zuckte unerklärlicherweise durch meinen Kopf, doch als Huston direkt nochmals auf meinen nackten Bauch zielte und mich das Krampfen meiner Muskeln die Augen zusammenpressen ließ, verschwand sie wieder. Ich schnaufte heftig, biss die Zähne zusammen und verbot mir jegliches Geräusch.

»Absolut«, presste ich hervor, als Huston den Elektroschocker von meinem Körper löste. »Ich habe wirklich das Gefühl, ich hätte in meinem Leben etwas verpasst.«

Wieder und wieder und wieder presste er den Taser auf meinen Körper, bis ich die Schreie nicht mehr zurückhalten konnte. Ich schrie und brüllte gegen den Schmerz an – erfolglos, denn bei jeder Berührung des Geräts mit meiner Haut wurde es schlimmer. Schlimmer und schlimmer und schlimmer, bis mein Hals wund war und mein Geist wieder in die schützende Dunkelheit abdriftete.

KAPITEL 33

Livana

Nur schwach drang das Schaukeln meines Körpers in mein Bewusstsein. Der unendliche Schmerz in meinem Gesicht und Oberkörper sorgte dafür, dass ich die fremden Arme unter meinen Achseln und die Hände an meinen Oberschenkeln kaum spürte.

Es tat alles so verdammt weh.

Ich konnte nicht auseinanderhalten, welcher Schmerz noch von Hustons Fäusten stammte und welcher von dem Elektroschocker, mit dem er mich bis zur Besinnungslosigkeit gefoltert hatte. Doch im Grunde es war völlig egal, denn mein Körper fühlte sich wie ein brüchiges Wrack an.

Mein Verstand versuchte, durch die Wand aus purem Schmerz in meinem Kopf anzukämpfen und mir zu sagen, dass ich mir das nicht gefallen lassen durfte. Ich durfte nicht zulassen, dass er mich so behandelte. Ich musste mich zur Wehr setzen, das wollte mein Verstand mir sagen. Doch er schaffte es nicht. Mein eigener Wille war in einem Gefängnis aus lähmendem Schmerz eingesperrt.

Er würde mich töten. Er würde erst meinen Körper und dann meinen Willen brechen, bevor er mich töten würde. So sehr ich es auch wollte, ich wusste nicht, wie ich es verhindern sollte. Solange man mich wie Vieh festband, hatte ich kaum eine Chance. Solange er mich bei jedem seiner Besuche bis zur Bewusstlosigkeit trieb, konnte ich keinen Fluchtplan schmieden. Meine wachen Phasen waren nur von kurzer Dauer und reichten kaum aus, um den an meinem Körper angerichteten Schaden zu analysieren.

Ich hasste es. Ich hasste ihn. Ich hasste Taurus. Ich hasste die gesamte verdammte Unterwelt. Doch am allermeisten hasste ich mich selbst. Ich hasste mich dafür, dass ich vor sechs Jahren so verdammt neugierig war.

Noch bevor ich wach genug war, um mich von diesen Gedanken zu lösen und meine Augen zu öffnen, holte mich die Dunkelheit wieder ein. Mein Geist gab sich ihr bereitwillig hin und der Schmerz in meinem Körper verblasste zu einer Erinnerung.

Das harte Klatschen einer Hand auf meiner Wange holte mich aus dem angenehmen Zustand des Nichts heraus und ich blinzelte mehrmals, bevor sich die Konturen meiner Umgebung schärften.

Direkt vor meiner Nase schwebte Hustons Gesicht, auf dem sich ein zufriedenes Grinsen zeigte.

»Wie schön zu sehen, dass du noch unter den Lebenden weilst«, zwitscherte er und richtete sich zu seiner vollen Größe auf.

Etwas war anders. Es war nicht wie bei den letzten Malen, als ich bei Bewusstsein war. Ich begriff schnell, was genau. Jemand hatte mich losgebunden und auf einen Stuhl gesetzt. Die Armlehnen sorgten dafür, dass mein Körper nicht zur Seite herunter kippte. Ich stemmte mich mühsam in eine aufrechte Position nach oben, wobei mein Blick auf meine Handgelenke fiel. Die Seile hatten mir die Haut grob aufgerissen und blutige Striemen hinterlassen. Die Muskeln in meinen Armen fühlten sich wie Pudding an, doch ich war dankbar dafür. Es war eine Wohltat, meine Schultern in ihrer natürlichen Position einfach sacken lassen zu können.

Ich biss die Zähne zusammen und hob das Kinn an. Der Blick aus seinen grünen Augen war unverwandt auf mich gerichtet. Augenblicklich fühlte ich mich erbärmlich und presste die Lippen fest aufeinander.

»Es braucht schon etwas mehr, um mich kleinzukriegen«, gab ich bissig zurück und hoffte, dass meine Worte halbwegs überzeugend klangen.

Leider musste ich dennoch zugeben, dass Huston auf dem besten Weg war, sein Ziel zu erreichen. Meine Muskeln und Gelenke waren durch meine Körperhaltung versteift und verkrampft. Ich hatte keine Ahnung, wie lange ich den Schmerz aushalten konnte und wie lange mein Körper seiner Folter standhielt. Ich zweifelte nicht daran, dass Huston ein endloses Repertoire an Ideen hatte. Er würde mich zu Grunde richten, daran bestand kein Zweifel.

Während mein Peiniger mich musterte, nahm ich mir die Zeit in meinen Körper hineinzuhören. Mir war kalt und eine Gänsehaut hatte sich auf meinem Rücken und meinen Bauch gebildet. Die Laufjacke fehlte, doch den Sport-BH trug ich immer noch. Genauso wie die Leggings und die Laufschuhe. Die Gefühle in meinen Fingern waren beinahe gänzlich verschwunden und ich wusste nur, dass sie alle noch da waren, weil ich sie gesehen hatte. Vorsichtig wackelte ich mit den Zehen. Die Muskeln in meinen Schienbeinen schmerzen dabei zwar, aber ansonsten schien es meinen Füßen gut zu gehen.

Ich atmete tief durch, wobei mich das Stechen in meiner Lunge stutzig machte. Huston verhinderte jedoch, dass ich mir Gedanken darüber machen konnte, indem er ein Auflachen ausstieß. Es war zwar durchaus nett, dass er mich für so amüsant hielt, aber eigentlich war meine Aussage ziemlich ernst gemeint und sollte nicht zu seiner Belustigung dienen. Ich musste ihm allerdings zugestehen, dass ich mich vermutlich auch nicht ernst genommen hätte.

Mein linkes Auge machte noch immer Probleme und ich konnte es aufgrund der Schwellung nicht vollständig öffnen. Leider funktionierte es deshalb auch nicht sonderlich gut, meine Augen skeptisch zusammenzukneifen und ich gab es auf, meinen Unmut mit Blicken auszudrücken. Dann mussten wohl doch die Worte herhalten.

Ich fuhr mir mit der Zunge über die ausgetrockneten Lippen. In derselben Sekunde, in der ich die Unebenheit bemerkte, setzte das Brennen ein und die Wunde öffnete sich wieder an einer kleinen Stelle. Wässriges Blut verteilte sich auf meinen Lippen und regte die Speichelproduktion in meinem Mund an.

»Ich denke, unsere gemeinsame Zeit wird noch spannend werden.«

Er tat gerade so, als wäre das hier eine Spaßveranstaltung. Dabei war nur er es, der Freude hieran hatte. Ich konnte mir definitiv etwas Schöneres für meine Freizeit vorstellen.

»Es überrascht mich, dass du noch nicht nach dem Grund für deine Anwesenheit gefragt hast«, sagte er und ließ den Blick über meinen geschundenen Körper wandern. Er klang dabei beinahe enttäuscht.

Seine Worte lösten ein Kribbeln in meinem Magen aus. Ich konnte nicht sagen, ob vor Nervosität oder Angst. Vielleicht ein wenig von beidem.

Weil ich ihm nicht zeigen wollte, dass mich die Antwort auf diese Frage brennend interessierte, zog ich eine Augenbraue nach oben und erwiderte trocken: »Hättest du es mir denn gesagt, wenn ich gefragt hätte?«

Die Antwort auf diese Frage kannte ich bereits, doch vielleicht konnte ich ihn mit dieser Unterhaltung lange genug aufhalten, um meinen Körper wieder etwas zu Kräften kommen zu lassen. Ich richtete meine Aufmerksamkeit so unbemerkt wie nur möglich auf unsere Umgebung. Wir waren noch immer in dem von Feuchtigkeit befallenen Raum, doch außer unser beider Atem und dem Tropfen von Wasser irgendwo hinter mir hörte ich nichts. Wir schienen allein zu sein.

»Schlaues Mädchen.«

Bei seinen Worten fühlte ich mich wie ein Hund, der gelobt wurde. Ich hasste alles daran. Unter meiner Haut begann das Blut in meinen Adern zu köcheln. Wer war ich, dass ich mich so behandeln ließ? Und was dachte er, wer er war?

»Du hättest es so gut haben können.« Als würde es ihn ernsthaft interessieren, schüttelte er bekümmert den Kopf. »Wenn du nicht einfach abgehauen wärst. Das war wirklich dumm von dir.«

Sein Gefasel war so unfassbar sinnlos. Er gab mir keine Informationen zu meinem Aufenthaltsort, geschweige denn dem Grund für meinen wahren Luxusaufenthalt. Alles, was aus seinem Mund kam, war ohne Kontext und interessierte mich nicht im Mindesten. Natürlich könnte ich ihn anbetteln, meine Fragen zu beantworten. Aber ich war zu stolz dazu. Es würde mich schwach wirken lassen. Und Schwäche war etwas, das ich mir gegenüber ihm nicht erlauben konnte. Es würde mich nur zu einem perfekt gefundenen Fressen machen.

»Ich denke nicht, dass du dir ein Urteil über meine Handlungen erlauben kannst.« Meine Stimme war kühl und ich rümpfte die Nase. Langsam wanderte mein Blick über seinen Körper. Er trug eine schwarze Anzugshose und ein weißes Hemd, dessen Ärmel er bis über die Ellenbogen nach oben gerollt hatte. »Soll ich mich jetzt auch hinstellen und über deine Taten urteilen? Das was du hier tust, zeugt auch nicht von besonderer Intelligenz.«

Verdammt Livana. Wieso konnte ich nicht einmal, nur ein einziges Mal meine Klappe halten?

Hustons Augen verengten sich zu schmalen Schlitzen und ich sah eine Ader an seinem Hals hervortreten. Ganz offensichtlich mochte er direkte Kritik nicht besonders gern. Wie überraschend.

»Du hast eine ganz schön große Klappe«, stellte er fest und funkelte mich aus dunklen Augen von oben herab an. »Wird Zeit, dass dir jemand Manieren beibringt.«

»Das haben meine Eltern schon versucht. Hat ganz offensichtlich nicht geklappt«, feuerte ich so schnell zurück, dass mein Kopf die Worte erst hinterher begriff. Ich musste wirklich, wirklich dringend lernen, den Mund zu halten. Dazu sollte ich mir nur kein Beispiel an Lian nehmen. Der wusste schließlich noch weniger als ich, wann es angebracht war.

»Dann schauen wir mal, ob meine Methoden mehr Wirkung zeigen.« Noch bevor er fertig gesprochen hatte, packte er mich im Nacken und riss mich von dem Stuhl nach oben.

Die Welt um mich herum geriet durch die schnelle Bewegung ins Wanken. Mein Gleichgewicht war eindeutig noch nicht wieder auf der Höhe und ich geriet ins Taumeln. Hustons Griff um meinen Nacken verfestigte sich, er traf genau die Muskeln auf der linken und rechten Seite. Halb betäubt torkelte ich neben ihm in gebückter Position, bis er plötzlich stoppte.

In der nächsten Sekunde drückte er mich ruckartig weiter nach unten, ich sah mein Spiegelbild nur für einen Wimpernschlag auf der Wasseroberfläche glitzern, dann durchbrach ich sie mit dem Gesicht voran. Ich hatte keine Zeit, die Luft anzuhalten und schluckte direkt eine ordentliche Portion der Dreckbrühe. Reflexartig suchten meine Hände etwas, woran ich mich festhalten konnte. Sie fanden lediglich den glatten Rand des Wasserbeckens und so umfasste ich diesen mit meinen Fingern so fest, dass die Haut über meinen Knöcheln spannte. Verzweifelt stemmte ich mich gegen Hustons Hand, doch er drückte mich erbarmungslos nach unten.

Nach Sekunden, die sich wie Minuten anfühlten, riss er mich grob zurück. Ich hustete und spuckte Wasser, Rotz und Speichel. Bevor ich mich auf ein weiteres Bad einstellen konnte, drückte Huston mich wieder nach unten. Er wiederholte dieses Spiel immer wieder, wobei er den Griff um meinen Nacken aufgrund des spritzenden Wassers und unserer feuchten Haut erneuern musste. Ich hatte längst aufgehört mitzuzählen, als ich zwischen Spucken und Würgen kaum mehr atmen konnte. Ich schrie unter Wasser vor Verzweiflung, wann immer ich genügend Luft in den Lungen hatte.

»Wie gefällt das deiner großen Klappe?«, fragte Huston, als er mich wieder nach oben riss. Die Welt um uns herum drehte sich, doch ich bemerkte trotzdem, dass er mich dieses Mal weiter zurückgezogen hatte.

Das war sie. Das war die einzige Chance, die sich mit bieten würde und ich nutzte sie.

Während er mich wieder nach unten drückte, zwang ich die Muskeln in meinen Armen dazu, stark zu sein. Ich stemmte mich mit aller Kraft gegen die Blechtonne, wie ich zwischenzeitlich erkennen konnte. Es war schwer, den richtigen Moment zum Nachgeben zu finden, doch ich tat es und bevor mein Kopf die Wasseroberfläche erneut durchbrechen konnte, erfüllten die Muskeln in meinen Armen ihren Zweck und ich kippte die Tonne schwungvoll um.

Dumpf hallte das Geräusch von Blech auf Beton durch den Raum, während sich das Wasser über den Boden ergoss.

Ich ließ mich nach unten wegfallen und Huston verlor den Griff um meinen feuchten Nacken. Ein kleines Prickeln erfüllte meinen Brustkorb und ich hieß das Glücksgefühl mit offenen Armen willkommen.

»Fuck!« Hustons wütender Schrei zerriss die Stille, doch er konnte mich nicht aufhalten.

Ich rollte mich ab, wie ich es schon tausend Male zuvor getan hatte. Es war eine automatisierte Bewegung meines Körpers, die mir so einfach fiel, wie anderen das Atmen. In weniger als zwei Sekunden stand ich wieder und fuhr zu Alex Huston herum.

Es war dumm, nicht die Beine in die Hand zu nehmen und bis ans andere Ende der Welt zu flüchten. Doch ich konnte nicht. Nicht, nachdem er mir diese Dinge angetan hatte. Nicht, nachdem er mich verprügelt hatte. Nicht, nachdem er mich mit dem Taser attackiert hatte. Nicht, nachdem er mich versucht hatte zu ertränken. Nein, ich würde ihn nicht so einfach davonkommen lassen.

Es war egal, dass die Welt sich noch immer vor meinen Augen drehte, doch mein Fokus lag auf ihm. Das war alles, was ich brauchte.

Ich gab Huston nicht die Möglichkeit, mir zu folgen, sondern stürzte mich mit einem großen Satz auf ihn. Ehe er reagieren konnte, landete meine rechte Faust mitten in seinem Gesicht und die zweite Faust rammte ich ihm mit aller Kraft in die unteren Rippen, was ihm ein schmerzerfülltes Ächzen entlockte. Sein Oberkörper klappte reflexartig nach vorn und ich knallte meinen Kopf, so fest ich konnte, gegen seine Nase.

Ein Knacken erklang, während aggressiver Schmerz hinter meiner Stirn explodierte. Mein Körper wollte dem Schwindelgefühl in meinem Kopf nachgeben. Ich ließ es nicht zu. Ich war eine Kämpferin und gab nicht auf. Niemals. Ich war es gewohnt, über meine Grenzen hinauszugehen und so etwas wie Orientierungsschwierigkeiten und Schwindel auszublenden. Ich brauchte nur ein Ziel, das war alles.

Als ich den Kopf hob, um ihm ins Gesicht zu sehen, lief Blut wie in Sturzbächen über seinen Mund und sein Kinn, bis es tropfte und sein helles Hemd besudelte. Die Freude darüber ließ mein Herz beinahe aus meiner Brust springen und ich konnte nicht in Worte fassen, wie gut diese Schläge taten.

Ohne ihm die Chance zu einem Gegenangriff zu geben, wiederholte ich die Kopfbewegung nochmal, um möglichst viel Schaden anzurichten. Ich legte all meine Kraft und Aggressionen hinein. Das hier war ganz nach meinem Geschmack. Alles, was er mir angetan hatte, würde ich ihm zurückgeben.

Huston stieß ein beinahe animalisches Brüllen aus, das zu gleichen Teile schmerzerfüllt wie auch wütend klang. Es löste in mir ein zufriedenes Glücksgefühl aus. Wie man mit Fäusten sprach, wusste ich. Darin war ich gut und auch wenn mein Körper gepeinigt war und ich kaum genug Luft bekam, konnte ich kämpfen. Einfach weil es mir im Blut lag und die Bewegungen wie automatisierte Vorgänge ausgeführt wurden.

»Du Schlampe hast mir die Nase gebrochen!«

Als der Dunkelblonde nach mir schlug, duckte ich mich unter seinem Arm weg. Wasser lief über meinen Hals und mein Dekolleté, doch ich achtete nicht auf die kalten Tropfen.

Immer wieder wich ich seinen Angriffen aus oder blockte ab, während ich versuchte, weitere Treffer zu landen. Seine Faust erwischte mich unvermittelt an der Schläfe und sorgte dafür, dass kleine bunte Sterne vor meinen Augen tanzten. Seinen nächsten Angriff, mit dem er auf meine Rippen zielte, konnte ich abblocken, doch dann war ich zu langsam. Ich schaffte es nicht, schnell genug aus seinem Machtbereich zu treten und seine geballte Faust erwischte mein Kinn mit voller Wucht.

Mein Kopf wurde nach hinten geschleudert und ich verlor für einen kurzen Moment das Gleichgewicht. Mein Fuß knickte um, das Stechen in meinem Knöchel ging jedoch in dem explodierenden Schmerz in meinem Nacken und Kinn unter. Ein Stöhnen entfloh meinen Lippen.

In der nächsten Sekunde war Huston bei mir, rang mich zu Boden und drückte sein Knie auf meinen Bauch, sodass mir augenblicklich schlecht wurde. Ich wand mich unter ihm wie ein Aal, doch ich erreichte mit meinen Beinen seinen Körper nicht und konnte nichts gegen ihn ausrichten.

»Wenn ich gewusst hätte, dass in dir noch so viel Energie steckt, dann hätte ich sie dir vorher ausgetrieben!« Huston ächzte, während er meinen Körper mit aller Macht auf den Boden presste und mir die großen Hände um den Hals legte. In seinem düsteren Blick lag etwas, das ich zuvor selten mir gegenüber gesehen hatte: Mordlust.

Ich grub die kurzen Fingernägel in die Haut an seinen Handgelenken, kratzte grob über seine Unterarme und versuchte, so viel Schaden wie möglich anzurichten. Wenn man irgendwann meine Leiche finden würde, konnte man vielleicht noch Hautreste unter meinen Nägeln entdecken und Huston des Mordes überführen. Vorausgesetzt, man fand meinen toten Körper überhaupt. Taurus war schließlich ein Meister darin, Menschen spurlos verschwinden zu lassen.

Der Griff um meinen Hals verstärkte sich so weit, dass mir das Atmen unmöglich wurde. Blitzende Sterne tanzten vor meinen Augen, das Blut rauschte in meinen Ohren und machte es mir unmöglich, irgendetwas von seinem Gebrüll zu verstehen. Bei jedem Blinzeln wurden die Ränder meines Sichtfeldes unschärfer und dann war es mit einem Mal vorbei.

Mein Geist wurde von der bereits vertrauten Dunkelheit fortgerissen und ich löste mich in einem Strudel aus Rauch auf.

KAPITEL 34

Levin

Ich saß auf demselben Sessel, auf dem ich mich gestern niederge-
lassen hatte. Jemand hatte mir eine geöffnete Dose Energy-Drink
in die Hand gedrückt, doch ich hatte noch nicht daraus getrunken.
Das Kondenswasser auf dem Material war zwischenzeitlich getrock-
net und das Getränk längst nicht mehr kalt, doch ich schaffte es einfach nicht, die Hand zum Mund zu heben. Grundsätzlich war ich
derzeit kaum in der Lage, überhaupt etwas zu tun. Lediglich das geradeaus Starren war möglich. Was jedoch nicht hieß, dass ich etwas
von dem wahrnahm, was direkt vor meiner Nase passierte. Ganz im
Gegenteil. Es flog alles wie in einem Film an mir vorbei. Alles in mir
fühlte sich so verboten leer an. Es war, als hätte jemand meinen Le-
bensinhalt gestohlen.

»Kannst du denn nicht irgendetwas tun, Li?« Hollys dünne
Stimme drang an mein Ohr und die Verzweiflung darin stach mir
wie ein Messer ins Herz. Sie klang genauso verweint, wie sie aussah,
als ich sie das letzte Mal bewusst angesehen hatte. Das konnte jedoch vor Stunden oder auch Tagen gewesen sein. Ich hatte mein
Zeitgefühl verloren.

In der vergangene Nacht hatte ich kein Auge zugemacht. Ich
hatte nur hier gesessen und auf den schwarzen Fernseher gestarrt.
Irgendwann war Holly ins Wohnzimmer gekommen und hatte ihre
Lieblingsserie angeschaltet. Sie hatte sich auf dem Sofa an die Stelle
gesetzt, die meinem Sessel am nächsten war. Irgendwann hatte sie
nach meiner Hand gegriffen und sie fest mit ihrer umklammert.

Erst als Lian aus seinem Zimmer gekrochen war, hatte sie mich
losgelassen. Nachdem Tyler und Nox ebenfalls zu uns gestoßen

waren, hatte Lian uns eröffnet, dass er Liv nicht finden konnte. In der direkten Nähe des Tatortes gab es keine Überwachungskameras und da sie ihr Handy nicht mitgenommen hatte, konnten wir sie auch nicht über den Peilsender orten.

Die Zeit nach dieser Offenbarung war an mir vorbeigezogen. Ich hatte weder die Diskussionen der vier inhaltlich aufgenommen noch die Dinge, die direkt an mich gerichtet wurden. Immer wieder erreichten meinen Verstand nur einzelne Fetzen, mit denen ich nichts anfangen konnte. Also tat ich nichts, außer hier zu sitzen und die Welt um mich herum geschehen zu lassen.

»Tut mir leid, Angel.« In der Stimme meines Freundes schwang ernsthaftes Bedauern mit, doch die Emotion konnte die Sorge in seiner Stimme nicht überdecken. »Ich kann dir die *Bank of England* hacken, aber das wird uns nichts bringen. Ich habe letzte Nacht wirklich alle Möglichkeiten ausgeschöpft.«

Zwei Tage war sie schon verschwunden. Es war Samstag und wir hatten noch immer keine Spur. Übelkeit keimte tief in mir auf und mein Herz krampfte sich schmerzhaft zusammen. Seit Donnerstag hatten wir kein Lebenszeichen von ihr erhalten und die Sorge um sie machte mich wahnsinnig. Ich war wie gelähmt, unfähig etwas zu tun.

Mein Magen verknotete sich, drückte heiße Galle in meiner Speiseröhre nach oben und ich schaffte es gerade noch, die Dose auf dem Tisch vor mir abzustellen und auf die Gästetoilette zu rennen, da erreichte die bittere Säure meinen Mundraum und ich übergab mich würgend ins Waschbecken.

Als ich mir den Mund ausgespült hatte und mich wieder aufrichtete, traf mein Blick den meines Spiegelbildes. Ich sah aus wie der verdammte Tod. Meine Haut war schneeweiß, die Augen von den schlaflosen Nächten blutunterlaufen und meine Haare hingen mir fettig halb in die Stirn, während sie gleichzeitig halb zu Berge standen. Eigentlich müsste ich mich dringend rasieren, doch ich brachte es nicht über mich, das Badezimmer oben zu betreten. Dort lagen ihre Beauty-Produkte und ihr Parfüm, das sie immer nach Frühling duften ließ. Blumig und leicht.

Verdammte scheiße, genauso hatte sie auch gerochen, als wir auf unseren Dates waren. Und genauso hatte sie gerochen, als wir miteinander geschlafen hatten. In meinem Kopf spielte sich ein Kino der gemeinsamen Stunden ab und augenblicklich verkrampfte sich mein Magen wieder.

Erneut erbrach ich gelbe Galle ins Waschbecken.

Ich stützte mich selbst auf dem Rand des Beckens ab, als ich den Kopf wieder hob und meinen eigenen Blick suchte. Das Bild vor meinen Augen verschwamm und ich schloss die Lider, um mich auf meine kreischenden Gedanken zu konzentrieren. Sie bestanden nur aus Fragen. Aus unzähligen kleinen Fragen, die sich alle zu einer Großen zusammenballten.

Was war, wenn wir Liv nicht fanden? Sie war nicht bei Audrey, aber die beiden waren zusammen unterwegs. Sie war in keinem anderen Krankenhaus aufgenommen worden, das hatte Lian geprüft. Wo also war sie? Wie konnte sie von dort verschwinden, ohne dass eine der Kameras sie aufgezeichnet hatte? Wo verdammt nochmal war sie? Livana hatte nicht viele Kontakte in London, zu wem wäre sie gegangen, wenn nicht zu uns? Was war tatsächlich passiert? Wo war sie?

Es gab zwar Augenzeugen, laut deren Berichte es sich um einen Anschlag gehandelt hatte, aber die Erzählungen aus der Presse waren wirr. Die Polizeiberichte waren noch nicht digitalisiert und als Lian sich gestern Zugang zum Server verschafft hatte, konnten wir kaum nützliche Informationen abstauben.

Meiner Meinung nach waren es zu viele Zufälle. Liv und Audrey, die dort joggen waren. Die Schüsse aus dem fahrenden Wagen. Mehrere Verletzte und Tote. Und doch war Livana nicht darunter, obwohl sie sich genau dort befunden hatte. Das stank doch zum Himmel.

Mit schweren Schritten ging ich zurück ins Wohnzimmer unseres Apartments. Lennox warf mir einen vorsichtigen Blick zu, fragte jedoch nicht nach meinem Gemütszustand. Wir waren lange genug befreundet und er konnte ihn mir an der Nasenspitze ablesen.

Tyler sah nur kurz von seinem Handy auf, ehe er sich wieder dem erleuchteten Display widmete. Er fläzte auf dem Sitzsack, den wir aus Nox' Zimmer heruntergetragen hatten, um das Schlafsofa für Lian auszuziehen. Es kam mir vor, als wären seitdem Monate und nicht Wochen vergangen. Ich war meinem besten Kumpel dankbar, dass er nicht versuchte, mir ein Gespräch reinzudrücken. Über Liv zu sprechen war das Letzte, was ich wollte. Es tat in meiner Brust schon so verflucht weh, wenn ich nur an sie dachte.

Ich wusste, was mit mir los war. Ich war so verflucht verknallt in sie und jetzt, wo ich nicht wusste, ob ich sie jemals wieder sehen würde, starb mit jeder Sekunde ein Teil meiner selbst vor Sorge. Die Übelkeit kochte in meinem Magen wieder hoch und die Muskeln krampften sich erneut zusammen.

Ich ließ den Blick über meine Freunde schweifen. Holly hatte das Gesicht an Lians Schulter vergraben und obwohl sie keinen Laut von sich gab, wusste ich, dass sie weinte. Das unkontrollierte Zucken ihrer Schultern verriet sie. Lian hatte die Arme um sie gelegt und vergrub sein Gesicht in ihren Haaren. Er hatte die Augen zusammengekniffen und ich war mir sicher, dass er versuchte, seine eigenen Tränen zu verbergen. Ich war froh, dass die beiden weinten, und vielleicht war ich auch ein kleines bisschen eifersüchtig. Denn alles in mir war so gelähmt, dass ich es bisher nicht geschafft hatte, auch nur eine Träne zu verlieren. Obwohl ich es gern täte. Ich würde gern schreien, weinen und brüllen. Doch das würde mir die Sorgen nicht nehmen. Also schloss ich den Willen danach samt der Trauer tief in mir ein, sodass in mir nur noch Sorge und Angst um die Oberhand kämpften. Von außen musste ich wie eine leere Hülle wirken, doch in meinem Inneren tobte ein Sturm und ich wartete nur darauf, ihn zu entfesseln.

»Ich werde jetzt gehen und den verdammten Untergrund umgraben«, sagte ich entschieden.

»Was?« Tylers Blick schnellte zu mir und ich sah Überraschung darin aufblitzen.

Auch die anderen richtete ihre Aufmerksamkeit auf mich, wobei Lian sich schnell über die Wangen fuhr und die Tränenspuren verwischte. Holly machte sich nicht die Mühe und mein Herz brach beinahe in zwei Teile, als ich den Blick aus ihren traurigen Augen erwiderte. Sie hatte panische Angst um ihre Schwester. Ich konnte es ihr nicht verübeln.

»Machen wir uns nichts vor. Die Wahrscheinlichkeit, dass sie Taurus zum Opfer gefallen ist, liegt bei nahezu einhundert Prozent. Wo sollte sie sonst sein?«, sprach ich aus, worüber ich die gesamte

Nacht nachgedacht hatte. Ich richtete die Augen auf meinen besten Freund. »Und deshalb werde ich jetzt jeden Stein umdrehen, bis ich sie gefunden habe.«

»Spinnst du?« Tyler fuhr von dem Sitzsack hoch. »Willst du dich wirklich mit Alex angelegen?«

Hart sah ich ihm ins Gesicht und richtete mich zu meiner vollen Größe auf. Auf dem Papier war er zwar einen Zentimeter größer, davon merkte man jedoch im realen Leben nichts. »Es ist mir scheißegal, mit wem ich mich anlegen muss, um sie zu finden. Es zählt nur, dass ich sie finde. Lebend. Wir wissen alle, wie grausam Alex ist. Ich lasse nicht zu, dass er ihr etwas antut. Sie hat das nicht verdient. Ganz egal, was in der Vergangenheit vorgefallen ist. Und deshalb werde ich jetzt gehen und sie verdammt nochmal suchen. Es wird schon irgendjemanden geben, der etwas weiß und redet.«

»Ich komme mit dir.« Holly stand energisch vom Sofa auf, doch Lian hielt sie an der Hand zurück. »Auf gar keinen Fall!«

In ihren goldgrünen Augen blitzte Wut auf, als sie meinen Kumpel ansah. Entschieden fauchte sie: »Sag mir nicht, was ich zu tun habe!«

»Er hat recht«, stimmte ich jedoch zu und sorgte dafür, dass sich ihr vor Wut flammender Blick auf mich richtete. »Deine Schwester hat alles dafür getan, dich vor Taurus zu beschützen. Wir werden nicht zu lassen, dass du jetzt in ihr Netz gerätst. Du wirst hier bleiben. Tut mir wirklich leid, Holly. Aber sie wird es uns niemals verzeihen, wenn wir dich nicht ebenso schützen würden.«

»Ich werde mitkommen«, bot Nox an und erhob sich von dem zweiten Sessel im Raum. Er nickte mir bestätigend zu.

Mein Herz schlug bei seinen Worten höher. Er war derjenige, der sich am weitesten von Taurus fernhielt und aufgrund der Position seines Vaters immer Vorsicht walten ließ. Auch wenn er es am Anfang für unmöglich gehalten hatte, schienen ihm die Schwestern wichtig geworden zu sein. Und er war bereit, seine Prinzipien hinten anzustellen, um Liv zu finden. Denn genau das würde geschehen. Es würde kein Zuckerschlecken werden, an die richtigen Informationen heranzukommen. Und dennoch würde er mitkommen.

»Ich gehe mit«, lenkte Tyler ein und trat auf mich zu. Er nickte in Hollys Richtung. »Bleibt ihr hier und passt auf sie auf. Wir beide machen den Rest.«

KAPITEL 35

Holly

Unruhig rutschte ich auf dem Sofa herum und knabberte an meinem Daumennagel. Ich war nie die Person gewesen, die an den Fingernägeln oder der Haut gekaut hatte, doch alles in mir stand unter Strom und ich wusste einfach nicht, wie ich den Stress loswerden sollte. Die Angst um Livi machte mich rastlos. Ich fand keine Ruhe, so sehr ich mich auch darum bemühte. In der Nacht bekam ich kaum ein Auge zu, schlief nur für Minuten ein, bevor ich wieder hochschrak und dann an die Decke starrte. Die Gedanken in meinem Kopf waren leise und laut zugleich, sodass ich keinen von ihnen wirklich zu fassen bekam.

Der Schock äußerte sich bei uns allen unterschiedlich. Während ich wie ein Tiger im Käfig konstant im Kreis laufen könnte, starrte Levin wie paralysiert gerade aus und schien kaum etwas von seiner Umwelt wahrzunehmen. Lian hatte sich bisher hinter seinem Schreibtisch verschanzt und versucht, sich in alle möglichen Überwachungssysteme zu hacken. Ohne Erfolg. Jetzt, wo seine Arbeit getan war, stopfte er die Cookies in sich hinein, die er mit meiner Schwester vor zwei Tagen für Drey gebacken hatte. Nox schrieb auf seinem Tablet irgendwelche Listen, die Gedankengänge oder Möglichkeiten zum Verbleib meiner Schwester beinhalteten. Das hatte ich zumindest nach einem Blick über seine Schulter erfasst. Tyler hing pausenlos an seinem Smartphone und ich fragte mich, ob er auf einer Dating-Plattform unterwegs war und gerade irgendwelchen Häschen hinterherjagte oder mit wem er sonst so rege in Kontakt zu stehen schien. Jess sorgte dafür, dass wir nicht den Hungertod starben, indem sie bei jedem ihrer Besuche Essen mitbrachte.

Sie war hartnäckig, obwohl keiner von uns wirklich Hunger hatte und sich die beinahe unangetasteten Styropor- und Pappschalen zwischenzeitlich auf dem Esstisch und der Theke stapelten.

Mir war bewusst, dass Livi nicht alles richtig gemacht hatte. In der Vergangenheit hatte sie schlimme Dinge getan, die man nicht rückgängig machen konnte und mit deren Auswirkungen sie sicherlich für den Rest ihres Lebens zu kämpfen hatte. Doch sie war meine Schwester. Sie hatte mich immer beschützt und das würde ich ihr niemals vergessen.

Als sie vor all den Monaten verschwunden war, hatte es sich angefühlt, als ob ein Teil meiner Welt einstürzen würde. Sie war immer für mich dagewesen, hatte immer auf mich aufgepasst und sich vor mich gestellt. Sie hatte unseren Eltern gegenüber die Schuld auf sich genommen, obwohl ich diejenige war, die hätte bestraft werden müssen. Sie hatte es getan, als wäre es selbstverständlich. Weil sie meine große Schwester war.

Und auch wenn ihre Taten anderen Menschen gegenüber nicht wieder gutzumachen waren, liebte ich sie von ganzem Herzen. Ich wüsste nicht, was ich tun sollte, wenn ihr etwas geschah. Sie war so stark, so stolz, so sie selbst. Sie war alles, was ich noch hatte.

Livanas Verhältnis zu unseren Eltern war immer schwierig gewesen. Doch das zwischen uns, das war einfach. Wir hatten diese besondere Verbindung zueinander. Diese bedingungslose Liebe, die über alles hinausging. Und ich würde nicht aufhören, sie zu lieben – ganz egal, was sie getan hatte und noch tun würde. Denn sie war Livana Benett, meine Schwester.

»Sie werden sie finden.« Li griff nach meiner Hand und drückte sie fest. In seinen ozeanblauen Augen tobte ein wilder Sturm und ich erwiderte den Druck, indem ich meine Finger um seine schloss. »Wenn sie jemand im Untergrund finden kann, dann die beiden.«

Darauf musste ich vertrauen. Denn wenn nicht, dann würde meine Welt nicht nur zu Teilen einstürzen. Sie würde sich in Asche und Rauch auflösen, bis nichts mehr davon übrig bleiben würde. Und ich wusste nicht, wie ich dann noch existieren sollte. Ein Leben ohne meine Schwester war nichts, womit ich umgehen konnte.

KAPITEL 36

Livana

Ich fühlte nichts mehr. Der Schmerz war zwischenzeitlich ein fester Bestandteil meiner selbst geworden und hatte jegliches andere Gefühl vertrieben. In mir war eine gähnende Leere, die jeden aufkommenden Gedanken sofort verschluckte und nicht zuließ, dass ich zu etwas anderem in der Lage war, als vor mich hinzustarren. Das Schlucken und Atmen fiel mir unangenehm schwer. Was mir jedoch nicht schwer fiel war, Ruhe zu bewahren.

Die Leere in mir sorgte dafür, dass einfach alles egal war. Sie half mir dabei, Hustons liebevolle Zuwendungen zu überstehen. Auch wenn ich versuchte, jeden einzelnen Schlag von ihm in Wut umzuwandeln, schaffte ich es einfach nicht mehr. Die Leere saugte einfach alles in mir auf. Ich hatte keine Ahnung, wie viel Zeit seit dieser Sache im Hyde Park vergangen war und wie lange ich bereits hier war. Es könnten Tage oder Wochen sein. Vielleicht auch Monate. Die Zeit verschwamm zu einem einzigen zähen Brei.

Wann immer der Dunkelblonde auftauchte, lernte ich Schmerz auf einer neuen Ebene kennen. Doch es war in Ordnung. Ich hatte meinen Frieden damit gemacht, denn wann immer ich in sein Gesicht sah, erfasste mich eine Welle der Zufriedenheit. Seine schiefe Nase, die in allen Schattierungen aus blau, grün und rot leuchtete, sorgte für wahres Herzflattern in meiner Brust. Die weiße Schiene über seinem Nasenrücken und die beiden Tamponaden entlockten mir jedes Mal ein fieses Grinsen. Ich büste in unterschiedlichen Varianten dafür, doch das war es mir wert.

Wir sprachen kaum miteinander, doch durch die Schwellungen in meinem Hals war es mir sowieso nicht möglich, mich klar und deutlich zu artikulieren. Deshalb beschränkte ich meine mündlichen Äußerungen auf Schnauben, Ächzen und gelegentlich auch ein raues und zugleich heiseres Lachen.

Ich würde hier unten sterben, das wusste ich zwischenzeitlich sicher. Nichts und niemand konnte aufhalten, was Huston mit mir tun würde. Und es war okay. Denn er war hier mit mir allein und meine Schwester war in Sicherheit. Holly ging es gut. Irgendwann würde sie verstehen, dass ich nicht zurückkam. Sie würde hoffentlich meinen Wagen und das Geld darin nehmen und zurück nach Deutschland gehen, wo sie weit von all dem hier entfernt war. Sie würde zurück zu unseren Eltern kehren, die sich darüber freuen würden.

Jess und Drey würden zusammen darüber hinwegkommen, dass ich fort war. Sie würden mich irgendwann vergessen. Genauso wie Levin, Lian, Nox und Tyler. In einigen Wochen oder Monaten würden sie sich nicht mehr an mich erinnern. Sie würden vergessen und das war in Ordnung. Sie alle hatten ein Leben verdient, in dem sie nicht ständig an mich denken mussten. Ich wusste, wie es war vom Tod verfolgt zu werden. Ich hatte Juls nie vergessen und ich wünschte mir für keinen von ihnen dasselbe. Ich wollte, dass sie weitermachten und ihr Leben lebten. Meine Schwester würde mich nie vergessen, so wie auch ich sie nie vergessen könnte. Doch ich hoffte für sie, dass sie dennoch glücklich werden konnte. Auch sie sollte leben. Ich hinterließ ihr nicht viel mehr als das Geld in meinem Wagen, doch ich hoffte, dass sie damit etwas Sinnvolles anzufangen wusste. Während meiner Zeit für Taurus hatte ich nicht nur der Organisation viel Geld eingebracht, sondern auch selbst ein beträchtliches Barvermögen mit den Kämpfen erwirtschaftet. Ich hoffte, dass ich Holly damit in der Zukunft in irgendeiner Form half.

Ja, sie würden alle klarkommen und deshalb war es in Ordnung zu gehen, wenn der Moment gekommen war.

Als Huston mich das nächste Mal mit einer gezielten Ohrfeige aus der Dunkelheit holte, saß ich wieder auf diesem verdammten Stuhl. Meine Muskeln waren einem glibberigen Pudding ähnlich und in meinem Kopf blockierte eine neblige Wand meine Gedanken. Dunkel kam es mir vor, als würde ich ein Déjà-vu erleben. Tief in meinem Inneren wusste ich, dass er mich mit irgendeinem Mittel oder einer Droge betäubte, bevor er seine ungeteilte Aufmerksamkeit auf mich richtete. Er sorgte dafür, dass ich ihm körperlich unterlegen war und ihm kein weiteres Mal das Gesicht ruinieren konnte.

Ich sog die Luft in meine Lungen, so tief ich nur konnte. Es fühlte sich dieses Mal anders an als sonst. Mein Körper fühlte sich zwar schwach an, aber die Watte in meinem Kopf verzog sich langsam, je mehr Sauerstoff ich in meinen Körper und damit auch meinen Kreislauf zwang. Mein Bewusstsein erwachte langsam, aber die Nebelwand in meinem Kopf verzog sich tatsächlich.

»So sieht man sich wieder«, grinste ich prompt schwach und blinzelte ihn an. Mein linkes Auge machte noch Probleme, doch die Schwellung hatte wohl abgenommen. Zumindest fiel es mir nicht mehr so schwer, dem Dunkelblonden ins Gesicht zu sehen. »Wie ich sehe, sieht deine Nase immer noch ziemlich kaputt aus. Wie lange hat die Heilung beim letzten Mal gedauert?«

Es ging mir herunter wie Öl, dass ich ihm nicht nur bei unserer ersten Begegnung, sondern auch jetzt die Nase gebrochen hatte. Oh ja, das verschaffte mir selbst mit halbbenebeltem Gehirn noch eine Gänsehaut der Zufriedenheit.

»Ich bin nicht hier, um zu quatschen, Püppchen«, zischte Huston und bei seinen Worten stellten sich meine Nackenhaare auf.

Wut kroch durch meine Adern und brachte das Blut darin zum Köcheln. Ich war alles, aber kein hirnloses, naives Püppchen. Alles in mir sträubte sich gegen seine Worte, doch ich zwang mich, ruhig zu bleiben und ihm meinen Ärger nicht zu zeigen.

Ich zog skeptisch eine Augenbraue nach oben und schluckte. Da erst bemerkte ich das Kratzen auf der sowieso schon empfindlichen Haut an meinem Hals. Ich hatte noch keinesfalls vergessen, dass Huston mich nach meinem Angriff bis zur Bewusstlosigkeit gewürgt hatte, und meine Haut reagierte ebenso empfindlich wie die Speise- und Luftröhre auf den unnatürlich festen und zugleich kratzenden Kontakt.

Eine Gänsehaut überzog meinen gesamten Körper, als ich mich vorsichtig bewegte. Er hatte mich nicht an dem Stuhl festgebunden wie beim letzten Mal, als er mir einen groben Stoffsack über den Kopf gezogen hatte und mir abschließend literweise eiskaltes Wasser über den Kopf geleert hatte. Früher dachte ich immer, dass Waterboarding einfach zu überstehen war. Die Luft anhalten und warten, bis kein Wasser mehr floss. Dann schnell Luft holen und wieder warten, bis es vorbei war. Heute wusste ich, dass es alles andere als einfach war. Ich hatte am eigenen Leib erfahren, was es bedeutete, auf diese Art gefoltert zu werden. Zu denken, dass man in jeder Sekunde sterben konnte, und keine Luft zu bekommen, obwohl da welche sein sollte. Ich wusste, wie verzweifelt einen die Machtlosigkeit machte, und wie grausam die aufkeimende Hoffnungslosigkeit war. Ich verabscheute jede Sekunde davon.

Langsam drehte ich den Kopf, das Kratzen auf meiner Haut nahm zu und obwohl Huston mich mit seinem harten Blick beobachtete, hob ich die Hände und fuhr mit den vor Kälte tauben Fingerspitzen über meinen Hals. Ich spürte das raue Material eines Seiles, das sich von meiner Haut abhob. Es war dicker als das, welches meine Handgelenke für gewöhnlich umschlang, aber es war unverwechselbar ein Seil. Mein Herz stolperte und schlug dann so hart in meiner Brust, dass ich die Vibration bis in meinen Kiefer spüren konnte. Ich konnte nicht verhindern, dass Panik meinen Körper wie eine Sturmflut überfiel. Es war mir egal, ob Huston mir das Gefühl an der Nasenspitze ablesen konnte. Denn das Einzige, auf das ich mich konzentrieren konnte, war das verdammte Seil um meinen Hals. Mit aller Mühe zwang ich mich dazu, den Kopf zu heben und nach oben zu sehen. Das Blut in meinen Adern gefror, mein Atem stockte und ich wusste für einen Moment nicht, was ich denken sollte.

Das Seil verlief von meinem Körper ... nein, meinem Hals bis zu einem Stahlträger, der genau über mir den Raum durchquerte. Auf der anderer Seite des Trägers hing es lose bis auf den Boden herab.

Er würde mich aufhängen.

Die Übelkeit war so schnell in meinem Magen aufgetaucht, dass die Galle in meiner Speiseröhre gefährlich weit nach oben schoss. Mehr als Galle würde auch nicht kommen, denn außer etwas Wasser hatte ich seit Beginn meines Aufenthaltes hier nichts zu mir genommen.

Alex Huston würde mich töten, in dem er mich wie einen Piraten aufhängte.

Fuck.

»Ich will dir jemanden vorstellen.« Mit diesen Worten zog der Dunkelblonde meine Aufmerksamkeit wieder auf sich und ließ den Blick zu ihm gleiten. In seinen Augen blitzte für den Bruchteil einer Sekunde eine Emotion auf und ich würde sie mit dem Wort *Genugtuung* beschreiben.

Natürlich war ihm meine Reaktion nicht verborgen geblieben und natürlich freute er sich darüber. Wie sollte es auch anders sein, wo er doch jede Sekunde meiner Tortur in vollen Zügen und mit bösartigem Lachen genoss.

Er trat einen Schritt zur Seite und gab den Blick auf eine weitere Person frei.

Die Frau war schlank und großgewachsen. Um ihre schmalen Lippen lag ein harter Zug, der ihre hohen Wangenknochen und die markante Kieferpartie noch weiter hervorhob. Ihre blonden Haare waren streng nach hinten gebunden. Sie trug einen grauen Hosenanzug und darunter eine schwarze Bluse. Mit dem Hintern lehnte sie an der Kante des Tisches unweit von mir. Sie hatte die langen Beine überschlagen. An ihren Füßen glänzten schwarze Lackschuhe mit halsbrecherisch hohen Absätzen und roter Sohle. Geschmack hatte die Lady, das musste ich zugeben.

»Wie schön dich endlich kennenzulernen.« Ihre Stimme war aalglatt und eiskalt zu gleichen Teilen. »Livana Price. Oder sollte ich dich Pandora nennen?«

Natürlich kannte sie beide Namen, unter denen ich in London offiziell aufgetreten war. Die Art, wie sie sich an der Tischkante zurücklehnte und ihren emotionslosen Blick über mich gleiten ließ, war schlimmer als jeder Albtraum, der mich heimsuchte. Es war schlimmer als alles, was ich unter Hustons Händen hatte erfahren müssen.

Ich hatte keine Ahnung, wer diese Frau war, ihre harte Präsenz füllte den Raum jedoch auch ohne eine Vorstellung. Sie war mächtig, das sah und spürte man. Und sie war niemand, den ich näher kennenlernen wollte.

In Deutschland hatte ich es mit allen Widerlingen von Ricky über Walentin bis hin zu Sasha aufgenommen. Ich hatte mich duelliert, gewonnen und verloren. Ich hatte gekämpft, Aufträge ausgeführt und rebelliert. Ich hatte mitgespielt und mich auf meine eigene Art dagegen aufgelehnt. Doch bei ihnen allen hatte ich immer gewusst, dass ich sie schlagen konnte. Ich wusste, dass ich es mit jedem von ihnen aufnehmen konnte. Oder zumindest hatte ich einen verdammten Fluchtplan, mit dem ich mich in Luft auflösen konnte. Doch das hier war anders. Diese Frau würde mich wie eine Ameise unter ihren Stilettoabsätzen zerquetschen, wenn ich auch nur falsch atmete. Sie war hart und scharfkantig wie ein Diamant. Bereit, alles zu zerschneiden, das ihr in die Quere kam. Und jetzt gerade fühlte ich mich, als würde ich genau in ihrem Schussfeld sitzen.

Die Angst, die ich bisher vor Alex Huston hatte, verblasste zu einem lächerlichen Witz. Denn diese Frau jagte mir das pure Grauen durch den Kopf und über die Haut, in dem sie nur in meiner Nähe stand und mich ansah. Sie lehrte mich mit ihrer Anwesenheit, was Furcht bedeutete.

Meine Nackenhaare stellten sich auf, die Gänsehaut auf meiner Haut trat noch deutlicher hervor und ich biss mir nervös auf die Lippe. Keine gute Idee, denn der Riss unten rechts öffnete sich wieder und begann zu bluten. Mein Mund wurde trockener als die Sahara in der Dürrezeit und ich spürte, wie mein Herz unregelmäßig in meiner Brust stolperte.

»Wer sind Sie?«, fragte ich und schluckte schwer. Es brachte nichts, denn die Trockenheit breitete sich auch in meinem Hals aus.

Gegenüber Huston wollte ich mir meinen Stolz bewahren und keine Fragen stellen, auf die ich sowieso keine Antwort erhalten würde. Doch mit dieser Frau war nicht zu spaßen. Sie war nicht hier, um ihre Zeit zu vergeuden.

Nur am Rand meines Sichtfeldes erkannte ich, wie mein bisher alleiniger Peiniger sich ein paar Schritte zurückzog. Meine Aufmerksamkeit reichte nicht aus, um sie auf mehr als die Frau zu richten. Also ließ ich es bleiben.

»Wie unhöflich von mir.« Ihre mit roter Farbe betonten Lippen verzogen sich missbilligend. Sie stieß sich von dem klapprigen Tisch ab und kam mit großen, energischen Schritten auf mich zu. Die

Absätze ihrer Schuhe donnerten dabei wie Schüsse durch den Raum. »Lorraine Ava Paige.«

Sie streckte mir die Hand entgegen, ich ergriff sie perplex und schüttelte sie. Ihre Haut war warm und weich, anders als ihr Wesen vermuten ließ. Meine eigene Haut fühlte sich dadurch noch kälter und rissiger an.

In meinem Hirn begannen sich die Synapsen zu verknüpfen und ich suchte nach einer Verbindung, die ich zu dem Nachnamen der Lady hatte. Irgendwo war er mir bereits begegnet, doch ich konnte es nicht sofort zuordnen.

Ihre Hand glitt aus meiner und ich musterte ihr Gesicht mit zusammengezogenen Augenbrauen. Zwischen ihren dunkleren Augenbrauen konnte ich im kalten Licht der Neonröhren über uns eine feine Narbe direkt auf ihrem Nasenknochen erkennen. Die Farbe ihrer Augen war mit nur einem Wort zu beschreiben: Stahlgrau. Und genauso hart und bohrend war auch ihr Blick.

»Paige, wie Cecil Paige?« Meine Stimme klang rauer als sonst, doch ich versuchte, mir meinen jämmerlichen Zustand nicht anhören zu lassen. Lächerlich, wenn man bedachte, dass die Frau Augen im Kopf hatte und sehr wohl sah, in welcher Verfassung ich war.

Der Name *Cecil Paige* war mir vor Jahren bei einer Recherche über Taurus aufgefallen. Er war der Geschäftsführer und Inhaber der gleichnamigen Computerfirma, unter deren Deckmantel die Untergrundorganisation arbeitete.

»Mein Cousin«, klärte Lorraine mich auf und nickte. In ihren kühlen Augen blitzte so etwas wie Anerkennung auf, als hätte ich die Hausaufgabenabfrage mit Bravour gemeistert. »Verwandtschaft väterlicherseits.«

Ich war mir sicher, dass in diesem Moment die Zeit stillzustehen schien und mein Herz für mehrere Sekunden aufhörte zu schlagen. Taurus, die Untergrundorganisation, war aufgebaut wie jedes andere Unternehmen. Es gab Abteilungsleiter, die über Gebiete herrschten. So eine Position hatte Ricky inne. Walentin und, wie ich bisher angenommen hatte, auch Huston, waren lediglich deren Armverlängerung. Doch über den Anführern der einzelnen Gebiete gab es noch eine weitere Riege. Dort kamen die Personen, die über ganze Länder herrschten und die Gebiete so vereinten. Erst darüber kamen die Obersten. Die tatsächliche Führungsebene, die sich immer im Verborgenen hielt. Ich war immer davon ausgegangen, dass Cecil Paige einer von ihnen war, doch seine Abwesenheit hier machte mir klar, dass nicht er das letzte Wort hatte. Es war dumm von mir gewesen, nicht weiterzudenken. Natürlich musste es noch andere Personen geben, die nicht in der Öffentlichkeit auftraten. Und für gewöhnlich waren sie es, die die eigentlichen Drahtzieher waren. So war es schon immer gewesen und würde es auch immer sein.

Die Übelkeit in meinem Magen nahm zu.

Verdammt, ich hatte mich geirrt. Ich brauchte jemanden, der mich rettete, denn ich selbst konnte nicht die Heldin sein. Ich und vor allem mein Körper waren nicht mehr dazu in der Lage. Ich steckte bis zum Hals in Schwierigkeiten und ich wusste, dass ich mich selbst nicht daraus retten konnte.

»Wie ich sehe, muss ich dir nicht erklären wer ich bin.« Ein schmallippiges Lächeln breitete sich auf ihrem Gesicht aus. Es erreichte ihre eisigen Augen nicht. »Alex sagte bereits, dass du zu der schlauen Sorte gehörst.«

»Aus Ihrem Mund klingt es wenigstens wie ein Kompliment und nicht wie eine Beleidigung«, gab ich gepresst zurück und umklammerte die Armlehnen des Stuhls mit beiden Händen so fest ich konnte. Ich musste mich irgendwie erden und dafür sorgen, dass ich nicht blind vor Panik versuchte davonzulaufen. Der Drang zur Flucht stieg in mir bis ins Unermessliche. Doch ich wusste, dass ich keine Chance hatte. Die Muskeln in meinem Körper fühlten sich immer noch wie Pudding an – so kam ich keine zwei Meter weit. Und es bestand kein Zweifel daran, dass ich gegen keinen von ihnen eine Chance hatte. Außerdem würde das Seil um meinen Hals ohnehin jeden Fluchtversuch sofort stoppen.

»Ich habe bereits so einiges über dich gehört«, führte Lorraine weiter aus und trat zwei Schritte zurück, um mir leichter ins Gesicht zu sehen. Vermutlich würde ihr der Nacken morgen schmerzen, wenn sie minutenlang auf mich herabblickte. Obwohl sie das auch so tat. »Du hast uns viel Geld eingebracht. Und das, obwohl du und dein Freund uns einiges gekostet habt.«

Sie spielte auf Juls und seinen Diebstahl an, der Taurus eine Stange Geld und ihm sein Leben gekostet hatte. Ich wollte nicht über meinen toten Freund sprechen. Ich wollte nicht, dass sie sah, wie weh mir das tat. Sie sollte nicht wissen, dass ich meine Beteiligung an seinem Tod niemals würde verarbeiten können. Deshalb schwieg ich und erwiderte nur ihren direkten Blick.

Die Lady schien es nicht zu bemerken, denn ihre Augen huschten über meinen misshandelten Körper und blieben schließlich wieder an meinem Gesicht kleben. »Warum hast du aufgehört? Du warst verdammt gut im Ring, habe ich mir sagen lassen. Du hast sogar Burrington bei eurem ersten Kampf besiegt. Das hat noch niemand zuvor geschafft. Wieso so etwas wegwerfen? Wieso diesem Erfolg den Rücken kehren?«

»Man muss gehen, wenn es am schönsten ist«, erwiderte ich nur trocken. Ich konnte kaum glauben, dass sie sich für die tatsächlichen Gründe interessierte. Wieso sollte sie ihre Zeit mit mir verschwenden? Ja, ich mag gut gewesen sein, aber ich war definitiv nicht groß genug, um ihre Aufmerksamkeit wert zu sein. Was also wollte sie hier? Warum hatte Huston sie mitgebracht?

Lorraine verzog keine Miene, sondern bohrte nur ihren unnachgiebigen Blick in meinen.

Ich wollte vor Unwohlsein auf meinem Stuhl herumrutschen, doch ich riss mich zusammen. Wenn ich jetzt einknickte, dann hatte sie mich an der Angel. Und so groß meine Furcht vor ihr auch war, ich würde nicht kleinbeigeben. Ich hatte alles überlebt, was der Dunkelblonde mir bisher angetan hatte, dann würde ich auch diesen Besuch überstehen. Mit diesem Gedanken biss ich die Zähne zusammen und schwieg eisern.

»Störrisch, wie Alex und unser Verbindungsmann aus Deutschland sagten.« Ein zynischer Zug legte sich um ihre Lippen, wobei sich ihre leicht schiefe Nase kräuselte. »Ich kann es dir nicht einmal verdenken. Als Teenager war ich genauso. Doch diese Zeit ist längst vorbei. Ich musste erwachsen werden und du musst es auch, Livana.«

Aufmerksam, aber nicht zu neugierig musterte ich sie. Auf ihrem schlanken Hals und ihrem Gesicht konnte ich leichte Altersflecken unter ihrem Make-up erkennen. Ihre Haut wirkte zwar jung, doch die Falten um die Augen und den Mund konnte sie nicht verbergen. Alles in allem würde ich sie auf etwa fünfzig schätzen. Ihre Jugend lag demnach schon lange hinter ihr.

»Und was wollen Sie mir damit sagen, Lorraine?« Meine Stimme klang scharf, als ich ihren Vornamen benutzte. Ich tat es mit voller Absicht, denn ihre Grenzen schienen anders gesetzt zu sein als meine. Sie sollte nicht glauben, dass ich mich an andere Regeln hielt. Ich war innerhalb von Sekunden anpassungsfähig, auch wenn es mich alle Mühe kostete, meine Panik so weit zu unterdrücken.

»Vielleicht kommen wir nochmal ins Geschäft«, schlug die Lady vor, völlig unberührt von meinen Worten. »Ich bin hier, um mit dir zu verhandeln.«

»Worüber?«

»Dein Wert für mein Unternehmen. Deine Tätigkeit für mich. Deine Freiheit«, zählte sie mit ruhiger Stimme auf. Sie ließ sich nicht von mir provozieren. Nicht wie Huston, dessen Sicherungen innerhalb von Sekunden durchzubrennen schienen, wenn man die richtigen Knöpfe drückte. »Nenn es, wie du willst.«

Fassungslos starrte ich sie an.

Irgendwann, als der Dunkelblonde sich mit mir befasst hatte, hatte auch er Andeutungen in Richtung einer ... geschäftlichen Zusammenarbeit gemacht. Es war mir ein Rätsel, wie er darauf gekommen war, doch diese Worte nun aus dem Mund von Lorraine Ava Paige zu hören, war einfach nur grotesk. Sie war eine der Obersten, vielleicht sogar der Boss. Und sie tauchte hier auf, um mit mir zu verhandeln? Das passte nicht zusammen.

»Das ist doch wohl ein Scherz. Ihr Bluthund sollte mich erst weichkochen, nur dass Sie dann als meine glänzende Retterin Ihren Auftritt haben können? Das kann nicht Ihr Ernst sein.« Meine Stimme troff vor Spott und ich konnte das verächtliche Schnaufen nicht zurückhalten. Das hier war einfach lächerlich.

Einsichtig neigte die Lady den Kopf. »Manchmal ist es ganz nützlich aufzuzeigen, was einen bei einer Ablehnung erwartet. Also was sagst du? Verhandeln wir?«

Ich wusste, was das bedeutete. Entweder ich stimmte zu, vermutlich auch noch zu all ihren Bedingungen, oder Huston würde da weitermachen, wo er aufgehört hatte und mich schließlich töten.

Vielleicht würde er es auch sofort zu Ende bringen. Wieso sonst sollte man mir den Strick um den Hals gebunden haben?

»Nein«, gab ich dennoch zurück und Lorraine zog eine Augenbraue nach oben. »Ich habe schon einmal für Taurus gearbeitet und ich werde es kein zweites Mal tun. Das habe ich Ihrem Laufburschen bereits gesagt und daran hat sich nichts geändert. Eher sterbe ich.«

Sekundenlang duellierten wir uns mit Blicken. Dann nickte sie knapp und wandte sich ruckartig von mir ab. »Dann soll es so sein. Alex, du weißt, was zu tun ist.«

Das Geräusch ihrer Absätze peitschte bei jedem Schritt durch den Raum und ließ mein Herz im Takt wummern. Die Panik fiel von mir ab, je weiter sie sich von mir entfernte. Ich wusste, dass sie mit ihren Worten mein Todesurteil gefällt hatte, doch es störte mich nicht. Ich stand hinter meinen Worten und meiner Entscheidung, denn sie hatte sie aus tiefstem Herzen getroffen. Ich würde nie mehr etwas tun, das ich nicht wollte. Und für Taurus zu arbeiten, stand auf einer langen Liste von Dingen, die für mich nicht mehr in Frage kamen, ganz am Ende.

Die Stahltür quietschte, dann fiel sie laut hallend ins Schloss. Zurück blieben nur Huston und ich, wie es schon oft der Fall gewesen war.

»Wie kann man nur so gottverdammt dumm sein?«

Ich konnte nur hoffen, dass er diese Frage nur rhetorisch stellte, denn ich konnte ihm darauf keine Antwort geben. Wir kannten uns zwar noch nicht lange, aber zwischenzeitlich musste er doch bemerkt haben, dass ich nicht gerade für schlaue Entscheidungen bekannt war. Wieso wunderte er sich überhaupt?

»Du glaubst an Gott?«, brummte ich nur und beobachtete, wie er sich mir wieder näherte. Er schob gerade sein Handy in die Tasche seiner Anzugshose und ich frage mich, ob ich ihn wohl dreist nach dem Datum und der Uhrzeit fragen konnte. Dann wusste ich wenigstens, ob es ein guter Tag zum Sterben war.

»Es gibt keinen Gott«, schnaufte er prompt. »Ich hoffe dir ist klar, was du gerade getan hast.«

»Sicher. Ich habe ein mehr als unmoralisches Angebot ausgeschlagen.«

Was genau erwartete er von mir? Sollte ich jetzt heulen oder um mein Leben flehen? Beides waren Dinge, die nicht passieren würden.

»Der Boss zeigt sich nie jemandem, der unter ihrer Würde ist oder ihre Aufmerksamkeit nicht verdient hat. Und mit dir war sie sogar bereit persönlich zu verhandeln. Wie kann man so dämlich sein und das ablehnen?« Auf seinem Gesicht spiegelte sich derselbe Unglaube wider, der auch in seiner Stimme zu hören war. Er schüttelte ratlos den Kopf, während er mich musterte.

Die Tür des Raumes öffnete sich mit einem Quietschen und lenkte meinen Blick von Huston weg. Drei Männer mit Oberarmen in der Dicke meiner Oberschenkel betraten den Raum. Sie trugen schwere Lederjacken mit Nieten und rasselnden Ketten daran. Ihre Füße steckten in Boots und es platschte, als sie in die Pfützen traten.

»Ich habe es dir bereits gesagt und ich habe es auch ihr gesagt. Eher sterbe ich, als dass ich nochmal für diesen Drecksladen arbeite«, fuhr ich Huston an, während sich mein Herz vor Angst verkrampfte. Ich konnte nicht glauben, dass ich gerade eben noch mehr Furcht vor Lorraine verspürt hatte. Denn diese drei Kerle waren sicherlich nicht hier, um mit uns Tee zu trinken und Scones zu essen.

»Vertrau mir, Püppchen. Du wirst sterben und dein Tod wird langsam sowie qualvoll sein.« Ein teuflisches Grinsen breitete sich auf Hustons Gesicht aus und in seinen grünen Augen tanzte unbändige Vorfreude auf das, was nun kommen würde.

Ich umklammerte die Armlehnen des Stuhles noch fester als zuvor und zwang mich, seinen Blick ruhig zu erwidern. Es war kaum vorstellbar, dass der Tod noch schmerzhafter werden würde als das, was ich bereits hinter mir hatte. Vielleicht würde er eine Erlösung von all diesem unbändigen Schmerz in meinem Körper bringen.

»Ich habe meinen Frieden gemacht. Tu, was du nicht lassen kannst.«

Das ließ er sich nicht zweimal sagen. Über die Schulter sah er zu den bärtigen Männern, die mich mit ihren Piercings, Bierbäuchen und Bandanas an Biker erinnerten. »Zieht sie hoch.«

Es brauchte keine weiteren Worte und die Männer griffen nach dem Seilende, das auf ihrer Seite des Stahlträgers herunterhing. Im perfekten Einklang zogen sie und die Schlinge um meinen Hals wurde fester. Das Material des Seils grub sich in meine zarte Haut und schnürte mir die Luft ab. Sie zogen und zogen, bis ich dem Zug nachgab und aufstand. Es war ein natürlicher Reflex, denn mein Körper wollte dem Widerstand entkommen. Es brachte nichts. Die Männer zogen und zogen, bis meine Füße über dem Boden schwebten und mein Kopf in den Nacken kippte, um meinen Hals zu entlasten. Die Welt vor meinen Augen verschwamm, Sterne blitzten auf und ich wusste, dass es bald vorbei sein würde.

Mein Ende war gekommen und ich würde von all dem Leid, das Taurus mir zugefügt hatte, erlöst sein.

KAPITEL 37

Livana

Huston behielt Recht und nahm sich Zeit mit mir. Es wäre eine Gnade gewesen, wenn er mich nach dem Besuch von Lorraine einfach getötet hätte. Mein Leben bestand aus grausamer Folter, unbeschreiblich qualvollen Schmerzen und meinen Schreien, die ich manchmal einfach nicht zurückhalten konnte. Ich weinte, wenn ich wach und allein war. Ich schlief nur, wenn die Erschöpfung mich übermannte, ich unter Schmerzen ohnmächtig wurde oder er mich betäubte. Ich starb, langsam und qualvoll. Es fiel mir schwer, nicht darum zu betteln, endlich erlöst zu werden. Doch ich hielt aus, was immer Huston mit mir und meinem Körper tat. Ich hielt es aus, weil ich musste und ich ihm nicht die Genugtuung geben wollte, ihm zu zeigen, dass er mich erfolgreich zerstörte. Wann immer ich sprach, versuchte ich ihn zu provozieren und zu reizen. Ich wollte, dass er mir mit seinem verdammten Skalpell die Kehle durchtrennte. Ich wollte, dass er zu der Waffe griff, die immer in dem Holster bei seinem Jackett auf dem Stuhl hing, und mich endlich tötete. Ich wollte sterben, um dem unerträglichen Schmerz endlich zu entkommen. Doch er tat mir diesen Gefallen nicht. Es schien zu wissen, dass ich es darauf anlegte. Er war ein ebenso großer Sturkopf wie ich, weshalb er mir diesen Wunsch verweigerte und mir weiterhin seinen grausamen Willen aufzwang.

Von meiner Kleidung war inzwischen nichts mehr übrig geblieben, außer dem dunklen Slip. Irgendwann hatte ich die Fetzen der Leggings und des Sport-BHs bei den Überresten der grünen Laufjacke, halb unter dem Tisch verborgen, entdeckt Irgendwann hatte man mir ein übergroßes Shirt über den Kopf gezogen, das von der

343

Feuchtigkeit genauso befallen war, wie die Luft im Raum selbst. Ich konnte mich nicht daran erinnern, wann das geschehen war. Generell lag alles, was passiert war, in einem dunklen und undurchdringlichen Nebel, als wollte mein Geist nicht, dass ich während meiner wachen Phasen darin abtauchte. Ich war ihm dankbar dafür, denn ich wollte nichts davon ein weiteres Mal erleben. Meine Albträume hingegen waren nicht so gnädig zu mir. Sie ließen mich schweißgebadet aufwachen und ich konnte nicht mehr identifizieren, ob der Schmerz nur in meinem Kopf oder auch in meinem Körper existierte. Alles verschwamm miteinander.

Um ehrlich zu sein, schlitzt Alex bevorzugt von oben nach unten auf. Er fängt mit dem Gesicht an.

Lian hatte diese Worte einmal zu mir gesagt. Es fühlte sich an, als wäre seither eine Ewigkeit vergangen. Zwischenzeitlich wusste ich, dass er recht hatte. Und die Art, wie es geschah, war nicht angenehm. Huston wusste genau, wie er jemandem unaussprechliche Schmerzen zufügen konnte. Und er liebte jede einzelne Sekunde davon. Ich hatte es an dem Glanz in seinen Augen erkannt.

Blondie, Lian. Es fühlte sich an, als hätte ich schon ein halbes Leben nicht mehr mit ihm gesprochen. Mit ihnen allen. Mein Herz wurde schwer und ich schloss die Augenlider, gab mich den Erinnerungen hin. Ich konnte ihre glücklichen Gesichter vor mir sehen und wünschte, ich könnte jeden von ihnen nochmal umarmen. Ich wünschte, ich könnte nochmal ihre Nähe und Körperwärme spüren.

Die Freundschaft mit Jess und Drey war die erste Freundschaft mit anderen Mädchen, die für mich auf einer tieferen Ebene funktionierte. Die beiden hatten mir gezeigt, wie schön es war, sich mit gleichaltrigen Mädchen auszutauschen. Das mit uns war etwas Besonderes gewesen, weil es einfach gepasst hatte. Auch die Verbindung zu den Jungs hatte sich als erfrischend einfach herausgestellt, nachdem wir unsere Startschwierigkeiten überwunden hatten. Selbst Lian, der auf meinen Nerven regelmäßig einen kunstvollen Drahtseilakt vollführte, hatte sich als liebenswerter Freund entpuppt. Und Levin ... Das mit uns war noch so frisch, aber es war echt. Es war real und es fühlte sich gut an. Das, was er in mir auslöste, war noch intensiver als das, was ich bei Juls gefühlt hatte. Es war perfekt.

Mein Herz schlug bei dem Gedanken an sie alle höher und ich gab mich der Illusion von Wärme hin. Sie umhüllte meinen Körper und meine Seele, die mit der Dauer meines Aufenthalts immer weiter zusammenzuschrumpfen schien. Ich ließ zu, dass meine Gedanken zu dem Leben abdrifteten, welches ich in den letzten Monaten geführt hatte. Wir hatten viel gemeinsam unternommen. Vor meinem inneren Auge blitzten Momente aus dieser Zeit auf. Wir zusammen beim Essen, im Casino, beim Backen. Ich sah viele dieser kleinen Momente. Gemeinsame Film- und Kochabende, das pure Chaos und das laute Lachen. Sanft kribbelten die Stellen, an denen ich mir erst kürzlich die beiden Tattoos hatte stechen lassen. Eines für Holly und mich und eines für die Freundschaft mit Jess und Drey.

Das warme Prickeln in meinem Körper wurde mächtiger und erfüllte mich bis in die Spitzen meiner Haare. Es fühlte sich an, als würden mich morgendliche Sonnenstrahlen treffen und sanft wach küssen. Es war mehr als nur Freundschaften zwischen Individuen. Es war mehr als nur eine Freundschaft innerhalb einer Gruppe. Das, was ich fühlte, ging in dieselbe Richtung, in die auch meine Gefühle für Holly liefen.

Ich hatte nicht daran geglaubt, dass man sich eine andere Familie aussuchen konnte. Ich hatte immer gedacht, es gäbe nur diese eine, in die man hineingeboren wurde. Doch jetzt, wo ich dem Tod auf der Schwelle stand, wusste ich, dass dem so war. Ich hatte meine Familie gefunden. Tief in meinem Herzen konnte ich es spüren. Jeder von ihnen hatte die Mauern eingerissen oder überwunden und sich einen Platz in meinem Herzen gesichert. Jeder von ihnen auf seine eigene Art und Weise.

In meinem geschwollenen Hals spürte ich den Kloß im selben Moment, in dem ich die Tränen hinter meinen geschlossenen Augenlidern bemerkte. Ich vermisste sie. Nicht einmal nach meiner Flucht aus Deutschland hatte ich mich so einsam und allein gefühlt wie in diesem Moment.

Etwas Hartes traf mich in die Rippen und ich riss die Augen auf. Huston stand über mir und starrte auf mich herunter. Es war zu seiner Routine geworden, mich mit einem ordentlichen Tritt zu wecken. Ich schnaufte nur und versuchte, den Schmerz zu ignorieren. Ich warf ihn mit all dem anderen Leid in einen Topf und verrührte ihn zu einer dickflüssigen Suppe, sodass ich das Stechen in meinen Rippen nicht mehr überdeutlich spürte. Diese Technik hatte ich mir zwischenzeitlich angeeignet. Vermutlich war es nur etwas Psychologisches, aber es funktionierte. Den Schmerz auf den gesamten Körper zu verteilen und nicht nur auf eine einzelne Stelle zu konzentrieren war inzwischen einfacher als zu atmen.

»Worüber sinnierst du?«, wollte Huston wissen, wandte sich jedoch im gleichen Moment noch von mir ab. Mit festen Schritten lief er zu dem Klappstuhl und zog das Jackett seines dunkelgrau-karierten Anzugs aus. Er legte das Kleidungsstück ordentlich über die Lehne und wandte sich seinem Waffenholster zu.

Das grelle Deckenlicht blendete meine durch die sonst stetige Dunkelheit sensiblen Augen und ich musste sie zusammenkneifen, um überhaupt etwas erkennen zu können. Schwerfällig rappelte ich mich auf der kratzigen Wolldecke auf, während der Dunkelblonde mir den Rücken zudrehte. Huston parkte mich dort, wenn er nicht hier war. Sie war so dünn, dass sie die eisige Kälte des Betonbodens nicht aufhielt, und ich spürte zwischenzeitlich weder meine Zehen noch meine Fingerspitzen. Die Decke reicht nicht, um darauf zu sitzen und mich gleichzeitig darin einzuhüllen. Bisher hatte ich vom Frühling in London einen angenehmen Eindruck. Dieser kam jedoch seit meinem Aufenthalt in diesem Loch gewaltig ins Wanken. Mir erschien der Winter in Russland mittlerweile wie ein Zuckerschlecken dagegen.

Die Eisenkette klimperte bei meinen Bewegungen leise und klirrte, als sie auf den Betonboden und die Stahlsäule traf. Die Handschellen, mit denen Huston meine Hände hinter dem Rücken fesselte, waren angenehmer als die Seile. Ich beschwerte mich also nicht darüber.

»Ich frage mich nur, womit ich deine Aufmerksamkeit verdient habe.« Es interessierte ihn nicht wirklich, worüber ich nachdachte, das tat es nie. Vermutlich zielte seine Frage nur darauf ab herauszufinden, ob ich überhaupt noch in der Lage war, zu denken und zu sprechen. Ich klang bei meinen Worten, als würde mir jemand beim Sprechen Schmirgelpapier über die Stimmbänder ziehen und ich wusste nicht, ob die Gänsehaut auf meinem Rücken davon kam oder doch von der feuchtkalten Luft im Raum. »Das hier könnte auch einer deiner Handlanger tun.«

Die waren vermutlich nicht so brutal wie er. Allerdings wollte ich mir lieber nicht ausmalen, was sie mit mir tun würden.

»Wenn die Dinge richtig gemacht werden sollen, macht man sie besser selbst.« Huston sah kurz zu mir herüber, während er das Holster inklusive der beiden Waffen auf der Sitzfläche des Stuhls ablegte. Sein kantiger Kiefer war fest aufeinandergepresst, wodurch die harten Züge auf seinem Gesicht noch stärker betont wurden. »Etwas, dass dein alter Boss ebenfalls hätte beherzigen sollen.«

Vermutlich lag er damit richtig. Wäre Ricky hier aufgetaucht, wäre vielleicht alles anders gelaufen. Dann hätte Walentin nicht versucht, mich zu erschießen, und ich wäre nicht in den Jet nach Russland gestiegen. Möglicherweise wäre ich tatsächlich unter Alex Aufsicht für eine Weile wieder eine Verbündete von Taurus gewesen, bevor ich das Land verlassen und irgendwo anders ein neues Leben begonnen hätte. Es wäre mir wert gewesen, diese Zeit zu setzen, um einen neuen Plan zu schmieden. Danach hätte er keine Chance gehabt, mich wieder aufzuspüren. Nicht so, wie in London.

»Leider habe ich heute nicht so viel Zeit.« Seine Stimme klang tatsächlich so, als würde er mir zu meiner lang ersehnten Geburtstagsparty absagen – bedauernd, enttäuscht und resigniert. »Später steht noch ein Kampf an, den ich um keinen Preis verpassen will.«

Ein Kampf? Später?

In meinem Kopf fielen die Puzzlestücke an ihren Platz. Wir mussten demnach Abend haben, ansonsten machte diese Aussage keinen Sinn. Es war das erste Mal, dass ich zumindest auf eine Tageszeit schließen konnte. Da es hier kein natürliches Licht gab, war ich auf jegliche Informationen aus Hustons Mund angewiesen und er konnte wahrlich schweigen wie ein Grab. Er ließ mich nur genau das wissen, was er wollte. Dazu gehörten leider keine für mich nützlichen Informationen.

Wie lange war ich wohl schon hier?

»Wie enttäuschend«, brummte ich leise und sarkastisch. »Wirklich sehr enttäuschend.«

Huston kam auf mich zu und packte mich mit seinen großen Händen an den Oberarmen, um mich auf die Füße zu ziehen. Seine Nase war noch immer übel verfärbt, doch ich war zu erschöpft, um überhaupt ein Grinsen zustande zu bringen. Das Glücksgefühl, das sich normalerweise bei seinem Anblick in meiner Brust meldete, ließ heute vergeblich auf sich warten.

Es kostete mich unendliche Kraft, mich auf meinen Beinen zu halten, während er die Kette, die zwischen den Handschellen und der Stahlsäule verlief, löste. Übelkeit rumorte in meinem Magen, doch ich wusste nicht, ob überhaupt noch Galle übrig war, die ich ausspucken konnte oder ob lediglich ein bisschen Wasser herauskommen würde.

»Komm.« Er zerrte mich in Richtung des zweiten Stuhls, über dessen Armlehnen die Seile hingen, mit denen er mich immer festband.

Das Schwindelgefühl in meinem Magen breitete sich auch im Rest meines Körpers aus und ich taumelte wie eine Puppe. Würde er mich nicht festhalten, hätte ich schon längst das Gleichgewicht verloren und wäre zu Boden gegangen. Die Dehydration schritt mit jedem Mal weiter voran, doch es interessierte Huston nicht.

Obwohl ich, insbesondere nach meiner Zeit in diesem Raum, noch weniger an einen Gott glaubte, betete ich zum zweiten Mal in meinem Leben. Ich konnte mir nicht vorstellen, dass ich die Qualen durch Hustons Hände auch nur einen weiteren Tag aushielt. Deshalb betete ich dafür, dass es endlich aufhörte. Ich betete, dass ich endlich starb.

KAPITEL 38

Livana

Der Tod war mir nicht vergönnt. Das erkannte ich, als ich das Bewusstsein wiedererlangte. Lähmende Hoffnungslosigkeit breitete sich bei dieser Erkenntnis in meinem Körper aus. Ich suchte nach etwas, womit ich sie bekämpfen konnte. Flammender Hass auf Huston, weil er mir das alles antat. Brennende Wut auf den Tod, weil er mich nicht holte. Bittere Enttäuschung über mich selbst, weil ich nicht in der Lage war mich selbst zu retten. Doch da war nichts in mir. Lediglich gähnende Leere, in der sich die Hoffnungslosigkeit wie ein Parasit einnistete.

Die Wunden, die Huston mir frisch zugefügt hatte, brannten höllisch. Bei einigen der älteren Verletzungen kribbelte die Haut verräterisch und ich wusste, dass der Heilungsprozess eingesetzt hatte. Das wiederum bedeutete, dass sie bereits ein paar Tage alt waren. Wie lange genau, konnte ich zwar nicht sagen, aber es half meinem Zeitgefühl zumindest ein kleines bisschen weiter. So wusste ich immerhin, dass ich nicht schon monatelang gefoltert wurde.

Ich blieb reglos auf der Decke liegen und öffnete langsam meine Augen. Immer wenn Huston fort war, war das Licht ausgeschaltet und ich sah nichts außer Schwärze. So auch jetzt. Es war beruhigend und beängstigend zugleich. Beruhigend, weil mir innerhalb der nächsten Minuten keine weiteren Schmerzen zugefügt wurden. Beängstigend, weil ich blind für meine Umgebung war. Und nichts war für mich schlimmer.

Mit einem bitteren Gefühl im Magen schloss ich die Augen wieder. Es war mir lieber, diese Art der Schwärze zu sehen, denn so bildete sich mein Kopf nicht ein, dass man mich der Sehfähigkeit beraubt hatte. Hinter meiner Stirn pochte es übel, was ich dem Wassermangel in die Schuhe schob. Mein Magen schmerzte zwischenzeitlich nicht einmal mehr und ich hatte die Hoffnung aufgegeben, dass man mich mit einer Mahlzeit am Leben hielt.

Der menschliche Körper war ohne die Zuführung von Nahrung in der Lage, ganze dreißig bis fünfzig Tage zu überleben. Alex Huston schien sich dessen ebenfalls bewusst zu sein, deshalb flößte er mir auch nur gelegentlich Wasser ein. Er würde mich entweder den Hungertod sterben lassen oder mir mit seinen eigenen Händen den Gar ausmachen. Zwischenzeitlich war mir egal, wie es geschah. Ich hoffte nur, dass es bald passierte.

Ein lautes Rumpeln und blechernes Knacken ließen mich aufschrecken. Ich öffnete die Augen, doch außer dieser verdammten Schwärze sah ich nichts. Es rumpelte wieder und das Geräusch erinnerte mich an das Rütteln an einer Tür. Mein Blick zuckte umher und hielt in der Richtung inne, in der ich die Stahltür vermutete.

Mühsam richtete ich mich auf, wobei meine Bauchmuskeln beinahe ihren Dienst quittierten. In meinem Kopf drehte sich alles und mir wurde übel. Mein Körper war am Ende seiner Kräfte. Ich zwang mich, die steifen Finger hinter meinem Rücken zu bewegen. Eiskalter Angstschweiß kroch mir über die Haut, während sich meine Muskeln verkrampften.

Dann erklang das wohlbekannte Quietschen der Tür und je weiter sie sich öffnete, desto breiter wurde auch der kühle Lichtstrahl, der von draußen in den Raum fiel. Er erreichte mich nicht, dennoch musste ich gegen das Licht heftig anblinzeln. Im Türrahmen erkannte ich eine große Silhouette. Von der Statur her musste sie einem Mann gehören. Breite Schultern, muskulöse Oberarme, schmale Hüfte.

Es war nicht Alex Huston, das erkannte ich auf einen Blick. Mir lief ein eiskalter Schauer über den Rücken und ich zog die Beine so nah an mich heran, wie ich nur konnte, ohne dabei nach hinten umzukippen. Ich wollte die Person nicht näher kennenlernen, denn ich konnte mir nicht vorstellen, dass man mir eine freundliche Person schickte. Vielleicht gab es noch schlimmere Menschen als den Dunkelblonden in den Reihen von Taurus. Ich wollte es nicht herausfinden.

Mein wild pochendes Herz überschlug sich und meine Muskeln verkrampften sich unangenehm vor Angst. Ich biss mir auf die Zunge und zwang mich, die Luft anzuhalten. Vor allem aber versuchte ich, keinen einzigen Laut von mir zu geben. Ich wollte nicht, dass die Person mich bemerkte. Niemand außer Taurus wusste, wo ich mich befand, und ich wollte um keinen Preis riskieren, dass mir noch einer dieser Bastarde zu nahekam.

»Und?« Eine weitere Person trat in das Licht, doch auch sie konnte ich nicht identifizieren. Es musste ebenfalls ein Mann sein, auch wenn er schlanker und etwas weniger breit gebaut war. Es war beinahe allerdings genauso groß und damit eine Bedrohung für meinen kraftlosen Körper. Die weiche, aber männliche Stimme kam mir vage bekannt vor, doch ich konnte nicht identifizieren woher. Sie klang nicht annähernd so hart und kalt wie die von Huston, doch ich würde die Person deshalb nicht zu meinen Freunden zählen.

»Nichts.« Die zweite Stimme klang deutlich rauer und tiefer. Auch sie drang in meinen Kopf ein und rüttelte an einer Truhe mit den Erinnerungen an mein vergangenes Leben. Ich zwang sie dazu, geschlossen zu bleiben. Wenn die Personen fort waren, konnte ich mich noch immer auf die Suche danach begeben, woher sie mir bekannt vorkamen. Ich hatte in meiner Zeit im Untergrund so einige Menschen kennengelernt. Hier in London waren es nicht viele, aber bei meinem einzigen Kampf, den ich hier ausgefochten hatte, hatte ich doch die ein oder anderen Sätze und Stimmen aufgeschnappt.

Die Tür schloss sich wieder leise quietschend Millimeter für Millimeter und ich ließ erleichtert die Luft aus meinen Lungen entweichen. Dem Himmel sei Dank, sie hatten mich nicht bemerkt. Der kalte Schweiß auf meinem Körper sorgte dafür, dass das große Shirt auf meiner Haut klebte.

»Hast du das gehört?« Die erste Stimme drang gedämpft an mein Ohr und ich richtete meine Aufmerksamkeit wieder auf die Tür. Sie war kurz davor ins Schloss zu fallen, doch sie tat es nicht. Ich brauchte mich nicht nach dem warum zu fragen, wenn doch zwei Personen direkt davorstanden. Ich fragte mich nur, ob sie mich trotz des kreischenden Quietschens gehört hatten.

»Nein? Was denn?« Wieder die zweite Stimme.

Die Gänsehaut auf meinem Körper verstärkte sich, mein Herz hämmerte noch immer wild in meiner Brust und ich könnte schwören, es sprengte mir bald die Rippen. Die Übelkeit wurde stärker und ich spürte, wie heiße Galle in meine Kehle schoss. Fest presste ich die Lippen aufeinander, zwang mich so leise wie möglich zu atmen und das Gefühl, mich übergeben zu müssen, niederzuringen. Ich durfte keinen Laut von mir geben, wenn ich unentdeckt bleiben wollte.

»Da war was.«

»Was denn?« Die zweite Stimme klang gereizt.

Bitte, macht einfach die verdammte Tür zu!

Ich flehte zu etwas, jemandem. Zu Gott, sofern es ihn gab. Doch ich wurde nicht erhört, denn das Gegenteil trat ein.

Die Tür wurde wieder geöffnet, der Lichtstrahl verbreitete sich und die Galle erreichte zeitgleich meinen Mundraum. Sie füllte ihn aus und der Reflex mich tatsächlich zu übergeben kam so schnell, dass ich mich von meinem eigenen Körper überwältigt nach vorn beugte und alles ausspuckte. Ich würgte so laut, dass ich kaum ein anderes Geräusch wahrnahm.

»Da ist jemand!« Die erste Stimme drang nur abgeschwächt durch die plötzliche Watte in meinen Ohren bis in mein Gehirn vor.

Nur am Rande bemerkte ich, wie jemand den Raum betrat und der Strahl einer Taschenlampe unkontrolliert herum zuckte.

Ich würgte noch zweimal, wobei sich die Welt um mich herum immer schneller zu drehen schien, bevor der Lichtstrahl mich erfasste und ein entsetztes Keuchen die Geräuschkulisse durchdrang.

»Liv!«

»Shorty!«

Die beiden Worte vermischten sich in meinen Ohren, ich hob das Kinn an und starrte blind direkt in den grellen Strahl der Taschenlampe. Die Namen ließen einen Damm in mir brechen, von dessen Existenz ich bis dahin nichts gewusst hatte. Pure Erleichterung flutete meinen Körper, denn es gab nur zwei Menschen auf diesem verfluchten Planeten, die mich so nannten.

Sie waren hier. Levin und Lian waren hier!

»Hilfe.« Meine Stimme war nur ein leises Kratzen und wurde noch weiter von dem dicken Kloß, der sich in einem Wimpernschlag in meinem Hals gebildet hatte, gedämpft. Erleichterung überrollte mich und sorgte dafür, dass ich heftig zu zittern begann. Hätte ich noch genügend Flüssigkeit für Tränen übrig, würde ich in diesem Moment sicherlich weinen, doch so blieb nur ein trockenes Schluchzen zurück, bei dem meine Schultern erzitterten. »Bitte.«

Hektische Schritte erfüllte den Raum, Stoff raschelte und bevor ich begreifen konnte, was geschah, waren sie bei mir. Sie zogen mich auf die Füße, wobei das schwummrige Gefühl in meinem Kopf zunahm.

»Fuck, ihre Lippen sind ganz blau angelaufen.« Es war Lians für gewöhnlich angenehme Tenorstimme, die voller Panik an meine Ohren drang. Ihre Körperwärme sorgte dafür, dass sich meine Haut noch kälter anfühlte und meine Zähne hart zu klappern begannen. Ich konnte die Bewegungen und Reaktionen meines geschwächten Körpers nicht unterbinden, dazu fehlte mir die Willensstärke.

Jemand riss an der Kette, die mich wie Vieh an die Stahlsäule fesselte.

»Liv, wo sind die Schlüssel?« Levins raue Stimme war von nackter Panik erfüllt und sorgte dafür, dass ich erneut trocken aufschluchzte.

Sie sollten nicht hier sein. Sie sollten sich nicht in Gefahr begeben. Und doch waren sie es. Sie waren gekommen, um mich zu retten. Und trotzdem war ihre Panik so klar erkennbar, dass sie mich ansteckte und dafür sorgte, dass mein Kopf wie leer gefegt war.

»Wo sind die Schlüssel für die Handschellen?«, wollte Levin erneut wissen.

»Vielleicht kann man die Kette durchschießen. Sie sieht nicht besonders stabil aus«, schlug Lian vor und riss an dem harten Material. Es war stabil genug, um mich gefangen zu halten. Ob es einer Kugel trotzen würde, wusste ich jedoch nicht.

»Vergiss es!«, schnaufte Levin. »Das hier ist doch kein verdammter Superheldenfilm. Die Chancen für einen Querschläger, der einen von uns treffen könnte, sind zu groß. Wo sind die Schlüssel für die Handschellen?«

Ich kramte in den verschwommenen Erinnerungen in meinem Kopf nach der Antwort auf seine Frage. Wann immer Alex kam, legte er zuerst sein Jackett und das Holster ab. Dann kam er zu mir herüber und machte mich los.

»Ich ... weiß ... nicht ... Alex ...« Die Worte verließen meinen Mund stammelnd und ich verschluckte die Hälfte davon, weil das Kratzen in meinem Hals mir die Stimme nahm. Ich wusste es nicht oder konnte mich einfach nicht daran erinnern. Wieso konnte ich mich jetzt, wo es wichtig war, nicht daran erinnern? Wut auf mich selbst entflammte sich unter meiner Haut und fraß sich bei jedem meiner hektischen Herzschläge durch meine Adern.

Ich konnte hören, wie einer von ihnen davonlief. Nur Sekunden später richtete sich das Licht einer der Taschenlampen auf den Tisch und eine behandschuhte Hand fuhr durch die Folterutensilien darauf. Der Aschenbecher fiel zu Boden und zersprang klirrend in seine Einzelteile, was mich heftig zusammenzucken ließ. Skalpelle und Feuerzeuge folgten mit lautem Klappern. Bei den lauten Geräuschen biss ich mir auf die Zunge und schmeckte im nächsten Moment mein eigenes Blut.

»Es wird alles gut. Wir sind hier.« Levins Stimme war nah an meinem Ohr und ich erkannte, dass es sein Körper war, an den ich mich lehnte. Er hielt mich mit beiden Händen fest und stützte mich. Meine Knie zitterten wie Espenlaub und würden mich vermutlich keine zwei Sekunden selbst tragen können.

»Ich hab ihn! Ich hab ihn!« Lian stürzte zu uns herüber und machte sich an meinen Handschellen zu schaffen. Es dauerte zwei Sekunden, dann ertönte zuerst ein Klicken, dann ein zweites. Das harte Material rutschte von meinen Handgelenken über meine Hände und fiel klappernd zu Boden.

»Raus hier.« Levin stieß die Worte atemlos aus und an dem Kribbeln auf meinem Gesicht spürte ich, dass er zu mir heruntersah. »Kannst du laufen?«

Ich zuckte mit den Schultern, was meine Knochen und Muskeln in den Schultern schmerzen ließ. »Ich ... Ja.«

Sicher war ich mir nicht, aber ich würde es versuchen. Ich wollte keine Last für sie sein. Nicht, nachdem sie mich schon befreit hatten. Nein, ich durfte sie nicht aufhalten. Sie hatten sich und ihre Leben in Gefahr gebracht. Wir konnten es uns nicht leisten, langsam zu sein. Also würde ich selbst laufen.

Der Weg zur Tür kam mir wie ein Gewaltmarsch vor. Mein Körper war kaum in der Lage, mir zu gehorchen, doch ich zwang ihn dazu. Ich zwang mich selbst, einen Fuß vor den anderen zu setzen und den Schwindel in meinem Kopf so gut ich konnte auszublenden. Trotzdem bemerkte ich, dass ich bedrohlich schwankte und torkelte, während meine Beine Schwierigkeiten damit hatten, mein Gewicht zu halten.

Wir hatten erst wenige Schritte in Richtung der Tür gemacht, da wurde mir ein starker Arm um die Taille gelegt. Mein Blick glitt sich zu Lian, der mir ein kurzes Lächeln schenkte, ehe er sich wieder auf den Weg vor uns konzentrierte. Seine behandschuhte Hand lag genau auf einer der Wunden, die mir Alex mit dem Skalpell zugefügt hatte und ich spürte, wie der Stoff des Shirts auf meiner Haut feucht wurde. Die Stelle brannte durch den festen Kontakt, doch ich gab keinen Schmerzenslaut von mir. Wir mussten diesen Ort verlassen, solange wir konnten. Es war keine Zeit, sich mit meinen Befindlichkeiten aufzuhalten.

Nur mit Lians Hilfe schaffte ich es, hinter Levin durch den langen Korridor zu taumeln. Er bestand aus demselben Beton, wie der Raum, indem ich gefangen gehalten wurde. Es fiel mir schwer zu atmen, doch ich schaffte es aus reiner Willenskraft heraus. Die dunkle Waffe in Levins Hand glänzte im kalten Licht der Neonröhren und es war das erste Mal, seit ich hier aufgewacht war, dass ich so etwas wie Sicherheit verspürte.

Die Art, wie Levin vor uns lief und als Vorhut jederzeit bereit war, zu schießen und uns zu verteidigen, schenkte mir einen kleinen Funken Hoffnung. Und dieser entfachte ein ganzes Feuer in meinem Körper. Wir hatten eine Chance hier herauszukommen. Die beiden sorgten dafür, dass ich leben konnte. Ich vertraute ihnen.

Wir schlitterten um mehrere Ecken, sodass ich schnell den Überblick verlor. Bei jedem weiteren Flur, den wir durchquerten, wurde meine Schritte schwerfälliger und mein Atem rasselte so laut, dass ich damit eine Konzerthalle ohne Mikrophon unterhalten konnte.

Schließlich erreichten wie eine Treppe und Levin trampelte zuerst über das Metall nach oben. Sein Gewicht brachte das Gerüst zum Beben und die Geräusche seiner Schritte hallten in meinen Ohren nach. Nur mit Lians Hilfe schaffte ich es, zwei Stufen zu nehmen, bevor meine Knie nachgaben und mein Sturz durch die kantigen Stufen gebremst wurden. Die kleinen Löcher, die für nasse Schuhsohlen Halt bieten sollten, gruben sich in meine Knie. Das Brennen und Ziehen meiner Haut ließ mich jedoch keine Miene verziehen, denn dieser Schmerz war nicht mit dem durch Hustons Hände zu vergleichen.

Lian packte mich unter den Achseln und zog mich wieder auf die Füße, bevor ich die Kraft dafür in mir zusammenkratzen konnte. Er gab mir nicht die Chance, den Schwindel in meinem Kopf zu bewältigen, sondern packte meinen gebrechlichen Körper und warf mich über seine Schulter. Er musste sich kaum dazu anstrengend, weil er auf der Treppe unter mir stand. Während er die Treppe nach oben stürmte, bohrte sich seine Schulter unangenehm in meinen Magen. Die Übelkeit wollte mich zwingen, mich erneut zu übergeben, doch ich rang das Gefühl nieder und konzentrierte mich auf die Stufen, die unter uns vorbeizogen.

Ich hatte immer noch keine Ahnung, wo wir waren, denn an den kahlen Wänden gab es keine Beschilderung. Ich vermutete jedoch, dass wir uns mehrere Meter unter der Erde befanden. Anders konnte ich mir das Fehlen jeglicher Fenster nicht erklären.

Als wir das obere Ende der Treppe erreichten, setzte Lian mich ab. Er atmete kaum heftiger als nach einer Runde Sport und ihm schien mein Körpergewicht keine große Last gewesen zu sein. Ich hingegen kämpfte mit aller Kraft gegen die Sterne in meinem Sichtfeld an, denn ich konnte es mir nicht erlauben, der Erschöpfung meines Körpers nachzugeben. Das aggressive Licht der Neonröhren brannte in meinen Augen und ich musste immer wieder hektisch blinzeln.

»Vorsicht.« Es war Levin, der das Wort aussprach.

Mein Blick glitt daraufhin durch den breiten Korridor und ich entdeckte nur einen Meter von uns entfernt einen kräftig gebauten Mann, der reglos auf dem Boden lag.

Lian griff nach meinem Arm und legte ihn sich selbst wieder um den Nacken, dann stützte er mich mit festem Griff und manövrierte mich an dem Mann vorbei. Eine Blutlache hatte sich unter seinem Körper auf dem kalten Boden gebildet, was mich sofort in den Moment im Hyde Park zurückversetzte. Ich sah Audrey vor mir, auf deren Sportkleidung sich zwei große rote Flecke gebildet hatten, während sie in ihrem eigenen Blut auf dem Asphalt lag. Ich musste mehrmals blinzeln, um die Erinnerung zu vertreiben. Meine Aufmerksamkeit richtete sich wieder auf den Mann und ich erkannte ihn anhand der Lederjacke und des Bandanas wieder. Es war einer der Männer, die mich auf Hustons Befehl hin gehängt hatten.

Ich wollte stehen bleiben und mich umdrehen, doch Lian schob mich erbarmungslos weiter. Dennoch erhaschte ich einen Blick auf den Mann. Seine dunklen Augen waren leer und sie starrten leblos an die Decke. Aus den Wunden auf seinem Bauch und Brustkorb sickerte weiteres Blut. Ein Maschinengewehr und ein Handy lagen neben ihm.

»Kommt weiter«, drängte Lian, doch Levin blieb stehen und deshalb taten auch wir es.

»Eine Sekunde«, bat er unseren Freund und überbrückte mit zwei Schritten die Distanz zu dem Toten.

Lian schnaufte und sein Griff um meinen Körper verkrampfte sich kaum merklich. Hätte ich eine Jacke getragen, wäre es mir vermutlich nicht einmal aufgefallen, doch durch das dünne Shirt hindurch spürte ich jede noch so kleine Bewegung. »Wir müssen weiter.«

Der Schwarzhaarige ignorierte seinen Einwand und bückte sich. Auch seine Hände stecken in Lederhandschuhen und ich beobachtete, wie er beherzt nach dem Handy griff. Er richtete sich wieder auf und nach einem Blick auf das erleuchtete Display hielt er es uns hin.

Blut klebte auf dem schwarzen Gerät, doch man konnte den Chatverlauf dennoch gut erkennen. Als ich den Namen des Empfängers las, kroch eine Gänsehaut des Grauens langsam über meinen Rücken und sorgte dafür, dass ich zu zittern begann. Allein Hustons Namen zu lesen, sorgte dafür, dass die Angst mir brutal in den Magen boxte.

Von: Glenn
Gesendet: 23:18
Sie sind hier. Sie befreien das Mädchen.

Fuck. Wir waren geliefert.

»Er weiß es.« Nur schwerfällig verließen die Worte meinen Mund und ich brauchte für sie mehr Atem, als in meinen Lungen vorhanden war. Heiß glühende Panik machte sich meinem Körper breit und in meinen Kopf spielten sich die schlimmsten Szenarien ab.

Huston, der in der nächsten Sekunde um die Ecke am Ende des Korridors bog. Huston, der auf Levin und Lian schoss. Huston, der mich zurück in diesen Raum brachte und mich dabei zusehen ließ, wie er den Jungs dasselbe antat wie mir. Ich hörte ihre Schmerzensschreie. Die Welt um mich herum kippte, meine Knie gaben erneut unter der Last dieser Vorstellung nach.

»Wir müssen uns beeilen.« Seine Worte brachten mich dazu, Lian anzusehen. Er hielt meinen Körper mit seiner Kraft aufrecht, doch sein Blick lag auf Levin. Die beiden sahen sich an, kommunizierten stumm miteinander, dann nickten sie.

Levin sah zu mir. In seinen Augen konnte ich Schmerz und Schuld erkennen. »Du musst jetzt nochmal stark sein. Hörst du Livi?«

Stark sein. Stark sein. *Stark sein.*

Ich versuchte schon die ganze verdammte Zeit, stark zu sein. Schon seit ich hier aufgewacht war, versuchte ich nichts Anderes. Ich hatte keine Kraft mehr. Keine Kraft mehr vorzugeben, etwas zu sein, das ich nicht war. Keine Kraft mehr, zu laufen. Keine Kraft mehr, zu stehen. Keine Kraft mehr, stark zu sein. Ich war am Ende.

Bittere Frustration breitete sich in meinem Körper aus und wäre ich nicht auf dem besten Wege auszutrocknen, würde ich dem Drang zu weinen nachgeben.

Trotzdem nickte ich und das war für Lian ein Zeichen. Er ging vor mir leicht in die Hocke und griff nach meinen Armen, die er sich hinter dem Nacken entlang auf der einen Schulter ablegte. Zeitgleich umfasste er meine Beine und als er sich erhob, ging ich mit in die Bewegung und drückte meinen Körper fest an seinen. Seine Schulter bohrte sich schmerzhaft in meine Hüfte, doch ich biss die Zähne zusammen und gab keinen Laut von mir. Die Muskeln in meinen Gliedmaßen protestierten gegen die Haltung, doch Lian gab nicht nach und hielt mich mit eisernem Griff fest.

»Danke«, presste ich leise zwischen den Zähnen hervor. Die Wunden an meinem Körper brannten höllisch an den Stellen, an denen ich Lians Schultern berührte. Ich klagte nicht, denn ohne seine Hilfe würde ich hier unten sterben.

»Sobald wir oben sind, tauschen wir.« Levins Worte ließen keine Diskussion zu und unter meinen schweren Augenlidern heraus beobachtete ich, wie er seinen Griff um die Waffe festigte und erneut die Führung übernahm.

Die Schritte der Jungs hallten in dem leeren Flur, als sie zu joggen begannen. Sie gaben sich keine Mühe, leise zu sein. Wir hatten keine Zeit, vorsichtig zu sein. Ich hasste es, dass Lian mich wie einen Sack schleppen musste. Doch ich war nicht kräftig genug. Ich war zu langsam und hielt uns auf. Etwas, das wir uns nach der Nachricht an Huston nicht leisten können.

Wir erklommen noch eine weitere Treppe, ehe wir vor einer Stahltür zum Stehen kamen. Ich sah es über Lians Schulter hinweg. Die Muskeln in meinem Körper waren so kraftlos, dass ich kaum den Kopf weit genug heben konnte. Mein Atem ging rasselnd und ich schnaufte Lian ins Ohr, obwohl ich mich nicht einmal bewegte. Es wunderte mich, dass er noch nicht gefragt hatte, ob ich ein Sauerstoffzelt benötigte.

Durch das Material der Tür hindurch hörte ich sekundenlang nur lautes Klappern und Rauschen. Dann Stille. Ein Zeichen?

Mit einem Ächzen zog Levin die schwere Tür auf. Die Waffe hatte wieder ihren Platz in seinem Beinholster gefunden und in meinem Magen grummelte es unangenehm. Was würde passieren, wenn Huston uns auf der anderen Seite erwartete?

»Pass auf«, ermahnte Levin, bevor Lian mit mir durch die Öffnung trat und mir nicht die Möglichkeit gab, mir weitere Horror-Szenarien über Alex Huston auszumalen. Lians Boots donnerten auf den Boden und ich ließ den Blick umherschweifen. Es war dunkel, an der Wand und Decke blinkten lediglich kleine Lichter in Rot und Orange. Im schwachen Schein der Lämpchen konnte ich mehrere Kabel an den Wänden erkennen.

»Los, mach schon!«, drängte Lian mit gepresster Stimme und sein Griff um meinen Unterarm verstärkte sich. »Ich habe keine Ahnung, wann die nächste Bahn kommt.«

Bahn?

Meine Augen zuckten erneut über unsere Umgebung. Trotz der Schatten, die den Blick auf den Boden schwer machten, konnte ich dort ein eisernes glänzen erkennen. Waren das Schienen?

Levin ächzte, dann hallte das Knallen von Stahl auf Stahl von den Wänden wider. Seine schnaufenden Worte gingen in dem lauten Geräusch beinahe unter, doch ich verstand sie dennoch: »Ich mach ja schon.«

Die Jungs liefen mehrere Meter, bevor ich einen kleinen Scheinwerfer an der Wand entdeckte. Er erhellte unsere Umgebung endlich so gut, dass ich das Ausmaß des Tunnels und die Schienen auf dem Boden erkennen konnte.

Im selben Moment, in dem wir direkt unter dem Scheinwerfer eine weitere, bereits etwas eingerostete Stahltür erreichten, begann es irgendwo im Tunnel zu rumpeln. Ich bildete mir ein, dass die Wände um uns herum vibrierten. Vielleicht war das aber auch nur Lians hektisches Atmen, dass über unseren Körperkontakt auf mich überging. Eine Gänsehaut legte sich rasend schnell über meinen Körper und ließ mich so heftig erzittern, dass Lian die Griffe um meine Beine und meinen Arm festigte.

»Die Bahn«, presste ich schwer atmend heraus, »kommt.«

Die Räder quietschten ohrenbetäubend laut auf den Schienen und sorgten dafür, dass mein Herzschlag sich beschleunigte. Mein Blick zuckte über die glatten Wände. Hier gab es keine Möglichkeit sich zu verstecken. Wenn die Bahn uns erreichte und wir immer noch hier standen, würde sie hart erwischen.

Wieder hörte ich Levin ächzen und blinzelte über Lians Schulter zu ihm. Es kostete ihn alle Kraft, die Tür aufzustemmen, doch er schaffte es. Wir drängten uns hindurch in einen kleinen Raum, an dessen gegenüberliegender Seite sich ein Treppenaufgang befand.

Lian ging in die Hocke und es kostete uns ein paar Sekunden, bis wir meinen kraftlosen Körper von seinem gelöst hatten. Vielleicht lag es daran, dass meine Aufmerksamkeit auf Levin gerichtet war und Lian die Arbeit allein machen musste. Der Schwarzhaarige schmiss sich gegen die dicke Stahltür, doch sie bewegte sich leise quietschend nur wenige Millimeter.

»Sie klemmt«, ächzte er und kaum hatte Lian mich auf der untersten Treppenstufe abgesetzt, eilte er unserem Freund zur Hilfe. Zusammen schoben und drückten sie. Im Tunnel donnerte die Bahn an uns vorbei und ich schaffte es gerade so, die Hände zu meinen Ohren zu heben und mein Trommelfell vor dem Zerplatzen zu schützen. Nach all der Stille waren jegliche Geräusche zu laut.

Lian stieß einen leisen Schrei aus, dann fiel die Tür endlich ins Schloss und es wurde nicht nur ruhig, sondern auch stockdunkel. Lediglich das heftige Atmen der Jungs durchbrach die Blase, in der wir uns plötzlich befanden. Meine Hände glitten von meinen Ohren und ich sah auf.

Eine Taschenlampe wurde eingeschaltet und der Strahl richtete sich auf den Boden. In dem warmen Licht erkannte ich Levin und Lian. Sie lehnten schwer atmend mit dem Rücken an dem mit Rost überzogenen Stahl und boxten die Fäuste leicht aneinander. Gemeinsam schoben sie einen schweren Eisenriegel vor die Tür und wandten sich dann wieder zu mir um.

»Gut gemacht«, seufzte Lian und ein schwaches Grinsen zeigte sich auf seinem Gesicht.

Levin nickte ihm zu und grinste kurz, bevor er seinen Blick auf mich richtete und sagte: »Ich übernehme jetzt.«

»Ich«, begann ich meinen Satz. Meine Stimme klang noch immer kratzig, doch ich griff nach dem kühlen Eisengeländer, das an der Wand befestigt war und als Handlauf für die Treppe galt. Mühsam zog ich mich daran nach oben, schwankte jedoch so sehr, dass ich mich mit beiden Händen daran festhalten musste, um nicht von der untersten Treppenstufe zu fallen. Dennoch setzte ich hinterher: »Ich kann laufen.«

»Auf keinen Fall.« Lian schnaufte beinahe höhnisch und als ich zu den beiden Jungs sah, konnte ich trotz der schummrigen Lichtverhältnisse das Mitleid in ihren Augen erkennen.

»Wir haben es bald geschafft«, versicherte mir Levin, als er auf mich zutrat und auf mich herabschaute. Ich rechnete es ihm hoch an, dass er bei meinem entstellten Gesicht keine Miene verzog. »Wir müssen nur noch nach oben. Hier wird uns keiner von Alex' Männern mehr begegnen.«

Ich wusste nicht, was ihn so sicher machte. Aber ich wehrte mich nicht, als er mich hochhob und wir hinter Lian die Steintreppe nach oben stiegen. Ich lehnte meinen Kopf an seine Schulter und obwohl das Schwanken meines Körpers den Schwindel in meinem Kopf unangenehm verstärkte, war ich froh nicht länger wie ein Sack Kartoffeln auf Lians Schultern zu hängen.

Das Treppenhaus bestand aus weißen Rauputzwänden und einem kalten Steinboden. Obwohl ich Neonröhren an der Decke erkennen konnte, erhellte nur Lians Taschenlampe unseren Weg und ich fragte mich, wo wir waren. Sie mussten sich sicher sein, dass wir keinem Taurus-Anhänger mehr über den Weg laufen würden, denn Lian hatte lediglich seine Taschenlampe in der Hand. Seine Waffe glänzte ebenfalls an einem Beinholster, wann immer das Licht darauf fiel.

Ich zählte zwei volle Stockwerke, von denen jeweils zwei Flure abgingen, bevor wir einen Korridor erreichten, in dem direkt gegenüber des Treppenaufgangs ein Bild hing. Es war die verblichene Fotografie eines Schwans. Niemand hing sich Fotos im Keller auf, deshalb ging ich davon aus, dass wir das Erdgeschoss erreicht hatten. Mein Herz machte einen Satz, als wir auf den linken Flur zusteuerten.

»Tu mir einen Gefallen, Liv.« Levins Stimme war ernst und die Worte kamen nur abgehackt zwischen mehreren Atemzügen aus seinem Mund. Die Panik in seiner Stimme war verschwunden und obwohl sich mein Blutdruck und Herzschlag noch nicht beruhigen konnte, gab mir genau das die nötige Sicherheit. Es war gut, dass er sich beruhigt hatte. Ich brauchte genau das. Er war mein Fels in der Brandung und nur, wenn ich mich an ihm festhielt, konnte ich überleben. Er war meine einzige Chance, das Gefühlschaos in mir zu überstehen. »Wenn wir hier rauskommen, schließ die Augen.«

Ich sah zu ihm nach oben und begegnete für einen kurzen Moment seinem Blick. In seinen dunklen Augen glänzte der blanke Horror und ich musste mich zusammenreißen, mich nicht davon anstecken zu lassen. Ich wollte die Augen nicht schließen, denn ich wollte nicht wieder in der endlosen Dunkelheit versinken. Doch ich vertraute ihnen. Deshalb nickte ich wortlos, weil mir die Kraft für eine Erwiderung fehlte.

Mein Herz pochte mittlerweile so heftig, dass ich es in den Ohren hören konnte und es alle anderen Geräusche in den Hintergrund rücken ließ. Ich spürte die Vibration meines Herzschlages in meiner Brust, während die Jungs mit großen Schritten durch den Korridor eilten.

Wir passierten mehrere geschlossene Türen. An den Wänden hingen Schilder mit Namen, die ich in der Eile nicht erfassen konnte. Vermutlich Büroräumlichkeiten. Wir erreichten das Ende des schlauchigen Flurs. Die Wand wurde vollständig von einer dunklen Flügeltür eingenommen. Das Schloss sah unbeschädigt aus.

Rasselnd sog ich die Luft in meine Lunge. Dabei fiel mir auf, dass es hier nicht feucht und abgestanden roch. Hier war die Luft frisch, voller Sauerstoff. Obwohl meine Lungen fürchterlich brannten und schmerzten, fühlte es sich gut an.

»Los geht's.« Lian packte den Türgriff, zog die Tür schwungvoll nach innen auf und Levin trat mit mir auf den Armen als erster hinaus.

Sämtliche Laute der Großstadt prasselten gleichzeitig auf mich ein und ich vergaß, worum Levin mich gebeten hatte. Das Hupen von Autos, Lachen von Menschen, Heulen von Sirenen. Grelle Leuchtreklame nahmen mir die Sicht und ich verlor den Bezug zu meinem eigenen Körper. Ich spürte nicht mehr Levins Arme an meinem Rücken und meinen Kniekehlen. Ich spürte nicht mehr die unendliche Kälte und die Schmerzen in meinem Körper. Ich selbst der Schwindel war für einen Moment verschwunden. Da war nichts mehr, außer dieser unsichtbaren Wand, gegen die ich ungebremst rannte.

Schließ die Augen. Die Worte von Levin hallten in meinem Kopf nach, doch die Stadt war zu viel für meine Nerven und ich verstand den Sinn dahinter nicht mehr. Es fühlte sich an, als würde ich neben mir stehen.

Wir bremsten ab und ein harter Ruck ging durch meinen Körper. Große Hände packten mich und zogen an mir. Bevor ich mich zur Wehr setzen konnte, erklang eine weitere bekannte Stimme: »Hab dich.«

Meinen tauber Körper wurde nach oben gehievt und plötzlich waren die Reklameschilder nicht mehr so grell. Die Geräusche dämpften sich beinahe sofort und erst da realisierte ich, dass ich mich im Inneren eines Lieferwagens befand. Tyler setzte mich neben sich ab, während Levin mir mit einem Satz hinterher sprang und Platz für Lian machte. Der Schwarzhaarige knallte die Tür zu, kaum dass der Blonde schlitternd gegen die Seitenwand knallte. Mit offenem Mund starrte ich Lian an.

»Los! Los! Los!«, brüllte er und schlug mit der Hand mehrfach gegen das innere Blech des Laderaums. Der Wagen, dessen Fahrerkabine abgetrennt war, setzte sich so plötzlich in Bewegung, dass wir von dem Herumrucken durcheinander gewürfelt wurden. Ich spürte kaum den harten Kontakt mit dem Boden oder den Seitenwänden. Der Schmerz war nichts im Vergleich zu dem, was ich ausgehalten hatte.

Erst als das Fahrzeug gerade gehalten wurde, konnten wir uns mühsam aufrappeln und uns mit dem Rücken gegen die Wände lehnen. Ich umfasste meine Knie mit den Armen und hielt sämtliche Gliedmaßen so nah wie möglich an meinen Körper, um die Kälte zu vertreiben.

»Geht es dir gut?«, fragte Tyler, der mir gegenüber saß und nur eines seiner langen Beine angewinkelt hatte.

»Sieht sie so aus?«, blaffte Lian und knallte seine Taschenlampe zwischen uns auf den Boden der Ladefläche. Er schlüpfte aus seinem schwarzen halblangen Mantel, unter dem eine kugelsichere Weste zum Vorschein kam. Er gab das Kleidungsstück an Levin weiter, der mir hineinhalf.

Lians Körperwärme sprang sofort brennend heiß auf mich über und zeigte mir, wie eiskalt meine Haut tatsächlich war. Wie auf Kommando begannen meine Zähne zu klappern, weshalb ich die Knie wieder an meinen Körper zog und versuchte, den Mantel so gut ich konnte auch um meine Beine zu legen. Meine Augen richteten sich auf Tyler, der mich mit nachdenklich gerunzelter Stirn musterte und in Richtung Lian beschwichtigend die Hände gehoben hatte. Abgehackt brachte ich heraus: »Ich weiß nicht, ob es mir jemals wieder gut gehen wird.«

KAPITEL 39

Livana

Mein Magen rumorte und in meinem Kopf pochten die Schmerzen so unnachgiebig, dass nicht einmal eine Tablette dagegen geholfen hatte. Mir war schlecht und die Schmerzen, die ich Hustons Folter zu verdanken hatte, wollten mich dazu zwingen, endlich einzuschlafen und mich zu erholen. Doch ich konnte nicht. Ich musste wach bleiben und mich konzentrieren. Es kostete mich Kraft, von der ich nicht einmal wusste, woher sie kam.

Die Wunden auf meiner Haut brannten noch vom Wasser der Dusche, die ich genommen hatte. Das Gefühl von Feuer auf meinem Körper wurde verstärkt, als Holly mit dem Desinfizieren und Reinigen begann. Ich biss die Zähne zusammen und ließ zu, dass die Tränen über meine Wangen flossen.

Meine Schwester sagte kein einziges Wort, schluckte nur immer wieder schwer und vermied es, mir ins Gesicht zu sehen, während sie ihre Arbeit tat.

Ich räusperte mich, um die Stille zu brechen. Wir hatten noch nicht miteinander gesprochen, seit ich zur Tür hereingetaumelt war. Holly war mir im Flur um den Hals gefallen und ich hatte sie festgehalten, während ich einen Kampf mit meinem Gleichgewicht ausgefochten hatte. Direkt danach hatte ich mich ins Badezimmer geschleppt, um den offensichtlichen Dreck und Staub wegzuwaschen. Ich hatte gehofft, damit auch den inneren Schmutz wegzuspülen – es hatte nicht funktioniert. Ich fühlte mich noch immer ekelhaft. Meine Schwester hatte die ganze Zeit auf der zugeklappten Toilette gesessen und aufgepasst, dass ich nicht ausrutschte. Was völlig überflüssig gewesen war, denn ich hatte beinahe die gesamte

Zeit nur auf dem Boden gesessen und mich mit der Brause abgeduscht, bis mir endlich wieder warm war und meine Haut vom heißen Wasser krebsrot leuchtete. Ich war selbst einsichtig genug, dass mein Gleichgewicht ein erhöhtes Risiko darstellte.

Erneut räusperte ich mich. Mein Hals tat unglaublich weh und ich musste mich zwingen, die Worte überhaupt auszusprechen. »Was ist ... Wie geht es Drey?«

Holly fror mitten in der Bewegung ein. Für drei Sekunden war es totenstill zwischen uns und noch bevor sie den Kopf hob, wusste ich es. Mein Herz brach in tausend Teile und als ich die schmerzverzerrte Miene meiner Schwester sah, zerbrachen diesen Teile nochmal in tausend weitere Stücke.

»Sie hat es nicht geschafft, Livi. Sie war tot, bevor die Sanitäter vor Ort waren.« Ihre Stimme war kaum mehr als ein Flüstern. Sie griff nach meiner Hand und drückte sie fest, während ich wie betäubt an die gefliese Wand des Badezimmers starrte und die Trauer in ihren Wellen willkommen hieß.

Ein Schluchzen entfloh meinen Lippen und Tränen, von denen ich nicht wusste, woher sie kamen, rollten mir über die Wangen. Vor mir sah ich Audrey mit ihrem bezaubernden, glücklichen Lachen und dem krausen Afro-Haar. Ihre Augen leuchteten so lebendig, dass mir schlecht wurde.

Sie war meinetwegen gestorben. Es war meine Schuld. Und ich hatte nichts getan, um sie zu retten.

Ich wusste nicht, wie ich atmen sollte. Holly kniete vor mir und hielt lediglich meine Hand, während ich in dem Strudel aus Trauer und Schmerz ertrank. Sie umarmte mich nicht, machte aber auch nicht damit weiter, meine Beine medizinisch zu versorgen. Ich war dankbar dafür. Eine Umarmung war das Letzte, was ich gerade wollte.

Es dauerte lange, bis Holly mit mir fertig war und mir in frische Kleidung geholfen hatte. Die schlimmsten Stellen hatte sie mit Wundpflastern oder Verbänden abgedeckt, doch da der Vorrat im Haus bei dem großen Schaden schnell aufgebraucht war, würde es nicht lang dauern, bis ich die etwas lockere Jogginghose und den Pullover vollgeblutet hatte.

Bevor wir die Treppe nach unten gehen konnten, hielt Holly mich durch einen Griff um mein Handgelenk auf. Mein Herz machte einen erschrockenen Stolperer und ich zuckte zusammen. Sie ließ die Hand sofort sinken und als mein Blick ihren fand, sah ich einen Hauch Verzweiflung darin.

»Ich bin froh, dass du lebst.«

Ich schenkte Holly ein kleines Lächeln, für das ich mehr Kraft benötigte als ich sollte. »Ich bin froh, dass es dir gut geht.«

Das war alles, was ich jemals wollte. Das war alles, wofür ich kämpfte. Ihre Sicherheit und ihr Wohlbefinden.

Mit Hollys Hilfe schleppte ich mich die Treppe nach unten. Im Wohnzimmer wurde ich von Jess empfangen, die sich bisher im Hintergrund gehalten hatte. Sie kam langsam auf mich zu, als ich über die Türschwelle trat, und sah mir in die Augen. Sie suchte etwas, von dem ich nicht wusste, was es war. Ihren Hände fanden meine, ihre Finger glitten über die eingecremten Wunden darauf.

Mein Herz wurde bei ihrem Anblick schwer. Die sonst strahlend blauen Augen wirkten matt und erschöpft. Ihre rosige Haut war blass und ihre Haare sahen aus wie das reinste Vogelnest. Ich rechnete es ihr hoch an, dass sie hier war. Nach allem was passiert war, hätte sie sich sehr weit von uns fernhalten sollen. Doch das tat sie nicht. Ganz im Gegenteil. Sie war hier.

Langsam nickte ich ihr zu als ich erkannte, worauf sie wartete. Auf die Erlaubnis, mich zu berühren. Und sie ließ es sich nicht zweimal sagen. Vorsichtig schlang sie die Arme um meinen Körper und flüsterte mir mit tränenerstickter Stimme ins Ohr: »Du lebst. Gott Livi, ich bin so dankbar dafür.«

Ich legte die Hände an ihre Unterarme und drückte sie kurz. »Ich auch.«

Ein paar Minuten hielten wir uns noch gegenseitig fest. Jess weinte stumm an meiner Schulter und ich ließ es geschehen. Meine Tränen waren aufgebraucht, doch ich konnte meiner besten Freundin bei ihren beistehen. Ich wusste nicht, ob es Tränen der Erleichterung wegen meiner Rückkehr waren oder Tränen der Trauer, weil Audrey nie mehr zu uns zurückkehren würde.

Schließlich lösten wir uns voneinander und Jess ließ sich auf einem der Sessel nieder. Ich blieb stehen, obwohl Nox mir den zweiten Sessel anbot. Ich war unglaublich erschöpft und noch immer wacklig auf den Beinen, doch ich konnte nicht sitzen. Ich musste stehen, auch wenn es weh tat.

»Wir können nicht hierbleiben«, murmelte ich mehr zu mir selbst als zu den anderen. »Wir werden hier niemals sicher sein. Huston wird uns immer jagen. Solange er auch nur den Hauch einer Chance sieht uns zu vernichten, wird er nicht damit aufhören.«

Holly sah zu mir auf. Sie saß mit angezogenen Beinen neben Lian auf dem Sofa und kaute auf der Innenseite ihrer Wange, während sie ihre Hände knetete. »Aber wohin sollen wir gehen? Er wird uns immer finden. Das hast du selbst gesagt.«

Zustimmend neigte ich den Kopf und senkte den Blick auf den Boden. Unter dem Tisch lugte eine leere Bierdose hervor, doch ich störte mich nicht daran. Im Apartment sah es sowieso aus, als hätte eine Bombe eingeschlagen, doch es konnte mir nicht egaler sein. Ich war nur froh, dass ich nicht mehr zwischen diesen kahlen Betonwänden in diesem riesigen leeren Raum saß. Außerdem war im Moment nichts wichtiger als die Worte, die ich als Nächstes aussprach. Denn von ihnen hing unser Leben ab.

Nicht nur das von mir und meiner Schwester. Nein. Es ging um uns alle. Jess, Lian, Lennox, Tyler und Levin. Sie alle waren nun in Gefahr, weil sie … Naja, weil sie sich für mich entschieden hatten. Weil sie mit mir befreundet waren. Weil sie mir etwas bedeuteten. Weil sie mich gerettet hatten. Weil sie an meiner Seite standen. An meiner Seite in einem Krieg, den wir nicht gewinnen konnten.

Wir standen allein gegen Taurus. Es gab tausende Anhänger auf der gesamten Welt. Es würde immer und überall jemanden geben, der uns jagen würde. Lorraine würde uns nicht davonkommen lassen. Entweder sie und Huston erwischten uns hier oder an einem anderen Ort auf der Welt.

Alex Huston wusste, dass die Jungs mich geholt hatten. Ich versuchte, mich in ihn hineinzuversetzen. Was hatte er wohl nach der Nachricht des Mannes … Glenn … getan? Mein erster Impuls wäre, zu diesem Ort zu fahren. Vielleicht hatten Glenn uns auch festsetzen können. Nun kam Huston dort an, fand jedoch nur den Toten vor. Wusste er, wo die Jungs wohnten? Vermutlich nicht, sonst wäre er sicherlich bereits hier aufgetaucht. Aber wohin sollten die Jungs mich bringen, wenn nicht in ihr Apartment? Ein Krankenhaus war ausgeschlossen. Meine Verletzungen würden dafür sorgen, dass die Polizei informiert wurde. Das würden wir nicht riskieren. Taurus hatte seine Leute überall. An seiner Stelle würde ich die Wohnadresse der Jungs ermitteln. Dafür brauchte er nur eine Person an der richtigen Stelle. Die Frage war nur, wie schnell die Kommunikation zwischen ihnen lief.

Ich biss mir auf die Zunge, bis ich Blut schmeckte, ging in Gedanken mehrere Wege der Zukunft durch und landete doch immer beim selben Ergebnis. Es gab kein Entkommen für uns. Nicht, wenn sie wussten, wohin wir gingen. Wenn wir leben wollten, mussten wir verschwinden. Wir mussten unsichtbar werden.

»Wie viel Bargeld habt ihr?« Mein Blick wanderte zwischen den Jungs hin und her. Sie wussten, dass ich nicht auf die fünfzig Pfund in ihren Geldbeuteln anspielte, mit denen sie sich auf der Oxford Street einen Kaffee To-Go holten oder in Lians Fall ein neues Schuhpaar bezahlten. Ich sprach hier von demselben schmutzigen Geld, das auch ich von meiner Zeit bei Taurus zurückbehalten hatte und in meinem Auto versteckte.

Levin seufzte und fuhr sich mit der Hand durch die schwarzen Haare. »Ich habe keine Ahnung«, brummte er dabei.

Tyler zuckte ratlos mit den Schultern, während Lian seinen Blick das erste Mal seit unserer Rückkehr von der Straße abwandte und dem Fenster für ein paar Sekunden den Rücken kehrte. »Man kann mit Geld viel kaufen, aber die Freiheit wirst du damit von Taurus nicht bekommen. Das ist dir klar, oder?«

Ich verdrehte nur die Augen und ging in meinem Kopf den Inhalt meiner Taschen durch. Vor meinem inneren Auge erschienen die Geldbündel, meine Einnahmen. Ich sah die Ausgaben und in meinem Kopf setzten sich die einzelnen Beträge nach und nach zu einer gesamten Summe zusammen. Es war genug Geld, um von hier zu verschwinden. Allein mein Geld würde für uns alle ausreichen.

Mein Herz schlug mir kräftig bis zum Hals und in meinen Ohren rauschte das Blut, als Lennox den Blick hob und mit einem leeren Ausdruck in den Augen eine Summe nannte, die meine Hoffnungen überstieg.

Ja, das war wirklich genug Geld für uns alle. Und wenn wir uns endlich irgendwo niederlassen konnten, würde ich meinen verbliebenen Anteil dafür verwenden, um Holly das Medizinstudium zu ermöglichen. Ich würde ihr ihren Traum erfüllen, wenn wir endlich sicher waren. Nicht hier in London, aber an irgendeinem anderen Ort auf dieser Welt.

»Und du?« Fragend sah Tyler mich an.

Ich nahm es ihm nicht übel, denn er und die Jungs hatten selbst gerade die Hosen heruntergelassen. Da war es nur fair, dass auch ich mit offenen Karten spielte. Also holte ich Luft und antwortete: »Verdopple den Betrag und leg noch etwas obendrauf.«

Lian zog scharf die Luft ein und auf Nox' schokoladenbrauner Haut bildete sich ein weißlicher Schatten. Wenn ich es neutral beurteilte, wurde er gerade tatsächlich blass um die Nase. Jess klappte die Kinnlade herunter und sie sah blinzelnd zwischen Lennox und mir hin und her.

Levin ließ sich mit einem Seufzen auf den noch freien Sessel sinken und vergrub das Gesicht in den Händen. Die Ellenbogen auf den Oberschenkeln aufgestützt sagte er: »Wie sind wir nur hier gelandet?«

Meine Schwester blickte starr an mir vorbei auf den Fernseher, der ausgeschaltet war und nur eine schwarze Scheibe zeigte. »Wir müssen von hier verschwinden, oder?«

Ich nickte kaum merklich. »Ja. Und wir werden das Geld dafür verwenden, um unter dem Radar zu bleiben. Dieses Mal wird uns keiner mehr finden.«

»Aber wie wollen wir das anstellen?«, fragte Tyler und sah mich mit zweifelndem Blick an. »Wir können schlecht in einen Flieger steigen und mit Taschen voller Geld das Land verlassen. Wir kommen kaum durch die Sicherheitskontrolle, ohne von der Polizei sofort aufgegriffen zu werden. Und wenn sie euch beide erkennen …«, er deutete von Holly zu mir, »dann ist es sowieso vorbei.«

Lian gab einen zustimmenden Laut von sich und widmete sich dann wieder dem Treiben auf der Straße unter uns. Draußen war es stockdunkel, doch die Laternen beleuchteten die Gehwege und Straßen.

»Ich kann meinen Vater fragen, ob er uns nochmal den Jet zur Verfügung stellt.« Jess kam mir zuvor und warf einen Blick durch die Runde, ehe er auf mir zum Liegen kam. »Er wird uns bestimmt helfen und mit ihm wird sich auch Taurus nicht anlegen.«

Ihr Vertrauen in die Bratva ihres Vaters in allen Ehren, doch Taurus ging über Leichen, um seine Ziele zu erreichen. Und auch wenn in Russland die Mafia dominierte, gab es auch dort Posten der Untergrundorganisation. Mit etwas Verstärkung traute ich es ihnen zu, dort nach uns zu suchen und uns anzugreifen. Ich wollte Mister Sorokin Senior und vor allem meine beste Freundin nicht in Gefahr bringen. Sie war die einzige Freundin, die mir noch geblieben war, und es war meine Aufgabe, sie zu beschützen. Drey konnte ich nicht retten, doch bei Jess hatte ich noch eine Chance.

Dennoch nickte ich zustimmend. »Deinen Vater um einen Jet zu bitten ist eine gute Idee. Du solltest dieses Land so schnell wie möglich verlassen. Du bist hier nicht mehr sicher, dein Vater wird das genauso sehen. Sie haben Drey getötet und sie werden auch vor dir nicht zurückschrecken.«

Die blauen Augen meiner besten Freundin weiteten sich erschrocken und mein Herz krampfte sich bei dem entsetzten Ausdruck auf ihrem runden Gesicht schmerzhaft zusammen. »Wir bleiben nicht zusammen?«

»Du kannst uns begleiten, wenn du das möchtest. Ich werde dich immer mit allem beschützen, was ich habe, so wie ich es auch bei Holly tue. Aber wir werden nicht nach Russland gehen.« Ich wollte Jess nicht zurücklassen und das Bedauern darüber spiegelte sich in meiner Miene ab. Ich wollte sie auch nicht zurück zu ihrer Familie schicken, wo sie nicht sein wollte. Doch ihr Vater war der Boss einer Mafia und wenn ich seine Tochter mitnahm, dann band ich uns damit eine weitere Zielscheibe auf den Rücken. Wenn sie es wollte, würde ich es tun, aber sie musste sich der Risiken bewusst sein. »Die Wahrscheinlichkeit, dass sie unsere Spur dorthin aufnehmen, ist zu groß.«

Langsam nickte meine beste Freundin und als unsere Blicke sich ineinander verhakten, sah ich darin etwas zerbrechen, von dem ich nicht wusste wie ich es beschreiben sollte. Es war ein Teil ihres sanften und gütigen Wesens, der sich vor meinen Augen zu einem Scherbenhaufen verwandelte.

Es fiel mir schwer, den Blick von ihr zu lösen und ihn über die anderen schweifen zu lassen. Sie alle sahen mich mit erwartungsvoller Sorge an. Sie warteten auf eine Entscheidung, die nur ich treffen konnte. Es war meine Aufgabe, uns aus diesem Schlamassel zu retten.

»Wir werden diese verdammte Insel noch heute Nacht verlassen und sobald wir wieder auf dem Festland sind, ein paar Meilen Wasser zwischen Alex Huston und uns gebracht haben, werde ich ein paar Gefallen einfordern.« Ich nickte, um meine Worte zu unterstreichen, und wandte den Blick dann entschlossen ab.

Nur so würde es funktionieren. Es war die einzige Möglichkeit, das hier lebend zu überstehen.

KAPITEL 40

Livana

Danach verschwamm alles zu einem einzigen Strudel. Wir stopfen alle Habseligkeiten, die im Apartment verstreut herumlagen, in sämtliche Koffer und Taschen, die wir finden konnten. Jess telefonierte mit ihrem Vater, den sie aus dem Tiefschlaf geklingelt hatte, und lenkte ihre sofortige Rückreise in die Wege. Lian holte die Festplatte aus seinem Computer und packte sie mit dem Rest der tragbaren elektronischen Geräte zwischen die Klamotten.

Schnell wurde es hektisch, denn wir wussten, dass jede Sekunde zählte. Die Jungs schworen, dass niemand von Taurus wissen konnte, wo sie wohnten. Doch ich wusste, dass die Untergrundorganisation zu Dingen in der Lage war, die jenseits jeglicher Vorstellungskraft lagen. Huston brauchte nur diesen einen Verbindungsmann, der in der Lage war, die Adresse herauszubekommen, und schon war er uns auf den Fersen.

Leider war ich beim Packen eher weniger eine Hilfe. Ich gab mein Bestes, doch mein Körper war zu geschwächt. Also beschränkte ich mich darauf, Anweisungen zu geben und den Überblick zu behalten.

Nox und Levin holten die beiden Fahrzeuge, mit denen wir die Insel verlassen würden, aus dem Parkhaus und wir luden auf dem Bürgersteig die Kofferräume voll. Die Wahl war auf Levins und mein Auto gefallen. Tyler besaß lediglich ein Motorrad, das Auto von Nox lief auf seinen Vater und Lian, der verfügte über keinen eigenen fahrbaren Untersatz.

»Wir sehen uns dann in Dover«, sagte ich und nickte Levin zu. Dieser erwiderte die Geste und ließ sich dann auf den Fahrersitz seines Wagens fallen. Tyler salutierte zum Abschied kurz und glitt

373

auf den Beifahrersitz. Nox sah von mir zu Lian und sagte mit düsterer Stimme: »Seid vorsichtig.«

»Immer.«

Wir stiegen ebenfalls in meinen Wagen. Lian als Fahrer, weil ich dazu nicht in der Lage war. Ich als Beifahrerin. Holly und Jess auf der Rückbank.

Wir würden meine beste Freundin bis zu einem Privatflughafen in Frankreich mitnehmen. Dort wartete der aufgetankte Jet ihres Vaters und brachte sie zurück nach Russland. An den einzigen Ort, an dem sie sicher war.

Lian drehte den Schlüssel im Zündschloss und der Motor meines Autos erwachte schnurrend zum Leben. Mit einem kleinen Grinsen sah er mich an und zwinkerte betont lässig. »Dann mal los. Verschwinden wir, bevor es noch ungemütlich wird.«

In seinen sturmblauen Augen konnte ich erkennen, dass er nicht so entspannt war, wie er vorgab. Er wandte sich von mir ab und lenkte den Wagen auf die Fahrbahn.

Hintereinander fuhren wir die Straße entlang bis zur Kreuzung. Obwohl unser Fahrer selbstbewusst schwor, dass er bis Dover kein Navi brauchte, machte ich mich an dem Gerät in der Mitte des Armaturenbrettes zu schaffen. Sicher war schließlich sicher. Und wir hatten keine Kapazitäten für Patzer. Die nächste Fähre fuhr in etwa anderthalb Stunden und allein die Fahrt von London dorthin dauerte zwei Stunden. Wir hatten also alles, aber keine Zeit.

Ich hörte das Quietschen der Reifen noch bevor ich den Kopf drehte und, wie Jess und Holly, aus dem Heckfenster sah. Von der anderen Seite der Straße schossen zwei dunkle Fahrzeuge heran und bremsten hart vor dem Gebäude, in dem wir in den letzten Wochen gelebt hatten. Unser Wagen fuhr an, Lian lenkte ihn über die Kreuzung und ich sah aus dem Seitenfenster zurück.

Acht vermummte und beinahe ausnahmslos in schwarz gekleidete Personen stiegen aus und stürmten auf die Eingangstür zu, die mir seit meiner Rückkehr nach London so vertraut geworden war. Sie trugen schwere Waffen und auch ohne ihnen nah zu sein, konnte ich ihre Mordlust förmlich spüren. Sie kroch mir in einer Gänsehaut über den Rücken und hinterließ einen faden Beigeschmack in meinem Mund. Obwohl er eine Sturmhaube trug, erkannte ich Alex fucking Huston an dem dunkelgrau-karierten Anzug, den er bei unserer letzten Begegnung getragen hatte.

Ein Schuss zerriss die Stille der Nacht und noch bevor wir vollständig um die Ecke gebogen waren sah ich, wie die Personen in den kleinen Hausflur drängten.

»Fuck, was war das?«, stieß Lian aus und sah in den Rückspiegel.

»Fahr«, wies ich ihn hart an. »Fahr und halt unter keinen Umständen an oder wir sind alle tot.«

EPILOG

Livana

An: Elio Marchetti
Gesendet: 06:13
Hallo Elio,
ich muss den Gefallen einfordern, den du mir schuldest.
Ruf mich an, wenn du das liest.
- Livana

ENDE

Cookies
by Livana & ~~Blondie~~ Blondie Lian

ZUTATEN

- 250 g Butter
- 200 g Rohrzucker
- 175 g Zucker
- 1 TL Butter-Vanielle-Aroma
- 2 Eier

- 375 g Mehl
- 2 TL Backpulver
- 300 g Schoko Chunks
- 200 g geh. Nüsse

Alternativen:
Vanielle-Aroma: 2 - 3 TL Vanielle-Extrakt
Nüsse: Studentenfutter
Schoko Chunks: Schokotropfen o.ä.

REZEPT

Ofen vorheizen.

Die Butter mit den Zuckersorten cremig schlagen.
Vaniella-Aroma und Eier darunter rühren. In einer separaten
Schüssel Mehl und Backpulver mischen und in die Butter-
masse einrühren. Zuletzt die Schokostückchen und die Nüsse
unterheben. Backblech mit Backpapier auslegen und den Teig
mit Esslöffeln auf das Blech setzen. Mit einem Glas oder
einer Tasse plattdrücken (Glas vorher mit etwas Mehl
bestäuben).
Die Cookies bei 175 Grad für ca. 10 bis 12 Minuten backen.
ACHTUNG: Die Backzeit variiert je nach Größe der Cookies!
Etwa 5 Minuten auf dem Blech ruhen lassen, dann auf ein
Kuchengitter setzen und auskühlen lassen.
Tipp: Am besten in einer Blechdose aufbewahren :-)

TL = Teelöffel / EL = Esslöffel

Danksagung

Ich kann es gar nicht glauben, dass ich wieder hier sitze und diese Worte schreiben darf. Es gibt so viele Menschen, denen ich hier meinen Dank aussprechen möchte.

Allen voran möchte ich mich hier bei Denise bedanken. Du hast wirklich alle Aufs und Abs dieser Geschichte mitgemacht. Ich kann gar nicht zählen, wie viel Stunden wir durch unsere Gespräche in *Pandora* gesteckt haben, und ich kann dir gar nicht genug für all deine investierten Nerven danken. Es war eine wahre Berg- und Talfahrt. Am meisten möchte ich dir aber nicht nur für deinen Beistand und deine Inspiration danken, sondern für zwei wundervolle Charaktere. Elio Marchetti und Danilo Kovač, die beiden italienischen Mafiosi, stammen aus deiner Feder und es hat unglaublich viel Freude bereitet, sie in Pandora einzuarbeiten. Ich hoffe du leihst sie mir mal wieder für einen Gastauftritt aus – *hust hust* hoffentlich ganz bald sogar.

Dann möchte ich mich natürlich auch noch bei meiner tollen Cover-designerin Nina bedanken. Vielen Dank, dass du dieser Geschichte ein so schönes Gesicht gegeben hast! Wie auch Band 1 (Pandora – Monster in my head) sieht dieses Buch wunderschön im Bücherregal aus. Ich kann gar nicht in Worte fassen, wie gut mir die unkomplizierte Arbeit mit dir gefällt. Es kommt mir immer noch so surreal vor, dass du dieses Cover für mich und meine Geschichte gemacht hast – ich liebe einfach alles daran!

Ich danke außerdem meinen Freunden und meiner Familie für all ihr Verständnis, was meine Kreativität und meinen Fokus darauf angeht. Ich weiß, ihr habt es nicht immer leicht mit mir, und ich danke euch dafür, dass ihr mich trotzdem auf diese Weise liebt.

Natürlich danke ich aber auch jedem einzelnen von euch Lesern und Leserinnen. Ohne euch würde ich jetzt nicht hier sitzen und diese Worte tippen. Ich hoffe, ihr hattet genauso viel Spaß, diese Geschichte zu lesen, wie ich Freude beim Schreiben hatte.

Vielen Dank an jeden, der mich auf dieser Reise begleitet hat.

Bis zum nächsten Mal.

Eure Mila

Fortsetzung folgt

IN

PANDORA

Cut into my soul

von Mila Beaufort

Über die Autorin

Mila Beaufort lebt mit ihrem Partner in Süddeutschland nicht nur zwischen mehreren Hundert Romanen aus den verschiedensten Bereichen, sondern auch zwischen unterschiedlichen Gesetzestexten.

Während sie tagsüber Gesetze wälzt und Verträge aufsetzt, verwandelt sie sich nachts in eine Agentin und jagt immer der neuesten kreativen Idee nach.

Wenn sie nicht gerade selbst in die Tasten haut und sich mit Plottwists, unvorhersehbaren Überraschungen und ihren Charakteren streitet, verliebt sie sich nicht nur in gute Serien, sondern auch in fremde Buchwelten.

Auf Instagram (@mila-beaufort-autorin), TikTok (@milacataleya.autorin) und auch Wattpad (@MilaCataleya) tauscht sie sich gerne mit ihren Lesern aus und diskutiert über das Eigenleben ihrer Charaktere.